KNAUR

Von Heike Denzau ist bereits erschienen:
Opa will zum Nordkap

Über die Autorin:
Heike Denzau, Jahrgang 1963, lebt mit Ehemann und zwei Töchtern in dem kleinen Ort Wewelsfleth in Schleswig-Holstein. Viele ihrer Kurzgeschichten wurden in Anthologien veröffentlicht, und sie hat mehrere Kriminalromane geschrieben, die in Norddeutschland spielen. Ihr Krimi »Die Tote am Deich« war nominiert für den Friedrich-Glauser-Preis 2012 in der Sparte Debüt, und mit ihrem Roman »Opa will zum Nordkap« hat sie sich in die Herzen der Leserinnen geschrieben.

HEIKE
DENZAU

Ein Landarzt zum Verlieben

Roman

KNAUR

Besuchen Sie uns im Internet:
www.knaur.de

FSC
www.fsc.org
MIX
Papier aus verantwortungsvollen Quellen
FSC® C083411

Originalausgabe März 2018
Knaur Taschenbuch

Ein Imprint der Verlagsgruppe Droemer Knaur GmbH & Co. KG, München

Redaktion: Dr. Gisela Menza
Covergestaltung: ZERO Werbeagentur, München
Coverabbildung: FinePic/shutterstock
Abbildung im Innenteil: Shutterstock/tanyalmera
Satz: Adobe InDesign im Verlag
Druck und Bindung: CPI books GmbH, Leck
ISBN 978-3-426-52102-1

2 4 5 3 1

Ein Leben ohne liebste Freundinnen
wäre wie Stracciatellaeis ohne Schokostückchen.

Für meine Mucknocks
Urte, Tina, Bärbel und Anja

1

»So, Maja, jetzt geht's wieder ab in den Keller.«
Mein Biene-Maja-Wecker verzieht keine Miene, was er tun würde, wenn er könnte. Vorsichtig stecke ich ihn hinter die Postkartenbox in die Plastikwanne, denn ich möchte nicht, dass er auf dem Weg nach unten auch noch seinen linken Fühler verliert – schließlich geht schon der Verlust des rechten auf mich. Wecker sollten überhaupt aus wurfsicherem Material hergestellt werden.

Ein Blick in die Schublade verrät, dass der Nachttisch jetzt komplett leer ist. Okay, die Staubflusen zählen nicht. Ein letzter Rundumblick. Jetzt müsste ich alles haben – fast. Der Lattenrost knarzt ungnädig, als ich mich auf das Bett fallen lasse und nach dem hölzernen Zigarrenkästchen greife, das ungeöffnet auf dem Kopfkissen liegt. Wenn ich mein Zimmer nicht gerade räumen muss, halte ich das Kästchen im Kleiderschrank unter dem Pulloverstapel versteckt.

Ich nehme es und löse die zerfranste Schleife mit dem Teddybären-Aufdruck. Sie durch eine neue Schleife zu ersetzen, bringe ich nicht über mich, denn sie ist ein Stückchen Kindheit. Als ich den Deckel hebe, schaut Papa mich an. Ich versuche den Stich zu ignorieren, den der Anblick seines schmalen Gesichts mir versetzt, aber es will nicht ganz gelingen – wie immer. Darum schaue ich auch so selten in das Kästchen. Weil es wehtut. Auch noch nach fast zwanzig Jahren schmerzt mich der Anblick seines fröhlichen Lachens. Zeit heilt längst nicht alle Wunden, jedenfalls niemals so ganz. Allerdings kann ich jetzt als Achtundzwanzigjährige gut damit leben. Als Kind war es viel schwerer.

Auf dem zerknitterten Foto kräuselt sich neben Papas Kopf eine grüngelbe Luftschlange von der Wohnzimmerlampe. Er lacht aus voller Seele, und seine Augen lachen mit. Ich habe dieses Foto geschossen. An einem Silvesterabend, in einem anderen Leben. Seine Augen, die blau wie die Adria im Sommer sind, habe ich geerbt. Das braune Haar nicht. Meines ist honigblond wie das meiner Mutter. Wie von selbst gleitet mein Finger über die Wangen meines Vaters. »Mein kleiner Spatz«, murmle ich. So hat er mich immer genannt. Manchmal, wenn ich die Augen schließe und es mir gelingt, mich von allem um mich herum zu lösen, kann ich seine Stimme noch in mir abrufen. Aber oft gelingt es eben nicht mehr, und das lässt mich dann in Panik geraten. Und ich hasse diese Panik. Soll seine Stimme doch in mir verschwinden! Auf Nimmerwiedersehen, so wie er.

Abrupt nehme ich die Hand von der Fotografie. Ich war acht Jahre alt, da hatte es sich ausgespatzt. Weg war er, von einem Tag auf den anderen. Angeschrien haben Mama und er sich, bevor er ging, so fürchterlich, dass ich in mein Zimmer geflüchtet bin und mich unter die Bettdecke verkrochen habe. Ich weiß nur noch, dass ich laut geweint habe vor Angst und vielleicht auch, weil ich sie übertönen wollte. Irgendwann knallte eine Tür, dann war Ruhe bis auf Mamas und mein Weinen.

Ich klappe den Deckel der Zigarrenkiste zu und starre vor mich hin. Dieses Haus hat noch viele Tränen von meiner Mutter und mir geschluckt. Dass es nicht ersoffen ist …

Ich komme nicht dazu, mich weiter in diese Gedanken zu verlieren, denn ich höre Mamas Schritte auf der Treppe. Schnell stopfe ich Kiste und Schleife zwischen die Bücher in die Plastikwanne.

Ich versuche, nicht auf ihre Frisur zu starren, als sie mein Zimmer betritt. Sie sieht aus, als trüge sie eine Kurzhaarperücke, die die Nacht in der Mikrowelle verbracht hat. Auf Höchststufe. Jedes einzelne Haar ihres dichten blonden Schopfs ist kraus und zauselig. Und das Schlimme daran – ich bin dafür verantwortlich. Als ich ihr heute Morgen das Haar gewaschen und geföhnt habe, ist mir wieder einmal klar geworden, dass Friseure richtig tolle Handwerker sind oder vielmehr Künstler. Mir ist es nicht gegeben, mit nur zwei Händen eine wenigstens einigermaßen akzeptable Frisur zu föhnen. In ein paar Hunderttausend Jahren wird uns evolutionsbedingt bestimmt eine dritte Hand gewachsen sein, um den Föhn zu halten, während die anderen beiden Hände damit beschäftigt sind, die einzelnen Strähnen auf die Rundbürste zu bekommen. Leider ist das für mich zu spät. Und vor allem für Mamas Styling.

Sie blickt sich um. »Isa-Schatz, ist jetzt alles Persönliche raus aus dem Zimmer? Hast du das Bett frisch bezogen?«

»Ja, Mama.«

Ihre bandagierte Rechte streicht über die hellblau-weiß gestreifte Bettdecke. Ihr linker Arm hängt in einer Schlinge. Mama ist vor drei Monaten beim Reinigen der Dachrinne von der Trittleiter gefallen. Die Operationen an den Armen liegen schon einige Wochen zurück, aber sie kann den linken Arm immer noch nicht richtig bewegen. Nächste Woche nimmt sie endlich die längst fällige Reha wahr.

»Und du hast gesaugt und Staub gewischt?« Meine Mutter lugt von einer Ecke des Zimmers in die andere und scannt dabei jeden Winkel. Wie eine Krankenschwester auf der Suche nach einem entflohenen Tuberkelbazillus.

Ich schlage meine Handkante gegen die Stirn. »Jawohl, Schwester Silke. Die Quarantänestation der Uniklinik ist ein Seuchenpfuhl gegen diesen Raum.«

Sie zeigt mir ein falsches Lächeln. »Warum schenkst du dir deine albernen Bemerkungen nicht endlich, Isa?«

Sie nennt es albern, ich nenne es Humor. Aber das sage ich ihr nicht, weil ich weiß, dass ihre Antwort wieder mit dem Satz enden würde: »Das steckt von deinem Vater in dir.«

Das wenige, das sie von meinem Vater in mir erkennt, ist immer abartig. Jedenfalls strahlt ihr Gesicht das aus, wenn sie sich zu dieser Äußerung hinreißen lässt.

Statt zu antworten, gehe ich zum Fenster und schaue hinaus. Die Elbe strömt an diesem Maitag hellgrau vor dem mit Schafen und Lämmern bevölkerten Deich entlang. Sie fließt eher träge, was zu unserem beschaulichen schleswig-holsteinischen Örtchen passt. In Elmfleth herrscht nie Hektik. Wie auch. Dreihundertvierundsechzig Seelen, verteilt auf jede Menge landwirtschaftliche Fläche und ein Dörfchen mit Kirche und baufälligem Gemeindehaus, das gleichzeitig Kultur-, Sport- und Einkaufszentrum ist, können gar keinen Stress verursachen.

Hier, vom zweiten Stock unserer Pension aus, hat man einen wundervollen Blick auf den Fluss. Die Frühjahrssonne lässt das Wasser wie verzaubert schimmern. Allerdings lassen die Sonnenstrahlen auch erkennen, dass Fensterputzen nicht zu meinen herausragenden Fähigkeiten gehört. Um die Aufmerksamkeit meiner Mutter nicht auf die Schlieren zu lenken, greife ich nach Bob, der in einem antiken geblümten Porzellannachttopf sein Dasein auf der Fensterbank fristet, und setze ihn zuoberst auf die übervolle Plastikwanne.

»Lass doch den Farn stehen, Isa.« Mamas Blick fällt auf die vertrockneten Blättchen am Boden, die Bob bei unserem Rückzug verloren hat. Wäre sie nicht so lädiert, hätte sie sich längst gebückt und sie aufgesammelt. »Warum schleppst du ihn immer mit in dein Sommerzimmer?«

»Weil er persönlich ist.« Mit einem letzten wehmütigen Blick auf das wunderschöne Elbpanorama verlasse ich mit der schweren

Wanne mein Zimmer. »Sommerzimmer!«, murmle ich dabei. Wenn ein Zimmer das Attribut Sommer nicht verdient, dann das Zimmer, in das ich Bob jetzt bringe.

»Was hast du gesagt, Isa?« Die Stimme meiner Mutter klingt leicht gereizt, während sie gebückt mit der bandagierten Hand versucht die Bettdecke zu glätten.

»Nichts, Mama.« Sie müsste doch langsam mal wissen, dass ich Gemurmeltes nicht laut wiederhole. Ich murmle oft. An der Treppe bleibe ich stehen, weil der schwarze Kater meiner Oma mitten auf der vorletzten Stufe liegt. Mit der Wanne in den Händen kann ich unmöglich über ihn rübersteigen. »Luzifer, verschwinde.« Ich stupse ihn mit dem Fuß an, weil er sich nicht rührt. »Luzifer!«

Aus meinem Zimmer erklingt Mamas Lachen. »Vielleicht solltest du ihn mit seinem richtigen Namen anreden, dann macht er Platz. Eventuell.« Sie lacht wieder.

Ich mag Tiere, wirklich, aber den Kater meiner Oma kann ich nicht ausstehen. Nicht, weil er fett und faul ist und schnarcht wie ein Grizzly, sondern weil er etwas Heimtückisches im Blick hat. Darum nenne ich ihn auch nicht Karlchen – das klingt viel zu niedlich –, sondern nach dem fiesen Kater aus dem Disney-Cinderella-Film.

»Isa?«

Ich drehe mich am Treppenabsatz noch einmal zu Mama um. »Ja?«

»Hast du zufällig heute Abend noch eine Verabredung?«

Wie ich es hasse, wenn sie diese Frage stellt. Sie will damit nicht nur in meinem Liebesleben herumbohren, sondern, falls ich diese Frage mit einem Nein beantworte, und das werde ich, eine Forderung hinterherschicken.

»Nein.«

Ich habe seit fast anderthalb Jahren kein Date mehr gehabt. Eine so große Zeitspanne lag noch nie zwischen meinen Beziehungen. Seit dem Desaster meiner letzten Beziehung – darüber möchte ich jetzt nicht nachdenken – bin ich solo.

»Wie schön«, sagt meine Mutter und meint damit definitiv nicht nur die Tatsache, dass ich verabredungslos bin. Nein, sie meint damit, dass sie mir dann ja beruhigt einen Auftrag erteilen kann. »Frau Weller hat Omas Lieblingskuchen gebacken. Es wäre wunderbar, wenn du ihr nachher noch ein Stück davon vorbeibringen könntest.«

»Heute?« Ich stelle die Wanne ab, weil sie mir zu schwer wird, und sehe auf die Armbanduhr. »Ich muss doch gleich rüber in die Praxis. Und nach der Arbeit wollte ich das *Sommer*zimmer in Ruhe herrichten. Ich bringe ihr den Kuchen morgen.« Dass ich heute Abend eigentlich gar nicht einräumen, sondern mit Jette telefonieren will, ist schließlich nicht von Belang, wenn ich damit den Besuch bei meiner Oma hinauszögern kann.

»Morgen sind die Streusel nicht mehr kross, Isa, und dann meckert Oma wieder. Mach doch in der Praxis früher Schluss.«

In meinem Oberbauch krampft es. »Früher Schluss machen, Mama? Das ist mein Job! Es war schon ein Zugeständnis von Onkel Hollerbeck, dass ich momentan nur nachmittags zu arbeiten brauche, damit ich dich hier am Vormittag unterstützen kann. Und außerdem meckert Oma ständig, ob mit oder ohne krosse Streusel.«

»Ach, na gut.« Mama seufzt. »Dann krieg ich das auch noch irgendwie hin. Ich hab ja noch immer alles hinbekommen. Auch ohne Mann. Ich habe ein Kind allein großgezogen, ein Studium finanziert …«

O Mann, wie kann ein Gesicht nur so leidend aussehen? »Wo steht der Kuchen? Ich fahre nach der Arbeit zu ihr.«

»Ach, danke, mein Schatz.« Sie haucht mir einen Kuss auf die Wange. »Die Allegra mit dem Kuchen steht auf dem Küchentisch.«

Allegra. Seit meiner Kindheit bin ich vertraut mit den bunten Plastikschüsseln mit den fantasievollen Namen. Meine Mutter hortet sie zu Hunderten in den Tiefen ihrer Küchenschränke. Bei uns heißt es nicht: Füll den Quark bitte in eine Schüssel. Bei uns heißt es: Füll den Quark bitte in die Clarissa. Der Puderzucker befindet sich in der Süßen Müllerin und die Butterkekse im Naschkätzchen. Und ich kenne alle Namen, weil ich mit ihnen groß geworden bin. Wenn man schon keine Geschwister hat, ist man dankbar, wenn man wenigstens zu seiner Frühstücksdose ein familiäres Verhältnis hat.

»Isa, du siehst heute wieder besonders hübsch aus. Schürzen sieht man ja heutzutage gar nicht mehr.«

»Danke, Herr Gercke.« Ich streiche mit der Rechten über meinen neuesten Flohmarktfund – eine weiße Krankenschwesterschürze aus der Kriegszeit – und strahle den alten Herrn an, während ich die Tür vom Wartezimmer aufhalte, damit er mit seinen Krücken hindurchgehen kann. Würde ich die Tür nicht aufhalten, würde sie von allein zufallen, weil das alte Haus mit der Landarztpraxis, in der ich seit einigen Monaten arbeite, schiefer ist als Pisas Glockenturm. Ein Gemisch aus Alkohol- und Nikotindunst zieht an meiner Nase vorbei, als Herr Gercke an mir vorbeihumpelt. Ich laufe schnell voraus, um die Tür zum Arztzimmer für ihn zu öffnen. »Herr Gercke ist der Nächste, Onkel Hollerbeck.«

Dr. Herbert Hollerbeck ist der Allgemeinmediziner in unserem Dorf. Ein typischer Landarzt der Sorte, die es eigentlich gar nicht mehr gibt. Auch mit dreiundsiebzig Jahren denkt er nicht ans Aufhören. Er braucht seine Patienten wie die Luft zum Atmen. Er ist unser Nachbar, und ich kenne ihn seit Kindertagen, und so hat er darauf bestanden, dass ich ihn weiterhin duze. Allerdings würde ich mich nie trauen, ihn beim Vornamen zu nennen. Also ist es bei Onkel Hollerbeck geblieben.

Er sitzt in seinem gestärkten weißen Kittel hinter einem mit wunderschönen Schnitzereien verzierten Schreibtisch aus dunkler Eiche und sieht uns über seine Brille an, die von modisch so weit weg ist, dass sie schon wieder kultig ist. »Moin, Hans-Otto«, begrüßt er Herrn Gercke und steht auf. »Was macht das Bein?« Er deutet auf die Liege mit dem vanillegelben Frotteebezug und der Gummimatte.

Herr Gercke humpelt zur Liege und setzt sich. »Will nicht heilen.«

Natürlich nicht. Wer mit einem offenen Bein qualmt wie ein Schlot und trinkt wie ein Verdurstender – statt Wasser allerdings Alkohol –, hat wenig Chancen auf Heilung. Aber das sage ich natürlich nicht, sondern nehme Herrn Gercke die Krücken ab und stelle sie an die Wand.

»Isa«, sagt Onkel Hollerbeck, »ruf mal unseren Lehrling rein. Die Lütte kann dir zuschauen, wenn du den Verband wechselst.«

Na, da wird Poppy, Auszubildende im ersten Lehrjahr, sich freuen. Sie liebt alle Arten von Körperflüssigkeiten, die von Wunden abgesondert werden. Schnellen Schrittes verlasse ich das Zimmer, um sie zu holen. Da sie nicht zu sehen ist, frage ich Frau Lutter, die an der Anmeldung sitzt: »Wo steckt Poppy?«

Sie sieht von der Karteikarte, die sie bearbeitet, nicht auf. »Im Spaceshuttle.«

Schmunzelnd wende ich mich in Richtung des Raums, in dem unter anderem das EKG- und das Ultraschallgerät stehen. Seit vor zwei Monaten das alte Ultraschallgerät gegen ein hochmodernes ersetzt wurde, wird der Raum von ihr nur noch Spaceshuttle genannt. Frau Lutter ist dreiundsechzig Jahre alt, einen Meter fünfundfünfzig klein und unverheiratet. Obwohl ... Eigentlich ist sie ja doch verheiratet – mit der Praxis. Nun, auf jeden Fall hat sie es so gar nicht mit Technik, und darum ist für sie alles, was über eine mechanische Schreibmaschine hinausgeht, ein Wunder der Technik. Mein Vorschlag, einen PC anzuschaffen, weil der eine enorme Arbeitserleichterung mit sich bringen würde, ist von ihr verächtlich abgeschmettert worden. »Moderner Firlefanz! Nachher räumen uns die Banditen die Konten leer. Kennt man doch aus dem Fernsehen.«

Mein Einwand, dass wir ja kein Onlinebanking machen müssen, wurde im Keim erstickt. Ich sehe sie noch vor mir, wie sie mit verkniffenem Gesicht dasaß, mit verschränkten Armen vor dem üppigen Busen über den beiden Speckfalten, die der viel zu enge weiße Kittel nicht verbirgt. »Wenn ein Computer kommt, komme ich nicht mehr.« Onkel Hollerbeck hat klein beigegeben. Ohne Frau Lutter, hat er gesagt, wäre die Praxis wie ein Bienenstock ohne Königin. Seitdem ist sie einen Meter sechsundfünfzig groß und lässt gerne mal die Queen raushängen.

Als ich die Tür zum Spaceshuttle öffne, stockt mir für einen Moment der Atem.

»Poppy!«, stoße ich aus, trete ein und schließe schnell die Tür hinter mir.

Oberkörperfrei steht sie neben dem EKG-Gerät, voll verkabelt mit den Elektroden. Ohne eine Spur Verlegenheit strahlt sie mich an und sagt: »Isa, kannst du dir das mal angucken, das EKG? Sieht man da einen Unterschied zu sonst?«

Ich bin noch ein paar Sekunden sprachlos, dann mit vier Schritten bei ihr. »Spinnst du jetzt völlig? Was treibst du denn hier?«

»Ich wollte nur schnell mal sehen, ob man das an den Kurven erkennt, wenn man verliebt ist. Fett verliebt.« Sie strahlt mich weiter an.

Ich ziehe schon die Klebeelektroden von ihrer Haut. »Poppy, du bist … unmöglich«, sage ich in die Ploppgeräusche. »Freu dich, dass *ich* reingekommen bin und nicht Frau Lutter. Dann hättest du jetzt einen Einlauf gekriegt, der sich gewaschen hätte.«

»He, du solltest doch erst gucken«, schimpft sie und haut mir auf die Finger, während ich die Elektroden abziehe.

Ich halte inne. »Das Kardiogramm wäre völlig unbrauchbar, Madame. Du hast die Extremitätenelektroden mit den Brustelektroden verwechselt.«

»Echt? Ach, darum hatte ich auch zwei Kabel übrig.«

»Außerdem misst man im Liegen oder Sitzen und nicht im Stehen«, erkläre ich ihr, was sie eigentlich schon wissen müsste, und entstöpsle sie weiter. »Und glaub mir, es ist nicht zu erkennen, ob du verliebt bist oder nicht. Und selbst wenn, hättest du ja eine Aufzeichnung im Nichtverliebt-Zustand haben müssen, um es vergleichen zu können, oder?«

Sie überlegt. »Irgendwie hast du, glaub ich, recht.«

»Nicht nur irgendwie. Und jetzt zieh dich schleunigst an. Dr. Hollerbeck möchte dich dabeihaben, wenn Herr Gercke einen neuen Verband bekommt.«

»Herr Gercke ist da? Der mit dem offenen Bein?« Sie freut sich wie erwartet. »Cool.« Sie greift nach dem BH auf der Liege und schlüpft hinein.

Kopfschüttelnd sehe ich zu, wie sie sich weiter anzieht. Sie ist ein molliges Mädchen, aber nicht schwabblig, sondern fest im Fleisch. Als der liebe Gott die Sommersprossen in die Luft gepustet hat, um sie auf den Gesichtern zu verteilen, muss er bei Poppy einen Niesanfall gehabt haben. Dicht an dicht tummeln sich die kleinen Sprossen auf ihrer Nase und großflächig darum herum. Mit ihrem karottenroten Lockenschopf macht sie ihrem Namen alle Ehre. Poppy – der englische Name für Mohnblume. Der Name ist das Einzige, was ihre Mutter ihr mitgegeben hat, bevor sie sich den goldenen Schuss setzte. Sie ist nur vierundzwanzig Jahre alt geworden. Poppy ist bei ihren Großeltern aufgewachsen. Leider ist auch ihre Oma vor drei Jahren gestorben.

Ich lächle Poppy an, als sie in den weißen Kittel schlüpft. Sie hat es nicht leicht. Ihr Opa ist sehr streng mit ihr, vermutlich, weil er befürchtet, sie könnte so enden wie ihre Mutter. Dabei ist Poppy ein absolut liebenswürdiges Mädchen. Und genau diese Liebenswürdigkeit ist wohl der Grund, warum Onkel Hollerbeck ihr die Ausbildung zur Medizinischen Fachangestellten ermöglicht. Und weil Poppys Opa Harald Lehmann sein Skatbruder ist. Aufgrund ihrer Zeugnisse – ich habe sie in der Personalakte gesehen – hätte er sie wohl kaum eingestellt. Sie hat die Gemeinschaftsschule mit einem Dreier- und Viererzeugnis der Hauptschulstufe verlassen und hat es in der Berufsschule sehr schwer.

»Du fragst gar nicht, in wen ich so verliebt bin«, sagt sie, als wir den Raum verlassen. Frau Lutter blickt wieder nicht von ihrer Arbeit auf.

»Das weiß ich doch«, entgegne ich und ziehe sie am Arm mit, weil sie schon wieder stehen bleibt. »In Kevin.«

»Mit dem ist Schluss. Ich bin jetzt mit Speedy zusammen.«

»Ich hoffe, das ist nicht sein Vorname.« Ich habe in der letzten Woche einen Artikel gelesen, in dem die unglaublichsten Vornamen aufgelistet waren, die Eltern ihren bemitleidenswerten Sprösslingen verpasst hatten – Winnetou, Pumuckl, Waterloo, Billibald … Da wäre Speedy sogar noch die angenehme Alternative.

Sie kichert. »Nee, Speedy heißt Lukas. Warum den alle Speedy nennen, weiß ich gar nicht.«

Tja, wenn der Name Programm ist, gibt es zwei Möglichkeiten. Entweder ist er drogensüchtig oder ein richtig schneller Läufer. »Ist er sportlich?«

Sie nickt eifrig, was mich beruhigt. »Der macht voll viel Bodybuilding und so. Der hat voll die Muskeln. Da steh ich drauf. Du auch?«

Nein, ich stehe mehr auf Hirn, aber für Grundsatzdiskussionen ist keine Zeit. Trotzdem klopfe ich noch nicht gleich, als wir vor der Tür des Arztzimmers stehen bleiben. »Du warst also mit Kevin zusammen und davor mit diesem Jo-Jo oder was weiß ich, wie der hieß?«

Poppy nickt. »Ja, und jetzt mit Speedy. Der ist total süß. Diesmal ist es vielleicht für immer. Bestimmt.«

»Poppy«, ich sehe ihr in die Augen und spreche leise, damit Frau Lutter nicht aufmerksam wird, »auch wenn es mich nichts angeht, aber du bist gerade erst sechzehn geworden. Ich hoffe sehr, dass du nicht gleich mit jedem der Jungen …« Hier breche ich ab. Das, was ich sagen will, braucht einen anderen Ort und eine andere Zeit.

»Ja?« Sie schaut mich arglos an, anscheinend nicht die Spur ahnend, was ich sagen wollte.

»Lass uns in den nächsten Tagen mal ein Eis essen gehen, ja? Ich lade dich ein.«

»Klar, cool.« Sie strahlt mich an. »Aber nun rein da.« Sie deutet auf die Tür des Arztzimmers. »Ich will doch bei Herr Gercke zugucken.«

»Bei *Herrn* Gercke«, verbessere ich sie.

»Aha.«

Ich klopfe an, und wir treten ein.

Poppys Begrüßung ist fröhlich. »Hallo, Herrn Gercke!«

O Mann.

Onkel Hollerbeck winkt Poppy heran. Zu mir sagt er: »Ich habe mächtigen Kaffeedurst, Isa. Setz doch mal einen auf. Aber einen vernünftigen, nicht so ein Labberzeug, das Frau Lutter mir immer vorsetzt.« Er sieht Herrn Gercke an. »Kaffee muss auch nach Kaffee schmecken, nicht wahr?«

Der nickt. »Noch besser schmeckt er, wenn da ein Schuss Weinbrand mit drin ist.«

Ich höre Onkel Hollerbecks Antwort im Rausgehen. »So kann dein Bein nicht heilen, Hans-Otto. Nicht so viel Alkohol, das weißt du doch.«

Die Erwiderung bekomme ich nicht mehr mit, aber ich weiß, dass bei Herrn Gercke Hopfen und Malz verloren ist beziehungsweise leider auf der Tagesordnung steht.

Die Kaffeemaschine hat ihren Platz auf einem kleinen Tisch hinter der Anmeldung. Frau Lutter sieht auf, als ich Wasser in den verkalkten Behälter fülle. »Vier Löffel auf acht Tassen Wasser«, sagt sie zu mir. »Nicht mehr. Du weißt ja, Isa, das Herz vom Chef …«

Ich nicke und zähle langsam und laut, damit sie mich hört. »Eins … zwei … drei … vier.« Dass ich bei jeder Zahl zwei Löffel Kaffee in den Filter gegeben habe, kriegt sie nicht mit, weil ich mit dem Rücken zu ihr stehe. Außerdem verrät das Kratzen eines Stiftes auf Papier, dass sie wieder über den Karteikarten brütet. Da sie selbst Teetrinkerin ist, wird sie auch nicht herausfinden, dass ich dem Doktor mal einen ordentlichen Kaffee gebraut habe. Ein leichter Herzanfall vor fünf Jahren hängt ihm immer noch nach – aber einzig aus ihrer Sicht.

Während der Kaffee durchläuft, nehme ich die Karteikarte, die Frau Lutter auf den Tresen gelegt hat. Die kleine Anna mit der Bronchitis ist die Nächste. Ich gehe ins Wartezimmer, in dem die zwölf Holzstühle mit den roten und blauen Sitzkissen zur Hälfte besetzt sind. Eigentlich standen hier vierzehn Stühle, aber als ich meinen Job begann, wurde einer der Stühle meiner und steht jetzt hinter dem Empfangstresen. Da Frau Lutter keine dreizehn Stühle im Wartezimmer haben wollte, wurde kurzerhand noch einer entfernt. Er fristet sein Dasein nun an der Wand im Arztzimmer.

Anna und ihre Mutter sitzen neben dem grün-weiß lackierten Holzfenster mit den Sprossen, aus dem man unser Haus sehen kann. Nicht, dass es etwas Lohnenswertes zu sehen gäbe, nein, weiß Gott nicht. Unser Haus ist nicht hübsch, sondern zweckmäßig. Ein mächtiger weiß verputzter Kasten mit holzverkleideten großen Gauben im Dach. Die grauen Dachpfannen sind an der

Seite zum Garten hin dick vermoost. Ich mag das Moos, weil es die Sterilität aufhebt, die Haus und Garten wie der böse Geist von Meister Proper umweht. Mama hasst das Moos. Wenn es nicht so teuer wäre, hätte sie das Dach längst fachmännisch reinigen lassen. Als seinerzeit der Anruf meiner Oma kam, dass Mama mit beidseitigen Armverletzungen ins Krankenhaus eingeliefert worden war, war ich davon ausgegangen, dass sie vom Dach stürzte, auf der Jagd nach unschuldigen flauschigen Moosnestern.

Weil die Luft im Wartezimmer verbraucht ist, trete ich ans Fenster, öffne einen Flügel nach außen und fixiere ihn, indem ich den langen, dünnen Halter einhake. Neben frischer Luft dringt das Gegackere der beiden Hühner, die Onkel Hollerbeck im Garten hält, herein. Frieda und Hilde gackern selten, eigentlich nur, wenn sie gefüttert oder von Luzifer gescheucht werden. Da Frieda gerade hektisch angeflattert kommt und so viel an Höhe gewinnt, dass sie fast an das offene Fenster knallt, steht fest, dass Luzifer sein Unwesen treibt.

Die kleine Anna, die sich neben mir auf ihrem Stuhl auf die Knie gehockt hat und rausguckt, lacht. »Ein witziges Huhn. Kann es noch mehr Kunststücke?«

»Es kann Eier legen.«

»Das ist ja kein Kunststück. Das kann doch jedes Huhn.«

»Aber dieses legt Spiegeleier.«

»Echt?« Sie sieht mich mit großen Augen an.

Ihre Mutter lacht, und ich zwinkere Anna zu. »Ich hab nur einen Witz gemacht.«

Weil auch die übrigen Patienten lachen, läuft Anna rot an. »Du bist gar nicht witzig«, stößt sie beleidigt aus. Mama würde ihr wohl zustimmen.

Ich bitte die Kleine und ihre Mutter ins Spaceshuttle. Dort kann Onkel Hollerbeck Anna schon mal abhorchen, während Herr Gercke gleich von mir im Arztzimmer verbunden wird. Weil der Kaffee noch nicht ganz durchgelaufen ist – die Maschine röchelt, als hätte ihr letztes Stündlein geschlagen –, schaue ich schnell noch auf mein Smartphone, das neben den Kaffeebechern auf dem Regal liegt.

Zwei WhatsApp-Nachrichten sind da. Eine ist von Theo, eigentlich Theodora, aber sie geht jedem verbal an die Gurgel, der sie so nennt. Theo studiert auch Medizin und will wissen, ob ich heute »Bock auf Feiern hab«. Ich war einige Male mit ihr und anderen Kommilitonen in Hamburg auf dem Kiez und der Schanze unterwegs. War schon lustig, aber als Studienspäteinsteiger merke ich doch den Altersunterschied. »Bock ja, aber keine Zeit«, winde ich mich elegant heraus und sende ein Küsschen-Emoticon hinterher.

Die zweite Nachricht ist von Jette. Sie schreibt, dass sie heute Abend leider keine Zeit für ein Telefonat hat, aber dafür morgen Abend sooooo gern vorbeikommen möchte. Ich schreibe ihr zurück, dass ich mich auf sie freue. Kaum ist die Nachricht versandt, da kommt schon ihre »Freu-mich-auch-riesig«-Antwort mit einem Herz-Emoticon.

»Küsschen«, schreibe ich zurück. Jette ist meine allerliebste, allerbeste, allerwunderbarste Freundin. Seit Kindertagen sind wir einander eng verbunden. Es gibt nichts, was wir nicht voneinander wüssten. Es gibt keine Geheimnisse zwischen uns.

Lieber Herr Hofer,
natürlich beantworte ich Ihre Briefe gern! Sie müssen sich nicht jedes Mal dafür entschuldigen. Allerdings kann ich mittlerweile mit Ihren Briefen den Hamburger Michel tapezieren, genauso wie Sie mit meinen. Also finden Sie nicht, dass es langsam mal an der Zeit ist, auf Isa persönlich zuzugehen? Und kommen Sie mir jetzt nicht wieder mit der Aussage: Sie hat nie auf meine Briefe geantwortet.

Ich finde, es reicht. Gehen Sie zu ihr! Besuchen Sie Isa zu Hause. Ihre Exfrau wird Sie schon nicht mit dem neuen Küchenmesser abstechen, das Isa ihr zum Geburtstag geschenkt hat. Ein Messer für 180 €uro! Ich würde ja niemals ein Messer kaufen, das so viel kostet wie meine Secondhand-Designer-Gladiatoren-sandalen.
Mein Papa sieht das natürlich anders. In seinem Restaurant hantiert er auch mit diesen teuren Dingern rum. Falls Sie einmal Appetit auf ein oberleckeres Saltimbocca alla Romana haben, Sie wissen ja, Papa kocht fantastisch. Aber ich schweife ab. Sie wollen schließlich nichts über mich, sondern Neuigkeiten über Isa erfahren. Das ist übrigens auch ein Grund, warum Sie endlich selbst mit ihr reden müssen! Auf meiner persönlichen Schlechtes-Gewissen-Skala von 1 bis 10 habe ich mittlerweile die 9,5 erreicht. Ich verschweige meiner allerliebsten Freundin, dass ich seit Jahren mit ihrem Vater korrespondiere!
Wie würden Sie das finden, wenn Ihr Freund Martin das machen würde? Mein Gott, ich weiß sooo viel über Sie und Isa gar nichts.
Nun gut, ein letztes Mal (!) aus Isas Leben:
Was soll ich sagen, Herr Hofer – sie ist immer noch Single. Nach dieser elenden Peer-Magnussen-Episode ist sie immer noch nicht bereit, sich auf eine neue Beziehung einzulassen. Wenn wir feiern gehen, schmettert sie alle Annäherungs-versuche der Männer ab, obwohl sie selbst immer nach älteren Männern Ausschau hält. Sie kennen ja meine Meinung dazu, Herr Hofer. Ich sage es trotzdem noch einmal: Vater-Komplex! Isa hat solche Sehnsucht nach väterlicher Wärme und Geborgenheit.
Und wenn Sie nicht auf Ihre Exfrau treffen wollen, bietet sich ab nächster Woche die beste Gelegenheit, denn sie geht für drei Wochen zur Reha. Also fassen Sie sich endlich ein Herz, Herr Hofer!
Ich habe Ihnen wieder ein Foto von Isa dazugelegt. Da ich sie natürlich heimlich mit dem Handy aufgenommen habe, ist es nicht wirklich toll, aber besser als nichts. Sie sehen Isa bei ihrer Lieblingsbeschäftigung: Sie durchwühlt gerade einen Flohmarktstand nach neuen Fummeln. Hatte ich Ihnen geschrieben, dass Isa sich im Winter im Secondhandladen wieder einen von diesen Herrenmänteln gekauft hat? Lang und viel zu weit. Hässlich, wenn Sie mich fragen. Aber sie

liebt den Mantel. Weil …? Ja, kriegen Sie ruhig ein schlechtes Gewissen, Herr Hofer!

Also, packen Sie's an! Für Isa. Und für Sie selbst.

Herzliche Grüße von Ihrer Jette Graziano

PS: Wie gefällt Ihnen mein neues Briefpapier?

Der Kaffee ist fast durchgelaufen. Sein aromatischer Duft wabert verführerisch an meiner Nase vorbei, während die Maschine den letzten Wasserstoß in den Filter hustet. Ich schaue zu, wie der Rest Kaffee in die Kanne plätschert. Herr Gercke ist fort, frisch verbunden von mir, vollgetextet von Poppy, die als Dorfkind jeden Dorfbewohner kennt – genau wie ich. Und ich liebe es. Mich graust es nicht, dass die Menschen um mich herum so viel von mir wissen und ich von ihnen. Jette dagegen hat Elmfleth fluchtartig verlassen, als sich die erste Gelegenheit bot. Sie lebt seit ihrem neunzehnten Lebensjahr im nahen Hamburg. Während ihrer Ausbildung zur Erzieherin wohnte sie dort in einer WG, dann zwei Jahre mit einem Freund zusammen. Und seit zwei Jahren ist sie wieder allein in einer kleinen, aber feinen Wohnung im Schanzenviertel, größtenteils gesponsert von ihrem Vater.

Wir sind zwei achtundzwanzigjährige Singlefrauen, die das Singleleben hassen. Wir sehnen uns beide nach unserem Traumprinzen, aber vor lauter Fröschen gelingt es uns nicht, den mit der Krone zu erwischen. Dass wir beide nach bestimmten Typen von Mann suchen, erleichtert die Sache nicht gerade. Jette hält nur nach schwarzhaarigen Männern mit dunklen, feurigen Augen Ausschau. Mir ist es egal, welche Haarfarbe mein Traumprinz hat. Ich habe auch nichts gegen Grau. Im Gegenteil, es zeugt von Reife. Ich suche also eher nach einem Traumkönig als nach einem -prinzen.

»Isa«, holt Frau Lutter mich aus meinen Gedanken, »du kannst Merle Meyer aufrufen. Sie ist die Nächste.« Ihr Würstchenfinger tippt im Zehntelsekundentakt auf die Patientenkarteikarte auf dem Tresen.

»Vorher bringe ich dem Doktor seinen Kaffee.« Ich nehme den Becher mit dem »Bester-Chef-der-Welt«-Spruch vom Regal und schenke ihn so voll, dass gerade noch Platz für drei Stückchen Zucker ist. Ich höre noch Onkel Hollerbecks Antwort, als ich ihn an meinem ersten Arbeitstag fragte, wie er seinen Kaffee trinkt. »Wie ein Negerbaby, schwarz und süß.« Auf meinen entsetzten Blick hin hat er herzlich gelacht und gesagt: »Keine Angst, ich bin kein Rassist, Isa, sondern nur ein alter Trottel, der sich schwer umstellen kann. Das mit dem Kaffee und dem Baby sag ich schon seit mehr als fünfzig Jahren.«

Wie hätte ich ihm böse sein sollen? Meiner Oma habe ich die »Negerküsse«, die sie liebt, auch noch nicht austreiben können. Wenn ich sie verbessere, sagt sie jedes Mal: »Du kannst dir deine *Schaum*küsse an den Hut stecken, Fräulein.«

Ich balanciere den Kaffeebecher vorsichtig über den Flur zum Arztzimmer, in das Onkel Hollerbeck zurückgekehrt ist, nachdem er die kleine Anna abgehorcht und sie anschließend mit einem Kirschlolli versorgt hat, die in einem Glas auf dem Tresen stehen. Ich vermute, die Hollerbecksche Praxis ist die einzige in Deutschland, in der Kinder noch mit klebrig zuckersüßen Naschis belohnt werden.

»Ah!«, kommt es freudig von ihm, als ich eintrete. Er schnuppert über dem Becher, den ich vor ihm abstelle. »Das duftet nach einem vernünftigen Kaffee, mein Deern. Ich danke dir.«

»Gerne. Möchtest du ihn erst in Ruhe austrinken, oder kann ich Merle Meyer schon hereinbitten?«

»Die Tochter vom Bürgermeister?«

Ich nicke. Die siebzehnjährige Merle ist das jüngste der drei Kinder von Großbauer Bernd Meyer. Er hat den größten Milchviehbetrieb im Kreis und ist ständig schlecht gelaunt. Trotz seiner

Übellaunigkeit hat er es geschafft, unser Bürgermeister zu werden. Welche Gründe die anderen Elmflether hatten, ihn zu wählen, weiß ich nicht. Ich habe es getan, weil ich seinen Aktivismus in der örtlichen Politik mag. Trotz seiner erheblichen Selbstüberschätzung hat er sich von Anfang an für die Flüchtlinge in unserem Dorf starkgemacht.

Onkel Hollerbeck schlürft den ersten heißen Schluck und sagt wohlig: »Aah, das tut gut. Dann lass das Mädel mal reinkommen. Sie will bestimmt ein Attest, weil eine Klausur ansteht. Ich kenn doch meine Pappenheimer.« Er lacht, nimmt ein Blankoformular aus der Schreibtischschublade und unterzeichnet es. »Hier, Isa, schreib das Übliche rein, du weißt schon.«

Allerdings weiß ich das. Ich bewundere Onkel Hollerbeck für die Fachkompetenz, die er hat, für sein Wissen und seine Weisheit, die über die Jahrzehnte gewachsen sind. Es ist mein hehres Ziel, einmal als praktische Ärztin genauso gut zu sein wie er. Aber ich werde garantiert nicht jeden Hinz und Kunz krankschreiben, nur weil er krankgeschrieben werden möchte. Gut, eventuell würde ich bei Allessandro, der im Sommer mit dem Eiswagen durch unser Dorf kommt, eine Ausnahme machen. Der hat Augen! Ich habe versucht Jette mit ihm zu verbandeln, indem ich sie jedes Mal, wenn sie zu Besuch war, zu seinem Wagen schickte. Aber obwohl er schwarzhaarig und feueräugig ist, hat es bei ihr nicht gefunkt. Was umso bedauerlicher ist, weil ich mein Eis somit weiterhin bezahlen muss.

Merle Meyer sehe ich allerdings nicht unbedingt als Schulschwänzerin. Sie erinnert mich an Poppy, naiv und grundfreundlich. Sie macht eine Ausbildung zur Hauswirtschafterin, ist sehr aktiv im Jugendgemeindeleben und betreut mit einigen erwachsenen Helfern die acht Flüchtlinge, die vor zwei Jahren in unser Dorf gezogen sind. Das weiß ich so genau, weil die Medien unseren Ort als Vorzeigedorf für Integration hoch gelobt haben. Sogar ein Fernsehsender hat seinerzeit den Weg in unsere dörfliche Beschaulichkeit gefunden.

Als ich Merle aufrufe, scheint Onkel Hollerbeck in Sachen Pappenheimer allerdings recht zu bekommen, denn sie beginnt zu husten. Ein Husten, der so echt ist wie die Brüste von Pamela Anderson. Es scheint also wirklich um eine Krankmeldung zu gehen. Sie hustet noch einmal, als wir an Frau Lutter vorbeigehen, und dann noch einmal, als wir Poppy begegnen, die Gerätschaften für den Sterilisator in Händen hält. Das erwartete Husten, als sie das Arztzimmer betritt, bleibt zu meiner Überraschung aus. Dabei ist es doch der Doktor, der überzeugt werden muss.

»Bleib hier, Isa, schließlich willst du Ärztin werden«, fordert Onkel Hollerbeck mich auf, als ich die Tür von außen schließen will. Und an Merle gewandt: »Du hast doch nichts dagegen, dass wir Isa eine Diagnose stellen lassen, bevor ich tätig werde?«

»Äh, ich …« Merles Wangen werden krebsrot, während sich ihr rechter Zeigefinger um eine Strähne der viel zu langen dunkelblonden Spaghettihaare wickelt. »Also, ich …«

Das hört sich für mich nicht nach Zustimmung an, aber der Doktor scheint dieses Feingefühl nicht zu besitzen. Er deutet auf den Stuhl an der Wand – Nummer dreizehn mit blauem Kissen –, den ich mir holen soll. Onkel Hollerbeck hat mich schon diverse Male diagnostizieren lassen, und die Elmflether hatten nichts dagegen. Schließlich weiß hier jeder, dass ich Medizin studiere – eigentlich.

Dann sagt er zu Merle: »Nun setz dich schon hin, Merle, und sag, was dir fehlt.«

Sein Befehlston, der mir hier absolut fehl am Platz erscheint, zeigt Wirkung bei ihr. Sie hockt sich auf die vorderste Stuhlkante, während ich mir den Stuhl zum Schreibtisch ziehe. Ihr Blick ruht einen Moment lang auf dem an einem Ständer hängenden Skelett, das seit ewigen Zeiten in der Ecke von Fenster und Bücherregal steht. Ich fand es schon in Kindertagen faszinierend, und es hat mir nie Angst gemacht, obwohl es nicht aus Plastik, sondern ein echtes Skelett ist. Seine Knochen sind vergilbt und haben feine Ritzen und Löcher. Poppy liebt Hook. So haben wir es getauft, weil ihm die linke Hand fehlt.

Die fehlende Hand ist vielleicht auch Merle aufgefallen, denn sie sieht auf ihre Hände. Doch es scheint mehr eine Verlegenheitsgeste zu sein. »Ich … also …«

Ihr Gestammele sagt mir, dass sie nicht wegen eines Hustens hier sitzt.

»Ich … äh … habe … habe Husten.« Sie sieht auf und blickt vom Doktor zu mir und wieder auf ihre Hände.

»Hm«, macht Onkel Hollerbeck. Er schiebt das Stethoskop, das neben der ledernen Schreibtischunterlage liegt, zu mir. »Dann horch sie mal ab, Isa.« Er lehnt sich in das weiche Leder des Stuhls zurück und schlürft seinen Kaffee.

Gesagt, getan. Ich horche Merles Brust und Rücken ab und lasse sie dabei husten. »Tja, zu hören ist nichts. Die Lungen sind frei.« Weil sie wieder tomatenrote Wangen bekommt, möchte ich sie erlösen und hinausgehen. Sie will eindeutig nicht sagen, warum sie hier ist, solange ich dabei bin. Und das ist ihr gutes Recht. »Ich geh dann mal …« Ich schaffe es nicht, den Satz zu beenden, weil Onkel Hollerbeck Merle seine Diagnose wie einen Squashball entgegenschmettert.

»Du bist schwanger.«

Merles Antwort sagt alles. Sie bricht in Tränen aus.

Er stellt den halb vollen Kaffeebecher ab, während ich neben Merles Stuhl in die Knie gehe. »Merle, auch ich unterliege der Schweigepflicht. Hab keine Angst, über meine Lippen kommt kein Ton. Ich gehe jetzt raus«, sage ich im Aufstehen Onkel Hollerbeck.

Er nickt. Im Hinausgehen höre ich, wie er Merle großväterlich fragt: »Hast Angst vor deinem Vater, was, dem alten Brüllaffen?«

Frau Lutter vergibt gerade telefonisch einen Termin, Poppy winkt mir freudig aus dem Mini-Labor zu. Eine Urinprobe steht vor ihr. Ich greife mir die nächste Patientenkarte vom Tresen, ohne den Namen darauf wahrzunehmen.

Merle, gerade mal siebzehn Jahre alt, ist also schwanger. Warum sie wohl hier ist? Die jungen Mädchen aus unserem Ort gehen alle zu Frauenärzten in Hamburg, nicht zu Onkel Hollerbeck, wenn es um Verhütung und Schwangerschaften geht.

Ich komme nicht dazu, mir weitere Gedanken zu machen, denn aus dem Arztzimmer erklingt ein Schrei. Sekunden später wird die Tür aufgerissen, und Merle stürzt heraus, blass, nach drinnen deutend. »Der Doktor … ist tot.«

Poppy kommt aus dem Labor gestürmt, Frau Lutter fällt das Telefon aus der Hand. Ich stehe da wie erstarrt, mein Blick ist durch die offene Tür des Arztzimmers direkt auf den mächtigen Schreibtisch gerichtet. Onkel Hollerbecks Oberkörper liegt auf der Schreibtischunterlage.

»Er hat seinen Kaffee ausgetrunken«, schluchzt Merle neben mir, »und dann ist er blass geworden und einfach vornübergekippt.«

Der Doktor ist tot. Ihre Worte wabern durch mein Hirn, gräulich, verschwimmend. Wie in Trance gehe ich auf den Schreibtisch zu. Onkel Hollerbecks Halbglatze leuchtet mir, von Sonnenlicht beschienen, entgegen. Der leere Becher liegt umgekippt neben seinem Kopf. Ein winziges braunes Rinnsal ist herausgelaufen.

Onkel Hollerbeck ist tot. Ich habe ihn umgebracht. Mit Kaffee.

2

Frau Lutter und ich weinen beide, als der Rettungswagen mit Sirenengeheul davonfährt, gefolgt vom Notarzt. Ihr laufen die Tränen vor Schreck, mir vor Erleichterung. Onkel Hollerbeck lebt!

Nach der ersten Schreckstarre habe ich funktioniert. Ich bin zu ihm an den Schreibtisch gestürzt, habe seinen Puls gefühlt und den tiefsten Erleichterungsseufzer meines Lebens ausgestoßen. Dann habe ich Frau Lutter instruiert, den Notarzt zu rufen. Zu diesem Zeitpunkt kam der Doktor wieder zu sich, was einen weiteren Seufzer nach sich zog. Auch das EKG, das ich mit seiner Genehmigung machen durfte, war unauffällig. Däumchen drehend hat er dann auf der Liege auf den Rettungswagen gewartet.

Frau Lutter ist wie Henne Frieda um ihn herumgeflattert, während Poppy im Wartezimmer die Patienten informiert hat. Als der Notarzt kam, hat Onkel Hollerbeck sich nicht geweigert, mit ins Krankenhaus zu fahren. Ein Zeichen, dass er sich nicht so gut fühlte, wie er uns weiszumachen versuchte.

Ich lege Frau Lutter einen Arm um die Schultern, als der Rettungswagen hinter der Kurve verschwindet. »Kommen Sie, Frau Lutter, den Doktor haut so schnell nichts um. Der ist schneller wieder hier, als wir gucken können.« Das soll nicht nur sie, sondern vor allem mich trösten. Die Sirene noch im Ohr, führe ich sie in die Praxis und setze sie auf ihren Stuhl hinter dem Tresen. Poppy – dieses unglaubliche Mädchen hat von uns allen die größte Ruhe bewahrt – hat ihr schon einen Tee gekocht. Dankbar nimmt Frau Lutter ihn von ihr entgegen.

»Möchtest du einen Kaffee, Isa?«, fragt Poppy mich.

Schuldbewusst blicke ich zur Kaffeemaschine, die ihrerseits unschuldig dasteht mit dem Rest des dunkelbraunen Gifts. »Danke, Poppy, ich mach das schon selbst«, sage ich und schenke den Kaffee in einen Becher. Mit einem Blick zu Frau Lutter, die hinter mir mit sich selbst redend ihren Tee schlürft, nehme ich den verräterischen Kaffeefilter und entsorge ihn in den Mülleimer, und zwar unter den bereits darin befindlichen Müll. Ich muss verhindern, dass Frau Lutter die Kaffeemenge im Filter bemerkt.

»Im Wartezimmer sitzen noch Frau Kratke und Herr Pomering«, erklärt Poppy, die vor dem Tresen steht. »Ich habe sie nicht nach Hause geschickt, weil die beiden ja nicht zum Doktor reinmüssen.«

»Sehr gut mitgedacht«, lobe ich Poppy. Frau Kratke ist da, um sich die fällige Tetanusspritze abzuholen, Herr Pomering bekommt ein Langzeit-EKG-Gerät. Dazu brauchen wir den Doktor nicht.

»Und Herr Scheel wollte auch nicht gehen.« Poppy sieht mich an. »Er sagt, er braucht ein Rezept.«

»Wir können ihm keines ausstellen, weil der Doktor es unterschreiben muss«, entgegne ich. »Vertretung ist in diesem Fall Frau Dr. Müller-Sierk.«

»Papperlapapp«, kommt es energisch von Frau Lutter. Sie scheint sich berappelt zu haben. Sich auf ihrem Stuhl gerade aufrichtend, atmet sie einmal tief durch. Dann öffnet sie die obere Schreibtischschublade und nimmt ein Rezeptformular heraus, ein Blankoformular, aber bereits vom Doktor unterschrieben. Noch etwas, das es bei mir niemals geben würde.

»Poppy«, sie deutet auf das Schränkchen, in dessen Schubladen sich die Patientenkarten befinden, »such mal die von Rudi Scheel raus.«

»Aber«, wage ich Widerspruch, »wir können nicht einfach …«

»Der braucht seine Beruhigungstabletten«, fährt Frau Lutter mir über den Mund. »Die kriegt er seit Jahren vom Doktor. Und jetzt kriegt er sie von mir.« Sie reißt Poppy die aufklappbare Patientenkarte, die sie ihr reicht, aus der Hand, öffnet sie und studiert den letzten Eintrag. »Sag ich doch«, murmelt sie, »die Zeit ist da für ein neues Rezept.« Sie schreibt den Namen des Medikaments auf das Formular und reicht es Poppy. »Gib es ihm.«

Gleich darauf verlässt Herr Scheel das Wartezimmer mit einem Winken und den Worten: »Danke! Und für den Doktor gute Besserung.«

»Beim nächsten Mal nicht die Versichertenkarte vergessen, Herr Scheel«, ruft Frau Lutter ihm hinterher. »Neues Quartal!«

»Mach ich.« Er winkt noch einmal, dann ist er weg. Rudolf Scheel ist einundfünfzig Jahre alt und Lehrer an einer Gemeinschaftsschule. »Der wird nicht in Altersrente gehen«, hat Onkel Hollerbeck vor Kurzem prophezeit. »Ein Wrack. Ohne die Tabletten würde der keinen Tag in der Schule überstehen.«

Mein Einwand, ihm eine Therapie statt Tabletten zu verordnen oder zumindest zusätzlich, hat Onkel Hollerbeck abgewehrt. »Hat der alles schon hinter sich. Labern hilft da nicht mehr, Isa. Dem Mann sind schon zu viele Synapsen durchgekokelt. Ohne ein bisschen was Beruhigendes übersteht der keinen Tag.« Auf meinen skeptischen Blick hin hat er hinzugefügt: »Rudi Scheel sagt, die Gören terrorisieren ihn. Er nennt die Schule Taliban-Camp.«

Da habe ich aufgegeben. Vielleicht ist es wirklich besser, wenn Herr Scheel in Frührente geht, für ihn und für die Terrorzelle, die er unterrichtet.

Frau Lutter reißt mich aus meinen Gedanken, als sie Poppy weitere Anweisungen erteilt. »Herrn Pomering kannst du ins Spaceshuttle führen. Isa kann ihm das EKG-Gerät anlegen.« Sie schenkt mir ein süßliches Lächeln.

In mir beginnt es zu brodeln. Sie lässt immer gern durchblicken, dass sie hier das Sagen hat. Dass ich ausgebildete Krankenschwester bin und einmal Ärztin sein werde – in grauer Zukunft –, zählt nicht. Hier bin ich nur die Aushilfe.

»Es wartet noch jemand.« Poppy guckt unsicher von mir zu Frau Lutter. »Merle Meyer möchte noch mit Isa sprechen, bevor sie geht.«

»So?« Frau Lutter klingt pikiert. »Na, dann …« Sie sieht Poppy an. »Dann muss Merle warten. Erst wird Isa Frau Kratke impfen.«

Jetzt reicht's! »Nein«, sage ich laut, »ich werde zuerst mit Merle reden. Ich werde mit ihr in den Ultraschallraum gehen. Im Arztzimmer fühlt sie sich heute bestimmt nicht mehr wohl. Aber Herr Pomering kann dort schon Platz nehmen, Poppy.«

»Spielst du dich jetzt hier als Chefin auf?« Frau Lutter atmet so heftig, dass die Knöpfe ihres engen weißen Kittels kurz davor sind, abzuspringen.

Ich lächle. »Nein, aber ich kann mitdenken und eigenständig arbeiten, Frau Lutter, genauso wie Sie.« Ich drehe mich um und gehe gemeinsam mit Poppy zum Wartezimmer. Sie ruft Herrn Pomering auf, ich schenke Merle ein herzliches Lächeln und sage: »Komm bitte mit mir, Merle.«

Als ich die Tür des Ultraschallraums hinter uns schließe und Merle anblicke, füllen sich ihre Augen mit Tränen. »Isa, du … du sagst bestimmt nichts, oder? Wenn Papa das rauskriegt, dass ich … dass ich schwanger bin, dann …« Sie lässt offen, was dann passiert.

Ich führe sie zur Liege. Wir setzen uns nebeneinander, und ich lege meinen Arm um sie. »Merle, du musst keine Angst haben. Ich sage nichts. Das darf ich gar nicht. Alles, was du hier erzählst, bleibt auch hier. Bist du denn ganz sicher, dass du schwanger bist? Hast du einen Test gemacht?«

Sie schnieft und nickt.

»Du solltest dir zur Bestätigung auf jeden Fall einen Termin bei deiner Frauenärztin geben lassen. Du warst doch bestimmt schon mal bei einer Frauenärztin?«

Merle schüttelt den Kopf. »Brauchte ich ja noch nie. Ich … ich nehm ja nicht die Pille.«

Ich muss mich zusammenreißen, um diese Äußerung nicht sarkastisch zu kommentieren. »Warum hast du dir denn nicht die Pille verschreiben lassen, wenn du mit einem Jungen intim wirst?«

»Ich wusste an dem Abend ja selbst nicht, dass wir … also, dass wir *das* tun. Es … ist einfach passiert. Jedenfalls einmal ohne Kondom.« Ihr Gesicht wird rot. »Danach haben wir immer ein Kondom benutzt.«

»Aber ein Kondom reicht doch nicht aus, Merle«, sage ich und versuche meine Stimme nicht vorwurfsvoll klingen zu lassen. »Ein Kondom ist niemals so sicher wie die Pille.« Ich seufze. »Aber darüber brauchen wir uns jetzt nicht mehr zu unterhalten.« Ich nehme ihre Hand. »Was genau hast du dir von deinem Besuch hier erhofft? Hat der Doktor dir noch einen Rat gegeben, bevor er … ohnmächtig wurde?«

»Nein.« Jetzt kullern die Tränen. »Ich … ich weiß ja selbst nicht, warum ich hierhergekommen bin. Ich … ich dachte vielleicht, dass Dr. Hollerbeck …« Sie bricht ab und weint.

Ich nehme ihre kalte Hand in meine und streichle sie. »Bist du vielleicht wegen eines Schwangerschaftsabbruchs hier, Merle?«

»Nein!« Sie wischt sich über die feuchten Wangen und sieht mich mit ihren großen blauen Augen an. »Nein, das will ich nicht! Ich … ich hab extra so lange gewartet.« Der letzte Satz klingt trotzig.

»So lange gewartet?«, hake ich nach.

Sie nickt. »So lange, dass es für eine Abtreibung zu spät ist. Jetzt kann mein Vater mich nicht mehr zwingen, das Baby … wegzumachen. Ich bin schon im fünften Monat.«

Mein Blick wandert zu ihrem Bauch. Sie trägt Strumpfhosen und ein Langarmshirt unter einem kurzen geblümten Jumpsuit, der nicht so locker über den Bauch fällt, wie er sollte. Lange wird sie die Schwangerschaft nicht mehr verbergen können. Mich interessiert aber eher das, was sie gesagt hat. Sie hat Angst, dass ihr Vater sie zwingt, das Baby abzutreiben?

»Vielleicht wolltest du ja, dass Dr. Hollerbeck mit deinen Eltern spricht?«, taste ich mich vor.

Als sie nickt und weinerlich die Unterlippe schürzt, sieht sie aus wie eine Zwölfjährige.

»Zwingen kann dich dein Vater sowieso nicht«, sage ich. »Aber du und deine Eltern, ihr solltet euch beraten lassen und dann gemeinsam überlegen, wie es mit deiner Ausbildung weitergehen soll.«

Merle läuft eine Gänsehaut über die Arme. Wie es weitergehen wird, scheint für sie von zweitrangigem Interesse zu sein. Sie hat einfach nur eine Scheißangst vor ihrem Vater.

»Wer ist denn der Vater des Babys? Ist es ein Junge aus dem Dorf? Weiß er es schon?«

Jetzt kullern die Tränen wieder, als sie nickt. »Er heißt Jamal.«

Das klingt nicht wirklich norddeutsch.

»Papa wird ihn umbringen«, schluchzt Merle. »Und mich auch.«

»Ist Jamal einer der Asylanten?«, frage ich vorsichtig.

Merle nickt wieder. Sie ist kaum zu verstehen, als sie antwortet: »Er kommt aus Eritrea. Er ist einer von den Flüchtlingen, die vor zwei Jahren hierhergekommen sind. Sein Asylantrag ist durch, und er will hierbleiben, in Elmfleth, bei mir. Hast du ein Taschentuch für mich?«

Ich stehe auf und reiße zwei Stücke von der Küchenrolle ab, mit der wir das Ultraschallgel entfernen, und reiche sie ihr. Sie schnäuzt sich kräftig, während ich mir vorstelle, wie Bernd Meyer auf die Nachricht reagieren wird, dass er von seiner siebzehnjährigen Tochter ein Enkelkind bekommt. Ein cappuccino- bis mokkabraunes.

»Papa schlägt mich tot.«

»Quatsch«, sage ich voller Inbrunst. »Dein Vater wird nicht begeistert sein, dass du mit siebzehn und mitten in der Ausbildung schwanger bist, aber es wird für ihn keinen Unterschied machen, ob sein Enkelkind weiß- oder dunkelhäutig ist. Er macht sich für unsere Flüchtlinge doch immer stark.« Ich streichle ihre heiße Wange.

Merle lacht auf. Es ist ein verzweifeltes Lachen. »Du kennst meinen Vater nicht wirklich.«

Jetzt wird mir doch ein bisschen mulmig. Bernd Meyer ist schon im Normalzustand kein umgänglicher Typ. Vielleicht hat Merle recht, und er wird ausrasten? Ich atme tief aus. Ich kann Merle mit ihren Sorgen nicht allein lassen.

»Möchtest du, dass ich dabei bin, wenn du es deinen Eltern sagst? Dann kann ich ihnen auch gleich erklären, wo ihr euch Unterstützung und Beratung holen könnt. Deine Mutter kann dich ja vielleicht zur Frauenärztin begleiten. Was meinst du?«

Ihr »Ja!« kommt wie aus der Pistole geschossen. Vermutlich hofft sie, dass ihr Vater nicht die Schrotflinte holt, wenn jemand Fremdes dabei ist. Ich hoffe das auch.

Der Gedanke an das bevorstehende Gespräch mit Bernd Meyer kommt wieder, als ich meiner Oma im Seniorenheim Sünnschien, das wenige Kilometer von unserer Pension entfernt liegt, gegenübersitze, denn auch sie hat die schlechte Laune gepachtet. Sie residiert in einem Sessel mit gestrickten Deckchen auf den Armlehnen, die in keiner Weise abgeschabt sind, eben weil wohl seit ewigen Zeiten die Schoner darauf liegen. Ich hocke auf einem der beiden Nussbaumstühle am kleinen Tisch.

»Füttert ihr Karlchen auch ordentlich?« Wenn sie von ihrem Kater spricht, wird ihre Stimme ein wenig milder. »Du weißt ja, Luisa, am liebsten mag er Wildhäppchen in Soße.«

»Ja, natürlich. Er ist so fett wie eh und je. Mama hat ihm sogar von dem Streuselkuchen gegeben.« Ich deute auf ihren Teller.

Sie grunzt und teilt mit der Gabel ein Stückchen vom Kuchen ab. Ein paar Krümel fallen auf ihren in Pastellfarben gestreiften Pullover, den sie zu einer kakigrünen Cordhose trägt. Nicht einmal das zarte Rosa und Mint des Pullis lassen ihr herbes Gesicht weicher erscheinen. Ihr glatter grauer Kurzhaarschnitt mit dem rasierten Nacken tut ein Übriges, um sie fast männlich erscheinen zu lassen. »Die Streusel sind hart«, murrt sie und kaut von links nach rechts und zurück, als hätte sie den Mund voll mit Betonkrümeln. »Ich lass den Kuchen bis morgen stehen, dann ist er wohl genießbar.«

»Mach das, Oma«, sage ich abwesend, weil mein Blick auf das Kreuzworträtsel auf dem Tisch gefallen ist. Ich sehe schwarz für den End-Lösungsbegriff. Oma hat unter Mittelmeerstaat statt Malta Miami eingetragen, und unter südamerikanische Schlange hat sie die korrekt belegten ersten beiden As und das O zu Amazonas aufgefüllt.

»Luisa!« Sie spuckt ein paar Streuselkörnchen aus, während sie schimpft: »Wie oft muss ich dir noch sagen, dass du mich nicht Oma nennen sollst? Die Wände haben hier Ohren. Und wenn dieses impertinente Pflegepersonal mitkriegt, dass du mich Oma nennst, verlieren sie auch noch den letzten Funken Respekt. Ich möchte von dir Großmutter genannt werden.«

»Großmutter … warum hast du so große Ohren?« Ich kann mir diesen Satz leider nicht verkneifen, obwohl ich weiß, dass ich es bedauern werde.

Ich habe recht.

Meine Oma macht ein weinerliches Gesicht. »Wie soll mich hier jemand ernst nehmen, wenn nicht einmal meine einzige Enkelin, mein eigen Fleisch und Blut, mich respektvoll behandelt?«

Ihr Gesicht bleibt weinerlich. Eine Träne habe ich bei ihr allerdings noch nie gesehen, stelle ich gerade fest. »Ach, Om… Großmutter! Alle behandeln dich hier mit Respekt. Niemand duzt dich oder würde es wagen, dich Oma zu nennen.« Natürlich weiß ich, dass es Heime gibt, in denen das Pflegepersonal mit den Bewohnern nicht würdevoll umgeht, aber hier habe ich eine solche Behandlung noch nie erlebt.

Meine Oma grunzt. Das macht sie, wenn sie ihr Gegenüber einer Antwort nicht für würdig hält.

»Du mich auch«, murmle ich.

»Luisa, du musst deutlich sprechen. Ich habe dich nicht verstanden. Eine schlimme Angewohnheit ist das. Und du musst dich gerade halten. Das hast du von deinem Großvater geerbt. Das Bucklige färbt auch auf das Verhalten ab. Großvater Günter hatte am Ende auch dieses Kriechende. Schrecklich.«

Verschlucken sich alte Leute nicht manchmal an harten Kuchen? Und ersticken dann? Ich überlege, ob, und wenn ja, wann ich Hilfe holen würde.

»Ich glaube, ich sehe schon einen Buckel bei dir, Luisa.«

Ich denke, ich würde warten, bis sie zumindest blau angelaufen ist.

»Großmutter«, meine Stimme klingt deprimiert, »Opa Günni war doch gar nicht mein leiblicher Opa. Er war dein zweiter Mann. Also kann ich auch nichts von ihm geerbt haben.«

Opa Günni, den ich sehr geliebt habe, hatte tatsächlich einen Buckel. Und alte Fotos beweisen, dass er ihn definitiv vor der Heirat mit meiner Oma noch nicht hatte. Dass er vor achtzehn Jahren entschieden hat, sich mit einem Herzinfarkt still und heimlich von dieser Welt und insbesondere von seiner Frau zu verabschieden, ist für mich im Nachhinein nachvollziehbar.

Meine Oma grunzt erneut, bevor sie das angebissene Kuchenstück in die Allegra zurücklegt.

»Wie sieht es denn mit einem Mann aus, Luisa? Bist du etwa immer noch allein?«

Im Gegensatz zu Mama findet Oma es grässlich, dass ich solo bin. Bei jedem Besuch muss ich mir anhören, dass sie in meinem Alter längst verheiratet und meine Mutter auf der Welt war.

»Ich war in deinem Alter längst …«

»Ja, Oma, ich weiß«, falle ich ihr ins Wort.

»Wenn sich doch noch mal einer erbarmt, ist es hoffentlich jemand, der dich ein bisschen an die Kandare nimmt. Du brauchst eine starke Hand. Für dein fortgeschrittenes Alter bist du einfach noch viel zu kindisch.«

Ich befürchte einen weiteren ellenlangen Vortrag, wie ich zu einem Mann komme, aber das Schicksal meint es gut mit mir. Es schickt eine kleine weißhaarige Dame ins Zimmer meiner Oma. Sie hat nicht geklopft, ist einfach hereingekommen, ohne die Tür wieder zu schließen. Sie sagt keinen Ton, sondern sieht uns kurz an und geht dann an das Fenster, um hinauszuschauen. Ich kenne sie nicht, aber ich bin ihr sehr dankbar für ihr Auftauchen, denn meiner Oma ist die nächste Bemerkung im Hals stecken geblieben. Empört streckt sie ihren Zeigefinger in Richtung alte Dame aus und ruft: »Also! Das … das ist ja … Sie verschwinden jetzt auf der Stelle aus meinem Zimmer! Hören Sie?« Im gleichen Moment greift sie nach der Klingel auf dem Beistelltisch neben ihrem Sessel und drückt darauf herum, als würde sie im Morsealphabet SOS funken.

Ich stehe auf und gehe zu der kleinen Dame mit den weißen Löckchen – so stelle ich mir eine Oma vor – ans Fenster. »Kann ich Ihnen helfen?«

Sie sieht mich an, dann wieder aus dem Fenster. »Beate kommt gleich. Ich schaue, ob sie gleich da ist.«

Wir blicken beide aus dem Fenster. Aber niemand, der ausschaut wie eine Beate, ist zu sehen. Nur zwei alte Männer und ein Pfleger laufen vor dem Haus herum.

Meine Oma zetert noch, als eine Pflegerin hereinkommt und mich freundlich anlächelt. »Entschuldigen Sie«, sagt sie zu mir und nimmt den Arm der alten Dame. »Kommen Sie, Frau Magens, ich bringe Sie in Ihr Zimmer zurück. Sie sollen doch nicht immer weglaufen. Schauen Sie, die Frau Waltersheim ist schon ganz böse, weil Sie sie und ihren Besuch hier stören.«

Omas »Allerdings!« und mein »Das macht doch nichts« erklingen zur gleichen Zeit.

»Wer war das?«, frage ich meine Oma, als sich die Tür hinter der Pflegerin und der alten Dame schließt.

»Die alte Magens. Die ist …«, Oma macht kreisende Bewegungen mit dem Finger neben ihrer Stirn, »ballaballa. Das war jetzt schon das zweite Mal, dass sie einfach in mein Zimmer platzt. Mit ihren widerlichen flinken Beinchen rennt sie tagein, tagaus über den Flur und in fremde Zimmer und redet Unsinn und hält Ausschau nach ihrer Tochter, die lange tot ist. Eine Verschwendung ist das – kann laufen wie ein Wiesel, aber das Oberstübchen müsste dringend renoviert werden.«

Ich streichle über die Beine meiner Oma. Das linke Bein ist nach einem Schlaganfall lahm. Natürlich beneidet sie die alte Frau Magens, weil die ihre Beine noch gebrauchen kann, aber … »Glaubst du nicht, dass die alte Dame gern mit dir tauschen würde, Großmutter? Immerhin ist dein Gehirn voll funktionstüchtig … Das Kreuzworträtsel vergessen wir mal.« Den letzten Satz habe ich natürlich gemurmelt.

»Pah! Keine Privatsphäre hat man in diesem Kasten. Ich hoffe, deine Mutter ist bald wieder so weit hergestellt, dass ich nach Hause kann. Ich werde es ihr sowieso nie verzeihen, dass sie mich hier reingesteckt hat.«

Ich seufze. Wie kann sie nur so verbohrt sein? Mama hat Oma, als die vor drei Jahren den Schlaganfall erlitt, zu uns geholt. Sie umsorgt sie mehr als fürsorglich. Aber als Mama von der Leiter fiel, gab es keine andere Möglichkeit, als Oma in die Kurzzeitpflege zu geben. »Es ist doch nicht für immer«, sage ich.

»Wenn Mama von der Reha zurück ist, holen wir dich nach Hause.«

Als Oma grunzt, beschließe ich, dass es an der Zeit ist zu gehen. Grunzen und Murmeln sind einfach keine gute Grundlage für Konversation. Ich lege Oma das Kreuzworträtsel auf den Schoß und küsse sie zum Abschied auf die schlaffe Wange.

3

Auch wenn sich Nachrichten, insbesondere schlechte, tornadomäßig in unserem Ort verbreiten, ist die Tatsache, dass Onkel Hollerbeck im Krankenhaus ist, nicht zu jedermann durchgedrungen. Etliche Patienten treffen über den Vormittag verteilt ein, und Frau Lutter wird nicht müde, jedem Einzelnen die gestrigen Geschehnisse zu erzählen. Dabei dichtet sie von Stunde zu Stunde einiges dazu, wohl um der Tristesse beim Sichselbstzuhören zu entkommen. Poppy und ich wechseln uns mit Augenverdrehen ab und erledigen ansonsten unsere Arbeit. Wir nehmen Urinproben entgegen, messen Blutdruck, sortieren den Medikamentenschrank und erledigen den Schreibkram, zu dem Frau Lutter vor lauter Erzählen nicht kommt.

Als Heiner Holler die Praxis betritt, kommt mir der Gedanke, dass wir Elmflether für unsere geringe Einwohnerzahl einen doch hohen Anteil an schwarzhäutigen Dörflern haben. Heiner ist einer von ihnen. Er ist Anfang dreißig, stammt ursprünglich aus dem Kongo und hieß Tesfaye, als er als Einjähriger nach Elmfleth kam, als Adoptivsohn von Uwe und Katharine Holler, die am Dorfrand in einem Haus mit märchenhaftem Garten leben. Jette und ich waren als Kinder oft bei den Hollers, denn sie liebten es, den Dorfkindern ein offenes Haus zu bieten. Uwe Holler ist Künstler, und sie leben von seiner Arbeit als Maler und Bildhauer und von dem Geld, das Katharine mit ihrer Töpferwerkstatt verdient, die sie im Keller des Hauses betreibt. Sie sind tolle Leute, weltoffen, liebevoll und ein wenig exzentrisch. Sie würden es niemals zugeben, aber ich vermute, dass es ihnen einen mächtigen Stich versetzt hat, als Heiner sich für eine spießige Laufbahn als

Finanzbeamter entschied. Er lebt mit seinem Freund Lennart im ausgebauten Obergeschoss des Hollerschen Hauses. Dass er schwul ist, hat die Hollers vermutlich mit seiner Beamtenlaufbahn versöhnt.

»Moin, Luisa«, begrüßt Heiner mich. Er will mich ärgern. Er weiß ganz genau, dass ich lieber Isa genannt werde.

Natürlich erwartet er eine Reaktion, die er auch bekommt. »Hallo, Black Beauty.«

Frau Lutters Augenbrauen ziehen sich zusammen, aber sie sagt nichts. Sie kennt unseren Humor mittlerweile, denn Heiner kommt vierteljährlich vorbei, um seine Rezepte abzuholen. Er ist seit seinem zehnten Lebensjahr Diabetiker. Außerdem ist es nicht gelogen, wenn ich Heiner Black Beauty nenne. Er ist ein schöner Mann, groß und schlank. Seine Augen sind nachtschwarz wie seine Haut und das Haar. Sein weißes Gebiss ist perfekt, und er kleidet sich immer nach der neuesten Männermode. Noch ein Gräuel für seinen Vater, der wallende Gewänder und Kittel bevorzugt. Mir gefällt Heiners Modetick. Ab und an tauschen wir Schals aus.

Heiner grinst mich an. »Alle Gäste rennen aus der brennenden Pension, nur nicht Isa Hofa, die schläft auf dem knisternden Sofa.«

Als Kinder und Jugendliche haben wir uns diese Reime zu Dutzenden um die Ohren gehauen. Heiner und ich machen es immer noch, wenn wir uns sehen.

Ich muss nicht lange nachdenken, denn wir legen uns immer schon einen Spruch parat für das nächste Zusammentreffen. »Alle Finanzbeamten sind unbestechlich, nur nicht Hein, der nimmt jeden Schein.«

»Isa!« Frau Lutter sieht sich jetzt doch zu einem missbilligenden Kopfschütteln gezwungen. »Vergiss nicht, dass Heiner-Tesfaye unser Patient ist.« Typisch, dass Frau Lutter ihn bei seinen beiden Vornamen nennt. Niemand sonst tut das.

Heiner winkt lachend ab. »So langsam sollten Sie uns doch kennen, Frau Lutter. Sie sehen heute übrigens besonders nett aus. Tragen Sie Ihr Haar anders?«

Seit ich Frau Lutter kenne, trägt sie ihr Haar immer gleich – Dauerwelle mit Strähnchen. Und sie sieht heute nicht anders aus. Heiner verarscht sie.

Aber sie fällt tatsächlich darauf rein. »Oh«, antwortet sie und fährt sich mit den ringlosen Stummelfingern durchs Haar, »eigentlich nicht. Vielleicht ist es etwas lockerer geföhnt als sonst.«

»Das ist es«, entgegnet Heiner mit erhobenem Zeigefinger. »Fast schon verwegen locker.«

Ich muss mich wegdrehen, weil mein Grinsen – gefühlt – einmal um den Kopf wandert.

Unglaublicherweise rafft Frau Lutter immer noch nicht, dass sie veräppelt wird.

»Heiner-Tesfaye, jetzt ist aber gut«, sagt sie streng, doch ihre Wangen färben sich.

Ich kläre Heiner bezüglich Onkel Hollerbeck auf. Er muss seine Rezepte in der vertretenden Praxis ordern, was für ihn auch kein Problem ist.

»Ich habe aber noch eine Bitte. Es geht um unsere Reise nach Afrika. Kannst du bitte Impfstoff für meine Mutter ordern, Isa? Gelbfieber, Hepatitis, ihr wisst ja am besten, was als Vorsorge oder Auffrischung erforderlich ist. Hier ist ihr Impfpass.« Er legt ein zerknittertes Etwas auf den Tresen.

Erstaunt sehe ich ihn an. Heiner war mit seinem Vater schon mehrfach in seinem Heimatland, und die beiden sind geimpft.

Er scheint mir anzusehen, was ich sagen will, denn er fährt fort: »Mama hat es sich tatsächlich überlegt und will uns begleiten.«

»Das freut mich für euch. Hat sie ihre Flugangst im Griff?« Katharine Holler war, nachdem sie vor über dreißig Jahren den kleinen Tesfaye in Kinshasa abgeholt haben, nie wieder in Afrika.

»Das werden wir sehen, wenn wir abheben. Sie will zur Hypnose gehen.«

»Toll. Ich ordere die Impfstoffe. Ihr habt ja noch ein wenig Zeit.« Ich lege den Impfpass in meine To-do-Ablage.

Heiner verabschiedet sich mit einem Luftküsschen von mir. Frau Lutter ist nicht ansprechbar, denn das Telefon klingelt, und sie geht ran. Als sie nach dem obligatorischen »Praxis Dr. Hollerbeck, Sie sprechen mit Frau Lutter, guten Tag« einen Freudenschrei ausstößt, weiß ich, dass unser Chef am anderen Ende ist. Frau Lutter bestätigt es mit einem herzlichen »Herr Doktor! Schön, dass Sie schon wieder telefonieren können. – Ja? Das freut mich. – Ja, wir kommen hier bestens klar. Ich schicke die Patienten zu Ihrer Vertretung.«

Einen Kaffee trinkend, lausche ich dem Telefonat vor dem Tresen.

»Was?«, stößt Frau Lutter überrascht aus. »So bald schon? Na, hoffentlich ist das nicht zu früh.« Sie deckt den Hörer ab und flüstert mir zu: »Der Doktor soll wohl Mitte nächster Woche schon wieder entlassen werden.«

Ein Riesenbrocken fällt mir vom Herzen. Es kann nicht allzu schlimm um Onkel Hollerbeck stehen. »Prima«, sage ich deshalb strahlend. »Einen lieben Gruß von Poppy und mir an den Doktor.«

Den Gruß gibt Frau Lutter nicht weiter, denn anscheinend redet Onkel Hollerbeck schon wieder auf sie ein. Und ich bin mehr als neugierig, was es ist, denn sie stößt entsetzt aus: »Wie bitte? Was? Er soll … Hier in unserer Praxis?«

Auch Poppy kommt aus dem Labor und lauscht.

Frau Lutter ist Aufregung pur. »Aber wenn Sie schon so bald aus der Klinik entlassen werden, Herr Doktor, könnten Sie doch selbst wieder … – Ach. – Ja, ja, sicher haben Sie da recht, aber … Herr Doktor? Herr Doktor, sind Sie noch da?« Sie nimmt den

Hörer vom Ohr und starrt in ihn hinein, als würde sie hoffen, den Doktor darin sehen zu können.

»Was ist los?«, nimmt Poppy mir die Frage vorweg.

Frau Lutter knallt das Mobilteil in die Halterung. »Wir kriegen eine *Vertretung*, solange der Doktor krank ist. In unserer Praxis! Das hat es noch nie gegeben.« Sie hat das Wort Vertretung mit derselben Betonung ausgesprochen, die ich für Vogelspinneninvasion oder veganer Hamburger verwendet hätte.

Überrascht bin ich allerdings auch. Wieso holt der Chef eine Vertretung ins Haus, wo er doch schon so fit ist, dass er das Krankenhaus Mitte der Woche wieder verlassen kann? Und welcher Arzt kommt für eine so kurze Zeit in eine fremde Praxis?

Die Antwort lässt nicht lange auf sich warten. Frau Lutter lehnt sich kopfschüttelnd auf dem Bürostuhl zurück. »Der Neffe des Doktors kommt. Wenn ich den Chef richtig verstanden habe, will der zu den Ärzten ohne Grenzen und hat bis zur Abreise noch ein paar Wochen Zeit.«

»Sein Neffe?« Ein Bild kämpft sich in meinem Hirn durch das Dickicht aus Kindheitserinnerungen. Ich sehe einen Jungen vor mir, einen pummeligen Jungen mit viel zu engen Shirts, dunklen Locken und Brille, der in den Sommerferien zu Besuch bei den Hollerbecks war und Ziel von Jettes und meinem Spott.

»Der Professor kommt?«, stoße ich aus.

»Nein, der ist doch noch kein Professor«, sagt Frau Lutter. »Der ist Arzt. Wartet …«, sie überlegt, »Aaron Berner, ja, das war der Name, den der Doktor mir genannt hat. Sein Neffe heißt Dr. Aaron Berner.«

»Professor A-a«, murmle ich.

»Du kennst den?«, fragt Poppy interessiert, obgleich sie mich wohl kaum verstanden hat.

Ich nicke. »Aus Kinderzeiten. Der muss drei, vier Jahre älter sein als ich. Er war einige Male in den Sommerferien beim Doktor und seiner Frau zu Besuch. Aber irgendwann blieb er weg. In meiner letzten Erinnerung ist er zwölf oder dreizehn.«

»Cool«, sagt Poppy, »dann könnt ihr eure Erinnerungen austauschen. Der wird sich fett freuen, dich zu sehen.«

»Bestimmt«, erwidere ich und denke: Ach du Scheiße. Hoffentlich erinnert sich der Professor nicht an mich. Von wegen fett freuen. Fetty haben Jette und ich ihn gerufen, manchmal auch Professor Fetty oder Professor A-a. Wir waren zwei fiese kleine Kröten, wie mir jetzt bewusst wird. Der arme pummelige Aaron! Wie muss er unter uns gelitten haben. Vielleicht waren wir ja sogar der Grund, warum er nicht mehr kam?

Frau Lutter sieht auf die Uhr. »Dieser Dr. Berner wohnt wohl seit Kurzem in Hamburg. Er wird am Montag beginnen, aber heute zwischen siebzehn und achtzehn Uhr hier sein, um sich ein Bild zu machen. Der Doktor bittet uns, so lange in der Praxis zu bleiben.«

Ich nicke. Wir haben sowieso erst um achtzehn Uhr Feierabend.

»Er will ein Bild von uns machen?«, fragt Poppy. »Warum das denn?«

»Ach, Kind.« Frau Lutter erklärt ihr die Redewendung, während ich mich ins Spaceshuttle zurückziehe und dort beginne die Instrumentenschublade aufzuräumen. Allerdings muss man sich bei dieser Tätigkeit nicht konzentrieren, und so bleiben meine Gedanken bei Aaron Berner. Vielleicht sollte ich mir keine Sorgen machen. Selbst wenn er sich an mich erinnert, was ich bezweifle – es ist zwanzig Jahre her –, wird er mir diese Kindereien wohl kaum noch übel nehmen. Ich war klein und dumm – das muss genug Entschuldigung für meine Gemeinheit sein.

Trotzdem bin ich aufgeregt, als sich der kleine Uhrzeiger auf die Fünf zubewegt.

Fünf nach fünf öffnet sich die Eingangstür, und wir drei Frauen – merkwürdigerweise tummeln wir uns alle seit zehn Minuten im Eingangsbereich – starren den Mann an, der eintritt. Professor A-a ist noch dicker geworden. Und viel gewachsen ist er auch nicht mehr, seit ich ihn zuletzt sah.

Ich setze ein strahlendes Lächeln auf. »Hallo, guten Tag …« In diesem Moment fällt mir ein, dass ich nicht weiß, wie ich ihn anreden soll. Soll ich einfach Aaron sagen oder lieber Dr. Berner und so tun, als könnte ich mich nicht an ihn erinnern? Was stimmen würde, denn als er an den Tresen tritt, ist mir sein Gesicht so fremd wie einem Beduinen ein Eiskratzer.

Frau Lutter ist aufgesprungen, umrundet den Tresen und sagt reserviert: »Guten Tag, Herr Doktor. Der Chef hat uns informiert, dass Sie kommen.«

»Äh …« Ein fragender Blick trifft uns.

Im selben Moment öffnet sich die Tür erneut. Ein Mann in schwarzlederner Motorradkluft tritt ein, in der Hand einen Motorradhelm. Er schließt die Tür, fährt sich mit der anderen Hand durch das kurze, leicht gelockte Haar und kommt näher. Sein Blick wandert von Frau Lutter über Poppy zu mir und bleibt an mir hängen.

Mein Herz beginnt stärker zu klopfen, als unsere Blicke ineinander verharren. Der Fremde ist groß, schlank und hat braunes Haar. Er trägt keine Brille. Er hat absolut keine Ähnlichkeit mit dem Jungen aus meiner Erinnerung, und doch weiß ich, dass er es ist. Ich erkenne ihn an den Augen.

Ich bin völlig verwirrt, weil er so gar nicht aussieht, wie er aussehen müsste. Dieser Mann sieht einfach umwerfend gut aus. Ein Duschgel-Werbung-Model. Ich sehe vor mir, wie er sich unter einem Wasserfall im Dschungel das eiskalte Wasser über die harte Brust perlen lässt.

»Hallo … Isa.«

Mir läuft eine Gänsehaut über den Rücken. Noch niemals hat jemand meinen Namen so ausgesprochen. So, so … mir fällt kein passendes Wort ein, aber ich fühle mich gestreichelt. Und das verwirrt mich noch mehr.

Genau diese Verwirrtheit muss schuld sein, dass ich nicht denke. »Professor«, stoße ich aus. »Professor A-a.«

Ich erstarre im selben Moment. Habe ich das wirklich gesagt? Hoffentlich habe ich es gemurmelt. Aber seine Entgegnung lässt darauf schließen, dass ich leider, leider gut zu verstehen war.

»Wenigstens ist es diesmal nicht Professor Fetty.« Seine dunkle Stimme klingt unaufgeregt, während er seine Jacke öffnet. Ein schlichtes schwarzes Shirt kommt darunter zum Vorschein. Sein Blick verharrt einen Moment auf meiner Schürze, aber er kommt nicht dazu, einen Kommentar abzugeben, denn Frau Lutter drängt sich dazwischen, und ich könnte sie dafür küssen.

»Entschuldigung, sind Sie Dr. Berner?«

Ich sehe, dass der andere Mann, den wir für Dr. Berner hielten, die Praxis verlässt. Ein fremder Patient, den Frau Lutter wohl zur Vertretung geschickt hat.

»Ja, das bin ich«, sagt Aaron Berner und streckt seine Hand aus. »Guten Tag«, begrüßt er sie mit einem strahlenden Lächeln. Für Zahnpasta könnte er auch Werbung machen.

Frau Lutter kriegt rote Wangen und erwidert seine Begrüßung ebenso freundlich, bevor sie Poppy mit »Frau Lehmann, unser Lehrling« vorstellt, die seine Hand mit einem fröhlichen »Hallo!« ergreift.

Er wendet sich wieder mir zu und hält mir seine Hand entgegen. »Schön, dich wiederzusehen, Isa.«

»Ja«, krächze ich und huste meinen Frosch im Hals raus, »ja, das … das geht mir genauso. Hallo, Aaron.«

Er zwinkert mir zu. »Gefällt mir besser als Fetty.«

Mein Gesicht läuft rot an. »Ach, das … damals …«, murmle ich und winke ab. »Ich … wir … wir waren ja nur dumme kleine Mädchen. Das hast du hoffentlich nicht ernst genommen.«

Aaron bleibt die Antwort schuldig, denn Frau Lutter ergreift dankenswerterweise wieder das Wort. »Kommen Sie, Herr Doktor, ich führe Sie herum. Oder möchten Sie erst einen Kaffee trinken?«

Er legt den Motorradhelm auf dem Tresen ab und sieht sich um. »Gott, ist das lange her, dass ich hier war. Und trotzdem fühlt es sich heimisch an.« Er nickt Frau Lutter zu. »Einen Kaffee nehme ich gern, aber zeigen Sie mir ruhig erst die Räumlichkeiten.«

»Isa, setz einen Kaffee auf. Ich muss mich um den Doktor kümmern.«

Sie hat mich bei diesem Befehl nicht einmal angesehen, sondern strahlt Aaron von unten an, der sogar mich um einen halben Kopf überragt, obwohl ich mit meinen eins sechsundsiebzig nicht gerade klein geraten bin.

Es ärgert mich, dass mir keine passende Erwiderung eingefallen ist, als die beiden im Arztzimmer verschwinden. Ich schaufle eine großzügige Menge Kaffee in den Filter und fülle Wasser für mehrere Becher in den Behälter, denn ich brauche jetzt unbedingt Koffein. Da Aaron nicht aussieht, als könnte ihn ein starker Kaffee aus den Puschen hauen, löffle ich schnell noch einen Schubs Pulver hinzu.

Seine dunkle Stimme ist zu hören, während sie von Raum zu Raum gehen. Ich versuche betont gleichmütig auszusehen, als sie zurückkommen und er sich wieder an den Tresen lehnt, während Frau Lutter sich neben mich stellt.

»Ist der Kaffee fertig, Isa?«

»Aye, aye, Sir«, sage ich, und Aaron lacht leise. Ein Grund für Frau Lutter, mir einen bösen Blick zuzuwerfen. Ich tue, als würde ich es nicht bemerken, und reiche Aaron den gefüllten Becher hinüber. »Nimmst du Milch oder Zucker?«

»Nein danke. Für mich schwarz wie die Nacht. Keine unnötigen Kalorien.«

Meine Wangen färben sich wieder, obwohl er es einfach so dahingesagt hat, wahrscheinlich ohne den Hintergedanken an meine Gemeinheiten in unserer Kindheit. Hoffe ich.

»Nun«, erklärt er mit einem erneuten Rundumblick, »die Praxis ist wahnsinnig veraltet, aber für ein paar Wochen werde ich es schon aushalten.«

Ich sehe aus dem Augenwinkel, wie Frau Lutters Gesicht vereist.

Aaron bemerkt es nicht. Er lacht auf. »Da kann ich hier schon mal für den afrikanischen Busch üben.«

Frau Lutters Stimme klirrt, als sie erwidert: »Das Ultraschallgerät ist nagelneu. So etwas finden Sie wohl kaum in einem Buschkrankenhaus.«

Aaron hat begriffen, dass er Frau Lutter höchstpersönlich beleidigt, wenn er die Praxisausstattung rügt. »Ich wollte nur einen Scherz machen«, sagt er entschuldigend.

»Na«, kommt es kurz von Frau Lutter.

Als Poppy, die auf das WC verschwunden war, zurückkommt und sich zu uns beiden Frauen gesellt, erklärt Aaron: »Nun, ich freue mich auf Montag. Wir werden schon ein gutes Team bilden und bestens zusammenarbeiten. Ich lege allerdings auf eine modernere Praxisführung mehr Wert als mein Onkel.« Sein Blick wandert über uns.

Ist es Belustigung, was ich in seinen Augen sehe? Ich könnte es ihm nicht verübeln. Neben mir steht die kleine mohnhaarige Poppy, deren weißer Kittel im Reißverschluss der weißen Jeans eingeklemmt ist und die Aaron anstrahlt. An meiner anderen Seite versprüht die kurze wie breite Frau Lutter – in ihrem viel zu engen Kittel – eisige Blicke. Ich stehe wie ein Leuchtturm in der Mitte, groß, schlank, das dicke Blondhaar zu einem Zopf geflochten, in einer reinweißen, aber antiken Krankenschwesterschürze über einem kurzen bunt geblümten Sommerkleid.

»Ich möchte, dass wir uns alle duzen«, sagt Aaron. »Das stärkt das Gemeinschaftsgefühl.« Er kommt um den Tresen herum und reicht Poppy noch einmal die Hand. »Ich bin Aaron.«

»Cool. Ich bin Poppy.«

Er sieht sie an und lächelt. »Sich zu duzen bedeutet nicht, keinen respektvollen Umgang miteinander zu pflegen. Also sag mir bitte deinen richtigen Namen, nicht deinen Spitznamen.«

Poppy strahlt weiter. »Ich heiß so.«

Aaron starrt sie an, dann sieht er zu mir.

»Sie heißt so«, sage ich.

»Dann entschuldige, Poppy. Ich habe diesen Namen als Vornamen noch nie gehört.« Er lächelt ein entwaffnendes Lächeln. »Was nicht heißt, dass es nicht ein schöner Name ist. Ganz im Gegenteil, er passt wunderbar zu dir, nicht nur wegen deiner Haarfarbe. Du strahlst etwas so … Frisches aus. Wie roter Mohn eben.«

»Danke schön.« Poppy strahlt zurück.

Ich hätte erwartet, dass er sich gleich Frau Lutter zuwendet, denn wir duzen uns ja bereits, aber er bleibt direkt vor mir stehen und bietet mir seine Hand. »Isa.«

Wieder klingt es so … schön. Ich räuspere mich und lege meine Hand in seine. Warm ist sie und kraftvoll. »Aaron.«

Jetzt wendet er sich Frau Lutter zu. Und nun bin ich gespannt. Nein, ich brenne geradezu darauf zu erfahren, was Frau Lutter sagen wird. Niemand duzt Frau Lutter. Niemand. Ich glaube, selbst wenn sie verheiratet wäre, würde ihr Mann sie Frau Lutter nennen.

Poppy scheint meine Neugier zu teilen. Sie macht einen kleinen Schritt nach vorn, um Frau Lutter sehen zu können, die auf die ausgestreckte Hand von Aaron Berner starrt.

»Ich bin Aaron«, sagt er und lächelt.

Allerdings prallt dieses Lächeln an Gute-Laune-Bollwerk Lutter ab. Sie ignoriert seine Hand und erwidert: »Ich bin Frau Lutter.«

Ich grinse. Poppy kichert neben mir.

»Aber Frau Lutter ist doch bestimmt nicht dein Vorname«, sagt Aaron und zwinkert ihr zu. Wahrscheinlich fallen alle Frauen in Ohnmacht oder gleich in seine Arme, wenn er das macht. Bei Frau Lutter bewirkt dieses Zwinkern, verbunden mit seinem hinreißenden Lächeln, absolut nichts.

»Frau Lutter«, wiederholt sie. »Und dabei bleibt es.«

»Okay, Frau Lutter«, sagt er, und ich glaube schon, dass er sich geschlagen gibt, doch er fügt hinzu: »Wenn du es so möchtest.«

Frau Lutters Gesicht läuft kirschrot an. »Ich werde Sie nicht duzen.«

»Dann wird es hier spaßig werden, denn ich werde nur auf Aaron hören.« Er geht zum Tresen zurück, nimmt seinen Helm, greift in das Glas mit den Kirschlollis und steckt sich einen in den Mund. »Dann bis Montag, meine Damen. Ich freue mich schon riesig!«

Wir schweigen, bis er draußen ist. Poppy fehlt das Feingefühl zu erkennen, dass Frau Lutter, wäre sie ein Kessel, kurz vorm Pfeifen ist. Sie sagt: »Der ist ja toll, der neue Doktor. So cool. Das mit dem Duzen ist voll fett in Ordnung.« Sie macht zwei Schritte auf Frau Lutter zu. »Soll ich dir einen Tee machen, Frau Lutter? Du siehst schon wieder so aufgeregt aus.«

Frau Lutters Siedepunkt ist erreicht. »Du!« Mit dem Zeigefinger sticht sie vor Poppys Nase in der Luft herum. »Du … wirst … mich …«, sie macht nach jedem Wort eine gefährlich lange Pause, »nie … wieder … duzen! Hast du das kapiert?«

Liebe Jette,
meinen herzlichen Dank für Deinen Brief. Der Dank kommt wirklich aus tiefstem Herzen, denn ich weiß natürlich, wie schrecklich Du Dich dabei fühlst, Isa nichts sagen zu können. Aber ich kann nicht einfach zu ihr gehen, kann nicht einfach an ihrer Tür klingeln. Zu viel Zeit ist vergangen, viel zu viel Leben ohneeinander steht zwischen uns.

Ich habe einfach wahnsinnige Angst, in ihr noch mehr zu zerstören, wenn ich plötzlich vor ihr stehe. Was soll ich denn sagen? »Hallo, mein Kind, da bin ich. Ich liebe dich. Habe dich immer geliebt. Ich war nur zu feige und zu bequem, um um dich zu kämpfen.«

Ich weiß, dass ich das immer als Entschuldigung anführe, aber so ist es nun mal. Fast zwanzig Jahre. Eine endlos lange Zeit, in der sie ihr Leben ohne mich gelebt hat. Und ich ohne sie.

Ich habe Jahr um Jahr vergehen lassen, habe meiner Exfrau kein Paroli geboten, habe mich ihrem Willen gebeugt, Isa in Ruhe zu lassen und sie nicht durch jeden Besuch immer mehr zu verunsichern. Du ahnst nicht, Jette, wie grauenhaft es für mich war, Isa immer wieder tränenüberströmt zu sehen, wenn ich ging. Wenn ich sie wieder nach Hause brachte. Wie sie geschrien und sich an mich geklammert hat. Ich hab es noch in den Ohren. »Papa! Papa, bleib hier! Geh nicht wieder weg. Bitte, bitte, Papa, bleib hier!«

Heute weiß ich, dass ich mehr mich selbst als Isa schützen wollte, als meine Besuche immer weniger wurden und ich sie nach einem Jahr ganz einstellte. Ich konnte es nicht mehr ertragen. Es war einfacher für mich, sie gar nicht zu sehen, als ihren Schmerz zu erleben. Ich war immer nur feige. Und es war einfach zu behaupten, meine Exfrau trüge die Schuld, weil sie die Treffen zwischen mir und Isa immer öfter zu verhindern wusste. Es war so herrlich trügerisch, mir einzureden, ich wäre schuldlos.

Die Einzige, die ganz und gar schuldlos ist, ist Isa. Was muss sich in ihrem kleinen Kopf abgespielt haben, als ich wegblieb? Wenn ich es mir ausmale, möchte ich mir selbst ins Gesicht spucken. Natürlich weiß ich, dass auch meine Exfrau ihren Anteil daran hat, dass Isa Jahre später, als ich um ein Treffen bat, mich nicht sehen wollte. Silke wird kein gutes Haar an mir gelassen haben. Aber nichtsdestotrotz hätte ich nicht gleich wieder aufgeben dürfen.

In Deinem letzten Brief stand, Du würdest mir nicht mehr schreiben wollen. Dabei weiß ich ganz genau, liebe Jette, dass Du es doch tun würdest, weil Du so ein gutes und mitfühlendes Herz hast. Du würdest es nicht über Dich bringen, mir Deine kostbaren Nachrichten über Isa vorzuenthalten, weil Du weißt, was sie mir bedeuten.

Aber Deine Zeilen haben etwas in mir ausgelöst. Dich um weitere Briefe anzubetteln, wäre nur ein neuerlicher Schritt in Sachen Feigheit. Und ich möchte doch so gern mutig sein. Ich möchte Isa in die Augen sehen und sagen: Hier bin ich, mein Kind. Ich liebe dich. Ich habe dich immer geliebt.
Doch das traue ich mich nicht. Niemals. Aber die Tatsache, dass meine Exfrau für ein paar Wochen zur Reha geht, hat mir eine Idee in den Kopf gepflanzt, ein Tröpfchen Mut ins Herz gesetzt, und darum möchte ich Dich heute um einen Gefallen bitten, der größer ist als alles andere, was Du bisher für mich getan hast. Jetzt bist Du sicherlich erschrocken, aber ich bitte Dich um ein Treffen, damit ich Dir sagen kann, was ich vorhabe, denn dazu brauche ich Deine Hilfe. Unbedingt.
Wenn Du nicht kommen möchtest, habe ich volles Verständnis, aber ich würde Dich so gern treffen, Jette. Du findest mich am kommenden Montag um 19 Uhr im Vapiano beim Hauptbahnhof.
In tiefer Verbundenheit,
Dein Thomas Hofer
PS: Dein neues Briefpapier gefällt mir. Das hübsche Toskanamotiv zeigt Deine Verbundenheit zu Italien.

4

»Also wirklich, Isa, ich versteh dich nicht!« Jette hockt sich auf mein Bett, während ihre Augen das Sommerzimmer scannen und allem Anschein nach für nicht in Ordnung befinden. Wenn Jettes Gesicht sich ärgerlich verzieht, mag ich besonders ihre Mr.-Spock-Augenbraue. »Jahr für Jahr lässt du dir das hier bieten!« Ihre Hand mit den weiß-brombeerrot lackierten Nägeln wedelt durch die Luft. Abfällig mustert sie den Kleiderschrank aus Nussbaum, dessen linke Tür ein wenig schräg in den Angeln hängt und nicht geschlossen werden kann. »Mulmig wird einem in diesem dunklen Loch. Gefängnisatmosphäre«, murrt sie weiter mit Blick zu dem kleinen Fenster unterhalb der Decke neben dem Schrank, zu dem *sehr* kleinen Fenster mit den Gitterstäben davor. »Hier könnten sie den zehnten Teil mit Freddy Krueger drehen.« Ihre Stimme wird schaurig, während sie ihre Hände zu Klauen formt und über ihrem Kopf ruckartig bewegt. »Nightmare on Elmfleth.«

Jette und ich haben alle Nightmare-Filme geguckt. Als Jugendliche haben wir uns auf dem Sofa weggeschrien und Kissen vor die Gesichter gepresst, wenn der gruslige Freddy in der Elm Street im amerikanischen Springwood mit seinen Klingen die Jungs und Mädchen meuchelte.

»Wenn ich erst meine Sachen eingeräumt habe, wird es gemütlicher«, wiegele ich ab, greife in den Karton neben dem Bett und stopfe ein paar Socken in das schon übervolle Regal über der Kleiderstange des Schranks. »Und die Deko fehlt natürlich noch.« Ich befreie Bobs Farnarme, die auf dem dunkelgrünen Teppichboden unter einem Stapel Jeans eingeklemmt sind, und stecke ihn in die

Blumenampel vor dem Fenster. Dadurch wird es im Zimmer noch dunkler. Ich ignoriere Jettes Kopfschütteln und mache Licht an. »Ist so ein trüber Tag draußen.« Dass ich nicht sehr überzeugend klinge, ist mir dabei bewusst. Ich seufze. Wenn ich nicht mal mich selbst belügen kann, wie soll mir das bei Jette gelingen?

Jahr für Jahr, seit meinem zehnten Lebensjahr, ziehe ich von Mai bis September in diesen kleinen Raum im Keller um, damit mein großes schönes Elbblick-Zimmer im zweiten Stock an Feriengäste vermietet werden kann. Und Jahr für Jahr verdränge ich die Vorstellung, dass die Gäste auf meiner Matratze liegen. Nein, stopp, daran will ich jetzt wirklich nicht denken. Aber ich kann nicht verhindern, dass Assoziationen zu einem Gast und dessen Körperflüssigkeiten kommen. Es gibt da diesen dürren bebrillten Computermenschen mit der Halbglatze – Gernot. Seinen Nachnamen vergesse ich immer, aber wer Gernot heißt, ist von Haus aus suspekt. Jedes Jahr im Juli nistet er sich für zwei Wochen in meinem Zimmer ein, um – angeblich – am Elbstrand die vorbeifahrenden Schiffe abzulichten. Jette und ich sind seit jeher davon überzeugt, dass er am Strand heimlich die Bikini-Mädchen knipst. Als Sechzehnjährige sind wir mit dem Zweitschlüssel in das Zimmer geschlichen, während er auf Foto-Tour war, und haben es durchsucht – in schwarzer Kleidung. Es war zwar heller Nachmittag, aber es erschien uns stil- und stimmungsvoller. Leider kam meine Mutter genau in dem Moment ins Zimmer, als wir mit unseren behandschuhten Händen den verdächtigen schwarzen Aktenkoffer öffnen wollten. Den mit den pornografischen Zeitschriften und Fotografien.

Der Kopf meiner Mutter nahm einen hässlichen Rotton an, als sie uns packte und aus dem Zimmer zerrte. Mein Argument »Das ist mein Zimmer, da kann ich machen, was ich will!« prallte an ihr ab. Jette bekam eine Woche Hausverbot, ich Hausarrest. Was in dem schwarzen Koffer war, haben wir nie erfahren.

»Du weißt doch, dass meine Mutter das Zimmer im Sommer vermieten muss, Jette.«

Mein Ton ist etwas schärfer geworden. »Sie ist auf das Geld angewiesen, seit mein Vater uns im Stich ließ. Es ist nicht ihre Schuld, dass ich hier unten …«

»Pff!«, unterbricht Jette mich. »Such dir eine kleine Wohnung in Hamburg, Isa, oder meinetwegen auch hier in diesem Kuhkaff, aber zieh bitte endlich aus! Du bist achtundzwanzig!« Sie wendet ihren Blick von dem umgekippten Bücherstapel ab, der die Kartons mit der Muschel-, der Stein- und der Broschensammlung unter sich begraben hat, als wir beim Betreten des Zimmers die Tür zu weit geöffnet haben. Jetzt sieht sie mich aufmerksam an. »Und willst du nicht auch endlich damit aufhören, deinen Vater hierfür«, sie wedelt wieder heftig mit dem Arm, sodass ihre silbernen Armreifen klimpern, »verantwortlich zu machen? Tausende andere Mütter werden auch von ihren Männern verlassen, ohne dass sie ihre Kinder in den Keller wegsperren. In solch ein … ein Depri-Loch! Und den Unterhalt für dich hat er schließlich immer gezahlt.«

Jette schweigt nach diesem Statement erschöpft, während ich krampfhaft nach der passenden Entgegnung suche, die mir allerdings nicht einfallen will. Das Knarzen der langsam aufschwingenden Schranktür und das Herauskullern zweier Sockenknäuel sind nicht dienlich, Jettes Argumente vom Tisch zu fegen. Das Sommerzimmer *ist* ein Depri-Loch.

»Bei meinem letzten Gespräch mit Mama über einen Auszugstermin ist sie in Tränen ausgebrochen, Jette. Sie braucht hier einfach meine Hilfe. Und das bin ich ihr auch schuldig. Das, was sie alles für mich getan hat …«

»… tun alle liebenden Eltern für ihre Kinder«, unterbricht Jette mich erneut. »Nur deine Mutter reibt es dir andauernd unter die Nase. Sie hat doch in der Hochsaison eine Putzhilfe. Warum musst du also immer zur Stelle sein? Als dein Studium begann, hast du doch schon mal zwei Jahre in einer WG gewohnt, und sie ist hier gut klargekommen. Also sieh zu, dass du hier rauskommst, wenn deine Mutter wieder fit ist.«

Ich ignoriere den Druck in meinem Bauch und antworte heftiger als gewollt: »Du hast gut reden! Dein Vater liebt deine Mutter schließlich auch nach siebenundzwanzig Jahren immer noch abgöttisch. Und genauso abgöttisch liebt er dich.«

Und das, obwohl Jette nicht seine leibliche Tochter ist. Jette war drei Monate alt, als ihre Mutter sich in den Italiener Salvatore Graziano verliebte. Zwei Monate später zogen sie zusammen, weitere drei Monate später heirateten sie. Jette – das Produkt eines Schottlandurlaub-One-Night-Stands – hat keinen Schaden davongetragen, ihren leiblichen Vater nicht zu kennen. Ihr Vater war und ist Salvatore, heiß und innig geliebt von Jette und den drei jüngeren Brüdern.

»Dein Vater liebt dich auch, Isa.« Jettes Stimme ist jetzt ganz sanft. »Und er tut es immer noch. Bestimmt! Du lässt ihm ja nur keine Chance, es dir zu zeigen.«

Allerdings! Schließlich hat er Mama und mich verlassen. Von einem Tag auf den anderen ist er zu der Frau gezogen, mit der er Mama seit Monaten betrogen hatte, und hat sich ein neues Leben aufgebaut. Uns hat er zurückgelassen wie lästige Hunde, die man in den Sommerferien an ein Autobahnschild bindet, um ungestört in den Urlaub fahren zu können.

Ja, ich weiß, wie diese Hunde sich fühlen. Sie können nicht begreifen, was passiert ist. Sie versuchen herauszufinden, was sie falsch gemacht haben. Waren sie nicht lieb genug? Nicht gehorsam? Hatten sie es einfach nicht verdient, die Reise gemeinsam fortzusetzen?

»Ich möchte nicht über meinen Vater sprechen«, maule ich Jette an. Wir maulen selten miteinander, und wenn doch, nehmen wir es uns nicht krumm, weil wir die allerbesten Freundinnen sind, seit Jette mir in der ersten Grundschulklasse mit der Bastelschere ein Riesenloch in den Pullover geschnitten hat. Nur allerbeste Freundinnen befreien einen von hässlichen Pullovern, von der Oma zur Einschulung gestrickt.

»Aber ist es nicht an der Zeit, Frieden zu schließen, Isa?« Jette zieht mich auf das Bett und legt ihren Arm um mich. »Dein Vater würde sich bestimmt wahnsinnig freuen, endlich einmal von dir zu hören, auch wenn deine Mutter immer das Gegenteil behauptet. Löse dich aus dieser Rolle, Süße, der Rolle der mitleidenden Tochter, und tu endlich mal, was *du* willst. Ich weiß, wie sehr du ihn vermisst. Noch immer. Also verstell dich nicht nur deiner Mutter zuliebe.«

»Na, das sagt ja die Richtige! Wer färbt sich denn seit seinem vierzehnten Lebensjahr die Haare und Augenbrauen schwarz, um auszusehen wie der Papa und die Brüder? Du ... du Möchtegern-Italienerin!«

So, das hat sie jetzt davon. Aber mein Ärger über ihre Bemerkung verschwindet so schnell, wie ihre Wangen Farbe annehmen.

»Rot ist einfach 'ne doofe Haarfarbe, klar? Darum mach ich das.« Nun mault Jette.

»Ja, klar«, sage ich und umarme sie fest. Jette meint es ja nur gut. Was weiß sie schon von meinem Vater? Um das Thema endgültig zu wechseln, löse ich meine Arme und hocke mich im Schneidersitz auf das Bett. »Weißt du, wen ich heute getroffen habe? Du wirst es nicht glauben.« Endlich kann ich loswerden, was mich beschäftigt, seit ich die Praxis verlassen habe.

»Keine Ahnung.« Jette steht auf und kramt das Kästchen mit meiner Broschensammlung unter den Büchern hervor. Sie steckt sich eine silberne Brosche in Schlangenform an den schwarzen Pulli.

»Aaron Berner.«

Vor dem Spiegel, der so klein ist, dass er nur Kopf und Hals zeigt, hüpft sie auf und ab. »Häh? Kenn ich nicht.«

»Doch. Aaron Berner! Professor A-a«, füge ich leiser hinterher, weil ich mich schon wieder schäme.

Jette dreht sich auf dem Fuß um. »Fetty?«, stößt sie begeistert aus und lässt sich wieder neben mich auf das Bett plumpsen. »Du hast Professor Fetty getroffen? Erzähl – wo, wie, wann?«

Ich berichte ausführlich, lasse nichts weg, im Gegenteil, ich erzähle ihr sogar von dem eigenartigen Gefühl, das mich streifte, als er meinen Namen sagte.

»Du fühltest dich *gestreichelt?*« Sie starrt mich an, als hätte ich ihr mitgeteilt, dass man in den USA eine nie gezeigte *Sex and the City*-Folge entdeckt habe. Dann erscheint ein breites Grinsen auf ihrem Gesicht. »Isa! Wenn der jetzt wirklich so gut aussieht! Und Arzt ist! Und vielleicht noch solo ist!«

»Was dann?«

Sie seufzt theatralisch. »Vielleicht ist er der Richtige. Dein Traumprinz!«

»Quatsch.« Ich springe auf und beginne die Bücher einzusammeln und zu einem neuen Stapel zu formieren. »Nur weil mir seine dunkle Stimme gefällt und er meinen Namen so … besonders ausspricht, heißt das noch lange nicht, dass er mir als Mann gefällt.«

»Nein, natürlich nicht. Man stellt sich ja nur hässliche Männer nackt unter einem Wasserfall vor.«

»Es war ein Werbespot, und er hatte eine Badehose an. Außerdem meinte ich mit dem ›ob er mir gefällt‹ nicht sein Äußeres, sondern sein Wesen, seinen Charakter. Vielleicht ist er ein blödes Arschloch. Und überhaupt, so ein Mann läuft nicht frei herum. Der ist nie und nimmer solo.«

»Trug er einen Ring?«

Ich zucke mit den Schultern und lege *Stolz und Vorurteil* zur Seite. Ich liebe diesen Jane-Austen-Roman und muss ihn unbedingt mal wieder lesen.

»Du hast nicht darauf geachtet? Meine Güte. Wenigstens das kleine Einmaleins des Wie-unterscheide-ich-einen-Flirt-von-einer-wahren-Chance solltest du mittlerweile beherrschen.«

Ich werfe das nächste Buch zurück auf den Bücherhaufen – *Die Rättin* von Günter Grass, ein Geschenk zum Abitur.

»Kleines Einmaleins?«, fauche ich. »Du weißt doch ganz genau, dass die Kerle schlau genug sind, den Ring nicht zu tragen.« Ich hebe das Buch wieder auf. Durch den Wurf hat es nun eine geknickte Ecke, aber wenigstens sieht es jetzt gelesen aus.

»Isa, nur die Arschlöcher nehmen ihren Ring ab. Aber so sind ja nicht alle. Professor Fetty ist vielleicht glücklich verheiratet und trägt seinen Ring voller Stolz. Das hättest du durch einen einzigen Blick erkennen können und wüsstest jetzt, ob es sich lohnt, sich weiter mit ihm zu beschäftigen.«

»Aber ich will mich ja gar nicht mit ihm beschäftigen. Er ... er ist einfach nur ein ... netter Freund von früher.« Das ist jetzt gelogen. Ich beschäftige mich nur mit ihm, seit ich die Praxis verlassen habe.

»Er war nie unser Freund. Er war der fette Professor A-a.«

Sie hat recht, aber ich möchte nicht mehr daran denken, wie wir ihn behandelt haben. »Eigentlich wäre er was für dich«, sage ich schnell, damit wir thematisch von mir wegkommen. »Dunkles, leicht lockiges Haar, Nutella-Augen ...«

Jette sieht mich an, schluckt und wirft sich mit dem Rücken aufs Bett. »Ach, Isa!«, stößt sie aus und starrt an die Zimmerdecke. Die totgepatschte Mücke scheint sie nicht zu sehen, als sie leise sagt: »Darum bin ich ja hier. Um mit dir zu reden. Über ein Paar wunder-, wunderschöne dunkelbraune Augen.« Sie seufzt lang und innig.

»Jette!« Ich werfe *Shades of Grey*, das sie mir vor Urzeiten geliehen hat und das voller Eselsohren ist, in die Ecke und hocke mich auf Knien neben sie. »Los, sag mir sofort, wem sie gehören«, fordere ich über sie gebeugt. Ich erschrecke, als ich sehe, dass ihre Augen voller Tränen sind. »Jettchen«, ich ziehe sie an den Armen hoch und drücke sie an mich, »hat's dich so erwischt?« Ich halte sie auf Armlänge von mir, um ihr in die Augen schauen zu können, aus denen die Tränen sich auf den Weg gemacht haben.

»Ich … bin … pervers«, schnieft sie.

»Du und pervers!« Ich lache und schüttle sie ein wenig. »Wie kommst du auf so einen Blödsinn?«

»Ich wollte es dir schon längst erzählen, aber ich hab mich nicht getraut, weil ich mich so schäme. Wenn ich die Liebe, die ich für ihn empfinde, zulasse, betreibe ich …«, sie fängt wieder laut zu weinen an, »… Inzest.«

Ich brauche ein paar Sekunden, um das Gesagte zu verdauen. Ja, sie hat eindeutig Inzest gesagt, obwohl es durch das Weinen etwas verzerrt klang.

»Inzest?«, sage ich ungläubig. »Du … du bist in einen deiner Brüder verliebt?« Das kann doch nicht sein. Ich weiß, dass sie ihre Brüder inniglich liebt, aber doch auf schwesterliche Weise. Außerdem sind der sechsundzwanzigjährige Matteo und der vierundzwanzigjährige Samuele glücklich verheiratet. Matteo ist sogar schon zweifacher Vater. Und ihren vierzehnjährigen Bruder Alessio, Nachzügler und Nesthäkchen der Familie Graziano, wird sie wohl kaum meinen.

»Doch nicht meine Brüder.« Entsetzen klingt durch ihre Stimme. »Es … es ist mein Cousin aus Salerno, Davide Graziano.«

Ich muss mich einen Moment lang sortieren. Was redet sie da? Ihren Cousin Davide? Ich kenne den Namen, weil sie ihn wohl kurz erwähnt hat, denn in der kommenden Woche findet ein großes Familientreffen bei den Grazianos statt. Die gesamte Familie aus Italien reist an – es wird ein Mega-Spektakel. Ich weiß das, weil ich die Grazianos in den Schulferien einmal zu einem Familientreffen in Italien begleiten durfte. Sie sind alle schwatzhaft und laut und extrovertiert und wunderbar. Habe ich diesen Davide damals getroffen? Ich habe keine Ahnung. Auf jeden Fall hat Jette ihn getroffen. Aber mit keiner Silbe hat sie verlauten lassen, dass sie mehr in diesem Davide sieht. Und das zieht die Frage nach sich: Warum nicht? Wir erzählen uns doch alles! Und überhaupt, was soll der Blödsinn mit dem Inzest?

»Jette, was redest du denn für einen Unsinn? Selbst wenn du in deinen Cousin verliebt bist – das ist kein Inzest.«

»Natürlich ist es Inzest, wenn man seinen Cousin liebt. Warum wohl hat die katholische Kirche die Heirat zwischen Cousin und Cousine ersten Grades verboten?« Sie weint herzerweichend. »Wenn Papa das erfährt, wird er …«

»Davide ist nicht dein Cousin«, würge ich sie ab.

»Natürlich ist er das! Ich werde ja wohl wissen, wer mein Cousin ist.«

»Mein Gott, sei doch nicht so begriffsstutzig, Jette. Du bist doch keine blutechte Graziano.« Ich ignoriere ihr Zusammenzucken. »Dein leiblicher Vater ist kein heißblütiger, schwarzäugiger Italiener, sondern ein rothaariger Schotte namens Colin!« An mehr als den Vornamen hat Jettes Mutter sich nicht erinnern können, als sie seinerzeit – zurück in Deutschland – feststellte, dass der One-Night-Stand im schottischen Aberdeen nicht ohne Folgen geblieben war.

»Ich hasse dich.«

»Nein, das tust du nicht. Du freust dich, dass du Deutsch-Schottin bist und so viele italienische Cousins heiraten kannst, wie du willst.«

Jette macht einen Schmollmund. »Für Papa spielt es keine Rolle, ob ich von seinem Blut bin oder nicht. Ich bin seine Tochter, adoptiert und katholisch, und damit ist es ausgeschlossen, dass Davide und ich jemals glücklich werden können.« Ein wenig zu viel Dramatik liegt in ihrem letzten Satz. Das sagt mir, dass sie –

natürlich – genauso denkt wie ich, sich aber nicht traut, es zuzugeben. Sie ist nun mal eine Herzblutmöchtesogernitalienerin.

»Wie sieht denn dieser Davide das Ganze?«, wage ich zu fragen. »Liebt er dich auch, oder ist das Ganze erst mal nur … deinerseits?« Bei Jette weiß man nie, woran man ist. Sie hat schon den dollsten Liebeskummer ausgestanden, ohne dass der Beweinte überhaupt wusste, dass sie in ihn verliebt war.

»Hach!« Sie seufzt hingebungsvoll. »Es hat im letzten Italien-Urlaub gefunkt.« Ihre Tränen sind versiegt. Der Glanz in ihren Augen ist also erinnerungsbedingt.

»Und du hast mir kein Wort gesagt?«, frage ich vorwurfsvoll. Immerhin liegt dieser Urlaub schon acht Wochen zurück.

Jette rückt, so nah es nur geht, an mich heran und schlingt beide Arme um mich. »Dieses Mal ist es eben anders, Isa. Anders als sonst. Es fühlt sich so … übermächtig an. Aber …«, sie schluckt wieder, »ich hab mich so geschämt.«

»Ach, Jettchen.« Ich schlinge auch meine Arme um sie. Sie meint es tatsächlich ernst. Sie ist so durch und durch mit ihrem Stiefvater verbunden, dass sie fühlt wie eine leibliche Tochter, auch wenn der Verstand weiß, dass es eigentlich keinen Hinderungsgrund für diese Liebe gibt.

»Davide ist so wunderbar, Isa! Er sieht nicht nur gut aus«, sie fummelt ihr Smartphone aus der Hosentasche, »er ist auch romantisch und trotzdem so maskulin, und er vergöttert mich. Das ist er.« Sie hält mir ihr Handy so dicht vor die Nase, dass ich nichts sehen kann.

Ich nehme das Handy. »Wow! Ein Bild von einem Italiener!« Und das ist nicht gelogen. Schwarzes, kurz geschnittenes Haar, Dreitagebart, blitzende weiße Zähne und eine römische Nase. Ein echter Kerl.

»Er küsst wie ein Gott.«

»Hattet ihr schon Sex?«

Jette läuft rot an – ein seltener Anblick. »Ja. Es war«, ihre Augen glänzen, »fantastisch.«

»Kein Wunder. Du weißt doch: An der Nase eines Mannes erkennt man seinen ... Autsch!«

»Entschuldige.« Sie streicht über meine linke Seite, in die sie mich geboxt hat, dann kichert sie. »In diesem Fall stimmt der Spruch allerdings.«

»Wenn ihr euch wirklich liebt, dann wird alles gut.« Ich drücke Jette noch einmal fest. »Scheiß auf katholisch. Du hast es doch selbst einmal gesagt: Die Liebe findet immer ihren Weg.«

»Ach, Isa«, sie drückt mich fest, »du bist meine Beste.«

Lieber Herr Hofer,

ich habe mit mir gerungen, ob ich Ihnen antworten soll. Dass ich es jetzt tue, haben Sie Isa zu verdanken. Sie ist so lieb und immer so wundervoll optimistisch – jedenfalls, wenn es um andere geht. Mich zum Beispiel. Und ich möchte, dass sie glücklich wird, in jeder Beziehung. Und da gehören Sie nun mal dazu. Und natürlich frage ich mich die ganze Zeit, was das wohl für eine Idee ist, die Sie da ausgebrütet haben. Eine Idee, die es erfordert, dass wir uns treffen ... Das macht mir ein wenig Angst, aber da mich meine Neugierde umbringt, stimme ich einem Treffen zu.

Doch eines sage ich Ihnen gleich: Es ist das erste und letzte Mal, dass wir uns treffen, ohne dass Isa dabei ist.

Also dann bis Montag um 19 Uhr im Vapiano. Ich verzeihe Ihnen übrigens, dass Sie nicht bei meinem Vater reserviert haben, denn ich möchte nicht mit Ihnen zusammen gesehen werden. Ich habe schon Stress genug.

Vielleicht sollten wir unsere Handynummern austauschen, damit wir uns gegenseitig per Whatsapp erreichen können, falls etwas Unvorhergesehenes eintritt. Meine Nummer finden Sie auf dem Aufkleber. Die hat Papa mir geschenkt. Von den 500 Aufklebern habe ich noch 497 Stück. Keine Ahnung, was Papa da geritten hat. Wer braucht denn Aufkleber, auf denen der Name und die Handynummer stehen? Und dann noch in der Menge! Und bei meinem Handyverschleiß! Vielleicht sollte ich meine Nummer behalten, wenn ich mir ein neues Smartphone kaufe.

Entschuldigung, ich schreibe schon wieder so viel Unsinniges.

Also, dann bis Montag!

Ihre sehr neugierige, aber jetzt todmüde Jette Graziano – ich hatte einen wundervollen Abend mit Isa.

PS: Ich verrate Ihnen nicht, warum der Abend so wundervoll war. Nun, so viel kann ich doch verraten: Er war wundervoll, weil Isa mich in einer sehr persönlichen Sache aufgebaut hat. Weswegen der Abend noch so schön war, sage ich aber nicht. Vielleicht interpretiere ich ja auch zu viel hinein in das, was Isa mir erzählt hat, aber seit Peer Magnussen haben ihre Augen nicht mehr so geleuchtet. ☺

Es ist kühl im Sommerzimmer. Darum kuschle ich mich tief in die Bettdecke. Das heißt bei mir: Alles unterhalb der Nase ist darin verschwunden. Eigentlich müssten mir sofort die Augen zufallen, denn es ist nach Mitternacht. Aber ich bin noch so aufgekratzt, als hätte ich ein vierstündiges Mittagsschläfchen gehalten.

Es war schon weit nach elf, als Jette aufbrach. Als ich nach der Verabschiedung zurück in den Keller gehen wollte, sah ich, dass im Wohnzimmer noch Licht brannte. Mama war auf dem Sofa eingeschlafen. Leise bin ich zum Fernseher getappt und habe ihn ausgestellt. Ich wollte sie wecken, aber dann habe ich mich in den Sessel gesetzt und sie im Licht der kleinen Tiffanylampe angeschaut. Sie ruhte in ihrem blau karierten Pyjama, in den ich ihr vor der Tagesschau hineingeholfen hatte, an dem Kissen hinter ihrem Kopf. Ihr Mund war geschlossen. Wenn er leicht offen steht, sägt sie ganze Wälder ab, aber in diesem Moment atmete sie tief und ruhig. Es war ein so schöner Anblick, sie einmal völlig entspannt zu sehen. Sie sah aus, wie eine Dreiundfünfzigjährige auszusehen hat – mit ein paar Fältchen um die Augen, aber noch mitten im Leben stehend, es genießend.

Leider sieht Mama im Wachzustand anders aus. Harte Linien verteilen sich über das angespannte hagere Gesicht. Die Falte über der Nasenwurzel ist ein Enkel des Grand Canyon, und die Mundwinkel schaffen den Klimmzug nach oben immer seltener. Die Zwangsruhe durch den beiderseitigen Armbruch hat ihrer täglichen Hektik keinen Abbruch getan, im Gegenteil. Zum Nichtselbstanpacken verdammt, verfolgt sie die von mir in Angriff genommenen Hausarbeiten unruhig.

Ich drehe mich unter der Decke und blicke jetzt an die Wand. Nicht, dass ich etwas sehen könnte. Im Sommerzimmer ist alles schwarz. Das bisschen Mondlicht, das es schafft, durch das winzige Fenster zu gelangen, wird von Bob geschluckt. Ich gönne es ihm, zumal das Sonnenlicht ihn am Tag kaum satt machen kann.

Jettes Worte gehen mir nicht aus dem Kopf. Leide ich wirklich mit meiner Mutter mit, seit mein Vater uns verlassen hat? Jetzt, im Dunkel der Nacht, ist es einfacher, diese Unterstellung nicht empört von mir zu weisen, sondern darüber nachzudenken. Jette behauptet immer wieder, Papa würde mich noch lieben. »Bei der Liebe kann man nicht einfach einen Ausknopf drücken«, hat sie einmal gesagt. »Liebe ist eine Naturgewalt, ein Fluss, den nichts und niemand aufhalten kann, der seinen Weg immer findet.«

»Pff!«, grummle ich in die Decke. Von wegen Naturgewalt. Papa hat einfach einen Staudamm gebaut. Und das bisschen Liebe von ihm, das nach der Trennung noch floss, ist irgendwann versickert. Anderthalb Jahre nach der Scheidung habe ich ihn das letzte Mal gesehen. Mit der Post kam noch ein Brief und aus dem Mund meiner Mutter wieder und wieder: »Er hat dich vergessen, mein Schatz. Sei nicht traurig, ich bin ja da.«

Jette hat immer behauptet, Papa hätte bestimmt noch mehr Briefe geschrieben, Mama hätte sie mir nur nie gezeigt. Einer der raren Momente, in denen ich Jette böse war. Nie hätte Mama das getan. »Frag sie doch«, hat Jette gesagt. »Vielleicht gibt sie es ja zu.« Einmal war ich kurz davor, sie zu fragen, aber zum Glück konnte ich mich noch bremsen. Mama hat so viel für mich getan. Sie liebt mich von Herzen. Wie könnte ich ihr also etwas so Schandhaftes zutrauen?

Ich drehe mich wieder auf die andere Seite und schließe die Augen. Ich will nicht mehr an Papa denken, aber er ist schwerfällig, wenn es um das Verschwinden geht. Wenn er erst mal da ist, krallt er sich mit Widerhaken in meinen Hirnwindungen fest. Der Staudammvergleich geht mir noch einmal durch den Kopf. Papa hat ihn gebaut, aber was ist mit der Liebe, die sich dahinter sammelt? Mir kommen die Tränen. Und diese Tränen sind ein Teil des Gestauten.

Ob es wirklich wahr ist, was Jette sagt? Liebt er mich noch? Gibt es auch bei ihm diesen geheimen tiefen See der Sehnsucht, verborgen vom Alltag, von all den vergangenen Jahren?

Ich merke, wie die Müdigkeit endlich kommt und mir Blei an die Lider hängt. Bevor ich mich dem Schlaf ergebe, schieben sich ein Paar braune Augen auf meine innere Leinwand. Allerdings gehören sie nicht meinem Vater.

5

»Haben Sie noch einen Wunsch? Vielleicht noch etwas Rührei?«
Mein Blick gleitet über den Frühstückstisch, an dem das Ehepaar Hartwig sitzt. In unserem margarinegelb gestrichenen Frühstücksraum gibt es sechs Tische, von denen nur dieser besetzt ist. Es ist Montagmorgen, und der einzige weitere Gast unserer Pension, ein Geschäftsmann aus Hessen, ist bereits vor zwei Stunden aufgebrochen. Im Gegensatz zum Ehepaar Hartwig wird er keine weitere Nacht bei uns verbringen. Mich macht das nicht unbedingt traurig, so habe ich weniger zu tun. Aber für Mama bedeuten leere Betten natürlich leere Konten, und so ist sie für jede Buchung dankbar.

»Nein danke, für mich nicht«, antwortet Frau Hartwig und klopft ein paar Brötchenkrümel von ihrer beigefarbenen Steppweste.

Herr Hartwig öffnet den Mund, aber er kommt nicht dazu, etwas zu sagen.

»Mein Mann möchte auch kein Ei mehr.«

Herr Hartwig klappt den Mund wieder zu. »Ja«, sagt er schließlich matt, »ich möchte kein Ei mehr.«

Seine Frau greift nach der Thermoskanne aus Kunststoff, deren Grün auf das Frühstücksgeschirr abgestimmt ist. Wildrose heißt es, und ich finde es in seiner Kitschigkeit mit den roséfarbenen Blüten und den dunkelgrünen Blättern wunderschön.

»Cholesterin.« Frau Hartwig sieht kurz zu mir hoch, während sie ihm Kaffee nachschenkt. »Er muss darauf achten.«

»Für die Blutfettwerte sind gesättigte Fettsäuren viel schädlicher«, schlüpft es mir über die Lippen. »Die sind in gehärteten Fetten enthalten.« Ich deute auf den Wurstteller, auf dem die Leberwurst und die Scheibchen vom Schweinebraten verschwunden sind.

Eine einzige Scheibe Lachsschinken liegt noch darauf. Im selben Moment bereue ich den Hinweis. Mama hat mir immer eingebläut, dem Gast nicht zu widersprechen, selbst wenn er unrecht hat.

Frau Hartwigs Stirn legt sich in Falten. Ein böser Blick trifft mich. »Nun erzählen Sie bloß keine Märchen, Frau Hofer. Mein Mann glaubt das am Ende noch. Oder sind Sie etwa Ärztin?« Sie lacht dümmlich.

»Nein«, sage ich und würde zu gern ergänzen: Noch nicht, aber immerhin sechs Semester Medizin habe ich bereits hinter mir. Doch mit Mamas mahnenden Worten im Hinterkopf schweige ich und verlasse den Frühstücksraum.

Drei Wochen werde ich es durchhalten, Mamas Vertretung zu sein. Als ich in der Küche den Geschirrspüler einräume, kommt ein Anruf. Zwei Pärchen möchten in der übernächsten Woche zwei Doppelzimmer für zehn Nächte buchen. Zufrieden trage ich sie im Reservierungsbuch ein. Mit dem Frühling kommen auch die Gäste, das war bisher noch immer so. Mit diesen Worten habe ich Mama getröstet, als ich sie gestern nach Bad Bramstedt fuhr und in der Reha-Klinik ablieferte. »Ruf mich an, wenn du ein Zimmer vermietest«, hat sie mir nachgerufen, als ich wieder ins Auto stieg. »Dann kann ich ruhiger schlafen.«

Ich sehe sie noch im Rückspiegel winken, als ich losfuhr. Wie ein Roboter, weil ihr Handgelenk kaum Bewegung zulässt. Es ist das erste Mal, seit ich denken kann, dass Mama länger als zwei Tage fort ist. Die Pension ist ihr Ein und Alles – neben mir. Sie liebt es, Gäste zu beherbergen und ein wenig an deren Leben teilzuhaben. Merkwürdigerweise erzählen viele Gäste meiner Mutter nicht nur, was sie in unsere Gegend treibt, sondern auch, welche Probleme sie mit sich herumschleppen. Es muss an Mamas Ausstrahlung liegen. Sie zeigt Verständnis und Mitgefühl für alles, was die Menschen bewegt, wobei sie lieber das Problematische, Traurige hört und weniger das Glückliche. Das Negative saugt sie auf wie ein durstiger Schwamm.

Ich stelle die Pfanne, in der ich das Rührei gebraten habe, in den Geschirrspüler. Mama würde durchdrehen. Die Pfanne wird immer von Hand abgewaschen.

Ich seufze. Es ist höchst ungesund, dass Mama sich immer mit den Problemen der anderen vollsaugt. Aber so ist sie nun mal. Es scheint ihr zu bestätigen, dass das Leben eine einzige Tragödie ist. Sie hat diese Einstellung angelegt wie eine zweite Haut, und diese Haut scheint das Glück zu absorbieren. Als Kind und Jugendliche dachte ich immer, alle Frauen, die ohne Mann waren, hätten diese negative Lebenseinstellung. Ich dachte, Mamas Klagen wären normal. Schließlich ist es bei Oma das Gleiche. Beide beklagen fortwährend ihr Schicksal. Erst als Erwachsene ist mir aufgegangen, dass Mama und Oma einfach von Natur aus negativ drauf sind. Sie sehen in allem das Schlechte zuerst. Das Glas ist immer halb leer. Wenn etwas gut läuft, beäugen sie es misstrauisch und warten darauf, dass es wieder bergab geht, damit sie in ihrer Einstellung bestätigt werden.

Es hat mich wahnsinnig traurig gemacht, als ich zu dieser Erkenntnis kam. Und es hat gedauert, bis ich begriff, dass ich daran nichts ändern kann. Darum hege ich auch keinerlei Hoffnung, dass der Klinikaufenthalt ihr seelisch nützen kann. Im Gegenteil, die Probleme der anderen Klinikgäste werden ihre Lebenseinstellung beheizen wie Zunder.

»Einen schönen Tag für Sie, Frau Hofer«, flötet Frau Hartwig in die Küche. »Wir machen jetzt einen langen Spaziergang an der Elbe.«

»Dann viel Spaß«, rufe ich ihr zu, schnappe mir das Tablett vom Küchentisch und trete auf den Flur. Die Hartwigs schlüpfen in ihre beigefarbenen Jacken. Ich sehe ihnen nach, wie sie in ihren beigefarbenen bequemen Schnürschuhen hinausgehen. Um keine beigefarbene Depression aufkommen zu lassen, schaue ich auf meine roten Ballerinas. Es geht mir gleich viel besser.

Ich liebe Farbe in meiner Kleidung. Geblümte Kleider sind mein Lieblingsoutfit. In allen Formen und Farben hängen sie in meinem Schrank. Etliche davon habe ich als Schnäppchen auf Flohmärkten erstanden. Heute trage ich ein cremeweißes Kleid mit rot-grünem Mohn darauf, das in der Taille eng anliegt und einen weiten Rock hat. Es ist ärmellos, aber ich trage eine kurze rote Strickjacke darüber. Der Fünfzigerjahre-Look gefällt mir, und ich hätte so gern die Figur von Lilo Pulver oder Audrey Hepburn. Schlank bin ich zwar auch, aber mein Busen hat Körbchengröße D. Ich habe noch nie verstanden, wie Frauen sich ihre Brüste freiwillig vergrößern lassen können. Ich fände es herrlich, flachbrüstig zu sein.

Während ich das Frühstücksgeschirr der Hartwigs auf das Tablett lade und die Krümel von der dunkelgrünen Tischdecke wische – ich muss sowieso saugen –, streift mich der Gedanke, welche Körbchengröße Aaron Berner wohl gefällt.

Spinn ich jetzt? Die Tassen und Teller klirren, als ich das Tablett energisch packe und in die Küche trage. Durch das Fenster an der Spüle kann ich direkt auf Onkel Hollerbecks Haus blicken. Seit ich denken kann, hätte ich gern einen Haustausch gemacht. Das Hollerbecksche Landhaus ist aus rotem Backstein gemauert. Es ist verwittert, und an vielen Stellen bröckeln die Fugen, aber im Sommer sieht man es kaum, weil Kletter- und Stockrosen in allen Farben das alte Gemäuer verdecken. Das Reetdach ist alt und vermoost und wunderschön. Von den grün-weißen, nach außen aufklappbaren Sprossenfenstern blättert die Farbe ab wie die Kruste einer Wunde, aber all das stört mich nicht. Ich liebe diese Kate inmitten des verwilderten Gartens. Irgendwann ist Onkel Hollerbeck nicht mehr Herr über die Natur geworden und hat sie walten lassen.

Ob er schon zu Hause ist? Wohl kaum, heute ist erst Montag. Das obere linke Fenster gehört zu seinem Schlafzimmer. Da die weiße Orchidee auf der Fensterbank noch nie ihre Blüten verloren hat, ist entweder Onkel Hollerbeck ein Blumenflüsterer oder die Orchidee aus Polyester. Die blühende Pracht seines Gartens im Sommer könnte fast Ersteres vermuten lassen.

Es hängen immer noch die gerafften Gardinen vor dem Fenster, die seine Frau vor ewigen Zeiten angebracht hat. Maria Hollerbeck ist schon seit zwanzig Jahren tot. Der Doktor hat mit ansehen müssen, wie der Krebs über ihren Lebenswillen siegte. Er hat ihr nicht helfen können. Niemand konnte das.

Ob Aaron damals wegblieb, weil die Tante nicht mehr lebte?

»Der Krebs hat Maria aufgefressen.« Diese Worte meiner Mutter habe ich noch im Ohr. Als Kind hat es mir furchtbare Angst gemacht, wenn sie das sagte. Ich stellte mir einen riesigen Krebs vor, der mit seinen Scheren in den Bäuchen der Menschen wütete. Sie hat mich irgendwann aufgeklärt. Aber auch als ich wusste, dass die Krankheit Krebs kein Scherentier ist, hatte ich Angst, dass Mama sterben würde wie Tante Hollerbeck, denn ich befürchtete, ihr ständiger Kummer würde den Krebs anlocken.

Ich glaube, das war einer der Gründe, warum ich in der zehnten Klasse beschloss, Ärztin zu werden. Um zu verhindern, dass Mama stirbt und ich ganz allein wäre. Allerdings waren mein Abidurchschnitt und der Numerus clausus nicht kompatibel. Also wurde ich Krankenschwester und ließ mich an der Uni auf die Warteliste setzen. So sind einige Jahre ins Land gezogen, bevor ich mein Studium beginnen konnte.

Weil Aaron meine Gedanken wieder für sich beanspruchen will, zerre ich den Staubsauger aus der Abstellkammer und gehe damit in den Frühstücksraum. Während die Hartwigschen Brötchenkrümel durch das Rohr rasseln – ich liebe dieses Geräusch –, blicke ich auf die Wanduhr über dem eichenen Sideboard. Durch das Küchenkräutermotiv auf dem Ziffernblatt sind die Zeiger schwer zu deuten. Noch drei Stunden, dann sehe ich Aaron.

Zehn vor eins quetsche ich mich durch die Grenzbüsche, um zum Nachbargrundstück zu gelangen. Das mache ich seit Kindertagen so, und es ist ein schmaler Trampelpfad entstanden, der nur von mir und Luzifer genutzt wird. Aarons Motorrad steht in dem hohen Gras neben der Garage. Ich habe keine Ahnung, was es für eine Maschine ist, aber sie sieht riesig und mörderisch schnell aus. Eine Rakete.

Ein einziges Mal in meinem Leben bin ich Motorrad gefahren, allerdings auf einer sehr viel kleineren Maschine. Lars »Honky« Honkstett, ein Klassenkamerad aus meiner Abiturklasse, hatte mich darauf nach Hause gefahren. Leider war Mama im Garten, als wir ankamen. Sie hat einen Weinkrampf gekriegt, als Honky weg war, und mir verboten, jemals wieder auf »so ein Höllending« aufzusteigen. Sie habe keine Sekunde Ruhe mehr, wenn sie sich nicht auf mich verlassen könne. Sie würde sich umbringen, wenn mir durch das Motorradfahren etwas zustieße.

Ich bin nie wieder aufgestiegen.

Als ich die Praxis betrete, steht Aaron am Tresen. Heute trägt er keine Motorradkluft, sondern eine weiße Jeans und ein türkisblaues Poloshirt. In der engen Hose wird deutlich, wie schlank er ist. Klasse Arsch, hätte Jette gesagt, auf der Arschskala eine Eins minus. Eine glatte Eins hat bei ihr noch keiner geschafft.

Aaron stiert auf eine Patientenkarteikarte und sagt gerade zu Frau Lutter: »Es ist wirklich unglaublich, dass es hier keinen PC gibt.«

»Wir kommen gut ohne klar«, entgegnet sie schnippisch, was durchblicken lässt, dass die Stimmung nicht besser ist als Freitag.

»Hallo zusammen!«, werfe ich betont fröhlich in den Raum. Das Wartezimmer ist noch leer, weil wir erst um fünfzehn Uhr wieder Sprechstunde haben.

Aaron dreht sich zu mir um. »Hallo, Isa.« Heute trägt er eine Brille. Sie ist der, die er als Kind trug, gar nicht mal so unähnlich, mit dem Unterschied, dass sie heute mit ihren großen halbrunden Gläsern in der dunkelbraunen, leicht gesprenkelten Fassung topmodern ist und ihm hervorragend steht. Sein Blick wandert über mein Mohnkleid. Er lächelt. »Die Poppy-Klamotten stehen dir. Darf ich?« Er wartet allerdings meine Zustimmung nicht ab, sondern pult ein trockenes Laubblatt von meiner Strickjacke unterhalb der Schulter.

Ich spüre den leichten Druck seiner langen Finger. Wie würde es sich wohl anfühlen, wenn er meine nackte Haut berührt? Bevor meine Wangen den Farbton der Blumen auf meinem Kleid annehmen können, drehe ich mich um und verschwinde im Labor. Ich hänge meine rote Strickjacke in den schmalen Garderobenschrank und binde mir die weiße Schürze um. Als ich zu Frau Lutter an den Schreibtisch gehe, um zu sehen, was ich tun kann, ruft Aaron Richtung Arztzimmer: »Poppy, komm doch mal bitte und bring die Tüte mit, die neben dem Schreibtisch liegt.«

Anscheinend hat sie dort aufgeräumt, denn sie taucht mit dem Mülleimer aus dem Arztzimmer auf – und einer großen Tüte.

»Jetzt, wo Isa da ist, möchte ich euch etwas geben.« Er nimmt die Tüte, greift hinein und legt einen Packen Textiles auf den Tresen, das den gleichen Farbton aufweist wie sein Shirt. Ein genauerer Blick zeigt, dass es die gleichen Shirts sind. »Ich möchte, dass wir einheitliche Kleidung tragen«, sagt er und entfaltet das obere Poloshirt. »Das zeigt einmal mehr, dass wir als Team arbeiten. Mit einer weißen Jeans wirkt das sauber und frisch.« Da keine von uns in Jubelschreie ausbricht, fügt er hinzu: »In modernen Praxen ist das üblich.«

»Türkis sieht bei mir kacke aus«, sagt Poppy, greift aber nach dem Shirt, als Aaron es ihr hinhält.

»Ich habe für jede von euch drei Stück besorgt. Das sollte zum Wechseln reichen.« Er sieht mich dabei an, zieht ein Shirt aus der Mitte und gibt es mir. »Was hältst du von der Idee?«

Ich nehme das Shirt. »Ich dachte mir schon, dass dir meine Schürze nicht gefällt.«

Er lacht. »Sie ist in der Tat gewöhnungsbedürftig.«

»Ich hasse Poloshirts.« Diese Aussage bringt mir einen wohlwollenden Blick von Frau Lutter.

»Ich auch«, erklärt sie und verschränkt die Arme vor der Brust.

Aaron atmet kräftig aus. »Ich würde mich freuen, wenn morgen alle im selben Look erscheinen. Bitte.«

»Hast du denn überhaupt die richtigen Größen dabei?«, frage ich und schaue auf das Schildchen am Kragen. Auf jeden Fall hat er eine gute Marke genommen. »Größe M«, murmle ich. Das sollte passen, auch wenn es am Busen knapp wird.

Poppy hat eines der unteren Shirts ausgebreitet und schaut auf das Größenschild. »2 XL«, sagt sie. »Das ist wohl für Sie, Frau Lutter.« Sie hält es prüfend vor sie.

»Gib her«, fährt Frau Lutter sie an und reißt ihr das Shirt aus der Hand. Ein weiteres Widerwort kommt erstaunlicherweise nicht. Sie scheint sich nicht zu trauen, Aarons Bitte abzuschlagen. Anscheinend hat sie doch Respekt vor ihm. Ärzte sind für Frau Lutter Götter in Weiß, was nicht heißt, dass Aaron ihre Sympathie hat. Daran muss er nach dieser neuerlichen Wir-sind-ein-Team-Attacke noch arbeiten.

»Was liegt an?«, frage ich Frau Lutter, um das Thema zu beenden, obwohl ich mich doch wundere. Wieso will Aaron für die paar Wochen, die er bei uns ist, unser Outfit ändern?

Frau Lutter antwortet mir nicht, sondern blickt zu Aaron. »Die Hausbesuche stehen an, Herr Doktor. Möchten Sie, dass Isa oder Poppy Sie begleiten?«

»Hausbesuche«, sagt Aaron verblüfft. »Herbert macht tatsächlich noch Hausbesuche?«

Frau Lutters Lippen werden dünn. »Allerdings. Dafür ist er sich nicht zu fein.«

Das ist jetzt unfair. Aaron wird schließlich in eines der ärmsten Länder der Welt gehen. Dort sind Komfort und geregelte Arbeitszeiten Mangelware.

Aber er steckt die Breitseite ohne ein Wimpernzucken weg und lächelt sogar. »Nun, dann will ich auch nicht zu fein sein. Schließlich bin ich seine Vertretung.«

Frau Lutter nickt zufrieden. Sie legt einen Packen Karteikarten auf den Tresen. »Dies sind die Patienten für heute.«

Schnell greife ich danach. »Ich kann dich begleiten.«

»Schön. Hast du einen Helm?«

Ich starre ihn an. »Einen Helm …« Mir fällt ein, dass er ja kein Auto, sondern diese Rakete da draußen fährt. Mein Blick wandert an meinem Kleid hinunter. Damit kann ich unmöglich Motorrad fahren.

»War ein Scherz. Wir nehmen den Wagen meines Onkels.«

Erleichtert nicke ich, als mir einfällt: »Ist Onkel Hollerbeck schon zu Hause?« Ich sehe von ihm zu Frau Lutter.

Während sie mit einem knappen »Nein, frühestens Ende der Woche« antwortet, lacht er herzhaft.

»Du sagst tatsächlich noch *Onkel* Hollerbeck? Niedlich.«

Niedlich ist die Schwester von dümmlich, und darum ärgere ich mich maßlos über sein Lachen. »So sind wir hier in unserem kleinen Dorf, putzig und hinterwäldlerisch.«

Mein Ärger scheint ihn nicht zu kratzen. »*Onkel* Hollerbeck«, wiederholt er vor sich hin lachend, während er ins Arztzimmer geht, um die Tasche zu holen.

Arschloch.

»Jetzt komm, sei nicht mehr beleidigt«, sagt er, nachdem er fünf Minuten später den uralten goldfarbenen Opel Astra gestartet hatte, die Auffahrt hinuntergefahren und auf die Straße abgebogen war.

»Ich bin nicht beleidigt«, lüge ich.

Aber meine Missstimmung hält nicht an. Was natürlich nicht daran liegt, dass ich auf seine Hände am Lenkrad blicke und sehe, dass er keinen Ring trägt. Summend blättere ich die fünf Patientenkarten auf meinem Schoß durch. Frau Lutter hat sie bereits so geordnet, dass wir eine Runde fahren können. »Zuerst müssen wir zu den Tabberts. Sie wohnen ein Stückchen außerhalb des Ortes. Frau Tabbert liegt mit Fieber im Bett. Eine Lungenentzündung. Eigentlich gehört sie in die Klinik, aber Onkel …«, ich stocke, doch dann richte ich mich im Sitz auf, »… *Onkel* Hollerbeck hat ihr ihren Willen gelassen und guckt jeden Tag bei ihr rein. Sie hat eine Wahnsinnsangst vor dem Krankenhaus.«

Aaron ist klug genug, nicht auf meine Betonung einzugehen. »Jeden Tag?«, sagt er nicht ohne Anerkennung. »Der gute alte Onkel.«

»Warum bist du damals in den Ferien plötzlich nicht mehr gekommen?«, platzt es aus mir heraus. Ich muss es einfach wissen. »Ich … ich hoffe, ich, also Jette und ich waren nicht schuld daran?« Ich starre auf sein Profil. Eine kleine Pigmentstörung hebt sich wie eine winzige weiße Wolke neben seinem Ohrläppchen auf der Wange ab.

Er wirft mir einen kurzen Blick zu, bevor er wieder auf die Straße sieht. »Schlechtes Gewissen? Das würde dir recht geschehen. Damals habt ihr mir tatsächlich …«, er überlegt, »… wehgetan, ja, das ist das richtige Wort. Ihr habt mir wehgetan.«

Ich schlucke. »Aaron, das tut mir …« Sein Lachen lässt mich abbrechen.

»Herrje, Isa«, er sieht mich an, »das ist ewig her. Ich war ein dickes Kind, ihr habt mich wie auch ein Teil meiner Klassenkameraden geärgert, so wie alle dicken Kinder von anderen geärgert werden. Das schmerzt, aber letztendlich war es dazu gut, dass ich mich zusammengerissen habe und aufhörte, alles in mich reinzustopfen. Bei meinem Abi hatte ich schon fünfzehn Kilo abgenommen, den Rest während des Studiums.«

»Aber du warst nie wieder hier.«

»Das lag daran, dass mein Vater einen Job in Finnland angenommen hat und wir fortgezogen sind. Ich habe in Finnland gelebt und studiert und bin erst mit achtundzwanzig Jahren nach Deutschland zurückgekehrt. Das ist jetzt vier Jahre her.«

»Dann sprichst du wohl perfekt Finnisch?«

»Nun, ich war an einer internationalen Schule. Dort wurde Englisch gesprochen, aber natürlich spreche ich auch Finnisch.«

»Was heißt: Ich war ein schreckliches Mädchen?«

»Minä olin kauhea tyttö.«

»Okay. Minä olin, äh, kauhea tyttö.«

Er lächelt. »Sinä olit ihmeellisen kaunis tyttö.«

»Was heißt das?«

»Du warst ein wunderhübsches Mädchen.«

Wieder schießt mir die Hitze in die Wangen. Um meine Verlegenheit zu übertünchen, frage ich gespielt beleidigt: »Ich *war* ein hübsches Mädchen?«

Aaron sieht mich an. »Du warst.« Er blickt wieder auf die Straße. »Jetzt bist du eine wunderschöne Frau.«

Wow! In meinem Bauch beginnt etwas zu flattern. Mein Kopf muss knallrot sein. Eine blonde Tomate. »Puh«, ich lache künstlich, »da hast du ja grad noch mal die Kurve gekriegt. Danke.«

Aaron muss hinter dem parkenden Postauto halten, weil von vorn ein Trecker kommt. »Als Junge habe ich dich in meinen Gedanken immer Prinzessin genannt. Dein blondes Haar, dein Lachen … Ich fand dich so toll. Damals wäre ich zu gern dein Ritter gewesen.« Er lacht. »Allerdings hätte ich in keine Rüstung gepasst.«

Ich bin so platt, dass ich vergesse, Jungbauer Reimers zu grüßen, der uns vom Trecker aus zuwinkt, während er vorbeifährt.

»Ich glaube, deinetwegen habe ich immer nur nach blonden Mädchen und Frauen Ausschau gehalten. Und was passiert?« Er sieht mich erneut an. »Ich werde eine Brünette heiraten.«

Das, was da eben noch in meinem Bauch flatterte, hat plötzlich ein Messer in der Hand und sticht mir in die Rippen. »Du … willst heiraten?« Ich zucke zusammen, weil jemand an die Scheibe der Beifahrertür klopft.

Ich lasse die Seitenscheibe herunter, vor der grinsend Henry, der Postbote, in gebückter Haltung steht. Er ging in meine Grundschulklasse und hat es genau wie ich nicht geschafft, aus Elmfleth rauszukommen.

»Tach, Isa. Willst du eure Post gleich mitnehmen? Ich hab 'n Paket für deine Mutter.«

»Ja, äh, kann ich machen«, antworte ich verwirrt.

»Ist vom Otto-Versand«, führt Henry weiter aus, statt loszugehen, um das Paket zu holen. »Von der Größe her bestimmt der neue Mixer.« Er sieht beim Sprechen nicht mich, sondern Aaron an. »Letzte Woche haben die Hofers schon mal 'n Mixer gekriegt, aber der ging nicht und ist zurückgegangen, nä, Isa?« Nun sieht er mich an.

»Äh, ja.«

Gemütlich geht er los, öffnet die hintere Tür des gelben Ford Transit und wühlt in den wenigen Paketen herum.

Aaron grinst. »Ich liebe das Dorfleben.«

Henry kommt mit dem Paket zurück, macht die Hintertür des Opels auf und legt es neben die Arzttasche. »Sie sind dann wohl der Neffe vom Doktor, was?«, fragt er Aaron.

Aaron dreht sich zu ihm um. »Die Buschtrommeln funktionieren hier ja tadellos. Ja, ich bin der Neffe.«

»Och, man schnappt ja hier und da mal was auf. Aber ich will Sie nicht aufhalten. Sie wollen ja bestimmt grad zu Biggi, was? Das Fieber will ja noch nicht sinken.« Er klopft mir von hinten auf die Schulter. »Richte 'nen lieben Gruß aus, Isa. Ich hab heut keine Post für die Tabberts.« Er wendet sich noch einmal an Aaron. »Sonst hätten Sie sie gleich mitnehmen können.«

Sekundenbruchteile später knallt die Hintertür zu. Aber Henry geht nicht zu seinem Postwagen. Er bleibt auf dem Bürgersteig stehen, weil Frau Ballig gerade mit ihrer Enkelin in der Karre vorbeigeschoben kommt.

»Dei-dei-dei«, höre ich ihn durch die Scheibe mit hoher Quäkstimme sprechen. »Wer fährt denn da mit Oma aus? Wenn das man nicht die kleine Annabel ist.«

Ich bin froh, als wir ohne weitere Peinlichkeiten beim Haus der Tabberts ankommen. Leider hat sich während der kurzen Fahrt nicht mehr die Gelegenheit ergeben, Aaron wegen der Brünetten, die er anscheinend heiraten will, auszufragen. Ihn direkt darauf anzusprechen, traue ich mich nicht. Womöglich glaubt er noch, es interessiert mich. Ich muss den passenden Moment abwarten.

Das Haus der Tabberts ist fast hundert Jahre alt und hat durchaus Restaurationsbedarf. Das riesige Grundstück zeigt, dass hier ein Bastler wohnt. Drei alte Wagen mit Beulenpest stehen reifenlos, von hohem Gras und blühendem Löwenzahn umwuchert, neben einem Schuppen und warten darauf, weiter ausgeschlachtet zu werden. Beim mittleren Wagen ist die Kofferraumhaube geöffnet. Zwei Hühner hocken darin. Vielleicht haben sie die herabhängende verrostete Stoßstange als Leiter genutzt?

»Toll«, sagt Aaron. Diesmal klingt es nicht ironisch, sondern ehrlich begeistert. »Eier von frei fahrenden Hühnern.« Wir lachen so laut, dass die Hennen empört gackern.

Es dauert ein Weilchen, bis die grün-weiße Haustür von Birgit Tabbert geöffnet wird. Sie ist quarkblass und hat die Haltung einer Achtzigjährigen, dabei ist sie gerade mal Mitte vierzig. Ihr Blick drückt Skepsis aus, als ich nach der Begrüßung sage: »Das ist Dr. Berner, die Vertretung für Dr. Hollerbeck. Der Doktor ist krank und wird ein paar Wochen ausfallen.« Erst als ich »Dr. Berner ist der Neffe vom Doktor« anfüge, weicht das Misstrauen einem erlösten »Ah!«, und sie lässt uns herein.

Toll, wie wir Dörfler funktionieren. Als könnte das Verwandtschaftsverhältnis etwas über Aarons Fähigkeiten als Arzt aussagen.

Birgit Tabbert schleicht mehr, als sie geht. Aaron schürzt die Lippen, während wir ihr langsam ins Wohnzimmer folgen. Wir reden über das Wetter, bis sie sich mit einem erleichterten Seufzer auf das Sofa fallen lässt, die Beine hochlegt und sich in die zerknautschten Kissen zurücklehnt. Es riecht nach abgestandener Luft, Menthol und etwas Würzigem, das ich nach einem Blick auf den Tisch deuten kann – ein Teller halb voll mit Nudelsuppe. Außerdem sind dort zwei leere Trinkgläser, eine leere Flasche Wasser, Medikamentenpackungen, zwei Meter Beipackzettel, ein Fieberthermometer, benutzte und saubere Papiertaschentücher, ein Smartphone und eine Fernsehzeitschrift nebst Fernbedienung.

Birgit Tabbert hat meinen Blick bemerkt. »Entschuldigen Sie. So sieht es hier sonst nicht aus, aber ich bin völlig fertig.« Sie schließt kurz die Augen. »Ich musste doch heute mal waschen und hab eben nur eine Maschine mit Wäsche gefüllt und angestellt und … bin fix und fertig. Ich musste mich wieder hinlegen. Und dann«, sie sieht Aaron an, »haben Sie geklingelt. Und jetzt gucken Sie mal, wie ich atme. Das kann ja wohl nicht angehen. Ich pfeif aus dem letzten Loch. Dabei hab ich heute zum ersten Mal kein Fieber mehr. Das kann doch nicht sein, dass ich so schlapp bin, dass ich keine Viertelstunde hoch sein kann.«

»Sie sind allein hier?«, fragt Aaron.

»Ja, mein Mann muss doch arbeiten. Und die Kinder sind noch in der Schule.«

»Und wer versorgt Sie?«

»Meine Nachbarin guckt mittags bei mir rein. Sie kocht mir dann eine Tütensuppe. Das Einzige, wovon ich momentan ein paar Löffel runterkriege.«

Aaron besteht darauf, dass Birgit Tabbert in seiner Anwesenheit Fieber misst – sie ist fieberfrei. Dann horcht er sie gründlich ab.

Ich beobachte ihn dabei. Er arbeitet ruhig und konzentriert und ist ganz bei der Sache. Wie es sich wohl anfühlt, seine langen schlanken Finger auf der Haut zu spüren? Ich schäme mich ein bisschen für diese Gedanken, als Birgit Tabbert zu husten beginnt. Sie hat andere Sorgen, als sich um die Finger an ihrem Körper zu scheren.

»Ich nehme Ihnen einen Weg in die Küche ab«, sage ich zu ihr und bringe das benutzte Geschirr in die Küche und tue es in den Spüler. Hier sieht es aufgeräumt aus. Die Nachbarin scheint angepackt zu haben. Mit einem sauberen Glas und einer Flasche Mineralwasser, die ich in einer Kiste neben dem Mülleimer entdeckt habe, gehe ich zurück und schenke ein Glas voll. »Sie müssen viel trinken, Frau Tabbert.« Kaum ausgesprochen, werfe ich einen Blick zu Aaron. Vielleicht mag er es nicht, wenn ich mich einmische? Doch er nickt.

»Hören Sie auf Frau Hofer. Aber trinken Sie bitte nicht nur Wasser, sondern auch Säfte und Brühe. Die Tütensuppe ist keine schlechte Wahl, wenn kein Appetit vorhanden ist.«

Ich reiche ihr das Glas, damit sie gleich einen Schluck trinkt.

»Ich verordne Ihnen weiterhin strikte Ruhe, Frau Tabbert«, fährt Aaron fort. »Sie hätten eigentlich in ein Krankenhaus gehört. Hier scheinen Sie sich ja zur Hausarbeit genötigt zu fühlen, aber Ihr Körper hat Ihnen ja schnell aufgezeigt, dass er das noch nicht leisten kann. Wundern Sie sich nicht, dass Sie so fertig sind, obwohl Sie kaum etwas getan haben. Ihr Körper ist an seiner Belastungsgrenze. Er kämpft mit der Entzündung und hat keine Reserven für das Waschen von dreckiger Wäsche oder Sonstigem. Lassen Sie Ihren Mann das machen oder die Kinder. Ansonsten landen Sie doch noch im Krankenhaus, und das wollen Sie doch nicht?«

Sie schüttelt den Kopf auf dem Kissen.

»Ich lass mal ein wenig frische Luft rein«, sage ich und öffne ein Fenster in Kipphaltung.

»Nehmen Sie weiterhin das Antibiotikum, wie mein Onkel es Ihnen verordnet hat«, erklärt Aaron mit Blick auf die Patientenkarte. »Wenn das Fieber zurückkommt, informieren Sie mich bitte umgehend.«

»Danke, Herr Doktor.« Sie schenkt ihm ein Lächeln.

»Wir schauen morgen wieder rein«, sagt Aaron. »Und ... liebe Grüße vom Postboten. Wir sollen Ihnen ausrichten, dass er heute keine Post für Sie hat. Sonst hätte er sie uns mitgegeben.«

»Sie sollen ...?« Birgit Tabbert starrt Aaron an. »Du meine Güte, Henry spinnt doch wirklich.«

Bevor wir gehen, überzeuge ich mich davon, dass durch das geöffnete Fenster keine Zugluft im Raum herrscht. Birgit Tabbert will uns hinausbegleiten, aber das verbietet Aaron ihr.

Als wir in den Opel einsteigen, sagt er: »Sie sieht aus wie der Tod auf Latschen. Wenn sie doch wieder fiebert, übernehme ich die Verantwortung nicht. Ich werde sie ins Krankenhaus einweisen oder es mir unterschreiben lassen, dass sie sich weigert.«

Ich nicke, denn ich habe Verständnis für sein Denken. Die nächsten drei Patienten sind alle über achtzig, verwitwet und nicht gut zu Fuß. Auch hier erweist es sich als klug, dass ich Aaron bei den Hausbesuchen begleite, denn er wird mit mehr oder weniger deutlich gezeigtem Misstrauen empfangen. Nicht in allen Häusern ist angekommen, dass Onkel Hollerbeck momentan nicht praktiziert. Bei den Senioren muss nur der Blutdruck gemessen oder der Blutzuckerwert besprochen werden. Den größten Teil der Zeit nehmen die Schwätzchen und der Verzehr von Keksen und zwei Tassen Kaffee ein. Alle sind dankbar für Besuch und ein wenig Abwechslung.

Jetzt haben wir nur noch einen Hausbesuch vor uns. Ein schwerer Gang. »Nun müssen wir zu Tanja Olbrecht«, sage ich und sehe Aaron an. »Hat Frau Lutter dich aufgeklärt?«

Er nickt. »Krebs im Endstadium. Ich habe mir die Krankenakte angesehen. Ich kann nichts weiter tun, als die Medikation zu überprüfen. Schmerzen muss sie nicht haben.«

»Ja.« Mehr fällt mir nicht ein. Tanja Olbrecht ist zweiundvierzig Jahre alt, glücklich verheiratet und Mutter zweier Söhne, die vierzehn und sechzehn Jahre alt sind. In wohl nur noch wenigen Tagen werden die Jungs mutterlos sein. Sie ist in der letzten Woche aus dem Krankenhaus entlassen worden, um zu Hause zu sterben.

Ihr Mann Michael öffnet uns die Tür. Ich stelle Aaron vor. Michael Olbrecht sieht nicht glücklich darüber aus, dass Dr. Hollerbeck vertreten wird, aber er bittet uns freundlich herein.

Meine Anwesenheit ist nicht erforderlich, und ich könnte im Wagen warten, aber Michael Olbrecht geht schon vor, und Aaron fasst mich am Arm, als ich mich umdrehen will. »Komm mit«, sagt er nur, und ich folge ihnen.

»Meine Frau liegt im Wohnzimmer«, erklärt Michael Olbrecht. »Da ist sie uns näher als oben im Schlafzimmer. Matthis, unser Jüngster, sitzt bei ihr. Einer von uns ist immer da.«

»Sie haben Urlaub?«, fragt Aaron.

Er schüttelt den Kopf. »Ich habe das Glück, dass ich von zu Hause aus arbeiten kann. Momentan habe ich Urlaub.«

»Sie wissen, dass ich Sie krankschreiben kann?«, sagt Aaron ruhig. »Sie werden an Ihrer Grenze der Belastbarkeit sein.«

Er nickt. »Es ist so, wie es ist, in Ordnung. Aber vielleicht werde ich auf Ihre Worte zurückkommen müssen, wenn …« Er schluckt und bricht ab. »Die Kinder werden mich brauchen, gerade am Anfang.«

Matthis, ein blonder schmächtiger Junge, sitzt auf dem Bett und hält die Hand seiner Mutter. Er grüßt uns freundlich, weicht aber nicht von ihrer Seite.

Tanja Olbrecht sieht uns an. Ich weiß nicht, was ich erwartet habe, aber auf jeden Fall nicht das, was ich in ihrem Gesicht erkenne.

Sie hat drei Jahre Kampf hinter sich. Sie hat alles gemacht, was Hoffnung auf Heilung und Rettung versprach, Chemo, Bestrahlung, wieder Chemo. Sie hat grässliche Nebenwirkungen ausgehalten, Gesicht und Körper waren aufgeschwemmt von den Medikamenten. Nach kurzen Verschnaufpausen gab es immer wieder herbe Rückschläge. Als sie vor ein paar Wochen erkennen musste, dass der Gegner übermächtig ist, hat sie den Kampf aufgegeben.

Und doch liegt hier keine Verliererin vor uns. Das jedenfalls drückt ihr Gesicht aus.

Ich mag es nicht Ergebenheit nennen, auch nicht Erleichterung. Es ... ja, es sieht tatsächlich aus wie tiefer Frieden. Ein Frieden, wie ihn niemals ein Gesunder ausstrahlen könnte. Ich muss heftig schlucken. Tanja Olbrecht hat nicht nur ihren Kampf aufgegeben, sie hat angenommen, was kommen wird. Wenn der Tod einen Mantel hat, dann hat er ihn ihr schon umgelegt. Er wärmt sie für die Reise.

Und während Aaron ruhig mit ihr spricht, wünsche ich ihr von Herzen, dass es eine Reise ins Licht ist.

Ich muss so sehr schlucken, um den dicken Kloß in meinem Hals hinunterzukriegen und die Tränen zurückzuhalten, dass mir fast übel wird. Warum habe ich nicht draußen gewartet?

Du bist Krankenschwester, und du wirst einmal Ärztin sein, schimpft meine innere Stimme mit mir. Du musst endlich lernen, den Tod bei Patienten anzunehmen.

Aber ich sehe hier nicht die Patientin, sondern den Menschen, die Ehefrau, die Mutter, die ich kenne, seit ich denken kann. Wir sind nicht befreundet, aber bekannt, so wie man als Dorfbewohner eben miteinander bekannt ist.

Tanja Olbrecht wendet den Kopf und sieht zum Fenster, nachdem sie Aaron bestätigt hat, dass sie keine Schmerzen spürt. Ihre Stimme ist leise. »Schade, dass es so bewölkt ist. Es ist so grau.« Aus ihrer liegenden Position kann sie nur in den Himmel, nicht in den Garten sehen. »Ich würde lieber bei Sonnenschein einschlafen.« Sie sagt nicht sterben.

Matthis fängt zu weinen an und springt auf.

Langsam dreht sie ihren Kopf und blickt ihm hinterher. »Er wird damit klarkommen«, sagt sie zu ihrem Mann, der sich auf den frei gewordenen Platz an ihrer Seite setzt und ihre Hand nimmt. »Ihr alle drei.«

»Ja«, erwidert er mit einer Stimme, die verrät, dass mein Kloß im Hals nur eine Erbse war. »Ja, das werden wir, mein Schatz.«

Aaron und ich finden unseren Weg allein hinaus. Er startet den Wagen und fährt los. »Eine tapfere Frau«, sagt er nach einem langen Moment des Schweigens. »Sie wird den drei Männern furchtbar fehlen.«

Ich nicke, und dann breche ich von einer Sekunde zur anderen in Tränen aus. Ich schäme mich maßlos dafür, aber ich kann sie nicht aufhalten.

Ich merke kaum, dass Aaron rechts ranfährt und den Wagen ausstellt.

»Isa.« Da ist es wieder, dieses kleine, wunderbare *Isa.*

»Tut ... mir ... leid«, presse ich heraus. »Ich weiß ... dass ich nicht ... zu weinen ... habe, aber ...«

»He, es ist alles gut.« Er schnallt sich ab, rückt heran und legt seinen Arm um meine Schultern. »Auch als angehende Ärztin darf man Gefühle haben.«

Sekunden später liegt mein Kopf an seinem Hals, und ich kann nicht genug davon bekommen, wie er mich tröstet. Die Hand auf meinem Haar, die unentwegt darüber streichelt, seine sanfte Stimme: »Du brauchst dich deiner Tränen nicht zu schämen, Isa. Bei Menschen, die man kennt, insbesondere wenn sie noch so jung sind und Familie haben, fällt es auch uns Ärzten schwer, distanziert zu bleiben. Und in ihrer Anwesenheit hast du dich ja zusammengerissen.«

»Ich bin Krankenschwester«, schniefe ich und löse mich aus seinem Arm, obwohl ich noch stundenlang so hätte verharren können. »Ich habe dem Tod schon hundertfach in die Augen geblickt.«

Aaron nickt, während er mir mit dem Daumen eine Träne von der Wange streicht. »Ich weiß, was du beruflich gemacht hast. Ich habe Poppy heute Morgen ein wenig ausgequetscht, weil du nicht zur Arbeit kamst. Ich wusste ja nicht, dass du nur nachmittags arbeitest.«

Ich bin froh über den Themenwechsel und beruhige mich, während ich Aaron von meinem Studium und der Pension erzähle. »Entschuldige bitte noch mal, dass ich eben so emotional geworden bin«, schließe ich meinen kurzen Lebenslauf ab.

Er startet den Wagen und wirft mir noch einen Blick zu, bevor er losfährt. »Mein Hals steht dir jederzeit zur Verfügung.«

Natürlich hat er es nur scherzhaft dahingesagt, aber rot werde ich trotzdem. Und ich ärgere mich darüber. Seit Aaron Berner hier ist, bin ich öfter rot angelaufen als in den zwanzig Jahren davor. Unglaublich.

Während wir zur Praxis zurückfahren, verrät mir ein Blick auf die Uhr, dass wir bis zur Sprechstunde um fünfzehn Uhr gerade noch ein Viertelstündchen haben.

Wie kann ich ihn nur nach der Brünetten ausfragen, ohne dass es auffällt?

Ich hab's. »Jette ist übrigens immer noch meine beste Freundin. Brünett ist sie allerdings nicht mehr.«

»Jette? Brünett? Die war doch genauso rothaarig wie Poppy.«

»Na ja, mehr brünett«, lüge ich. »Jetzt ist sie jedenfalls schwarzhaarig – seit vielen Jahren.«

»Ihr wart ja ein unzertrennliches Gespann. Ich habe immer auf einen Moment gehofft, an dem du allein im Garten gespielt hast, aber diesen Moment gab es irgendwie nie.«

»Wir sind wie Schwestern, auch wenn sie jetzt in Hamburg wohnt.« Verdammt, wieso sind wir jetzt wieder von der Haarfarbe weg? »Apropos brünett«, sage ich schnell und betont beiläufig, »wer …?« Ich komme nicht dazu, den Satz zu beenden, weil mein Handy klingelt. Ein Blick auf das Display zeigt die Nummer der Praxis. »Ja, Frau Lutter«, sage ich, ohne mich zu melden, »ich weiß, dass gleich die Sprechstunde beginnt. Wir sind schon auf dem Rück… – Wie bitte? Zu Meyer? – Ja, aber sie kann doch in die Sprechstunde kommen und …« Ich halte das Smartphone eine Armlänge weg, als Frau Lutter mich unterbricht und schrill wird. »Wir fahren hin«, sage ich schließlich und drücke sie weg.

»Was war das denn?«, fragt Aaron mit zusammengezogenen Augenbrauen.

»Bürgermeister Meyer hat gerade in der Praxis angerufen. Er bittet um einen sofortigen Arztbesuch bei seiner Frau.«

»Und sie kann nicht in die Sprechstunde kommen?«

»Könnte sie bestimmt«, antworte ich, »aber Meyer will, dass du kommst. Er spielt sich gern auf. Er ist unser Bürgermeister, tut allerdings gern, als wäre er der Kaiser von Schleswig-Holstein. Und Frau Lutter spielt auch noch mit. Sie hat unseren Besuch zugesagt.«

»Nun, dann muss Frau Lutter wohl lernen, dass ich nicht nach ihrer Pfeife tanze.«

»Nein, natürlich nicht, aber … ich bitte dich trotzdem, es in diesem Fall zu tun, Aaron. Es ist so, dass … Herr Meyer bei Laune gehalten werden muss. Warum, erkläre ich dir nach dem Besuch bei seiner Frau, versprochen. Du musst da vorne rechts abbiegen. Nach dreihundert Metern kommt die Zufahrt zum Hof.« Es fehlt einfach die Zeit, Aaron jetzt von der schwangeren Merle zu berichten.

Aaron mustert mich einen Moment, bevor er sagt: »Na gut. Du wirst schon deine Gründe haben.«

Als wir abbiegen, kommen uns auf dem Bürgersteig zwei der afrikanischen Asylanten entgegen, und ich frage mich, ob einer der beiden jungen Männer Jamal ist.

»Ihr habt Flüchtlinge hier?«

»Ja. Eine vierköpfige Familie aus Syrien und vier junge Männer aus Eritrea.« Es bleibt keine Zeit für weitere Erklärungen, denn der Meyer-Hof taucht auf. Es ist ein landwirtschaftlicher Betrieb wie aus einem Hochglanz-Agrarmagazin, groß, modern, gepflegt, mit riesigen Ställen am Haus und bei den Weiden, die Dächer zugepflastert mit Solarplatten. Über dreihundert Kühe werden hier Tag für Tag gemolken. Ich weiß, dass Herr Meyer landwirtschaftliche Helfer angestellt hat, weil Merles ältere Zwillingsbrüder beide noch zur Schule gehen. Steffen und Sören werden wohl im nächsten Jahr ihr Abitur machen. Im Dorf wird gemunkelt, dass beide nicht erpicht darauf sind, den Hof zu übernehmen. Einer der beiden ist ein begnadeter Klavierspieler, was Meyer nur als Hobby durchgehen lässt. Der acht Minuten Ältere – der eigentliche Hoferbe – interessiert sich wohl für Mathematik und Physik, aber nicht für Landwirtschaft.

Vielleicht ist Bernd Meyer immer so missgelaunt, weil seinem geliebten Hof, der schon von seinem Großvater an seinen Vater übergeben wurde, von seinen Söhnen nicht die gewünschte Achtung entgegengebracht wird? Die Jungs tun mir leid. In anderen Familien können die Kinder in Sachen Berufswunsch tun, was Interesse und Leistung zulassen. Bei den Bauern sieht das anders aus. Da wird nicht nur erwartet, dass ein Sohn den Hof übernimmt, nein, es ist ungeschriebenes Gesetz. Und bei allen anderen Höfen in unserer Gegend weiß ich, dass die Söhne das auch liebend gern machen. Sie werden damit groß. Aber ausgerechnet bei Meyer, dem reichsten Bauern der Gegend, scheint das nicht der Fall zu sein. Wäre er nicht so ein Kotzbrocken, hätte ich Mitleid mit ihm.

Wir fahren auf den riesigen geteerten Hofplatz und werden von einem schwarzbraunen Kurzhaardackel nicht gerade freundlich begrüßt. Da fällt mir gleich einer der Lieblingssprüche meiner Oma ein. Wie der Herr, so's Gescherr. Als wir aussteigen – ich bin dankbar, dass der Dackel auf der anderen Seite des Wagens steht und Aaron ankläfft –, ertönt hinter dem Haus weiteres Bellen. Da diese Laute sehr viel tiefer klingen und auf einen großen Hund schließen lassen, bin ich froh, dass der nicht auftaucht. Vermutlich ist er in einem Zwinger. Bernd Meyer ist Jäger, und ich weiß, dass er neben dem Dackel noch einen weiteren Jagdhund hat.

Die Stalltüren sind geöffnet, und leichter Geruch von Dung strömt heraus. Landluft. Anscheinend sind nicht alle Tiere auf den Weiden.

»Otto, still!« Eine barsche Stimme bringt den Dackel zum Schweigen.

Ich drehe mich um. Bernd Meyer steht an der Hinterseite des Hofgebäudes an der Klönschnacktür, deren obere Hälfte aufgeklappt ist. Er öffnet das Unterteil und kommt auf uns zu, ein großer, kräftiger Mann mit dichtem blondem Haarschopf, zum Teil verdeckt von einer kakigrünen Schirmmütze. Wie es aussieht, will er gerade in den Stall. Er trägt ein kariertes Hemd, Jeans mit Hosenträgern und Gummistiefel, an denen eingetrocknete Kuhfladenreste haften. Ein Sinnbild für Urwüchsigkeit und Tatkraft. Ich bin mir der Wichtigkeit unserer Landwirte bewusst und weiß, wie leidenschaftlich sie ihrem Beruf nachgehen, aber mit Meyer habe ich meine Probleme, schon bevor ich wusste, wie viel Angst Merle vor ihm hat. Wie selbstherrlich er auf uns zumarschiert. Er stolziert – ein Wort, das eigentlich gar nicht in meinem Sprachgebrauch existiert.

Ladys first gilt bei ihm nicht. Zuerst begrüßt er lautstark Aaron. Schließlich hat der einen Doktortitel, ich bin nur die kleine Hilfskraft. Aber um Merles willen lächle ich ihn strahlend an, als er schließlich auch mir die Hand reicht. Vielleicht ein Fehler, denn er lässt meine Hand nicht wieder los, sondern zieht sie hoch und führt mich so, dass ich mich einmal um meine eigene Achse drehen muss. »Isa Hofer, was bist du für ein hübsches Mädchen«, sagt er dabei. »Schade, ein bisschen zu alt für meine Jungs. Du würdest eine prächtige Bäuerin abgeben.« Sein Blick streift kurz meinen Busen, bevor er mich breit angrinst.

Heiß vor Ärger, aber leider sprachlos reiße ich meine Hand aus seiner. Dankbar registriere ich Aarons Entgegnung: »Frau Hofer wird in Kürze eine prächtige Ärztin sein.« Seine Stimme klingt nicht unfreundlich, aber sehr distanziert. »Und damit wären wir beim Thema. Was kann ich hier für Ihre Frau tun, was ich in der Praxis nicht tun könnte?«

»Hach«, Meyer lacht jovial auf, »mal nicht so bissig, Herr Doktor. Sie waren doch sowieso auf Besuchstour, da können Sie doch auch schnell noch mal bei der Frau des Bürgermeisters reingucken.«

»Als Ausnahme ja«, erwidert Aaron.

Ich habe mich mittlerweile wieder gefangen und bin mehr als froh, dass mir keine patzige Antwort eingefallen ist. Ich muss an Merle denken, und darum sollte ich unverzüglich die leichte Schärfe aus dem Gespräch nehmen.

»Dr. Berner wird nur ein paar Wochen hier sein«, sage ich im Plauderton zu Bernd Meyer. »Danach wird er die Ärzte ohne Grenzen in Afrika unterstützen.«

Meyer lacht dunkel auf. »Sind da überhaupt noch Schwarze? Die sind doch alle hier.«

Ich bin sprachlos. So einen Spruch hätte ich von unserem Bürgermeister, der sich so stark für unsere Flüchtlinge engagiert hat, nicht erwartet. Und es lässt mich dunkel ahnen, warum Merles Angst so groß ist.

Aarons Stimme ist mehr als kühl. »Dort, wo ich hinfahre, sind die Menschen weder gesundheitlich noch finanziell in der Lage zu fliehen.«

»Na, na, Doktor, mal nicht so empfindlich. War doch nur ein Spruch.« Meyer schlägt ihm auf die Schulter. »Sind schon arme Schweine da unten. Darum haben wir sie hier ja auch so herzlich aufgenommen, nicht wahr, Isa?«

Ich nicke.

Aaron setzt ein Lächeln auf, das seine Augen nicht erreicht. »Sehr schön, wenn Sie hier vor Ort helfen, Herr Meyer. Ich habe gesehen, dass Sie Flüchtlinge in Elmfleth haben. Wir sind eben an zweien vorbeigefahren.«

Meine Wangen werden immer heißer. Soll ich jetzt besser das Thema wechseln oder es nutzen? Was ist besser für Merle?

Ich entscheide mich für das Zweite. »Herr Meyer hat bereits hervorragende Arbeit geleistet«, sage ich zu Aaron, »als Bürgermeister und als Mensch. Die Flüchtlinge sind bei uns in Elmfleth wunderbar integriert. Unser Dorf war in Sachen Flüchtlingsintegration sogar schon im Fernsehen, nicht zuletzt dank der Tochter von Herrn Meyer. Er hat Merle zu einem wunderbaren Menschen erzogen, zu einem Menschen, der sich für andere einsetzt, egal, welche Hautfarbe sie haben.«

Meyer steckt die Daumen hinter die Hosenträger und nickt zu jedem meiner Worte. »Da hören Sie's, Doktor, hier in Elmfleth sind wir keine Rassisten, sondern helfen, wo es nottut.«

»Und«, fahre ich fort, »viele Menschen werden für ihr Engagement ausgezeichnet.« Ich mache eine bedeutungsschwere Pause. »Das Bundesverdienstkreuz, Herr Meyer, wer weiß, wer weiß.«

War das zu übertrieben? Ich sehe zu Aaron. Anscheinend ja, denn er schaut mich an, als würde mir eine Holznase aus dem Gesicht wachsen.

Glücklicherweise sieht Meyer die Pinocchionase nicht. Er winkt ab, allerdings mit stolzgeschwellter Brust. »Nu mach mal halblang, Isa. Ich bin ja nicht Mutter Teresa. Aber man ist ja Mensch. Zwei der jungen Kerle aus Eritrea helfen hier auf dem

Hof aus, bis ihre Ausbildung beginnt. Man hört ja immer, die Schwarzen hätten's nicht so mit der Arbeit, aber die beiden sind fleißig. Insbesondere der eine, der …«, er überlegt, »Jamal heißt der wohl, der schafft was weg.«

Als der Name Jamal fällt, bin ich dankbar, dass es im Zuge eines Lobes geschieht. Vielleicht wird Meyer die Nachricht mit dem Baby doch besser aufnehmen als gedacht? Trotzdem möchte ich jetzt unbedingt einen Themenwechsel. Für Merle muss Meyer bei Laune gehalten werden.

»Au!«, stoße ich darum laut und heftig aus, als Aaron den Mund öffnet, um etwas zu sagen. Ich fasse mir in den Nacken. »Au!«

Die beiden Männer sehen mich an. »Was ist los?« Aaron greift nach meiner Hand. »Lass mal sehen.«

»Irgendwas hat mich gestochen.«

Er schiebt meinen Zopf zur Seite. Deutlich spüre ich seine warmen Finger an meinem Hals. »Wo genau? Ich sehe nichts.«

»Vielleicht könnte ich es drinnen kühlen?«, frage ich Meyer, packe Aaron am Arm und ziehe ihn mit mir.

»Ja, ja.« Meyer nickt. »Regine ist im Haus. Wegen ihr seid ihr schließlich hier. Ihre Nerven spielen mal wieder verrückt. Ist wohl irgendein Weiberkram. Kommen Sie, Doktor, ich bring Sie und Isa zur Tür.« Er lässt uns nicht durch die Hintertür hinein, sondern lotst uns zur Vorderseite des Hauses. Und mir wird schnell klar, warum. Er will Aaron imponieren. Der riesige Garten ist wirklich prächtig. Im Hochsommer sind die üppigen Beete ein Traum. Jetzt beginnen die Pfingstrosen zu blühen. Eine weite gepflegte Rasenfläche erstreckt sich bis zur Straße. Trennend liegt der Hofgraben dazwischen, über den eine grün-weiße Zierbrücke führt.

Als wir an der halb verglasten zweiflügeligen Tür angelangt sind, reißt er sie auf und grölt ins Haus: »Regine? Der Doktor ist da.« Anschließend wendet er sich Aaron zu. »Ich verabschiede mich jetzt. Muss in den Stall.« Er reicht erst Aaron, dann mir die Hand. »Frohes Schaffen hier in Elmfleth, Herr Doktor. Und machen Sie's nicht so teuer, wenn Sie die Rechnung schreiben. Soll Ihr Schaden nicht sein, bin schließlich der Bürgermeister. Und den kann man ja immer mal gebrauchen.« Er lacht mit einer Überheblichkeit, die wie Gülle in der Luft wabert. Ohne zu warten, bis seine Frau an der Tür ist, geht er.

»Mich hat nichts gestochen«, flüstere ich, als Aarons Blick zu meinem Nacken geht.

»Was?«

»Pst«, mache ich, weil Regine Meyer kommt. Sie ist fast so blass wie Birgit Tabbert, und ihre Augen sind geschwollen und rot gerändert. Sie hat geweint, und nicht wenig.

»Entschuldigen Sie«, sagt sie leise. Sie sieht uns nicht an, während sie spricht. »Ich wollte gar nicht, dass Sie kommen, aber Bernd, also mein Mann, hat darauf bestanden.«

»Nun sind wir ja da«, erwidert Aaron ganz ruhig. »Vielleicht mögen Sie mir ja sagen, was Ihnen fehlt?«

Sie schluchzt.

»Natürlich möchte ich mich nicht aufdrängen.« Aaron berührt kurz ihren Arm. »Wenn es Ihnen lieber ist, gehen Frau Hofer und ich wieder.« Seine dunkle Stimme klingt so sanft, so wundervoll, dass ich mir wünsche, er würde hier und jetzt das Lied von der Glocke aufsagen, alle Strophen.

Regine Meyer sieht mich an. »Isa, du … Merle … Sie hat gesagt, dass du …« Sie bricht ab und beginnt zu weinen.

»Hat Merle es Ihnen gesagt?«, frage ich.

Sie nickt. »Ich … bin … ganz fertig … davon.« Wie ein ängstliches Reh blickt sie an uns vorbei, als hätte sie Angst, ihr Mann könnte zurückkommen und sie hören. Sie tritt zurück und deutet ins Haus. »Kommen … Sie. Bitte.«

Wir folgen ihr in die Küche, die dreimal so groß ist wie unsere, und setzen uns um den mächtigen Holztisch, an dessen Kerben und Kratzern auf der Oberfläche zu sehen ist, dass hier gelebt und gearbeitet wird. »Merle ist die Tochter der Meyers«, kläre ich Aaron auf. »Sie ist gerade siebzehn, in der Ausbildung und im fünften Monat schwanger von einem der Flüchtlinge aus Eritrea.«

Regine Meyers Schluchzen ist bei jedem meiner Worte noch lauter geworden. Die Tatsachen kurz und knapp aus meinem Mund zu hören, scheint ihr die Tragweite noch bewusster zu machen.

»Merle hat wahnsinnige Angst, es ihrem Vater zu erzählen«, erkläre ich weiter. »Sie hat mich gebeten, dabei zu sein, wenn sie es ihrem Vater beichtet.«

Aaron nickt verständig und schweigt einen Moment. Zweifellos ist ihm klar – auch wenn er Bernd Meyer nur kurz kennengelernt hat –, dass Regine Meyer nicht ohne Grund so fertig ist und wie Merle Angst vor der Reaktion ihres Mannes hat.

Er streicht erneut über ihren Arm. »Frau Meyer, glauben Sie mir, es wird sich alles finden. Mit siebzehn gehört Ihre Tochter nicht zu den jüngsten Mädchen, die ungewollt schwanger werden.«

Sie schüttelt nur den Kopf. »Er wird ausrasten.«

»Merle scheint zu befürchten, dass er gewalttätig wird«, sage ich leise. »Hat er … hat er Sie oder die Kinder schon mal geschlagen?«

»Nein, um Gottes willen! Er hat mich noch nie geschlagen. Die Kinder … nun, als sie klein waren, da hat er vielleicht mal einen Klaps verteilt, wenn sie nicht parierten.«

Ich hole tief Luft. »Wir sollten das Gespräch nicht auf die lange Bank schieben. Merle wird es sowieso nicht mehr lange verbergen können. Soll ich heute Abend vorbeikommen? Oder morgen?«

»Heute hat er Versammlung«, schnieft sie. »Die Jäger.«

»Dann morgen«, sage ich. »Wenn ich von Merle nichts anderes mehr höre, werde ich um neunzehn Uhr hier sein. Dann ist Ihr Mann doch fertig im Stall?«

Sie nickt. »O Gott, o Gott. Aber es muss ja sein. Wir müssen es ihm sagen.«

Aaron hat seine Arzttasche geöffnet und nimmt einen Blister mit Beruhigungstabletten heraus. »Hier«, er gibt Regine Meyer eine in die Hand. »Nehmen Sie jetzt eine halbe davon. Die andere Hälfte ist für morgen.«

Als das Telefon klingelt, schieße ich vom Sofa hoch. Ich muss mich erst einmal sammeln. Der Fernseher läuft, und ich starre auf den Bildschirm. Das Letzte, an das ich mich erinnere, ist Markus Lanz, wie er sich an einem mir unbekannten Schriftsteller abarbeitet, der keine Lust auf Fragen zum Privatleben hat. Dann muss ich eingeschlafen sein. Von Markus Lanz ist nichts mehr zu sehen. Es läuft jetzt ein anderer Sender. Düstere Musik untermalt ein Schreckensszenario. Regen prasselt auf ein Auto, das in dunkler Nacht auf einer Landstraße steht. Zeitgleich mit dem nächsten Telefonklingeln ertönt aus der Flimmerkiste ein grässlicher Schrei. Ein junges Mädchen wird in dem Wagen von hinten erdrosselt.

Mein Blick geht zu Luzifer, der mit eingezogenen Pfoten auf dem Tisch liegt und zum Fernseher guckt. Die Fernbedienung ist bis zur Hälfte unter seinem Fettwanst verborgen. Ich traue ihm zu, dass er absichtlich umgeschaltet hat. Der Schrei des Mädchens erstickt. Als es erneut klingelt, zucke ich zusammen. Ich klaue Luzifer die Fernbedienung und gehe zum Telefon, das jetzt noch lauter klingt, weil die Schreie aus dem Fernseher verstummt sind. Trotzdem drücke ich den Lautstärkeregler auf der Tastatur auf Null, während ich das Telefon aus der Basis nehme. »Hofer«, melde ich mich ein wenig aufgeregt. So späte Anrufe bedeuten selten etwas Gutes. Es wird doch nichts mit Mama sein? Oder mit Oma?

Als ich das »Hallo, meine Sü... Süsche, ich bin's« höre, atme ich erst einmal auf. Es ist nicht die Klinik in Bad Bramstedt und auch nicht das Heim, sondern Jette, eine stark lallende Jette. Ein Blick auf die Uhr verrät, dass es halb eins ist.

»Hallo, Spriti«, sage ich und gähne laut und herzhaft.

»Du hass doch nich' edwa schon geschlummert?«

»Doch.«

Und dann textet Jette mich zu. Sie spricht so schnell, dass ich sie kaum verstehe. Aber das Elementare filtere ich heraus. Ein italienischer Onkel, der zum Familientreffen anreist, braucht ein Zimmer. Da er nicht viel Geld hat, kann er sich kein Hotelzimmer leisten. Also hat sie ihm eines in unserer Pension angeboten und möchte jetzt von mir wissen, ob er morgen einziehen kann.

»Äh ...« Ich fühle mich ein wenig überfallen. »Wieso wohnt er nicht bei deinen Eltern, wenn er kein Geld hat? Die haben doch ein Gästezimmer.«

Schweigen am anderen Ende. Dann sagt sie: »Schon belegt.«

Okay, es reisen ja viele Familienmitglieder an. »Ist er sehr arm?«, frage ich. »Kann ich ihm Geld für das Zimmer berechnen?«

»Ja, klaaar, so arm isser nu auch wieder nich'.«

»Wo steckst du eigentlich? Und wieso säufst du an einem Werktag? Hast du morgen frei?«

»Nö. Das ... hat sich so ergeben. Also, kanner morgen kommen?«

»Ja, klar, ich ...«

»Du bisch die Beste«, fällt sie mir ins Wort. »Glaub mir, du wirssas nich' bereuen. Glaub mir.«

»Okay.«

»Wunnerbar, dann ... schlummer schön weider. Hab dich lieb.«

Ich schmatze einen Kuss ins Telefon. »Ich dich auch. Ach, Jette?«

»Ja?«

»Wie heißt dein Onkel?«

»Wie der …? Äh, der heiss … äh … Tommaso. Ja, der heiss Onkel Tommaso.«

Kopfschüttelnd lege ich auf. Onkel Tommaso. Ich habe nie von ihm gehört. Es scheint sich um entfernte Verwandtschaft zu handeln.

Luzifer guckt mich grimmig an, als ich den Fernseher ausstelle. »Komm, du Horrorfilmfreak, Feierabend.« Ich packe ihn und bringe ihn in das Zimmer meiner Oma im Erdgeschoss, wo sein Körbchen steht. Der Raum ist hell tapeziert, aber es gibt kaum einen freien Platz an den Wänden. Eine Wand wird von dem mächtigen Nussbaumkleiderschrank beherrscht, der unbedingt mitmusste, als vor drei Jahren der Umzug aus ihrer kleinen Wohnung in unser Haus anstand. An der Fensterwand hängen jeweils links und rechts der schweren weinroten Vorhänge Ölbilder. Ich mag die Marschlandschaften mit den typisch norddeutschen Wolkenformationen darauf, aber die schweren dunklen Rahmen erdrücken die Atmosphäre der Motive. Gegenüber der Fensterwand steht Omas Kirschholzbett mit der geblümten Bettwäsche. Darüber hängt ein Regal, das von Nippes und Erinnerungen überquillt – Plastikrosen in alten Vasen, Porzellandosen, -katzen und -eulen, ein paar Bücher von Simmel. Zwischen einem dicken Buddha und einer alten chinesischen Teekanne liegt Omas Gesangbuch, das sie zur Konfirmation bekam. In Sütterlinschrift steht die Widmung ihrer Großmutter darin.

In einer Kommode befinden sich die für mich wahren Schätze meiner Oma – ihre Kästchen mit alten Briefen und Schmuck. Der Schmuck ist nicht besonders wertvoll, aber ich mag das Nostalgische an den Broschen und Ketten. Als Kind durfte ich darin herumstöbern und mich damit schmücken. Das Kistchen mit den alten Briefen und Postkarten war eigentlich tabu, aber ich habe sie trotzdem gelesen, wenn wir bei ihr zu Besuch und die Erwachsenen miteinander beschäftigt waren. Es ist vergilbte Post aus der Zeit, als Oma jugendlich und junge Frau war – Karten von Freundinnen und Cousinen, und ein Packen Briefe meines leiblichen Großvaters ist auch dabei. Er starb lange bevor ich ihn kennenlernen konnte. Vielleicht gefielen mir seine Briefe daher immer besonders. Er hatte eine krakelige Handschrift, die ich von ihm geerbt habe, vor allem aber eine bildhafte Sprache. Viel Gefühl klingt durch die Sätze auf den eng beschriebenen Briefbogen, die er meiner Oma schickte, als er im Fernen Osten auf Montage unterwegs war. Doch schon als Kind konnte ich seine Worte, die Omas Person galten, nicht mit ihr in Einklang bringen. »Mein geliebtes Häschen!« So hat er sie in jedem seiner Briefe angesprochen, und noch heute fällt es mir schwer zu glauben, dass er tatsächlich sie meinte. Tierische Assoziationen fallen mir zu meiner Oma haufenweise ein. Ein Häschen ist allerdings nicht dabei.

Gedankenverloren streicht meine Hand über die Kommode, in der sie seine Briefe hütet. Wie sehr muss sie sich nach seinem Tod verändert haben. Opa Paul starb nach nur drei Jahren Ehe bei einem Autounfall in Saudi-Arabien. Ein Unglück, wie es tausendfach passiert, jeden Tag in der Welt. Ein Blatt, noch grün, vom mitleidlosen Schicksal mit einem Stock herausgeschlagen aus dem Baum der Leben. Für den Baum kein Verlust, denn er trägt Milliarden Blätter, doch an dem Zweiglein, an dem es hing, klaffte die feuchte Wunde. Meine Oma hat nicht nur den Mann verloren, den sie wohl innig geliebt hat, sondern auch sich selbst. Anders kann ich mir nicht erklären, wie ihre Härte und ihr ewiger Pessimismus entstanden sein können. Schade, dass es keine Zeitmaschinen gibt. Ich hätte sie gern gekannt, bevor das Schicksal sie gebogen hat.

Seufzend bücke ich mich zu Luzifers Körbchen, das am Fußende vor Omas Bett steht. Er schläft auf einem alten Pullover von ihr. Kaum dass ich ihn im Korb abgesetzt habe, dreht er sich dreimal um sich selbst und rollt sich ein.

»Gute Nacht, Dickwanst.«

Während ich mir die Zähne putze, beschließe ich, dem italienischen Onkel mein Zimmer zu geben. Den schönen Elbblick wird er mögen. Im Bett fallen mir die Augen sofort zu. Mein letzter Gedanke gilt Aaron, der im Nachbarhaus schläft. Wie kann er eine Brünette heiraten, wenn er Blonde so toll findet? Und wie kann er so unverschämt gut riechen? Mit der Erinnerung an den Duft seiner Haut verschwinde ich ins Reich der Träume.

6

»Scheiße!«

Es gibt keinen größeren Adrenalinschub, als wenn man schlaftrunken auf den Wecker starrt und bemerkt, dass man verschlafen hat. Fett verschlafen, wie Poppy sagen würde. Mir bleiben exakt fünfzehn Minuten, bis die Hartwigs am Tisch sitzen und ihr Frühstück genießen wollen.

In olympiareifer Zeit bin ich aus dem Bett raus und aus meiner Pyjamahose. Es brummt in meinem Kopf: Kaffee kochen, Eier kochen, Wurst und Käse appetitlich auf einem Teller anrichten, einen Obstsalat machen, Tomaten und Gurken schnippeln … Ratzfatz bin ich in meiner hellgrauen Chillhose, die glücklicherweise reinschlüpfbereit vor dem Bett liegt.

»Shit, shit, shit«, murmle ich weinerlich vor mich hin, während ich zum Kleiderschrank stürze, um einen Fleecepulli herauszureißen und ihn über das Pyjamaoberteil zu ziehen, denn ich muss auch noch zum Bäcker fahren, um frische Brötchen zu holen.

Die drei Schritte zur Zimmertür wären eigentlich unfallfrei zu schaffen. Eigentlich. Mein rechter kleiner Zeh teilt mir etwas anderes mit, denn er kollidiert mit dem Karton mit den tausend Kilo medizinischer Fachliteratur. »Au, aua!«, schreie ich auf und hüpfe auf dem linken Bein auf den nicht von Kartons zugestellten fünfzig Quadratzentimetern, während mir die Tränen in die Augen schießen. Wie kann so ein winziger Zeh so viel Schmerz aussenden? Bestimmt ist er gebrochen, aber selbst wenn … Es bleibt keine Zeit, um ihn sich anzugucken. Die Gäste gehen vor! Die goldene Regel dieses Hauses. Ich höre, wie Mama es sagt, und humple zur Treppe.

Auf dem Flur im Erdgeschoss ignoriere ich die Tür ins Bad – nicht einmal für eine Katzenwäsche oder Zähneputzen ist Zeit. Auch nicht für Luzifer. Ich höre ihn hinter Omas Zimmertür mit seiner dunklen Katerstimme maunzen. Er hat Hunger. »Du bist fett genug«, rufe ich den Flur entlang. »Da kannst du ruhig mal warten.«

Ich eile in die Küche, schaufle Kaffeepulver in die Maschine und stelle sie an. Während ich vier Eier aufschlage und mit Milch und Salz verquirle – ich habe mich gegen gekochte und für Rühreier entschieden –, fällt mein Blick in die Glasscheibe der eingebauten Mikrowelle. Ein Fehler.

Da ich immer mit offenem Haar schlafe, sehe ich morgens aus wie ein Handfeger auf Speed. Weil Waschen und Kämmen heute ausfallen müssen, reiße ich die Küchenschublade mit dem Krimskrams auf, den es nur gibt, weil ich hier wohne. Haarspangen und -bänder schwirren überall im Haus herum, glücklicherweise heute auch in der Schublade. Ich packe mein Haar im Nacken, türme es zu einem Knäuel auf und fixiere es mit der Megahaarklammer. Auf zum Brötchenholen!

Mamas Twingo steht im Carport, Ferdinand, mein manilagrünes Golf-Cabrio, das Jette als kackgrünen Eurofresser bezeichnet, davor. Ferdinand ist neunzehn Jahre alt, ein Auto-Opa. Aber dass er mich ausgerechnet heute Morgen im Stich lässt … Ich hasse dieses leiernde Geräusch, wenn ich den Zündschlüssel herumdrehe und er nicht anspringen will. »Ferdinand, bitte. Das machst du doch eigentlich nur im Winter.« Ich versuche es noch dreimal, dann steige ich aus, trete mit einem »Du mich auch« gegen den linken Vorderreifen und schnappe mir das Fahrrad, das an der Carportwand steht. Es ist nie abgeschlossen, schließlich sind wir ein friedliches, unkriminelles Dorf.

Das gelbe Trikot ist mir sicher, so wie ich in die Pedale trete. Ich winke sogar noch Bauer Timmann zu, der mir mit zwei Kühen, die vor ihm hertrotten, auf der Straße entgegenkommt. Bis zum Bäcker ist es glücklicherweise nicht weit, und Frau Ballig und Herr Jürgens lassen mich vor, als ich meine Notlage erkläre. Mein Portemonnaie habe ich natürlich auch vergessen, aber bei Bäcker Heiko kann ich anschreiben lassen. Trotzdem könnte ich heulen, als ich einen Blick auf die Uhr in der Bäckerei werfe, von deren Ziffernblatt mir zwei grinsende Brötchen zuwinken. Ich werde es trotz aller Eile nicht schaffen, das Frühstück pünktlich zu servieren.

Ich radle in Rekordzeit zurück, bin aber auch fix und fertig. Meine Kondition ist quasi nicht vorhanden. Nix mit gelbem Trikot. Ich muss unbedingt wieder Sport treiben. Dass ich mich wesentlich langsamer dem Ziel nähere, ist jetzt und hier aber mein Glück, denn ich winke Herrn Gercke zu, der auf dem Weg in die Praxis ist, und das wird mir zum Verhängnis. Mit nur einer Hand am Lenker kann ich das Fahrrad nicht halten, als der Vorderreifen wegrutscht. Ich kann mich noch kurz mit einem Bein abstützen, dann stürze ich zur Seite, das Fahrrad zwischen meinen Beinen. Die Brötchentüte fällt aus dem Korb und platzt auf. Ein Mohnbrötchen landet in dem golfcabriofarbenen Fladen, in dem der Reifen weggerutscht ist. Die Hinterlassenschaft von Bauer Timmanns Kühen.

Ich bin so wütend, dass mir nicht einmal die Tränen kommen, obwohl ich allen Grund zum Heulen hätte. Und Schmerzen habe ich auch an Oberschenkel und Hüfte.

»Mensch, Isa, Deern!«, ruft Herr Gercke. Er kommt auf mich zugehumpelt, so schnell es die Krücken zulassen. »Kann ich dir helfen?«

Ich deute auf seine Gehhilfen. »Wie denn? Haben Sie eine dritte Hand?« Noch ein Fall für die Evolution.

»Isa!«

Diese Stimme klingt noch erschrockener als die von Herrn Gercke. Sie gehört Aaron. Er kommt aus dem Garten der Praxis angestürmt. »Alles okay?« Schon hockt er neben mir. Er streicht eine Haarsträhne aus meinem erhitzten Gesicht.

Als ich nicke, springt er auf und greift nach dem Fahrrad. »Kannst du dein Bein anheben, damit ich das Rad von dir runterkriege?«

Ich kann. Er wirft es einfach zur Seite und kniet wieder neben mir. »Kannst du aufstehen?«

»Ja, es ist alles gut«, antworte ich unwirsch, weil ich mit mir selbst so unzufrieden bin. Ich nehme trotzdem dankbar seine Hand, als er mir hochhilft. »Scheißkühe«, sage ich wütend und deute auf den Fladen.

»Im wahrsten Sinne des Wortes.« Aaron lacht leise, aber er wird sofort wieder ernst. »Ist wirklich alles in Ordnung? Hast du Schmerzen?« Sein Blick scannt mich von oben bis unten.

Und das bereitet mir mehr Schmerzen als meine Hüfte, denn mir wird schlagartig bewusst, wie ich aussehe. Ich starre an mir hinunter. Der rosafarbene Fleecepulli ist vom Sturz am Ärmel verdreckt, und aus seinem Ausschnitt hängt die rot-weiß karierte Ecke meines Pyjamaoberteils. Meine hellgraue Chillhose ist so ausgebeult, als würde ich Wassermelonen schmuggeln, und sie hat nicht nur Sturzflecken, sondern auch noch die angetrockneten von der heißen Schokolade, die ich gestern Abend getrunken und zum Teil auf die Hose gekleckert habe. Die lilafarbenen Gummiclogs runden das Bad-Taste-Party-Outfit ab. Schlimmer geht's nicht. Oder doch? Denn Aarons Blick verweilt auf meinem verschwitzten Gesicht, das bestimmt knallrot ist. Er streicht eine weitere Strähne, die die Haarklammer nicht erfasst hat, von meiner Wange.

Herr Gercke humpelt mit einem »Jetzt bist du ja in guten Händen, Isa« Richtung Praxis.

Meine Augen füllen sich mit Tränen. »Es ist alles gut«, wiederhole ich und bücke mich zu der Brötchentüte. Bis auf das Mohnbrötchen sind wenigstens alle anderen in der Tüte geblieben. »Ich muss mich beeilen, ich muss das Frühstück für die Gäste vorbereiten. Ich … ich habe verschlafen und …« Die Tränen lösen sich.

»Meine Mutter ist noch keine achtundvierzig Stunden weg«, schniefe ich, »und ich kriege nichts auf die Reihe.«

Aaron kommt mir zuvor, als ich mit der freien Hand das Fahrrad aufheben will. Er nimmt das Rad und sagt: »Komm.« Nur dieses eine Wort. Dann schiebt er los zu unserem Haus. Ich stehe da mit der Brötchentüte und starre ihm hinterher.

Er dreht sich während des Laufens um. »Nun komm schon. Ich denke, deine Gäste sind hungrig.«

Zwei Minuten später steht Aaron Berner in unserer Küche und brät Rührei, während ich Wurst und Käse auf eine Platte lege.

»Was ist mit den Patienten?«, habe ich ihn gefragt, als er mir ins Haus folgte.

»Ich beginne doch erst um halb neun, genau wie mein Onkel. Also kann ich dir schnell helfen.«

Vielleicht habe ich einen Schock vom Sturz? Oder warum habe ich sein Angebot nicht abgelehnt? Nun, wie auch immer, jetzt stehen wir hier gemeinsam, und ich bin mehr als dankbar für seine Hilfe. Genießerisch sauge ich den Duft der gebratenen Eier durch meine Nase. Langsam bekomme ich Hunger. Aber zuerst sind die Hartwigs dran. Doch wie es scheint, kann Aaron Gedanken lesen. Er steht mit einer Gabel voll Rührei neben mir und hält sie vor meinen Mund. »Probier mal. Genug Salz?«

Genüsslich kaue ich. »Lecker.«

»Was jetzt?«, fragt er.

Ich deute auf das Obst, das ich bereitgelegt habe. »Schnippeln, wenn du magst. Keine großen Mengen, es sind nur zwei Personen.«

In diesem Moment kommt Frau Hartwig in die Küche. »Guten Morgen, Frau Hofer. Ich wollte doch schnell mal schauen, ob alles in Ordnung ist. Mein Mann und ich sitzen seit zehn Minuten im Frühstücksraum und … Nun, ich sehe ja, dass Sie dabei sind, es vorzubereiten.« Ihr Blick wandert dabei an mir rauf und runter.

Mir wird heiß. Ich habe mir nur die Hände gewaschen, als wir drinnen waren. Für ein Umziehen war keine Zeit. Jetzt bereue ich es, denn meine verdreckten Klamotten sind weiß Gott kein Aushängeschild für eine Frühstückspension. Würde Mama mich so sehen, müsste ich sie beerdigen. »Es tut mir sehr leid«, sage ich zu Frau Hartwig. »Ich habe verschl…«

»Frau Hofer ist mit dem Fahrrad gestürzt, als sie die Brötchen holte«, fällt Aaron mir ins Wort. Im Gegensatz zu mir sieht er in seiner weißen Jeans und dem türkisfarbenen Shirt frisch wie der junge Morgen aus. Er geht auf Frau Hartwig zu. »Dadurch ist es zu einer leichten Verzögerung gekommen, die Sie doch bestimmt verzeihen werden?« Sein Lächeln haut sogar mich aus den Puschen, obwohl ich es nur von der Seite sehe.

Frau Hartwig bekommt rote Wangen. »Ja, ja, natürlich. Das … das ist doch kein Problem.« Sie sieht kurz zu mir, dann wieder zu Aaron. »Kann ich etwas helfen?«, fragt sie ihn mit leuchtenden Augen.

»Vielleicht mögen Sie ja schon einen Kaffee trinken, während Sie warten«, sagt Aaron. Er deutet auf die Thermoskanne, die noch leer neben der Kaffeemaschine steht. »Füllen Sie ihn einfach um, und nehmen Sie die Kanne schon mal mit. Ich bringe Ihnen das Frühstück sofort hinterher.«

»Natürlich.« Frau Hartwig eilt durch die Küche zur Maschine. Sie sieht mich gar nicht. Aaron sagt etwas über das Wetter, während sie ihn anhimmelt und dabei den Kaffee umfüllt.

Spätestens jetzt würde Mama wieder auferstehen, denn nie-nie-niemals hat je ein Gast in dieser Küche gestanden, geschweige denn darin etwas getan. Ich höre, wie meine Zombiemutter eine der silbernen Hausordnungen predigt: »Die Küche ist tabu für Gäste. Tabu!«

Als Frau Hartwig, ein Lied summend, mit der Kanne verschwindet, fragt Aaron, während er die Bananen und Äpfel mit dem Messer in einer Geschwindigkeit zerhackt, als wäre er ein Sternekoch: »Muss im Frühstücksraum noch gedeckt werden?«

»Nein.« Wenigstens etwas, das fertig ist. »Das mache ich immer am Abend vorher.« Ich schneide zwei Tomaten in Viertel und kann den Blick nicht von Aarons Händen lösen, die neben mir auf der Arbeitsfläche eine Kiwi schälen und klein schnippeln. »Ich brauche dafür dreimal so lange.«

»Das habe ich in meiner Abnehmphase gelernt«, sagt er, ohne aufzublicken, greift aus der Obstschale Weintrauben und halbiert sie. »Die Ananas ignorieren wir heute wohl besser.« Er deutet auf die ungeschälte Frucht neben der Obstschale. »Das würde zu lange dauern.«

»Du hast eine tolle Figur.« Es ist raus, bevor ich denken kann, vielleicht, weil ich mich immer noch schuldig fühle.

Als er mir sein Gesicht mit einem »Danke« zuwendet, ohne mit dem Schneiden innezuhalten, bekommt mein Kopf seine momentane Lieblingsfarbe. Er sieht einfach unwiderstehlich aus, wenn er lächelt.

»Das Kompliment kann ich im Übrigen zurückgeben, auch wenn dein Outfit heute nicht wirklich figurbetont ist.«

Dieses Mal kann ich herzhaft darüber lachen. »Du meinst, du würdest so nicht mit mir ausgehen?« Noch immer lachend, drehe ich mich vor ihm. Dann wird mir bewusst, was ich gesagt habe. Ich bleibe abrupt stehen. »Äh ... das war nur ein Witz. Ich will natürlich nicht mit dir ausgehen.«

»Nicht?« Es klingt spöttisch.

»Also, ich meine ... nicht, weil ich es nicht machen würde, sondern weil ich es gesagt habe und du glauben könntest, ich wolle, dass du mit mir ... Also, ich will nicht mit dir ...« Ich breche ab, weil ich mich immer mehr blamiere.

Aaron verteilt das Obst in zwei Glasschälchen und stellt sie auf das Tablett, auf dem schon Honig, Marmelade, Butter und die

Platte mit der Wurst und dem Käse stehen. »Füllst du das Rührei in eine Schale? Das bringe ich dann anschließend mit den Brötchen in den Frühstücksraum.«

Während er das Tablett wegbringt, kümmere ich mich um das Ei. Gut, dass er nicht auf mein Gestammele reagiert hat. Was hätte er auch sagen sollen? Natürlich will er mit mir nirgendwo hingehen.

»So.« Aaron ist zurück, legt das Tablett auf dem Tisch ab und greift nach dem Brötchenkorb und der Schale, die ich ihm hinhalte. »Wohin möchtest du denn *nicht* mit mir ausgehen?«, fragt er. »Wenn dir nichts einfällt, hätte ich eine Idee. Vielleicht hast du ja am Sonntag genau wie ich Zeit totzuschlagen?«

»Du ... und ich?« Mein Finger wickelt sich um die Strähne, die an meiner Wange herabhängt.

»Du und ich. Einfach so. Als Freunde aus alten Zeiten. Was hältst du von Sonntagmittag zwölf Uhr?«

»Ja, meinetwegen«, sage ich so gelassen wie möglich, obwohl gerade heiße Freude in mir aufsteigt. »Was ... was wollen wir denn machen?«

»Nichts Besonderes, einfach nur eine Fahrt ins Grüne. Entspannung pur.«

Ich grinse ihn an. »Das kleine Schwarze brauche ich also nicht.«

»Absolut nicht.« Er kommt einen Schritt näher, lacht und zupft an meinem Pyjamakragen. »Das hier reicht völlig.«

Ich blicke ihm nach, als er zum Landhaus zurückgeht. Er nimmt den Trampelpfad, also kennt er ihn von früher. Meine Finger spielen mit der Kragenecke, die er eben noch in seinen Fingern hatte. Er hat es nur so dahingesagt, dass dieses Outfit reichen würde. Er will mich wohl kaum im Pyjama sehen, aber ... Seufzend drehe ich mich um, denn es wartet noch genug Arbeit auf mich. Und doch kann ich nicht verhindern, dass ich gedanklich meine Nachtwäschekollektion durchgehe. Ich hab da noch so ein süßes kleines Nichts aus Satin, hauchzart und ...

»Nix hauchzart«, murmle ich meine eigene innere Stimme nieder. »Freunde, hat er gesagt. Freunde aus alten Zeiten. Und die brauchen keine Negligés.«

Herr Hofer!!!
Warum muss ich diese Whatsapp-Nachricht schicken? Warum, verdammt, gehen Sie nicht an Ihr Handy, wenn ich anrufe? Nun, eigentlich weiß ich, warum. Sie haben ein mordsmäßig schlechtes Gewissen. Zumindest sollten Sie eines haben! Wie konnten Sie mich gestern Abend so schamlos mit meinem Lieblingswein abfüllen? Das haben Sie absichtlich gemacht, damit ich mitspiele! Und ich doofe, stockbesoffene Nuss ruf auch noch bei Isa an!
Bitte, Herr Hofer, melden Sie sich bei mir! Wir können das nicht durchziehen!!!
HklG! Jette (Falls Sie nicht wissen, wofür die Abkürzung steht: Heute keine lieben Grüße!)

Herr Hofer,
ich sehe zwei hellblaue Häkchen! Also tun Sie nicht so, als hätten Sie meine Nachricht nicht gelesen! Antworten Sie gefälligst!

Herr Hofer!!! Bitte!!! Isa wird uns das nie verzeihen! Sie wird nicht darauf reinfallen!

So, Herr Hofer, ich rufe jetzt bei Isa an. Dann sage ich ihr, was wir gestern idiotischerweise ausgebrütet haben. Dann ist Ihr saublöder Plan gestorben!

Liebe Jette,
zu spät. Ich stehe vor der Tür. Ich freue mich so sehr auf Isa. So sehr.
Danke!
Dein Thomas
PS: Wir hatten doch auf Brüderschaft getrunken. Also bleib bitte dabei. ☺

Zufrieden blicke ich mich in unserer Küche um, deren Schränke aus buchefarbenem Kunststoff sind. Die blau gesprenkelte Arbeitsfläche, der Tisch, die Spüle – alles ist sauber und aufgeräumt. Für die ins Auge fallende abgesplitterte Ecke der Besteckschublade bin ich nicht verantwortlich. Das hat Mama geschafft, als sie mit dem Besenstiel dagegen gestoßen ist. Ich sag ja immer, dass zu viel Reinheit nicht gesund ist, weder für Menschen noch für Besteckschubladen.

Die Hartwigs sind satt und voller Tatendrang zu einem Einkaufsbummel in die Hamburger Mönckebergstraße aufgebrochen. Luzifer hat seine Wildhäppchen in Soße runtergeschlungen, als hätte er vier Wochen Nulldiät hinter sich. Dann ist er durch die Katzenklappe der Hintertür im Garten verschwunden, wahrscheinlich, um in Onkel Hollerbecks Paradiesgarten die Hühner zu scheuchen oder unschuldige Vögel und Mäuschen zu jagen. Zum Glück ist er so fett, dass er selten Erfolg hat. Die ein, zwei Vögel im Jahr, die er stolz anschleppt und uns zu Füßen legt, sind vermutlich eines natürlichen Todes gestorben und nicht durch seine fiesen Zähnchen, auch wenn er uns das gerne glauben machen möchte.

Ich bin geduscht, geföhnt und dufte nach meinem Lieblingsparfum, nach Jasmin und Zimtrose und einem Hauch Vanille. Mein Haar ist gestylt und im Nacken locker mit einem blauen Haarband zusammengebunden, das perfekt zu meinem dunkelblauen Kleid mit den weißen Pünktchen passt. Meine roten Ballerinas runden das Outfit ab, weil der Gürtel des Kleids ebenfalls rot ist. Mit den flachen Schuhen bin ich nicht so richtig groß. Würde ich mich auf die Zehenspitzen stellen müssen, um Aarons Mund zu erreichen?

Luisa Hofer, stutze ich mich selbst zurecht. Was ist nur mit dir los? Dieser Mann ist kaum älter als du und fällt darum schon mal per se als Peer Magnussens Nachfolger raus. Außerdem – und das ist der viel gewichtigere Grund – steht er kurz vor der Hochzeit mit einer Brünetten. Gut, vielleicht nicht kurz davor, aber vergeben ist er auf jeden Fall, und damit tabu. Und wahrscheinlich küsst er wie ein nasser Waschlappen, auch wenn er riecht wie ein Gott.

Dass mein Herz allerdings allein bei dem Gedanken an einen Kuss von Aaron schlägt, als müsste es einen neuen Rekord aufstellen, spricht nicht für meine Argumente.

Seufzend verlasse ich die Küche, denn die Arbeit ruft. Das Gästebad will geputzt und Wäsche will gewaschen werden, die Einkäufe für das Frühstück in den nächsten Tagen wollen getätigt sein, meine Oma möchte besucht werden, um ein Ziel für ihre Nörgeleien zu haben …

Auf dem Weg aus der Kammer, wo das Putzzeug steht, begleitet mich der melodische Türgong. Wer kann das sein? Der Postbote jedenfalls nicht. Henry bringt die Post in Elmfleth erst nachmittags. Luzifer flitzt zurück ins Haus, als ich die Tür öffne, doch ich habe keinen Blick für den Kater. Ich denke im ersten Moment an einen Vertreter oder Zeitschriftenwerber, während ich den schwarzhaarigen Mann mit dunklem Vollbart vor der Tür mustere, aber noch bevor er den Mund öffnet, weiß ich, wer er ist. Und das ist auch gut so, denn er selbst bringt keinen Ton über die Lippen, sondern starrt mich an. Zumindest vermute ich das, denn durch die dunkle Sonnenbrille, die er trägt, sind seine Augen nicht zu erkennen.

»Onkel Tommaso?«, frage ich vorsichtshalber nach. »Du … du bist doch Jettes Onkel? Tommaso?« Ich duze ihn einfach, denn alle Grazianos, denen ich bisher als Jettes beste Freundin vorgestellt wurde, sind ausgeflippt, als ich sie siezte. »Nix da Sie! Terribile! Du musst sagen Du! Ein beste Freundin gehört zu Familie.« Es gibt ein Dutzend Onkel und Tanten Graziano, die ich duzen darf.

Er sagt immer noch nichts. Seine Finger sind um die Reisetasche aus schwarzem Leder verkrampft, die er in der rechten Hand hält. Vielleicht irritiert ihn der Putzeimer, den ich trage? Oder er spricht im Gegensatz zur übrigen Familie Graziano kein Wort Deutsch?

»Ja«, sagt er plötzlich. »Ja, ich … ich bin … Tommaso.« Seine Stimme klingt leise und rau, so als würde sie nach einem Tröpfchen Öl lechzen.

»Na, dann herzlich willkommen in der Pension Sünnschien. Sünnschien ist plattdeutsch und heißt Sonnenschein«, plappere ich drauflos, trete zur Seite und deute ins Haus. »Die Pension gehört meiner Mutter. Leider ist sie momentan nicht da, aber ich hoffe, ich kann sie würdig vertreten.«

»Danke … Danke schön.« Er tritt ein und blickt mich wieder an. Ich reiche ihm die Hand, ziehe sie aber sofort wieder zurück. »Entschuldigung«, sage ich, schlüpfe schnell aus dem Gummiputzhandschuh und reiche sie ihm erneut. »Ich bin Isa.«

Er nimmt meine Hand und drückt sie fest, warm und lange. »Ich freue mich … Isa.«

Was ist nur los? Drehe ich langsam durch? Schon wieder habe ich dieses eigenartige Gefühl, dass mich eine Stimme, obwohl sie so heiser klingt, bei der Nennung meines Namens streichelt. Ich starre Onkel Tommaso an. Irgendetwas ist merkwürdig an ihm. Es ist nicht sein Outfit, das ist okay. Er trägt eine dunkle Jeans, ein hellblaues Hemd und Sakko. Seine ledernen Halbschuhe sehen nicht billig aus, genau wie die Reisetasche.

Wieso behauptet Jette also, er habe kein Geld? Ich beantworte mir die Frage gleich selbst. Er könnte ein Aufschneider sein, ein Wichtigtuer, einer, der Schulden macht, um nach außen auf Wirkung zu zielen. Dafür spricht auch, dass er seine Haare färbt. Nie und nimmer wären sie in seinem Alter so schwarz, ohne ein einziges graues Härchen. Ich schätze ihn auf Mitte fünfzig. Der Vollbart hat definitiv keine Farbe abbekommen. Er ist gräulich und auch ein wenig grauslich. Tommaso sollte ihn unbedingt mal stutzen. Sein Gesicht besteht quasi nur aus Bart und Brille und hat etwas Maskeradenhaftes.

Nun, das hat mich nicht zu interessieren. Ich deute die Treppe hinauf, von der Luzifer uns von seiner Lieblingsstufe, der vorletzten, misstrauisch entgegenblickt. »Ich habe dich in einem Zimmer mit Elbblick einquartiert«, sage ich zu ihm. »Ich hoffe, es gefällt dir.«

Er lässt mir den Vortritt. Kein Wort kommt über seine Lippen, weder als wir hinaufgehen, noch, als ich den Kater packe und ihn kurzerhand ins Bad verfrachte, das meinem Zimmer gegenüberliegt. Wahrscheinlich kommt Jettes Onkel mir deswegen so merkwürdig vor. Alle anderen Grazianos plappern wie die Papageien. Ich deute auf meine Zimmertür, die die erste auf der rechten Seite des Gangs ist.

»Hier? Hier soll ich schlafen?« Er klingt erstaunt, als ich die Tür mit einem »Bitte schön« öffne.

»Ja. Ist das nicht in Ordnung? Gefällt dir das Zimmer nicht?«

Er ist mir in mein Zimmer, das für die nächsten Monate das Gästezimmer ist, gefolgt. Sein Blick wandert vom Bett zum Schrank, über die cremefarbenen Tapeten zum Fenster. Auf dem Fensterbrett steht die Gäste-Deko, Holzmöwen und ein blaues Teelichtglas mit Muschelmotiv, passend zur blau-weiß gestreiften Gästebettwäsche. All das verschwindet im Oktober wieder im Keller, und ich kann zurück in mein Zimmer. Und während ich das denke, hoffe ich einmal mehr, dass ich in naher Zukunft wieder eine eigene Bude in Hamburg beziehen kann.

»Doch, doch«, antwortet er heiser, »es gefällt mir. Es … hat einen schönen Ausblick.« Einen Moment lang starren wir zur fernen Elbe, auf der ein Binnenschiff Richtung Hamburger Hafen tuckert. Segelboote sind außerhalb der Wochenenden Mangelware.

»Ja, dann ...« Ich lache künstlich auf, weil er mich wieder schweigend anschaut. Warum nimmt er hier drinnen nicht endlich die Sonnenbrille ab? Es gefällt mir nicht, dass ich seine Augen nicht sehen kann. Und es ist unhöflich.

»Entschuldige, dass ich dich so anstarre«, sagt er jetzt leise. »Es ist nur ... weil ...« Er räuspert sich. »Jette hat mir schon so viel von dir erzählt. Mir ist, als würde ich dich ewig kennen.«

»Tatsächlich?«, sage ich erstaunt, insbesondere, weil Jette ihn mir gegenüber niemals erwähnt hat. Da bin ich mir sicher. Aber er hat viel Wärme in seiner Stimme. Sie gefällt mir, obwohl sie so heiser klingt. Und wichtigtuerisch ist er gar nicht. Eher macht er einen schüchternen Eindruck.

Ich bitte ihn auf den Flur zurück, um ihm das Bad zu zeigen. Da die Hartwigs im ersten Stock einquartiert sind, hat er es für sich allein. Normalerweise, fällt mir ein. Jetzt ist der Kater ja da drin. Ich öffne die Tür. Luzifer faucht uns an und springt schneller, als man seinem fetten Leib zutraut, an uns vorbei die Treppe hinunter. Für heute hab ich mal wieder verschissen.

Onkel Tommaso lobt das Bad mit den Handtüchern in verschiedenen Blautönen mit einem leisen »Sehr schön«. Als ich ihn frage, wann er frühstücken möchte, sagt er erstaunlicherweise: »Wann passt es dir denn am besten? Ich bin da flexibel. Ich möchte so wenig Umstände wie möglich bereiten.«

»Oh, das ist kein Umstand. Sag mir einfach eine Uhrzeit, dann ist das Frühstück fertig.« Es sei denn, ich verschlafe wieder.

»Wäre halb neun okay?«

»Ja, natürlich. Ich wünsche dir auf jeden Fall eine schöne Zeit hier in Deutschland. Das Familienfest wird bestimmt grandios.«

»Fa... Familienfest?« Er schluckt.

»Ja, das Familienfest«, sage ich mit Nachdruck. »Darum bist du doch hier, oder? Um das jährliche Fest der Grazianos zu feiern.«

»Ach, das Fest! Ja, ja, natürlich. Ich … ich habe nicht gleich geschaltet.«

Etwas ratlos verabschiede ich mich. Er steht vor meinem Bett und sieht mir hinterher, bis ich die Tür ins Schloss ziehe. Ich muss unbedingt Jette fragen, was mit ihm los ist. Auf dem Weg nach unten fällt mir ein weiteres Detail auf. Onkel Tommaso spricht perfekt Deutsch, akzentfrei. Merkwürdig.

»Praxis Dr. Hollerbeck, Hofer, guten Tag!« Ich lausche hinter dem Empfangstresen dem Gesprächsteilnehmer am anderen Ende der Leitung, während ich gleichzeitig die Karteikarte für Annabel Ballig auf den Tresen lege. Dass ich hier im Lutterschen Hoheitsgebiet sitzen darf, liegt einzig daran, dass Frau Lutter nicht da ist. Sie hat sich heute Nachmittag freigenommen, um den Doktor im Krankenhaus zu besuchen. Bewaffnet mit den Geschenken, für die wir zusammengelegt haben – ein großer Blumenstrauß und seine Lieblingspralinen –, ist sie vor einer halben Stunde losgezogen. Poppy und ich genießen es, arbeiten zu können, ohne unentwegt ihrem Adlerblick ausgesetzt zu sein.

Gerade schiebt Poppy das Skelett auf seinem Rollbrett am Tresen vorbei. Sie hebt Hooks Knochenhand, winkt mir damit zu und sagt mit tiefer, verstellter Stimme: »Hi, Isa, du siehst toll aus mit dem türkisen Shirt. Wie sieht's aus, Lust auf ein Date?«

Ich lache laut auf. »Lass mal gut sein, Hook, ich steh mehr auf was Fleischiges.«

»Gut zu wissen«, sagt eine Stimme von der Seite. Aaron war auf dem WC und zwinkert mir zu. Glücklicherweise erwartet er keine Erwiderung, sondern fragt Poppy: »Wo willst du mit dem Skelett hin?«

»Ich muss es rausbringen, weil doch Annabel gleich dran ist. Sie hat Angst vor Hook.«

»Annabel Ballig«, erkläre ich Aaron. »Sie ist zwei Jahre alt, und ihre Mutter ist mit ihr zur U7 hier. Annabel schreit sich weg, wenn sie das Skelett sieht.« Ich spiele mit den Fingern am untersten Shirtknopf. Wir sind heute tatsächlich alle in den neuen Shirts erschienen – auch Frau Lutter, die damit, und das habe ich ihr auch gesagt, sehr flott und modern aussah. Das Kompliment wurde mit einem verächtlichen »Pah!« abgeschmettert, aber sie war danach ausgesprochen gut gelaunt. Ich selbst fühle mich ein wenig unwohl, weil das enge Shirt meinen Busen sehr betont, aber Poppys Begrüßung hat geholfen. »Du siehst auch ohne Blümchenkleider toll aus, Isa. Du hast so 'ne Megafigur. Ich wünschte, ich wär auch so groß. Und dein Busen … echt fett.«

Da bin ich schon zusammengezuckt und habe vorsichtshalber nachgefragt, obwohl ich Poppys Ausdrucksweise ja mittlerweile kenne: »Fett wie megadick oder fett wie klasse?«

Die Antwort hat mich einigermaßen beruhigt. »Häh? Na, fett eben, toll, super.«

Poppy hat Hook in der Zwischenzeit um den Tresen herum ins Labor geschoben. Die verstellte Stimme erklingt noch einmal. »Wieso schreit Annabel, wenn die mich sieht? Glaubt die, ihre Knochen sehen besser aus?«

In sich hineinlachend, geht Aaron ins Arztzimmer, wo Herr Kerber mit einem eingewachsenen Zehennagel sitzt und auf Erlösung wartet.

Als Frau Ballig anschließend mit der kleinen Annabel im Arztzimmer verschwindet, erwarte ich fast, dass die Kleine zu schreien anfängt. Schließlich ist Aaron ihr völlig fremd, und auch ohne Hook ist das Arztzimmer nicht ihr Lieblingsaufenthaltsort. Aber es bleibt ruhig hinter der Tür. Aaron nimmt sich viel Zeit für die Untersuchung. Als die Tür sich schließlich öffnet und er mit Annabel auf dem Arm – Frau Ballig hinterher – zu mir an den Tresen kommt, schmelze ich dahin. Meine achtundzwanzig Jahre machen sich bemerkbar. Ich bin in einem Alter, in dem Babys und schnuckelige Kleinkinder an sich schon Kreischalarm auslösen, aber Annabel auf Aarons Arm – ein Traum. Da würde selbst der Regisseur für die Duschgel-Werbung schlucken. Ein Mega-Männer-Model mit blond gelocktem Zuckermädchen auf dem Arm, die sich gegenseitig anhimmeln.

»Magst du noch einen Lolli, Annabel«, fragt Aaron und greift in das Glas auf dem Tresen.

Hinter Aaron ertönt die Stimme von Annabels Mama. »Was sagt man dann, Bel?«

Das leise »Ganke« geht im Lutschen unter.

Aaron sieht von dem Kind zu mir. »Ist sie nicht süß?«

»Ja, das bist du, nicht wahr, Annabelchen?« Ich bin aufgestanden und lasse meine Finger über das stramme Bäuchlein unter dem Shirt mit dem Glitzereinhorn krabbeln.

Die Kleine kichert, presst ihren Kopf samt Lolli an Aarons Hals und sabbert ihn nass.

Gott, wie ich sie beneide!

Nach diesem Gedanken verschwinde ich erst einmal im WC-Raum und werfe mir eine Ladung kaltes Wasser ins Gesicht. Der restliche Arbeitstag vergeht wie im Flug. Als der letzte Patient geht, bin ich fast enttäuscht. Ich hätte noch stundenlang weiterarbeiten können. Was natürlich nicht an Aarons Anwesenheit liegt, sondern daran, dass Frau Lutter nicht da ist.

Als ich mich von Aaron verabschieden will, sitzt er am Schreibtisch und telefoniert mit seinem Smartphone. Er lacht gerade.

Das ist bestimmt seine Brünette. Sie scheint ja sehr humorvoll zu sein. Und wahrscheinlich ist sie auch noch bildschön und hat einen kleinen festen Äpfelchenbusen.

Ich winke ihm von der Tür des Arztzimmers aus zu und flüstere: »Tschüs, bis morgen.«

Er winkt zurück und sagt in das Handy: »Einen Moment, bitte, Anne.« Dann bedeckt er es mit der Hand und fragt: »Alles in Ordnung bei dir? Wirst du bei Herrn Meyer klarkommen?«

»Natürlich. Es ist alles gut.« Anne heißt sie also. Wahrscheinlich ist sie so wie ihr Name, schnörkellos, distinguiert, modern, intelligent sowieso. Anne klingt nicht so niedlich und verspielt wie Isa. Sie würde sich vermutlich schütteln, wenn sie so hieße. Anne Will kommt mir in den Sinn. Ja, so könnte sie sein, so könnte sie aussehen. Sogar der Name würde passen: Anne *will* … Aaron.

Er reißt mich aus meinen kindischen Gedanken. »Ich könnte dich auch beglei…«

»Nein, ich glaube nicht, dass es hilfreich ist, wenn wir dort zu zweit aufkreuzen«, falle ich ihm ins Wort. »Und wahrscheinlich wird es gar nicht so schlimm. Bellende Hunde beißen bekanntlich nicht.« Außerdem möchte Annewill bestimmt weiter mit ihm telefonieren. Ich jedenfalls würde das wollen, wenn ich sie wäre. Einfach nur seiner warmen, dunklen Stimme lauschen.

Wahrscheinlich, weil ich immer noch in der Tür stehe, fragt Aaron: »Sicher?«

»Ja, danke.« Schnell ziehe ich sie hinter mir ins Schloss. Schluss jetzt mit den Kleinmädchenfantasien. Nun heißt es Merle beistehen.

Und obwohl ich tatsächlich mit den Gedanken bei Merle bin, als ich ins Labor gehe, um meine Strickjacke aus dem Garderobenschränkchen zu holen, fällt mir Poppys Zusammenzucken auf, die ebenfalls im Labor ist. Allerdings steht sie nicht vor der Garderobe, sondern vor dem Hängeschrank, in dem wir einen Teil der Medikamente verwahren, die wir als Gratisproben von den Vertretern der verschiedenen Pharmaunternehmen bekommen.

Ihre Wangen werden dunkelrot, während sie ihre Hände hinter dem Rücken hält.

Sollte das schlechte Gewissen jemals ein Gesicht benötigen, könnte es Poppys klonen.

»Ich hab dich gar nicht kommen hören«, sagt sie auch noch. Verräterischer geht es kaum.

Sie tut mir schon fast wieder so leid, dass ich am liebsten gar nicht fragen würde, aber ich tue es natürlich trotzdem. »Was versteckst du da hinter deinem Rücken?«

»Nichts.«

»Poppy.« Mein Ton lässt durchklingen: Verarsch mich nicht.

Die Sommersprossen auf ihrer Nase sind kaum mehr zu sehen, so glüht ihr süßes Gesicht. »Isa … ich … ich mach das auch nicht wieder, bestimmt. Ich stell es ja schon wieder zurück. Es war nur … ein Versehen.« Sie reißt den Hängeschrank auf, legt ein Medikamentenpäckchen ins Regal und knallt die Tür wieder zu.

Mit zwei Schritten bin ich am Schrank und nehme das Medikament heraus. Ich murmle den Namen auf der Schachtel vor mich hin und sehe wieder auf.

»Die Pille, Poppy? Aber warum willst du sie hier klau…«, ich unterbreche mich, »einstecken? Du kannst dir einfach Antibabypillen verschreiben lassen, ohne dass es etwas kostet. Die Krankenkasse bezahlt sie dir.«

Sie zupft an ihrem Poloshirt, dessen Türkis durch das rote Gesicht noch mehr zur Geltung kommt. »Ja, aber ich … ich trau mich nicht, Opa zu fragen. Nach der Karte.«

Verständnislos sehe ich sie an. »Welche Karte?«

»Na, meine Krankenkassenkarte. Opa hat sie. Er gibt sie mir, wenn ich sie brauche. Aber ich kann ihm doch nicht sagen, dass ich … die Pille will. Das kann ich Opa einfach nicht sagen. Du weißt doch, wie er ist.«

»Du meine Güte.« Harald Lehmanns Angst um Poppy scheint wirklich zu weit zu führen. »Warst du denn schon mal bei einer Frauenärztin?«

Poppy schüttelt den Kopf.

»Dann solltest du deinem Opa sagen, dass es mit sechzehn völlig normal ist, dass man einen ersten Frauenarztbesuch macht, um die Gesundheit abzuchecken. Und bei der Gelegenheit lässt du dir die Pille verschreiben. Du musst deinem Opa nicht Rede und Antwort stehen, wenn du mit Speedy schlafen und vernünftigerweise verhüten möchtest. Und das scheint ja der Fall zu sein.«

Poppys Wangen sind noch immer dunkelrot.

Ich gehe zu ihr und nehme sie in die Arme. »Poppy, wir sollten wirklich mal miteinander reden. Heute passt es leider gar nicht, aber wie sieht es morgen bei dir aus? Wollen wir nach der Arbeit in Hamburg eine Pizza essen gehen? Der Vater meiner Freundin Jette hat ein Restaurant und backt die beste Quattro Formaggi der Welt.«

»Ja. Ich sag Opa heute Abend Bescheid, dass wir das tun. Er macht immer fett den Aufstand, wenn ich nach Hamburg will, aber wenn du dabei bist, hat er bestimmt nichts dagegen.« Sie löst sich von mir und deutet auf die Pillenpackung, die ich noch in meiner Hand halte. »Und du … du sagst doch Aaron nichts davon? Also, dass ich sie … genommen habe?«

»Du hast doch nur versehentlich in den Schrank gegriffen«, sage ich grinsend und lege das Päckchen zurück.

»Danke, Isa. Du bist so … fett in Ordnung.«

7

Isa«, empfängt mich Regine Meyer ohne einen Gruß unruhig an der vorderen Hoftür, nachdem ich geklingelt habe. »Heute ist es vielleicht doch nicht so gut. Mein Mann ist noch im Stall. Eine Kuh kalbt.«

»Frau Meyer«, sage ich ruhig und lächle, »es wird nie passen. Aber Sie machen es für Merle und für sich selbst immer schwerer, je länger Sie warten.«

»Ja«, sie atmet tief durch, »ja, ich weiß.« Zögerlich gibt sie die Tür frei. Gedämpfte Klaviermusik begleitet uns auf dem Weg in die Küche.

»Ihr Sohn spielt hervorragend«, lobe ich, obwohl ich das nicht beurteilen kann. Doch das, was ich höre, klingt sehr professionell.

»Die Französischen Suiten. Steffen liebt sie.« Sie sieht sehr hübsch aus, wenn sie lächelt, auch wenn die Angst vor dem, was bevorsteht, das Lächeln klein ausfallen lässt. »Er spielt einfach wunderbar.« Sie deutet auf eine geschlossene Tür, an der wir vorbeigehen. »Das Klavier steht im Wohnzimmer.«

Merle hockt wie ein eingefallener Kloß auf der Kücheneckbank und begrüßt mich mit einem zittrigen Lächeln. Über einer Jeans trägt sie einen dünnen Poncho, der selbst gestrickt aussieht.

»Hallo, Merle.« Ich rücke zu ihr in die Bank. »Kopf hoch, das wird schon. Dein Vater hat gestern, als ich mit Dr. Berner hier war, Jamals Fleiß auf dem Hof lobend erwähnt. Das ist doch schon mal was.«

Regine Meyer serviert mir in einem angelaufenen Glas, das sie aus dem Küchenschrank holt, Mineralwasser. Genau wie sie und Merle trinke ich ununterbrochen einen Schluck, während wir warten. Belangloses Zeug zu plappern erscheint mir fehl am Platz, also frage ich Merle nach ihrem Befinden und ob sie sich schon einen Termin bei der Frauenärztin geholt hat.

»Das machen wir alles, wenn Bernd Bescheid weiß«, antwortet Regine Meyer statt ihrer. Ihre Finger spielen unentwegt mit einem Knopf ihrer karierten Bluse, der nur noch lose an einem Faden hängt. »Ich werde mit Merle zu meiner Frauenärztin …« Sie bricht ab, als ein Knarzen der Dielen verkündet, dass jemand auf dem Flur läuft. Wir blicken alle zur Tür, aber es ist nur Steffens Zwillingsbruder, der die Küche betritt und Stallgeruch hereinbringt. Der Blondschopf trägt fleckige Jeans, ein schmutziges Kapuzenshirt und Socken. Er scheint die Jeans nur mit Gummistiefeln zu tragen, denn unterhalb des Knies ist sie sauber. Sein Haar steht wirr vom Kopf ab, so als wäre er mit der Hand mehrfach hindurchgefahren. Seine Wangen sind schmal und sehr blass. Er sieht nicht aus wie die anderen Bauernsöhne der Gegend, nicht wie jemand, der oft und gern an der frischen Luft ist.

»Kommt Papa auch gleich rein?«, fragt Merle. Ihre Stimme flattert wie die Flügelchen eines Jungvogels vor dem ersten Flug.

Regine Meyer ist aufgesprungen. »Du bist ja ganz blass«, sagt sie zu ihrem Sohn, was bedeutet, dass seine Blässe anscheinend doch nicht stubenhockerbedingt ist. »Setz dich hin, Sören.« Sie drückt ihn auf einen Stuhl. »Was ist denn los?«

Er kommt nicht dazu zu antworten, denn die Flurdielen knarzen wieder. Die Küchentür wird aufgerissen, und dann steht Meyer in der Küche, in verschwitzten Socken und kariertem feucht-fleckigem Hemd, das ihm bis auf die Oberschenkel reicht und dessen Ärmel bis zu den Ellbogen aufgekrempelt sind. Und er trägt keine Hose. Bei näherem Hinsehen entpuppen sich die dunklen feuchten Flecken auf seinem Hemd als Blut. Vermutlich war die Hose noch blutgetränkter, sodass er sie ausgezogen hat.

»Das Kalb ist tot«, stößt er aus, seine Frau ansehend. »Ausgerechnet ein Kuhkalb. Und dein Sohn«, er deutet zu Sören auf dem Stuhl, »kotzt ins Stroh, während der Tierarzt versucht die Kuh zu retten.« Seine Stimme schwillt an. »Womit hab ich nur solche Memmen verdient? Der eine kotzt, wenn er ein bisschen Blut und Fruchtwasser sieht, der andere fingert lieber auf dem Klimperkasten rum. Kotzen könnte ich jetzt auch.« Sören trifft ein weiterer böser Blick. Einen Moment ist alles ruhig. Die leise, aber dramatische Klaviermusik aus dem Wohnzimmer unterstreicht die Stimmung.

Merle ist inzwischen genauso blass wie ihr Bruder. Mit weit aufgerissenen Augen sieht sie von ihrem Vater zu mir.

Ich nicke, weil ich den Blick ihrer blauen Augen deuten kann. Es ist wohl wirklich besser, wenn wir die Baby-Beichte auf einen anderen Tag verschieben.

In diesem Moment nimmt Meyer mich wahr. Kurze Überraschung wechselt zu Ärger. »Was machst du denn hier, Isa?« Ein weiterer böser Blick gilt seiner Frau. »Kannst du mir nicht Bescheid sagen, wenn wir Besuch erwarten?«, bellt er und deutet auf seine nackten, blond behaarten Beine.

»Ich sehe in der Praxis jeden Tag so hübsche Männerbeine, Herr Meyer«, sage ich betont fröhlich, um ein wenig Spannung aus der knisternden Atmosphäre zu nehmen.

»Das sagt mir aber immer noch nicht, warum du hier bist.« Er guckt misstrauisch von mir über Merle zu seiner Frau und wandert wieder zu Merle zurück, die er jetzt geradezu fixiert. »Ist was los? Ist Merle krank?« Er guckt seine Frau an. »Ihr seid in den letzten Tagen alle so merkwürdig drauf.«

»Bernd, wir … Merle … ist …«, stammelt Regine Meyer vor sich hin.

»Mama, nicht«, wimmert Merle.

Ihre Mutter verstummt, aber jetzt ist es natürlich zu spät.

Ich sehe zu Bernd Meyer, dessen Augen sich zu Schlitzen zusammenziehen, während er seine Tochter anschaut. »Was heißt ›Mama, nicht‹? Du sagst mir jetzt sofort, was hier gespielt wird, Merle.«

Sie fängt laut an zu weinen.

»Herr Meyer«, ergreife ich ruhig das Wort, obwohl mein Herz jetzt auch bis zum Hals schlägt, »ich bin hier, weil Merle mich darum gebeten hat. Sie ist ... in einer sehr schwierigen Situation und ... möchte Sie nicht enttäuschen, weil sie Sie sehr lieb hat, aber sie fürchtet jetzt Ihre Reaktion auf ... die Situation.«

Meyers Gesichtsausdruck ist keinen Hauch entspannter geworden, im Gegenteil. In seinen Stirnfurchen könnte man Steckrüben anbauen. »Was redest du da, Isa?« Er sieht zu Merle. »Wovon redet sie? Was für 'ne schwierige Situation? Hast du was ausgefressen? Hast du etwa geklaut oder was?« Seine Stimme ist von Wort zu Wort lauter geworden und übertönt sogar das Klavierstück.

»Nein, ich hab nichts geklaut«, antwortet Merle weinend. »Ich ... ich ...«

Sie bringt es nicht über die Lippen, darum sage ich es für sie. »Merle ist schwanger, Herr Meyer.«

Die Französischen Suiten sind für einen Moment lang gut zu hören, denn es herrscht absolute Stille. Alle starren Bernd Meyer an. Und es ist ein furchterregender Anblick, der sich uns bietet, als der Sinn meiner Worte in sein Hirn gesickert ist. Furchterregend nicht wegen der Schweißsocken und der nackten haarigen Beine, sondern wegen des Verzerrens seiner Lippen, wegen des Ausdrucks in seinen Augen, wegen des Schreis, der jetzt durch die Küche hallt, so laut, dass er im Wohnzimmer angekommen sein muss, denn die Musik verstummt abrupt.

Die Tischkante stoppt Meyer, als er vorprescht. Er beugt sich über den Tisch zu Merle. »Du bist was?«, schreit er sie an, sodass sie ihren Rücken an die Banklehne presst. »Du bist ...« Er dreht sich zu seiner Frau, packt sie an den Oberarmen und schüttelt sie. »Stimmt das? Stimmt das etwa?«

»Ja.« Regine Meyer weint laut auf. »Ja, es stimmt … Du tust mir weh!«

Er lässt sie los und stürzt sich erneut auf Merle, die erstarrt neben mir sitzt. Ich bin dankbar, dass der Tisch zwischen uns und Bernd Meyer steht. »Und Hinz und Kunz«, schreit er und deutet auf mich, »wissen das? Und ich erfahre es als Letzter?« Speichel sprüht aus seinem Mund. »Du bist siebzehn! Mitten in der Ausbildung! Du bist … Du hast … du hast doch noch nicht mal einen Freund!« Er überschlägt sich fast.

Aus dem Augenwinkel sehe ich, dass Steffen die Küche betritt. Das Schreien seines Vaters hat ihn aus dem Wohnzimmer gelockt. Ohne ein Wort zu sagen, bleibt er in der Tür stehen.

»Wer ist der Vater?«, schreit Meyer Merle an. »Wer ist das Früchtchen? Den werd ich mir vorknöpfen, das kannst du mir glauben.«

Einen Moment lang herrscht wieder Stille.

»Wer der Vater ist, will ich wissen«, brüllt Meyer.

Merle schlägt die Hände vors Gesicht. Vor lauter Weinen ist sie nicht in der Lage zu antworten. Da auch Regine Meyer stumm bleibt, muss ich wieder das Wort ergreifen.

»Merle hat einen Freund, Herr Meyer. Sie … Sie kennen ihn. Es ist Jamal, der fleißige Junge, der bei Ihnen manchmal aushilft.«

Meyer starrt mich an. Er braucht einen Moment, um zu verstehen, was ich da gesagt habe. Er wird so blass, dass ich fürchte, er könnte umkippen, aber er steht nach wie vor mit den Händen auf den Tisch gestützt da. Und so schnell, wie die Blässe gekommen ist, verschwindet sie wieder, macht einem immer dunkler werdenden Rot Platz.

»Der Schwarze?«, zischt er leise. Er sieht Merle an. »Du hast dich mit dem Schwarzen …?« Er ist so fassungslos, dass er den Satz nicht zu Ende bringen kann. Aber er fängt sich schnell. Die

Stimme wird immer lauter. »Du hast dich mit dem schwarzen Pack eingelassen? Du ... du verdammtes Flittchen! Du ...«

»Herr Meyer!«, rufe ich laut dazwischen. »Es ist genug.«

»Genug?«, schreit er mich an, so heftig, dass ich Speicheltröpfchen im Gesicht spüre. »Genug ist es allerdings.« Er stößt sich vom Tisch ab. »Komm da raus!«, schreit er Merle an. »Komm aus der Eckbank raus. Sofort!«

Sie presst sich nur noch stärker an die Lehne, und ich kann sie verstehen. Ich greife nach ihrer Hand. »Herr Meyer!«, rufe ich mit mehr Mut in der Stimme, als ich tatsächlich fühle. Ich habe mit einer heftigen Reaktion seinerseits gerechnet, aber nicht in der Stärke.

Er hört mich gar nicht. »Du sollst da rauskommen!« Seine Stimme überschlägt sich. Dann packt er den riesigen Tisch mit seinen Pranken und zieht ihn von uns fort. Regine Meyer muss aufspringen, sonst hätte er sie mit dem Tisch vom Stuhl gefegt.

Merle schreit auf, Steffen ebenso, als Meyer um den Tisch herumläuft und Merle am Oberarm packt und sie hochzieht.

»Herr Meyer!« Ich springe ebenfalls auf. »Herr Meyer, hören Sie auf! Sie tun Merle weh!«

»Halt den Mund!«, fährt er mich an und zieht Merle durch die Küche. An der Tür gibt er ihr einen Schubs in den Flur. »Verschwinde aus meinem Haus! Ich will dich hier nie wieder sehen.« Seine Stimme hallt über den großen Flur des Hauses wie eine Unheil verkündende Riesenglocke. »Hast du das kapiert, du ... du ...«

Merle ist nur noch ein schluchzendes Häuflein. »Mama«, jammert sie. »Mama!«

Blass steht Regine Meyer an die Spüle gelehnt da. Starr und wortlos hat sie verfolgt, wie ihr Mann ihre Tochter durch die Küche gezerrt hat. Ich habe wenig Hoffnung, dass sie Merle zu Hilfe kommt. Sie rührt sich nicht, darum drücke ich mich an Meyer vorbei, gehe zu Merle und nehme sie in den Arm. »Es wird alles gut«, flüstere ich ihr zu. »Hab keine Angst.«

»Pack deine Sachen!«, schreit Meyer weiter. Mich sieht er gar nicht. »Und dann raus hier! Raus, raus! Geh zu deinem Schwarzen in die Flüchtlingsbude. Da gehörst du hin! Zu dem Gesocks!«

Erstarrt schaue ich Bernd Meyer an. So sieht es also wirklich aus. Seine angebliche Fremdenliebe ist nur Maske, alles nur Fassade, und jetzt bricht sie zusammen.

Ein erneutes »Mama!« von Merle löst Regine Meyer aus ihrer Schockstarre. Sie stakst an ihrem Mann vorbei, ohne ihn anzusehen.

Er hält sie am Arm fest und schreit: »Du bleibst schön hier in der Küche. Sie kann ihre Sachen selbst zusammenpacken. Wer alt genug ist, sich ein Gör machen zu lassen, der ist auch alt genug, um seine Siebensachen allein zusammenzusuchen.«

Aber entgegen meiner Erwartung reißt sie sich von ihrem Mann los. »Wenn du unser Kind rauswirfst, werde ich nicht nur *ihre* Sachen packen.«

Die Worte hängen klar und fest im Raum, fast greifbar.

Merle stößt ein genauso überraschtes wie erleichtertes »O Mama!« aus.

Die Jungs, die beide noch keinen Ton über die Lippen gebracht haben, starren ihre Mutter an, genau wie ich. Regine Meyer stellt sich gegen ihren Mann? Diese Stärke hätte ich nach der gestrigen Aufgelöstheit, in der sie sich befand, nie und nimmer erwartet. Aber ich kenne sie ja auch kaum.

Meyer steht der Mund offen. Er stiert seine Frau an, dann Merle und mich. Schließlich stürzt er zur Spüle, auf der zwei benutzte Kaffeebecher stehen, nimmt einen und schmettert ihn vor sich auf den Fußboden, dass die Scherben nur so springen. »Dann geht! Geht alle! Aber wagt es ja nicht, auch nur ein Stück von hier mitzunehmen. Das gehört alles mir. Alles!« Er wirft den zweiten Becher auf den Boden. »Keinen Cent werdet ihr von mir sehen. Keinen einzigen Cent! Seht zu, wie ihr fertigwerdet!«

»Komm«, sagt Regine Meyer nur und schiebt Merle vor sich her Richtung Haustür. Ich folge den beiden, ohne mich noch einmal umzudrehen. Als wir draußen sind, zwitschern die Vögel im alten Baumbestand des Hofes ein Abendlied, so inbrünstig, als wollten sie die hässlichen Geräusche klirrenden Porzellans, die erneut nach draußen dringen, übertönen.

Hallo, Thomas (fühlt sich komisch an, nachdem ich Dich jahrelang Herr Hofer genannt habe),
warum meldest Du Dich nicht? Ist alles gut??? Hat Isa was gemerkt? O Gott, schreib doch endlich, ob alles gut ist. Wenn ich Deinetwegen meine beste Freundin verliere, dann ... dann ... Antworte mir doch bitte!!
Weinerliche Grüße, Jette (die keine Fingernägel mehr hat) ☹

Liebe Jette!
Eigentlich ist alles gut. Jedenfalls hat Isa nicht gemerkt, dass ich es bin. Aber ich weiß nicht, ob ich darüber glücklich sein soll oder nicht. Ich glaube, irgendetwas in mir hat gehofft, sie würde mich erkennen, gehofft, sie würde ein unsichtbares Band spüren, das uns verbindet.
Nichtsdestotrotz bin ich überglücklich, ihr so nah gewesen zu sein. Und weiter sein zu dürfen. Es war unfassbar, als ich vor ihr stand und sie mich anlächelte. Wie schön sie ist! Wie groß und schlank und einfach wunderschön. Und ihr Lächeln geht direkt ins Herz, weil sie auch mit den Augen lächelt. Ihre Stimme hat natürlich alles Kindliche verloren, und doch hätte ich sie unter Tausenden herausgehört.
Die Angst, sie könne mich an meiner Stimme erkennen, hatte ich natürlich auch. Darum habe ich meine Stimme verstellt. Ein Stimmbandproblem – nur damit Du Bescheid weißt.
Ein großes Dankeschön noch einmal an Dich, liebe Jette.
Herzlichst, Dein »Onkel Tommaso«, der sehr, sehr aufgeregt ist. Und sehr, sehr glücklich. ☺

Hallo, »Tommaso« – Wie bin ich nur darauf gekommen? Ich hätte einen nicht so verräterischen Vornamen wählen sollen. Nun, egal, Isa hat ja anscheinend nichts gemerkt, was mich mehr als glücklich macht. Und dass sie diese lächerliche Maskerade nicht durchschaut, zeigt einmal mehr, wie lieb und gutgläubig sie ist. Sie würde niemals vermuten, dass ich sie so belügen würde. Mir ist jetzt ganz schlecht.
Ich möchte, dass Du sofort wieder abreist! Sofort! Wir sagen Isa, dass Dich eine Familienangelegenheit nach Italien zurückgerufen hat. Du kannst diese Maskerade unmöglich fortsetzen. Wohin soll das führen? Wann würdest Du Dich outen wollen?
Bitte sag mir, dass es vorbei ist. Du hast Isa gesehen und mit ihr gesprochen. Das muss reichen. Du hast gemerkt, dass sie eine wunderbare Frau ist, um die es sich zu kämpfen lohnt – als Vater.
Zeig Dich ihr so, wie Du bist, unverstellt, einfach ihr Papa. Lernt Euch gemeinsam wieder kennen.
Jette

Liebe Jette,
ich verstehe Deine Ängste, denn sie plagen auch mich. Ich weiß nicht, wo es hinführen soll, ich weiß nicht, wann ich mit der Wahrheit rausrücken soll, aber jetzt auf jeden Fall noch nicht. Schenk mir ein paar Tage mit meinem Kind. Lass sie mich besser kennenlernen, damit ich weiß, wie ich auf sie zugehen kann – als Vater.
Herzlichst, Thomas-Tommaso

Thomas,
ich möchte jetzt kein Wort mehr von Dir hören. Am besten nie wieder!
Und ich kann nichts versprechen. Wenn mir die Sache über den Kopf wächst, werde ich Isa einweihen. Ich will sie nicht verlieren.
Jette

Mir läuft das Herz über, als ich Merle und ihre Mutter vor mir sehe, Merle in meinem rot-grauen Tchibo-Pyjama mit Reh-Aufdruck, Regine Meyer in einem bunt gestreiften Shirt-Nachthemd meiner Mutter. Nachdem wir zu dritt den Hof verlassen hatten, habe ich die beiden mit zu mir in die Pension genommen. Nun hocken sie auf dem Doppelbett im Gästezimmer, das direkt neben meinem Zimmer liegt, in dem Onkel Tommaso einquartiert ist.

Sie haben beide völlig verweinte Gesichter, aber Regine Meyers Stimme klingt fest. »Das ist so nett von dir, Isa. Ich weiß noch nicht, wie und wann, aber ich werde es wiedergutmachen, dass du uns hier aufgenommen hast. Du kriegst dein Geld auf jeden Fall.«

»Aber ich will gar kein Geld«, sage ich zum dritten Mal, seit wir hier angekommen sind. »Es ist ein Freundschaftsdienst. Ihr könnt bleiben, solange ihr möchtet.«

»Ich werde morgen zum Hof gehen und ein paar Sachen für Merle und mich holen.«

»Lieber nicht, Mama«, sagt Merle leise. Sie atmet noch abgehackt, obwohl der Weinkrampf vorbei ist. »Wer weiß, was Papa dann macht.«

»Er macht nichts, er brüllt höchstens«, entgegnet Regine Meyer. »Und wenn er noch Tassen und Teller übrig gelassen hat, wirft er sie mir vielleicht vor die Füße.« Jetzt, wo sie eine Entscheidung getroffen hat, wirkt sie erstaunlich selbstsicher.

»Das Bad müssen Sie sich mit einem weiteren Gast teilen«, sage ich. »Er schläft nebenan.«

Regine Meyer nickt. »Kein Problem, Isa. Ich bin einfach nur dankbar. Und bitte sag Regine. Ich duze dich schließlich auch schon dein Leben lang.«

»Gern, Regine.« Ich schenke ihr und Merle ein aufmunterndes Lächeln. »Morgen sieht die Welt schon ganz anders aus. Und jetzt versucht zu schlafen. Oder zappt noch mal durchs Programm, um euch abzulenken.« Ich deute auf den kleinen Fernseher auf dem Sekretär neben dem Fenster, wohl wissend, dass die beiden garantiert keine Lust auf Fernsehen haben, und dann auf die Tafel Schokolade, die ich Merle mit dem Wort »Nervennahrung« in die Hand gedrückt habe und die noch unangebrochen auf ihrem Nachttisch liegt. »Beiß einfach mal rein, Merle. Schoki hilft immer. Gute Nacht.«

Als ich die Tür hinter mir zuziehe, kommt Jettes Onkel aus dem Bad. In seinen Händen hält er einen ledernen Kulturbeutel. Er trägt einen dunkelblauen Frotteebademantel über einer gestreiften Pyjamahose. Und die Sonnenbrille!

»Hallo, Tommaso«, sage ich freundlich. »Es sind gerade neue Gäste eingetroffen. Ihr müsst euch das Bad also teilen. Ich hoffe, das wird kein Problem sein?«

»Natürlich nicht«, erwidert er leise. Und heiser.

Wir mustern uns gegenseitig. Mir ist es unangenehm, als mir bewusst wird, dass ich ihn anstarre. »Deine Heiserkeit …«, sage ich, »darf ich fragen: Ist sie infektbedingt? Sie klingt irgendwie nicht nach Erkältung.«

»Nein, äh, keine Erkältung. Ein … Problem mit den Stimmbändern.«

Ich nicke. »Ach so. Entschuldige meine neugierige Frage.«

»Nein, nein, das … das ist schon okay.«

Mir brennt auch die Frage bezüglich der Sonnenbrille auf der Zunge, aber ich beherrsche mich. »Ja, dann … Gute Nacht.«

»Ich wünsche dir auch eine gute Nacht, Isa.«

»Danke. Ich werde mich noch ein paar Minuten auf die Bank hinterm Haus setzen. Die Luft ist so mild, und ich muss ein bisschen runterfahren. Der Tag war aufregend.«

»Ja?« Er klingt interessiert. »Wäre es sehr unverschämt, wenn ich frage, ob ich mich dazusetzen darf? Ich könnte auch noch ein wenig frische Luft vertragen. Aber wenn du natürlich lieber allein sein möchtest ...« Er lässt den Satz offen.

Ehe ich mich recht besinnen kann, sage ich: »Ja, klar. Im Erdgeschoss einfach links halten, an der Küche vorbei, dann die erste Tür links. Bis gleich.« Auf dem Weg nach unten bereue ich meine Zustimmung. Mit Abschalten wird es nichts, wenn ein Gast mit mir auf der Terrasse sitzt. Ich werde Konversation betreiben müssen. Aber nun ist es zu spät.

Als ich in meinem Kellerloch aus der weißen Jeans und dem Poloshirt schlüpfe, um meine Chillhose anzuziehen, verharre ich einen Moment. Vielleicht sollte ich mich nicht umziehen? Tommaso ist schließlich ein Gast. Ein Mann. Und ich möchte mich ihm nicht in meiner Wassermelonenschmuggelhose präsentieren. Also ziehe ich die weiße Jeans wieder an und mein erdbeerrotes, innen leicht angerautes Kapuzenshirt.

In der Küche fülle ich Rotwein in zwei bauchige Gläser. Ich kenne keinen Italiener, der zu einem Glas Wein Nein sagt. Der fruchtige Duft steigt mir in die Nase, und darum genehmige ich mir schon mal einen kräftigen Schluck. Nach diesem Tag hab ich mir das verdient. Ich setze gleich noch mal an. Statt nachzuschenken, klemme ich mir die Flasche unter den Arm, greife nach den Gläsern und gehe nach draußen. Tommaso sitzt bereits auf der Terrasse. Und es wird schnell klar, warum er vor mir da ist, denn er hat sich nicht, wie ich erwartet hatte, umgezogen. Er sitzt im Bademantel auf der Holzbank, mit Blick in den Garten. Da hätte ich auch in meine Chillhose schlüpfen können.

»Ich habe mich einfach hierher gesetzt«, er klopft auf die dicke Auflage, die auf der Bank liegt, da ich gestern vergessen habe, sie in den Schuppen zu bringen, »weil auf den Stühlen keine Kissen lagen.«

»Kein Problem, ich hol mir eine Auflage.« Ich stelle ein Glas vor ihm ab und die Flasche auf den Tisch. »Ein Montepulciano. Ich hoffe, er schmeckt dir.«

»Oh … Wein. Ja, äh, danke.«

Als ich gehen will, um mir eine Stuhlauflage zu holen, sagt er: »Wir können doch beide auf der Bank sitzen, dann sparst du dir den Weg in den Schuppen.«

Ich drehe mich zu ihm um. »Woher weißt du denn, dass wir unsere Kissen für die Gartenmöbel im Schuppen lagern?«

»Wie? Äh … tut das nicht jeder?«

Ich kann im Halbdunkel sein Gesicht nicht genau erkennen, aber ich könnte schwören, dass er rot geworden ist. »Na gut«, entgegne ich, weil ich wirklich keine Lust habe, noch in den Schuppen zu gehen. Ich setze mich neben ihn auf die leicht klamme Auflage. Es ist nicht zu vertraulich, denn die Bank ist breit. Zwischen uns hätte noch die schwangere Bridget Jones Platz, ohne sich bedrängt zu fühlen. Trotzdem ist es eine eigenartige Situation. Vielleicht, weil er in einem Bademantel neben mir sitzt? Oder weil der Abendhimmel so schön und die Luft so mild ist? Weil die Ruhe nach dem Geschreie und dem Porzellanscheppern bei den Meyers so wohltuend ist? Egal, der Wein schmeckt köstlich fruchtig-herb. Ich trinke hastig und merke, dass Jettes Onkel mich dabei beobachtet, aber es ist mir gleich, was er von mir denkt. Wenn Jette wirklich so viel von mir erzählt hat, wird sie ihm auch berichtet haben, dass wir zwei Mädels gern mal einen zwitschern. Ich atme tief durch. Feiner Duft nach Bittermandeln streift meine Nase. Die Kirschlorbeeren in den großen Terrassenkübeln verströmen ihren Duft.

Ein Käuzchen ist zu hören, und im Garten von Onkel Hollerbeck raschelt es. Vielleicht ist es Luzifer oder das putzige rote Eichhörnchen, das ich dort im Winter einige Male gesehen habe. Ich habe versucht, es zu uns herüberzulocken, indem ich Nüsse auf unserem Rasen verstreut habe, aber es ist lieber im Hollerbeckschen Paradiesgarten geblieben. Ich war ihm nicht böse.

»Sag mal, Tommaso, wieso sprichst du eigentlich so perfekt Deutsch?«, frage ich in die Stille hinein, nachdem ich mein leeres Glas nachgefüllt habe. Ich behalte das Glas in der Hand und drehe es am Stiel.

»Oh.« Er sagt einen Moment lang gar nichts. »Ich, äh, bin in Deutschland groß geworden«, erklärt er schließlich. »Meine Mutter ist Deutsche.«

»Ach so. Und dann seid ihr irgendwann in die Heimat deines Vaters zurück?« Im Gegensatz zu mir scheint ihm der Wein nicht zu schmecken. Er hat nur kurz daran genippt und das Glas wieder auf dem Tisch abgestellt.

»Ja. Aber lass uns nicht von mir reden. Erzähl mir doch etwas von dir. Jette sagte, du jobbst in der Landarztpraxis?« Er deutet nach nebenan, und ich wundere mich, woher er weiß, dass dort die Praxis ist. Aber wahrscheinlich hat er bei seiner Ankunft das Praxisschild im Vorgarten gesehen.

»Nur vorübergehend, solange meine Mutter mich hier braucht. Sie hatte einen Unfall und ist zur Reha. Danach setze ich mein Medizinstudium fort.« Ich schaue zum Nachbargrundstück. Die Dunkelheit ist gefräßig. Sie hat das alte Landhaus schon fast völlig geschluckt. »Ich liebe diese Kate, seit ich denken kann. Mein Traum ist es, die Praxis weiterzuführen, wenn Onkel Hollerbeck, das ist der Arzt, in Rente geht.«

»Ärztin … wie wundervoll.« Seine Stimme klingt merkwürdig. Wenn ich es nicht besser wüsste, würde ich sagen, sie klingt stolz. Vielleicht liegt es an der Heiserkeit?

Ich seufze. »Es ist noch ein weiter Weg bis dahin. Etliche Jahre Studium liegen noch vor mir.«

»Gibt es denn jemanden, der den Weg mit dir geht?«

Ich blicke zu Tommaso, dessen Umrisse unscharf werden, aber ich möchte die Kerze auf dem Tisch nicht anzünden. Womöglich denkt er sonst, dass ich eine romantische Stimmung aufkommen lassen möchte. Schließlich ist er ein heißblütiger Italiener, auch wenn sein Deutsch etwas anderes vermuten lässt. Für sein heißes Blut spricht die Tatsache, dass er die Unverschämtheit besitzt, mir solch eine persönliche Frage zu stellen. Doch anstatt ihn darauf hinzuweisen, beantworte ich die Frage, nachdem ich mir erneut einen kräftigen Schluck gegönnt habe. »Nein, ich bin solo. Aber meine Mutter unterstützt mich sehr.«

»Ah … Und … und gibt es auch einen Vater?«

»Nein.« Ich atme geräuschvoll aus. »Also, nein ist eigentlich falsch. Es gibt schon einen Vater, aber ich habe ihn seit fast zwanzig Jahren nicht gesehen. Sag mal, magst du keinen Wein?«

»Äh … was …?«

Ich deute auf sein Glas. »Na, du trinkst gar nicht. Schmeckt er dir nicht?«

»Oh, der Wein. Also, ich bin nicht der große Weintrinker. Wenn ich etwas Alkoholisches trinke, dann höchstens mal ein Bier.«

»Echt? Du bist ein komischer Italiener.« Ich bereue den Satz im nächsten Moment. Womöglich ist er jetzt beleidigt? Die Italiener können sehr empfindlich sein. Aber anscheinend ist das auch nur ein Klischee, so wie das, dass alle Italiener Weintrinker sind, denn er lacht leise auf, und zwar gar nicht mal so heiser. Eine Gänsehaut läuft mir über den Rücken. Dieses Lachen! Es erinnert mich an … Ja, an was nur? Der Wein scheint meine Gehirnwindungen geflutet zu haben. Es will mir nicht einfallen. Ich springe auf. »Ich hol dir ein Bier.«

»Nein, das ist nicht nötig«, ruft er mir mit seiner rauchigen Stimme hinterher, aber da bin ich schon fast in der Küche.

»Danke«, sagt er, als ich das kalte Bier und ein Glas vor ihm abstelle. Es gefällt mir, sein genüssliches »Ahh« zu hören, nachdem er einen Schluck getrunken hat, direkt aus der Flasche.

»Mein Vater hat auch nie ein Glas benutzt«, sage ich. Meine Gedanken scheinen wohl bei Papa zu sein, weil wir gerade über ihn gesprochen haben. Tommaso entgegnet nichts darauf. Stille tritt ein, aber sie währt nicht lange.

»Und, würdest du ihn gern einmal wiedersehen?«

Tommasos Frage hängt wie ein Ballon zwischen uns. Ich überlege kurz, ob ich ihn davonschweben lassen soll. Doch etwas in mir will antworten. »Nein«, sage ich sehr deutlich und sehr laut.

Tommaso greift nach der Bierflasche. »Nein? Das … das ist … traurig.«

Ich lache kurz und hart auf. »Glaub mir, er findet das nicht traurig. Denn wenn er das Bedürfnis gehabt hätte, mich zu sehen, hätte er zwanzig lange Jahre dazu Zeit gehabt.« Ich nehme die Weinflasche und schenke mir den restlichen Inhalt ein, obwohl noch Wein in meinem Glas ist, und trinke hastig.

»Manchmal macht man Fehler, unverzeihliche Fehler, aber man hofft trotzdem auf Vergebung.«

Ich blicke in seine Richtung. Sieht er so traurig aus, wie seine raue Stimme bei diesem Satz geklungen hat? Die Dunkelheit gibt nichts preis. Ich kann sein Gesicht nicht mehr erkennen. Darum fummle ich auf dem Tisch nach dem Feuerzeug, das neben dem Kerzenglas liegt, und zünde die weiße Stumpenkerze darin an – er wird schon nicht über mich herfallen. Zu einer romantischen Stimmung gehört schließlich noch mehr. Außer Wein und Kerzenschein auch noch zauberhafte Klaviermusik, vorzugsweise Debussy, und tiefes Sich-in-die-Augen-blicken. Jette und ich haben Hunderte Schnulzen verschlungen und sind Experten in Sachen Romantik. Entsprechend hoch sind natürlich auch unsere Erwartungen.

Die unruhige Flamme beruhigt sich und wirft ihr flackerndes Licht auf uns. Tommasos Gesicht erreicht es knapp. Er sieht nicht mich an, sondern starrt in die Flamme.

»Du sprichst von dir?«, frage ich vorsichtig. »Du … hast einen Fehler gemacht? Einen schlimmen?«

»Ja.« Er wendet mir den Kopf zu. Das Kerzenlicht spiegelt sich in der Sonnenbrille, die er unglaublicherweise immer noch nicht abgelegt hat. »Ja, das habe ich.«

»Magst du darüber reden?« Es ist ein Angebot, das von Herzen kommt und nicht, weil ich mich verpflichtet fühle, das zu sagen.

Er rutscht unruhig auf der Bank vor und zurück und wischt seine Hände am Bademantel ab. »Es ist schwierig. Ich habe … eine große Liebe verloren.«

»Oh.«

»Und es ist meine alleinige Schuld, dass ich sie verloren habe. *Sie* hatte keine Chance, etwas zu tun. Sie … musste es hinnehmen.«

»Das tut mir sehr leid«, sage ich leise. »Für dich. Und auch für sie, denn du klingst nach einem Menschen mit viel Herzblut. Gab es denn nie die Chance für euch, wieder zusammenzukommen?«

»Ich habe zu lange gewartet, viel zu lange.«

Ich nicke verständig. »Sie hat einen anderen. Und du hast niemanden mehr.«

Ein unfrohes Auflachen kommt über seine Lippen. »Nein, so ist es nicht. Ich bin verheiratet und habe einen Sohn. Tim ist acht Jahre alt.« Tommaso lacht wieder leise auf, diesmal von Herzen. »Er ist rotzfrech und absolut wunderbar.«

»Ich verstehe. Du liebst deinen Sohn sehr, aber deine Frau nicht so, wie du die andere geliebt hast.«

»Nein.« Er ist wieder ernst und fährt sich mit den Fingern durch den Bart. »Nein, ich … ich liebe meine Frau sehr. Sie drängt mich seit langer Zeit, meine verlorene Liebe … aufzusuchen.«

»Was?«, stoße ich heraus. Welche Frau, die noch ganz bei Trost ist, fordert ihren Mann auf, eine alte Liebe, die noch im Herzen brennt, zu besuchen?

Tommaso greift nach der Bierflasche, nimmt einen kräftigen Schluck und sieht dann zu mir. »Es ist … kompliziert.« Er schüttelt seinen Kopf. »Nein, eigentlich ist es nicht kompliziert. Ich bin nur feige. Meine Angst vor ihrer Reaktion ist so groß.« Er atmet hörbar tief aus.

»Dann sei mutig«, sage ich. »Vielleicht wartet deine große Liebe seit Jahren darauf, von dir zu hören. Vielleicht ist sie inzwischen auch glücklich verheiratet. Ihr könntet vielleicht gute Freunde sein.«

»Ist es so einfach?« Er rückt ein Stück näher. Für einen Moment sieht es so aus, als wollte er nach meiner Hand greifen, was mich nicht gestört hätte, wie ich durch den Weindusel feststelle. Aber er zieht seine Hand zurück und fährt fort: »Wenn dein Vater jetzt vor dir stünde, einfach so, und sagen würde: Isa, ich hab dich lieb. Ich hab dich immer lieb gehabt, in jeder Minute meines Lebens. Lass uns wieder eine Familie sein, du und ich. Was würdest du ihm antworten?«

Um Tommaso seine Schuldgefühle gegenüber seiner großen Liebe zu nehmen, hätte ich jetzt antworten sollen: Nun, ich würde Papa eine Chance geben. Ich würde sagen: Du hast mir sehr wehgetan, Papa, so sehr, dass du es dir gar nicht vorstellen kannst, aber jetzt bin ich einfach nur glücklich, dass du da bist. Lass uns neu anfangen.

Stattdessen gebe ich meinem Impuls nach und hebe das Rotweinglas. »Ich würde sagen: Prost, Arschlochvater. Du kannst mich mal.«

8

Warum ich heute nicht verschlafen habe, ist mir ein Rätsel, denn nach dem Alkoholkonsum gestern Abend wäre es nicht verwunderlich gewesen. Aber ich war so schlau, außer meinen Biene-Maja-Wecker auch noch meinen Handywecker zu stellen, obwohl ich mich nicht daran erinnern kann. So war ich heute Morgen rechtzeitig wach und konnte meinen Kater mit einer kalten und warmen Dusche und zwei Aspirin in die hinterste Ecke meines Schädels bannen, wo er noch ein wenig vor sich hin grummelt. Und ich konnte in Ruhe das Frühstück für Tommaso, die Hartwigs und für Merle und Regine zubereiten. Nach kurzer Überlegung hatte ich mich entschieden, sie nicht zusammen frühstücken zu lassen. Ich wollte Merle und ihrer Mutter das munterlaute Geplappere von Frau Hartwig ersparen und den Hartwigs die Depri-Mienen der Meyer-Frauen.

Also habe ich für Merle und Regine bei mir in der Küche gedeckt. Im Gegensatz zu ihrer Mutter hat Merle ordentlich zugelangt. Eine Schale Müsli, ein Mehrkornbrötchen mit Schinken und Käse und ein Schälchen Obstsalat mit Joghurt hat sie gegessen, dazu zwei große Becher mit heißer Schokolade getrunken.

Trotz des mehr als miesen Ausgangs scheint sie erleichtert zu sein, das Geständnis hinter sich zu haben. Und der bevorstehende morgige Besuch bei der Frauenärztin, den Regine gerade für sie klargemacht hat, hat sie in frohe Erwartung versetzt. »Dann krieg ich so ein Ultraschallbild, oder?« Ihre Augen leuchten lebendig, und das freut mich.

Ich sitze den beiden gegenüber und schlürfe meinen Kaffee. Meine Gedanken wandern immer wieder zu Tommaso, der sein

Frühstück runtergeschlungen hat und gegangen ist. Eigentlich, so stelle ich gerade fest, hätte er besser in die Depri-Runde gepasst als zu den Hartwigs. Er war sehr wortkarg.

Habe ich gestern Abend etwas Falsches gesagt? Das Letzte, an das ich mich erinnere, ist der Satz mit dem Arschlochvater. Danach ist er aufgestanden, hat sich für das Bier bedankt und mir eine gute Nacht gewünscht. Vielleicht hat er meine Wut auf meinen Vater auf sein Verhältnis zu seiner großen Liebe bezogen? Ich seufze. Natürlich hat er das. Wahrscheinlich glaubt er jetzt, dass die Frau, die er so sehr geliebt hat, genauso denkt wie ich und ihm eine heftige Abfuhr erteilen würde, sollte er sich trauen, zu ihr zu gehen.

Ich muss ihm unbedingt Mut zusprechen, wenn ich ihn das nächste Mal sehe.

Regine Meyer reißt mich aus meinen Gedanken. »Ich gehe jetzt gleich zum Hof und hole ein paar Sachen und Geld. Dann suche ich mir mit Merle ein Hotel.«

»Bitte ein Hotel in Hamburg«, sagt Merle, »dann merkt das hier in der Gegend vielleicht keiner. Das ist voll peinlich, wenn die Leute mitkriegen, dass Papa … Also, dass er uns …« Sie bricht ab.

»Für *ihn* ist es peinlich«, stößt Regine Meyer heftig aus, »nicht für uns. Am liebsten würde ich auf die Straße rennen und rausschreien: Seht her! Euer toller Bürgermeister Bernd Meyer, der Großkotz vor dem Herrn, hat uns vor die Tür gesetzt, seine Frau und sein schwangeres Kind.«

Merle sieht mit großen Augen zu mir.

Ich lächle. »Deine Mama ist zu Recht stinksauer.« Und an diese gewandt: »Ihr müsst euch kein Hotel suchen. Ihr könnt hierbleiben, solange ihr wollt. Das Angebot kommt von Herzen. Und zum Hof werde ich dich fahren. Bestimmt hat dein Mann sich beruhigt.« Ich streichle über ihre Hand, die mit dem marmeladeverschmierten Messer spielt. »Er hat darüber geschlafen und wird festgestellt haben, dass die Tatsachen nicht zu ändern sind. Ihr werdet heute Nacht vielleicht schon wieder in euren eigenen Betten …«

»Beruhigt?« Ihr bitteres Auflachen unterbricht mich. »Glaub mir, Isa, Bernd hat sich nicht beruhigt. Im Gegenteil, er wird kein Auge zugemacht und sich ausgemalt haben, was die Elmflether sagen werden, wenn sie hören, dass Merle ein Baby von einem der Flüchtlinge kriegt. Er wird noch schlechter drauf sein.«

Dass sie damit wohl richtigliegt, erfahren wir, als wir zu zweit auf den Hof fahren. Wir sind verspätet losgekommen, weil ich Ferdinand mit einem Überbrückungskabel Starthilfe geben musste. Merle haben wir in der Pension zurückgelassen. Sie hat nicht protestiert, sondern es sich, nachdem ich es angeboten hatte, in unserem Wohnzimmer gemütlich gemacht. Sie fingerte virtuos auf ihrem Smartphone herum, als wir gingen.

»Es sieht alles so verlassen aus«, sagt Regine Meyer neben mir, als wir am Hintereingang parken. Sie deutet auf die geschlossene zweigeteilte Tür. »Die ist immer offen. Eigentlich.«

Steffen und Sören sind in der Schule. Regine Meyer hat gestern Abend noch mit ihren Söhnen telefoniert. Die Achtzehnjährigen stehen hinter der Entscheidung der Mutter. Aber ich vermute, sie wären trotzdem mehr als dankbar, wenn Regine und Merle schnell wieder hier wären. Die Jungs mit dem wütenden Vater allein auf dem Hof – keine angenehme Vorstellung.

Als wir aussteigen, kommt kein Hundegebell. Nur aus dem nächstgelegenen Stall, dessen Tor offen ist, kommen gedämpfte Geräusche. Davor steht ein hochmoderner Trecker mit Hinterreifen, gegen die Ferdinands Reifen Babys sind.

»Er scheint mit den Hunden losgegangen zu sein«, sagt Regine Meyer, und sie klingt erleichtert. »Er geht immer mit Otto und Birko zum Hochsitz, wenn er sich über irgendwas oder jemanden aufgeregt hat.«

Na, dann haben der Dackel und sein Jagdhundkumpel zweifellos oft frische Luft.

»Der Spaziergang wird ihm guttun«, entgegne ich. »Und der Ausblick vom Hochsitz in die Natur …«

»Er will dort nicht die Natur genießen, sondern schießen«, fällt Regine Meyer mir ins Wort. »Beim Schießen reagiert er sich ab.«

Ich weiß nicht, ob ich das beruhigend finde. Der wutentbrannte Meyer mit einem Gewehr in der Hand …

»Es ist doch Schonzeit«, fällt mir ein. »Er darf gar nicht schießen.«

»Doch, auf Füchse und Schwarzwild, also jedenfalls auf die Frischlinge und Überläufer. Darauf ist die Jagd ganzjährig erlaubt. Seit wir hier in der Gegend immer mehr Mais anpflanzen, kommen auch die Wildschweine.« Sie geht zur Klönschnacktür und rüttelt daran. »Abgeschlossen«, sagt sie. »Ich versuche es an der Vordertür, aber ich verwette meinen Hintern, dass dort auch abgeschlossen ist. Er weiß genau, dass ich komme, um Sachen zu holen, und das will er verhindern.«

Ich folge ihr um das Hofgebäude herum zur Vorderseite. Es ist so ein friedlicher Anblick vom schönen Garten über die Felder auf der anderen Straßenseite. Schade, dass der Frieden nicht die Mauern durchdringt.

Regine Meyer behält recht. Auch die Vordertür lässt sich nicht öffnen.

»Er will, dass ich mich entschuldige, dass ich zu Kreuze krieche und zurückkomme. Dass ich ihn anbettle, dass er mich reinlässt. Aber da, mein Lieber«, ich schaue irritiert zu, wie sie einen Gartenzwerg aus Keramik aus der Rabatte am Haus hebt, »hast du dich getäuscht.«

Ehe ich es verhindern kann – wer denkt denn auch an so was! –, rammt sie den Zwerg in die Türscheibe. Es scheppert und klirrt, und mir bricht der Schweiß aus. Nicht, weil die Aktion dem Zwerg die Mütze zerdeppert hat, sondern weil ich Angst habe, dass Bernd Meyer doch im Haus ist.

Regine Meyer ist in Hochform. Sie schlägt mit dem ramponierten Zwerg die noch im Rahmen steckenden spitzen Scherbenteile heraus, um sich nicht zu verletzen, dann greift sie von außen nach dem inneren Schloss und dreht den dort steckenden Schlüssel zweimal herum.

»So«, sagt sie zufrieden, zieht den Arm aus der demolierten Tür, drückt die Klinke von außen, stößt die Tür auf und deutet in den Flur. »Bitte.«

Ich kann sie nur anstarren. Eine Mutter wird zum Tier!

»Ehrlich, Regine«, stammle ich, »das macht mir ein bisschen Angst. Dein Mann wird ausrasten, wenn er das sieht.«

»Und wennschon«, erwidert sie und tritt ins Haus. Die Scherben auf dem Flur brechen und knirschen hässlich unter ihren Füßen. »Wir sind längst wieder weg, bevor er zurückkommt.«

Woher sie diese Gewissheit nimmt, ist mir schleierhaft. Um keine Minute länger als nötig im Haus zu sein, helfe ich ihr beim Packen. Während sie für sich im Schlafzimmer und Bad Kleidungsstücke und Kosmetikartikel in eine Reisetasche wirft, suche ich in Merles Zimmer einiges aus dem weißen Kleiderschrank zusammen. Merle hat ein hübsches Zimmer mit modernen IKEA-Möbeln. Ich erkenne das, weil Jette ähnlich eingerichtet ist. Jette kennt sogar alle Namen ihrer Schwedenmöbel. »Du heißt, glaube ich, Nordli«, murmle ich der Kommode zu, während ich die Schublade schließe. Ich greife noch den abgewetzten Teddy vom Bett. Hygiene- und Kosmetikartikel wird Regine wohl für Merle einpacken.

»Das hätten wir«, sagt sie zufrieden, als wir das Haus über die Scherben hinweg durch die Vordertür verlassen. Sie schwenkt einen Schlüssel, den sie vom Brett an der Flurwand genommen hat. »Jetzt hab ich einen Schlüssel, aber abschließen macht wenig Sinn.« Sie lacht einmal schäbig, nachdem sie einen Blick zurück durch die kaputte Scheibe ins Haus geworfen hat. Auf dem Weg zum Auto zählt sie auf, was sie mitgenommen hat. Wohl eher nicht, damit ich Bescheid weiß, sondern um sich selbst noch einmal zu vergewissern, dass sie nichts vergessen hat. »Schlüssel, mein Portemonnaie, EC-Karte, mein Handy, Merles Krankenkassenkarte, ihre Schminke, meine Klamotten und Merles Sachen, die du eingepackt hast.« Sie wirft mir einen dankbaren Blick zu, bevor wir in Ferdinand einsteigen.

»Inklusive Teddy«, erkläre ich. »Er lag auf dem Bett und sah sehr geliebt aus. Ich musste ihn einfach mitnehmen.«

»Danke. An Bubu hätte ich nicht gedacht.« Ihr Lächeln verschwindet schnell, macht etwas anderem, Traurigem Platz. »Den Teddy hat sie seit ihrem ersten Geburtstag. Ein Geschenk von Bernd. Er hat ihn persönlich für sie gekauft – sonst kaufe ich alle Geschenke für die Kinder.« Sie stößt einen herzzerreißenden Seufzer aus. »Er liebt Merle. Wirklich, er liebt sie sehr. Er kann es nur nicht so zeigen. Er liebt auch die Jungs. Aber er ist so wahnsinnig enttäuscht, dass sie nicht so sind, wie er sie gerne hätte.« Sie sieht mich an. »Er ist von Natur aus so cholerisch und missmutig. Aber ganz tief innen drin hat er auch einen weichen Kern.«

Ich nicke gegen meine Überzeugung. Sollte dieser Kern existieren, hat er die Größe einer Amöbe. Und an Meyers tiefste innere Stelle möchte ich schon gar nicht denken. Darum starte ich Ferdinand und streichle das Lenkrad, weil er sofort anspringt und uns hier wegbringt.

Als ich mich Viertel vor eins durch das Grenzgebüsch zu Onkel Hollerbecks Landhaus durchschlage, bin ich mal wieder froh, unserem Haus zu entwischen. Heute liegt es allerdings weniger an der Architektur, sondern vielmehr an den Gästen, die allesamt mit Beerdigungsmienen durchs Haus laufen. Einzig Merle und Regine gestehe ich diesen Gesichtsausdruck zu, Frau Hartwig nicht. Sie hat sich gestern – trotz beigefarbener Gesundheitsschuhe – eine Blase gelaufen, lamentiert aber, als wäre ihr mit einem stumpfen Messer ein Unterschenkel amputiert worden. Und welche Laus

Tommaso über die Leber gelaufen ist, weiß ich nicht, aber seine hängenden Schultern lassen auf großen Kummer schließen. Und dann musste ich ihm auch noch einen Korb geben, als er mich gerade eben fragte, ob ich Lust hätte, nach meinem Feierabend mit ihm essen zu gehen. Es sei seine Entschuldigung für gestern Abend, weil er so abrupt aufgestanden sei und mich allein auf der Terrasse zurückgelassen habe.

Ich habe ihm gesagt, dass ich heute Abend mit meiner Kollegin zum Essen verabredet sei, und er müsse sich nicht entschuldigen, ich sei ja auch gleich ins Bett verschwunden. Dass ich sogar dankbar gewesen bin, noch eine Weile allein auf der Terrasse sitzen zu können, habe ich natürlich nicht erwähnt. Seine Schultern hängen schon genug durch.

Auf dem kurzen Weg vom Vorgarten zur Praxis bleibe ich neben den Pfingstrosen stehen. Sie sind in voller Blüte, und zwei der knallig pinkfarbenen Köpfe sind so schwer, dass sie auf die Gehwegplatten hängen. Kurzerhand breche ich die beiden Stängel ab sowie einen weiteren in der Mitte und nehme sie mit hinein. Die Pfingstrosen verströmen einen feinen Geruch, als ich sie in eine der beiden Glasvasen, die im Labor auf der Fensterbank stehen, stecke. Frau Lutter ist noch nicht aus der Mittagspause zurück. Poppy höre ich draußen vor dem Laborfenster – sie stellt dort immer ihr Fahrrad ab – mit den Hühnern reden. In Babysprache.

»Das verstehen sie bestimmt«, murmle ich, nehme die Vase und gehe zum Arztzimmer. Die Tür steht offen, also ist Aaron wohl noch oben in der Wohnung. Aber als ich schwungvoll den Raum betrete, sieht er mich vom Schreibtisch aus über eine Zeitung hinweg an.

»Isa … Schön, dich zu sehen.«

Wie er das sagt! So als hätte er mich ein Jahrhundert nicht gesehen und jeden Tag vermisst. Dabei arbeite ich hier. Es ist ganz klar, dass er mich hier sieht, es sei denn, ich schwänze oder bin krank. Ich atme tief ein. Er ist … ein toller Mann.

»Ich, äh, habe Blumen gepflückt.« Ich stelle die Vase auf seinen Schreibtisch. »Die Köpfe waren so schwer, dass sie auf dem Gehweg hingen, und bevor jemand drauftritt, dachte ich, rette ich sie.« Was rede ich denn für dummes Zeug? Fehlt nur noch, dass ich sage: Ich habe eine Wassermelone getragen. Jette und ich könnten bei *Dirty Dancing* problemlos in jede Szene einsteigen. Wir kennen alle Dialoge in- und auswendig. Was mich jedoch in diesem Moment am meisten schockiert, ist die Tatsache, dass ich mich mit Baby vergleiche. Sie ist in Johnny verliebt, aber ich schließlich nicht in Aaron.

»Hübsch«, sagt er mit Blick auf die Blumen und faltet das *Hamburger Abendblatt* zusammen. Er deutet auf den Patientenstuhl, der vor dem Schreibtisch steht. »Erzähl mir von gestern Abend. Wie lief es bei den Meyers?«

Mein Monolog dauert um die zehn Minuten. Ich lasse nichts aus, auch nicht die Gartenzwerg-Tür-Attacke von heute Morgen.

Aaron schüttelt den Kopf. Er hat die Unterarme auf die Schreibtischunterlage gestützt, den Oberkörper vorgebeugt und mir ohne Unterbrechung zugehört. »Das ist nicht zu fassen. Er hat sie tatsächlich rausgeschmissen.«

»Ich war froh, dass Ferdinand, so heißt mein Cabrio-Oldie, gleich ansprang. Ich hatte Schiss, dass Meyer zurückkommt, in seinen Mördertrecker springt und Ferdinand plattmacht inklusive Regine und meiner Wenigkeit. Du glaubst nicht, was dieser Trecker für Reifen hat.« Erschöpft vom Reden, halte ich inne.

Aaron sieht mich mit seinen sündhaft schönen Augen einen Moment lang stumm an, um dann sein leises Lachen, an das ich mich gewöhnen könnte, erklingen zu lassen. »Ich höre dich so gerne reden, Isa. Du erzählst so …«

Ich erfahre nicht, wie ich erzähle, denn Frau Lutter schneit durch die offene Tür herein, auf ihren Birkenstocks leise wie ein

Indianer auf Kriegspfad. Und, ich kann es kaum glauben, sie hat sogar Kriegsbemalung aufgelegt. Frau Lutter schminkt sich nie. Aber heute trägt sie türkisfarbenen Lidschatten. Im Grunde wäre ja nichts dagegen zu sagen, dass sie ihre Lider im Ton des Shirts schminkt, wenn sie sich mit den Lidern begnügt hätte. Bis zu den Augenbrauen hat sie den glänzenden Puder aufgetragen. *Weniger ist mehr* kennt Frau Lutter nicht.

Ich kriege unter der türkisen Bemalung einen missbilligenden Blick zugeworfen, weil ich auf dem Patientenstuhl sitze und anscheinend Small Talk mit dem Chef betreibe, was ich in meiner Arbeitszeit, also seit drei Minuten, gefälligst zu unterlassen habe.

»Möchten Sie einen Kaffee, Herr Doktor?«, fragt sie, an ihrem Poloshirt zupfend, das perfekt sitzt.

»Gern«, antwortet Aaron. »Du auch, Isa?«

Frau Lutter erstarrt neben mir zur Eisskulptur.

Ich würde ja zu gern Ja sagen, nur um zu sehen, was sie machen würde, aber ich unterdrücke diesen Impuls. Schließlich bin ich hier angestellt und kein Gast oder Patient. »Nein danke«, sage ich stattdessen, »die Arbeit ruft.«

Frau Lutter geht hinaus, nicht ohne mir noch einen türkisschrägen Blick zugeworfen zu haben. Ich stehe auf.

»Sag mir, wenn du Hilfe in der Meyer-Angelegenheit brauchst, Isa.« Aaron ist auch aufgestanden. Er tritt zu mir, so nah, dass ich zu ihm aufblicken muss. »Begleitest du mich heute wieder zu den Hausbesuchen? Mit Poppy war es gestern zwar auch sehr unterhaltsam, aber ich würde gern mal wieder einen Satz hören, in dem das Wort fett nicht vorkommt.«

Ich lache laut heraus, und Aaron stimmt mit ein.

Frau Lutter, die mit dem dampfenden Becher das Arztzimmer betritt, müsste mit ihrem Blick eigentlich einen Eiskaffee servieren.

»Bis gleich«, sage ich zu Aaron und gehe.

Es sind sechs Patienten, die wir heute besuchen. Vier davon sind Senioren, die schon mit heißem starkem Kaffee auf uns warten. Frau Ibitz filtert ihn noch mit der Hand, wie sie stolz erzählt. »Ein rohes Ei muss dazu. Das nimmt das Bittere, und der Kaffee schmeckt schön mild.« Trotz meiner gesträubten Nackenhaare, als ich das mit dem rohen Ei hörte, wage ich, den Kaffee zu trinken. Und sie hat recht, er schmeckt wunderbar aromatisch.

Der alte Herr Martens, Baujahr 1922, erzählt von seiner Soldatenzeit im Zweiten Weltkrieg und serviert Kekse, die vermutlich auch aus dieser Zeit stammen. Ich grinse, weil Aaron genau wie ich den Keks nach dem ersten Bissversuch im Kaffee auf und ab tunkt.

Patientin Nummer fünf ist Frau Tabbert. Sie ist den dritten Tag fieberfrei, hat wieder Appetit und wirkt viel vitaler. Aaron ist zufrieden mit ihr und erklärt, dass er die Hausbesuche einstellen kann. Sie ist jetzt in der Lage, in die Praxis zu kommen, wenn ihr Mann sie fährt. Aaron mahnt sie aber eindringlich, als wir gehen: »Übertreiben Sie nicht, Frau Tabbert. Sie müssen noch viel ruhen. Das Putzen muss noch warten.«

»Vielleicht kann Mirko ja auch mal den Staubsauger anschmeißen«, sage ich, als der langmähnige Tabbert junior aus der Küche geschlurft kommt, in der einen Hand ein Halbliterglas Cola, in der anderen einen Teller Thunfischpizza, frisch aufgebacken, wie der Duft verrät, der ins Wohnzimmer weht. Wenn sogar mir auffällt, dass ein Fußboden mal wieder gereinigt werden könnte, wird es wirklich höchste Zeit.

»Häh?« Mirko Tabbert sieht mich an, als wäre ich grün und aus meinen drei trichterförmigen Ohren würden Dampfwölkchen pfeifen.

Ich gehe zu ihm. Durch den Thunfischduft hindurch rieche ich den Schweißgeruch, den er verströmt. Keine angenehme Kombination. Und der Ansatz seiner dünnen Haarsträhnen ist fettig.

»Deine Mutter könnte ein wenig Unterstützung im Haushalt gebrauchen, Mirko. Sie muss sich noch schonen.«

»Ist doch alles sauber«, erwidert er und verschwindet die Treppe hinauf.

Ich starre ihm hinterher. Seine Hose hängt auf halb acht, und ich kann die Ritze seines mickrigen weißen Hinterns sehen. Eine glatte Sechs auf Jettes Arschskala.

Obwohl mir vor dem nächsten Hausbesuch graut, bin ich froh, als wir aus dem sauerstoffarmen Tabbert-Haus heraus sind. Tief atme ich die frische Luft ein, bevor ich in den alten Opel einsteige. »Wenn ich mal Mutter bin, möchte ich eine süße kleine Annabel und nicht so ein muffliges Spaghettihaarstinktier.«

Aaron lacht. »Der war auch mal klein und niedlich.«

»Niemals.«

Aaron startet den Wagen und fragt, weiter auf die Straße blickend: »Gibt es denn jemanden in deinem Leben, der der Vater dieses Kindes sein wird, von dem du gerade gesprochen hast?«

Ich betrachte sein Profil. Warum fragt er das? Ist es reine Neugier? »Nein«, antworte ich wahrheitsgemäß und denke an Peer Magnussen.

Aaron sieht mich an, als ich nichts weiter sage. »Kaum zu glauben, dass eine Frau wie du Single ist.«

»Wie bin ich denn?«

Er schaut wieder auf die Straße. »Wunderschön, witzig, warmherzig …«

»Wow, danke.« Ich merke, wie meine Wangen heiß werden. »Und das waren nur die Wörter mit w. Hör also bitte nicht auf.«

Er lacht wieder. »Mir würde bestimmt zu jedem Buchstaben des Alphabets etwas zu dir einfallen, aber das sagt mir immer noch nicht, warum die Männer hier Scheuklappen tragen.«

»Vielleicht will ich ja einfach keinen?« Es klingt nicht so gelassen, wie es sollte.

»Das hört sich nach schlechten Erfahrungen an«, entgegnet Aaron prompt. Er blinkt, weil wir beim Haus der Familie Olbrecht angelangt sind.

»Es hört sich nicht nur so an«, sage ich, als wir halten und er den Wagen ausstellt. »Meine letzte Beziehung endete vor anderthalb Jahren. Und sie wirkt noch nach, im negativen Sinn.« Es macht mir nichts aus, Aaron davon zu erzählen. Vielmehr scheint es aus mir rauszuwollen. »Ich war sehr verliebt, anscheinend so sehr, dass ich den Blick für die Realität verloren hatte, obwohl Jette mich wöchentlich warnte. Im Nachhinein verstehe ich selbst nicht, dass ich die Zeichen nicht richtig gedeutet habe, aber … Liebe macht wirklich blind.«

Aaron sitzt entspannt da und sieht mich an. Er scheint keine Eile zu haben.

»Er war mein Dozent an der Uni«, fahre ich fort. »Prof. Dr. Arschloch wohnte von Sonntagabend bis Mittwoch in Hamburg, die anderen Tage in Berlin, wo er eine weitere Professur und ein Haus hat. Wir haben uns immer nur in seiner kleinen Hamburger Wohnung getroffen. Über ein Jahr lang habe ich hingenommen, dass er mehr als die Hälfte der Woche nicht mit mir verbrachte, weil ich Verständnis dafür hatte, dass die Samstage seiner Tochter in Berlin gehörten. Dass er geschieden war, hat er mir gleich am Anfang der Beziehung erzählt. Darum habe ich es zuerst gar nicht glauben wollen, als ich durch einen Zufall an der Uni erfuhr, dass seine Kollegen dort für ein Geschenk sammelten – zur Silberhochzeit. Die Scheidung war eine Lüge.«

»Silberhochzeit?« Aarons Augenbrauen heben sich. »Er war also wesentlich älter als du.«

Ich nicke. »Siebenundzwanzig Jahre.«

»Holla.« Aaron schürzt die Lippen.

Und das stört mich. Es gibt mir das Gefühl, mich rechtfertigen zu müssen. »Ich stehe nun mal nicht auf kleine Jungs. Noch nie.«

»Aha.« Er mustert mich ruhig. »Das ist bedauerlich für die Männer, die zwischen kleiner Junge und Vatertyp liegen. Männer wie ich.«

Wir sehen uns an, intensiv. Etwas liegt in der Luft, etwas Knisterndes, das mich schlucken lässt, das mich hilflos macht und gleichzeitig gierig. Ich starre auf seine Lippen. Unsere Köpfe bewegen sich wie auf einen geheimen Befehl fast unmerklich aufeinander zu. Seine Lippen kommen näher. Meine Zungenspitze gleitet über meine plötzlich trockenen Lippen, und dann … schreie ich auf. Wir zucken beide zurück und starren Postbote Henry an, der noch einmal an die Seitenscheibe des Opels hämmert, während er gebückt durch die Scheibe linst. »Hallo, Isa, hallo, Doc! Alles klar bei euch? Mach mal runter.« Er deutet eine Kurbelbewegung an.

Mit klopfendem Herz lasse ich die Scheibe herunter. »Hallo, Henry.«

»Ich wollt nur mal schauen, ob alles klar ist bei euch, weil ihr nicht ausgestiegen seid.«

Aaron sagt neben mir mit einer Stimme, die von freundlich weit entfernt ist: »Sie werden es noch schaffen, dass ich wie mein Onkel mit einer Herzattacke ins Krankenhaus eingeliefert werde, wenn Sie weiterhin so gegen die Scheibe hämmern, wenn Sie uns sehen.«

Henry hat die Spitze überhört. Er lacht herzlich. »Na, das würde ja noch fehlen. Sie auch noch weg, Doc. Denn muss am Ende noch Isa ran, was?« Er stellt sich zum Lachen gerade hin, beugt sich dann wieder herunter und tätschelt meine Schulter durch das offene Autofenster. »Von deinen zarten Fingerchen würd ich mich natürlich besonders gern verarzten lassen.«

»Ich klemm dir *deine* zarten Finger gleich in der Scheibe ein, wenn du weiter so einen Unsinn redest«, sage ich genervt und fange an zu kurbeln.

Lachend geht Henry zu seinem Postwagen.

Aus dem Augenwinkel sehe ich, dass Aaron mich anblickt, aber ich habe nicht vor, den Blick zu erwidern. Schnell öffne ich die Autotür und steige aus. Wir sagen beide keinen Ton, während wir zum Haus der Olbrechts gehen. Vielleicht, weil wir beide den Moment im Wagen vergessen wollen, aber vor allem, weil wir gleich einer Sterbenden gegenüberstehen werden. Und vor diesem Gedanken relativiert sich alles.

Michael Olbrecht öffnet uns die Tür. Seine Wangen scheinen immer schmaler zu werden. »Ach, gut, dass Sie da sind«, sagt er statt einer Begrüßung. Der Schreck fährt mir in die Beine. Kommen wir zu einer Toten?

Aber Tanja Olbrecht lebt, wie seine nächsten Worte verraten. »Reden Sie meiner Frau bitte aus, was sie vorhat, Herr Doktor. Oder Sie, Frau Hofer. Vielleicht hört sie ja auf Sie beide.«

»Was ist denn los?«, fragt Aaron, während wir ins Haus treten.

»Sie will heute *draußen* übernachten. Und die Jungs unterstützen sie auch noch in diesem Unfug.« Er spricht den letzten Satz Richtung Treppe, auf der Thore, der ältere Sohn, steht. Anscheinend hat ihn unser Klingeln aus seinem Zimmer gelockt.

»Aha.« Mehr sagt Aaron nicht dazu. Wir folgen Michael Olbrecht ins Wohnzimmer, wo der Platz, an dem das Bett stand, leer ist. Tanja Olbrecht blickt uns von der Terrasse aus an. Ihre Männer haben sie in ihrem Bett dorthin geschoben. Es muss ein Kraftakt gewesen sein, denn das Pflegebett ist schwer und muss über den Rahmen der Terrassentür gehoben werden.

Thores jüngerer Bruder Matthis liegt, ein Smartphone in der Hand, auf einem Liegestuhl neben ihr.

Das Sonnenlicht lässt Tanjas Gesicht noch blasser erscheinen. Trotz der angenehmen Maiwärme trägt sie eine cremefarbene Häkelmütze. »Ist es nicht schön, dass die Sonne so herrlich scheint?«, sagt sie matt, nachdem wir uns begrüßt haben.

»Ja. Ich kann verstehen, dass Sie rauswollten.« Mein Blick schweift durch den kleinen Garten. Es gibt ein Stück Rasen, auf dem eine Tischtennisplatte steht, und Beete mit Stauden, dänischen Keramikpilzen und Gartensäulen in Edelrost. Verschiedene Büsche bilden die Grenzen zu den Nachbarn. Herzhaftes Kinderlachen dringt von der linken Seite herüber. Dort wohnen die Balligs. Anscheinend hat Annabel Freundinnenbesuch.

»Ich habe Dr. Berner gebeten, dir das mit dem Übernachten auszureden«, sagt Michael Olbrecht mit ruhiger Stimme zu seiner Frau. Er setzt sich neben sie auf die Bettkante, wo er auch vorher gesessen hat, wie die knittrige Delle in der Bettdecke verrät. Er nimmt ihre linke Hand in seine Hände. »Es ist so … unvernünftig.« Bei seinen nächsten Worten blickt er zwischen ihr und Aaron hin und her. »Es ist nachts viel zu kalt, auch wenn heute die Sonne scheint.«

Tanja Olbrecht liegt in den Kissen. Zum Aufrichten fehlt ihr die Kraft.

Ich muss wieder heftig schlucken. Die Kraftlosigkeit spiegelt sich in ihrem blassen Gesicht mit den dunklen Augenhöhlen wider, kann aber nicht den Frieden übertrumpfen, der mich schon vorgestern so bewegte.

Ein kleines Lächeln stiehlt sich in das Gesicht der Todkranken. »Er hat Angst, dass mir die kalte Luft den Rest gibt.« Ihr liebevoller Blick wechselt von ihrem Mann zu Aaron. »Womit er durchaus recht haben könnte, nicht wahr?«

Aaron hockt sich wie selbstverständlich auf die andere Bettseite und nimmt ihre rechte Hand in seine. »Sagen Sie mir, warum Sie unbedingt hier draußen übernachten wollen, Frau Olbrecht.«

Sie sieht ihn an. »Jedes Jahr im Sommer hat es eine warme Nacht gegeben, in der ich mich auf unseren Rasen gelegt habe, ohne eine Decke, einfach auf das Gras. Es gab nur die Dunkelheit und die Geräusche der Nacht – das Zirpen der Grillen, einen

Käuzchenruf, ein Rascheln im Beet ... Und dann habe ich in den Sternenhimmel geschaut, allein, weil man allein sein muss, um zu erkennen, wie unendlich schön so ein klarer Sternenhimmel ist. Wie kostbar.« Ihre Stimme ist leise, und doch klingt so viel Tiefe hindurch. »Weil man nur für sich selbst erkennen kann, wer man in dieser Unendlichkeit ist. Wie absolut winzig man ist in diesem Raum, der so unvorstellbar groß ist. Und dann, wenn man daliegt, kommt die Erkenntnis so brachial, so unendlich berührend: Ich bin ein Teil davon. Ein winzig kleines, aber doch ein Stück davon. Ein Stückchen Unendlichkeit. Und das macht so demütig und so dankbar.« Sie lächelt uns an. »Ich konnte die Tränen nie zurückhalten, wenn mich diese Erkenntnis überkam, dieses Wissen, dass ich bin und immer sein werde irgendwo in der Unendlichkeit, wo es kein Leben und keinen Tod gibt, sondern nur das Sein.« Wir sind alle stumm, schlucken, blinzeln, hören ihr schweres Atmen. Das Reden hat sie angestrengt, und ihre magere Brust hebt und senkt sich schnell. Ich sehe, wie ihr Daumen leicht über Aarons Hand streicht. »Sie werden mich nicht überreden, Herr Doktor, den Sternenhimmel heute Nacht durch ein Fenster zu betrachten, so wie es Michael möchte.« Sie wendet den Kopf ihrem Mann zu. »Du Lieber.«

Michael Olbrecht küsst ihre Hand. Er wischt die Tränen, die ihm über die Wangen laufen, nicht fort.

Aaron streichelt mit seiner Rechten über ihre Hand. »Ich habe nicht vor, Sie zum Drinnenbleiben zu überreden, Frau Olbrecht«, sagt er mit fester Stimme. »Und ich glaube auch nicht, dass Ihr Mann weiter darauf besteht.« Er sieht ihn an.

Michael Olbrecht nickt, wischt nun über seine Wangen und lässt ein kurzes Auflachen hören. »Mama hat noch immer ihren Willen gekriegt, nicht wahr, Jungs?« Er blickt zu seinen Söhnen.

Matthis tritt ans Bett. Schlaksig steht der Blondschopf da, irgendwie hilflos, einen Daumen in die Jeans gesteckt. »Aber wir wollen mit dir den Sternenhimmel angucken. Wir alle zusammen, Mama, oder?«

»Natürlich, mein Schatz.« Tanja Olbrechts Stimme klingt heiser. »Wir vier zusammen. Hier auf der Terrasse. Das wird schön.« Ihr Lächeln verschwindet. »Das heißt, ihr müsst mich heute Nacht wieder hierher nach draußen rollen. Kriegt ihr das hin?«

Von Thore kommt leise: »Mama!«

Auch Matthis ist empört, dass sie das Hinausbringen infrage stellt. »So schwer war das ja nun auch nicht.«

Ich blicke von einem Blondschopf zum anderen. Sie würden ihre Mutter auf Händen zum Nordpol tragen. Und ich blinzle wieder heftig, atme aber auch auf. Tanja Olbrecht will im Bett bleiben. Ich hatte schon befürchtet, sie wolle auf dem nachts eisig kalten Rasen liegen.

Aaron ist aufgestanden und an die Terrassentür getreten. »Sie haben drei kräftige Männer im Haus, Frau Olbrecht. Lassen Sie sich zur Nacht schön warm einpacken, und wenn es Ihnen doch zu kalt wird, wird das Bett wieder reingeschoben.«

Michael Olbrecht schlackert die Jeans um Po und Beine, als er uns zur Tür bringt. Nicht nur Tanja mag nicht mehr essen.

»Melden Sie sich jederzeit, wenn Sie Hilfe brauchen«, bietet Aaron an, als er ihm die Hand zum Abschied gibt. »Haben Sie keine Hemmungen, anzurufen, Herr Olbrecht.« Seine Stimme wird leiser. »Es wird nicht mehr viele Wünsche geben, die Sie Ihrer Frau erfüllen können.«

»Natürlich weiß ich das«, kommt es leise über seine Lippen. »Aber da ist dieser brennende Wunsch, sie so lange wie möglich hier zu halten, zu haben.«

Ich streichle intuitiv über seinen Arm. »Ich kann Sie gut verstehen, Herr Olbrecht. Aber vielleicht hilft das schöne gemeinsame Erlebnis unter dem Sternenzelt ein wenig beim Loslassenmüssen.«

Bevor sich die Tür nach der kurzen Verabschiedung schließt, hören wir die Jungen auf der Terrasse lachen.

»Ich weiß nicht, ob ich ihnen wünschen soll, dass sie noch so viel Zeit wie möglich mit ihrer Mutter haben dürfen oder dass es schnell gehen soll«, sage ich, als wir im Auto sitzen.

Aaron startet den Opel. »So wie es kommt, wird es genau richtig sein.«

9

Hallo, Isa«, ertönt Tommasos kratzige Stimme hinter mir. »Hattest du einen schönen Tag?«

Mit einer Serviette in der Hand – ich decke gerade im Frühstücksraum die Tische für morgen – drehe ich mich zu ihm um. Er lehnt am Türrahmen und lächelt.

Einen Moment lang fühle ich mich merkwürdig. Bin ich unterzuckert? Das bilde ich mir gerne mal ein, um einen Biss in die Kuhflecken-Schokolade zu rechtfertigen, die Mama immer im Kühlschrank liegen hat. Meistens beiße ich wirklich nur einmal ab, obwohl in meinen Mund drei Rippen passen. Jette und ich haben das ausprobiert.

»Ja und nein«, beantworte ich seine Frage. Das flaue Gefühl in meiner Brust ebbt ab. »Der Tag war aufregend, aber auch traurig. Ich habe mit Aaron Berner, das ist mein Chef, eine Todkranke besucht. Danach bin ich … Nun, ich hatte daran zu knabbern.«

Sein Lächeln verschwindet. »Ja, das ist sicher nicht leicht. Dann wird dir das Essen mit deiner Kollegin guttun und dich auf andere Gedanken bringen.«

»Ja, bestimmt. Vielleicht sehen wir uns ja noch? Wir gehen zu Salvatore und Doris ins Graziano's. Dort hält sich ja bereits der Großteil eurer Familie auf. Du gehst doch bestimmt auch hin, um deine Leute zu sehen?«

»Äh, eher nicht. Ich gehe früh schlafen. Ich … habe wahnsinnige Kopfschmerzen.«

»Oh, wie schade. Brauchst du eine Tablette?«

»Nein, nein, danke, ich … habe selbst welche. Also, Isa, dann wünsche ich dir ein paar schöne Stunden.«

Ich blicke ihm hinterher, als er geht. Hoffentlich ist Jette heute Abend auch im Graziano's. Ich muss sie unbedingt ausquetschen. Mit Tommaso stimmt doch irgendetwas nicht. Aber ich verdränge den Gedanken an den italienischen Onkel schnell, weil mir ein Blick auf die Uhr zeigt, dass die Zeit davonrast. Ich muss noch duschen und mich umziehen, bevor ich Poppy zu Hause abhole.

»Mann, wer will denn jetzt wieder was?«, murmle ich, als es an der Haustür klingelt. Anstatt wie Mama die Servietten genau auszurichten, verteile ich sie hastig auf die Teller und gehe zur Tür. Als ich sie öffne, sieht mir Steffen Meyer in die Augen.

»Hallo, äh, kann ich … kann ich zu meiner Mutter?« Kaum dass er den Satz beendet hat, steckt er seinen Mittelfinger in den Mund und kaut am Nagel.

Jemand sollte ihm sagen, dass abgenagte Fingernägel insbesondere bei Pianisten hässlich aussehen. Aber das werde nicht ich sein. Ich lächle ihn aufmunternd an. »Natürlich kannst du zu deiner Mutter. Das ist hier ja kein Knast. Regine und Merle sind meine Gäste. Du und Sören seid jederzeit willkommen.« Noch während ich rede, fällt mein Blick auf den Rucksack, den er um die linke Schulter trägt. Ein sehr vollgepfropfter Rucksack. Er wird doch wohl nicht …

»Ist, äh, eigentlich kein Besuch«, murmelt er vor sich hin. »Ich wollte fragen, ob … ich auch … hier …?«

Als Murmelexpertin habe ich ihn gut verstanden. Ich atme tief durch und deute auf seinen Rucksack. »Du meinst, darin befinden sich dein Pyjama und deine Zahnbürste?«

Er sieht mich mit seinen vom Vater geerbten hellblauen Augen groß an. »Die Zahnbürste hab ich vergessen.«

Auflachend halte ich die Tür weit auf. »Nun komm erst mal rein. Hast du es zu Hause nicht mehr ausgehalten?« Ein weiterer Blick in sein Gesicht verrät mir, dass ich dringend darüber nachdenken sollte, endlich den Mann fürs Leben zu finden und schwanger zu werden, denn ich kann mich nur mit äußerster Mühe zurückhalten, ihn in meine Arme zu nehmen und mütterlich hin und her zu wiegen. Aber wann sieht man auch schon mal einen knuddeligen Achtzehnjährigen mit Tränen in den Augen?

»Unsere kaputte Haustür …« Er schluckt. »Papa wollte uns, also Sören und mir, erzählen, dass das Einbrecher waren. Als Sören erwidert hat, dass Einbrecher wohl kaum Mamas Nachtcreme und Pyjama mitgenommen hätten, ist er voll ausgetickt. Er …«

»Das hat dein Bruder gesagt?«, unterbreche ich Steffen und kann mir ein Grinsen nicht verkneifen. »Respekt.« Das meine ich ehrlich. Ich glaube nicht, dass ich mich getraut hätte, einem ohnehin schon wütenden Meyer so flapsig zu begegnen.

»Ich dachte echt, der haut Sören eine runter.«

»Aber er hat es nicht getan?« Ich bin froh, als Steffen den Kopf schüttelt. Es ist beruhigend zu wissen, dass Meyer seine Wut so weit bändigen kann.

»Er hat geschrien und gesagt, dass wir nicht mehr aus unseren Zimmern kommen sollen. Er will uns alle nicht mehr sehen, und … und da hab ich einfach ein paar Sachen zusammengepackt und bin hierher.«

»Und Sören wollte nicht mit?«

Steffen schüttelt wieder den Kopf. »Er hat gesagt, dass er Papa nicht ganz allein lassen will.«

Ein tougher Junge. Aber das sage ich nicht laut. Schließlich möchte ich Steffen nicht das Gefühl geben, er hätte einen Fehler gemacht, denn das hat er nicht.

Regine Meyers Schrecken legt sich schnell, als ich ihr ihren Sohn präsentiere. Selbst sie lacht, als Steffen berichtet, was Sören gesagt hat. Ich lasse die drei allein, nachdem ich Steffen das Zimmer gezeigt habe, das er bewohnen kann. Bestimmt wird Merle ihrem Bruder noch das Ultraschallbild zeigen, das die Frauenärztin gemacht hat. Sie hat es mir mit einem strahlenden Lächeln vor die Augen gehalten, als sie und Regine vom Arztbesuch zurück waren. »Es ist ein Junge, Isa!«

Nach einer Schnelldusche schlüpfe ich in mein Pünktchenkleid und verabschiede mich von den Meyers, die ich in das Wohnzimmer vor den Fernseher gesetzt habe. Regine hat erst zugestimmt, nachdem ich ihr zugesichert habe, dass ich mich heute nicht im Wohnzimmer aufhalten werde.

Mit ihren Worten »Wir müssen schnell eine andere Lösung finden« im Ohr eile ich zu Ferdinand, den ich vorsichtshalber am Straßenrand geparkt habe, um den Twingo meiner Mutter im Carport nicht zuzuparken, falls Ferdinand mal wieder nicht anspringt. Aber er schnurrt wie ein Kätzchen. Ich lege den ersten Gang ein und blinke mit Blick in den Seitenspiegel. Es kommt kein Auto, aber eine dunkle Gestalt schleicht an der Hecke von Onkel Hollerbecks Grundstück herum. Dunkel nicht im Sinne von ominös, sondern von … dunkel.

Ich kurble das Seitenfenster herunter. »Jamal?«

Der junge Mann in Jeans und schwarzem Shirt zuckt zusammen. Er steckt sein Handy in die vordere Jeanstasche und dann beide Hände in die Gesäßtaschen – eine Verlegenheitsgeste.

Ich würge Ferdinand ab, steige aus und gehe zu dem Jungen, der älter aussieht als die siebzehn Jahre, die Merle mir genannt hat. »Du bist doch Jamal?«

Mein forscher Schritt und Ton scheinen ihn zu ängstigen. »Ja. Gu-ten A-beend«, sagt er leise und akzentuiert mit Blick auf seine Sportschuhe.

»Hallo, Jamal«, sage ich warm. »Ich bin Isa. Die Meyers, also zumindest mehr als die Hälfte der Familie, wohnen bei mir, wie du ja bestimmt von Merle weißt.« Da sie andauernd auf ihrem Smartphone herumfingert, wird Jamal wohl bestens über jede Aktion informiert sein. »Ich muss jetzt unbedingt los, weil ich eine Verabredung habe, aber du brauchst hier nicht herumzuschleichen. Geh einfach zum Haus und klingle. Du kannst Merle ja vorher eine Nachricht schicken. Sie öffnet dir dann.«

Er sieht endlich auf, und ich kann sofort verstehen, warum Merle sich in ihn verliebt hat. Nicht wegen seiner kurz geschnittenen pechschwarzen Locken, nicht wegen der hübschen kleinen Ohren und der sinnlichen Lippen, sondern wegen seiner Augen. Bitterschokolade-Augen, die sicherlich schon viel Schlimmes gesehen und es verdient haben, in eine bessere Zukunft zu blicken.

»Ja?«, fragt er zögerlich und deutet zum Haus. »Ich kann da reinge-hen?«

»Ja.« Ich lächle ihm noch einmal zu und laufe zum Auto zurück. »Du bist herzlich willkommen.« Im Seitenspiegel sehe ich, dass er, nachdem er mir nachgeblickt hat, zu unserem Haus geht. »Hauptsache, du kommst nicht auch noch mit deinem Koffer«, murmle ich. Mama würde durchdrehen und umgehend nach Hause zurückkehren, wüsste sie, was hier abgeht. Morgen früh werde ich mit ihr telefonieren und ihr sagen, dass zwei weitere Zimmer belegt sind. Das wird sie sehr freuen. Dass es kein Geld dafür gibt, muss sie ja noch nicht wissen.

Poppys Opa Harald Lehmann bittet mich ins Haus, nachdem ich geklingelt habe. Wohlwollend gleitet sein Blick über meine Erscheinung.

»Sehr hübsch siehst du aus, Isa. Ich dachte schon, dass die jungen Frauen heutzutage gar keine Kleider mehr tragen. Alle rennen nur in diesen Jeansbüxen rum. Auch wenn die manchmal ja recht eng sind … Eine hübsche Frauenwade kommt nur im Kleid richtig zur Geltung.«

»Danke schön«, sage ich und folge ihm ins Wohnzimmer, das auf das Titelblatt eines Senioren-Klischee-Katalogs gehört, würde es so etwas geben. Leider ist es kein Klischee, in dem Poppy leben muss, sondern die nackte eicherustikale Wahrheit. Mein Blick wandert von der dunkel getäfelten Decke über das Mobiliar zu dem Bild über dem Sofa. Unerwarteterweise ist kein röhrender Hirsch darauf zu sehen, sondern ein Segelschiff in tosender See.

Ich habe das Gefühl zu ersticken, als ich auf dem dunkelgrünen Sofa Platz nehme, auf dessen Sitzfläche eine weinrote Decke ausgebreitet ist. Die samtenen Kissen in Weinrot und Grün-Beige, mit exaktem Handkantenkniff in der Mitte, sehen so unberührt aus, dass ich mich nicht traue, mich dagegen zu lehnen. Auf der Sofakante hockend, lehne ich das Wasser ab, das mir angeboten wird. Nicht, weil sein Glas, das neben einem aufgeschlagenen Sudokuheft steht, mal ein Senfglas war, sondern weil ich die Gunst der Minute nutzen möchte. Hätte Poppy mich an der Tür empfangen, wären wir wohl gleich gestartet, aber sie ist noch am Haare föhnen, wie ihr Opa mir missmutig mitteilt. »Die Deern hat das nicht so mit der Pünktlichkeit.«

»Ach«, wiegle ich ab, »so sind wir Frauen. Immer auf den letzten Drücker. Und zur Arbeit erscheint Poppy immer superpünktlich. Meistens ist sie sogar vor Frau Lutter da.« Der Nachsatz hat den gewünschten Effekt.

»Ach so?« Harald Lehmann nickt anerkennend. »Dann ist ja gut.«

»Poppy ist eine wunderbare Arzthelferin«, sage ich ihm, was ich denke. »Sie ist immer fröhlich und verbreitet unter den Patienten gute Laune. Alle fühlen sich wohl, und das ist wichtig in einer Arztpraxis.«

»Ja?« Harald Lehmann ist deutlich anzusehen, dass er sich darüber freut. »Ja, die Deern ist fröhlich, das stimmt wohl, aber manchmal …« Er schüttelt den Kopf mit dem grauen, noch sehr vollen Haar. Seine Stimme senkt sich, obwohl vom Flur her noch das Heulen des Föhns – Poppys Gerät scheint eine Stufe vier zu besitzen – zu hören ist. »Ich hab ja Angst, dass das mit der Schule nix wird. Sie strengt sich ja schon an, das will ich mal zugeben, aber ich glaub, manchmal geht einfach nicht mehr rein in den lütten rothaarigen Kopp.« Er seufzt. »Und denn nützt das ja auch nix mit dem Fröhlichsein, oder? Die Prüfung muss sie ja schon schaffen.«

»Machen Sie sich keine Sorgen«, versuche ich munter zu klingen, obwohl ich geneigt bin, seine Meinung zu teilen. »Ich kann Poppy beim Lernen unterstützen. Das habe ich ihr auch schon angeboten.«

»Das wär schon gut, insbesondere, wenn mal eine Arbeit ansteht.«

Ich nicke, während ich mir den Kopf zermartere, wie ich auf die Sache mit Poppys Krankenkassenkarte zu sprechen kommen kann, ohne ihn mit der Pillensache zu erschrecken. Leider will mir nichts Gescheites einfallen, darum muss ich drum herumreden.

»Herr Lehmann, eine andere Sache noch. Poppy ist ja nun sechzehn, und da ... Nun, ich habe sie angesprochen, ob sie schon mal einen Frauenarzttermin wahrgenommen hat, als Vorsorge quasi, so wie alle jungen Mädchen es machen ... sollten.« Das mit der Vorsorge ist natürlich Quatsch, aber ich hoffe einfach, dass Harald Lehmann so unbedarft an die Thematik herangeht.

»Aha.« Mehr sagt er nicht, aber er sieht eher interessiert als abgeneigt aus.

»Ich hoffe, Sie nehmen es mir nicht übel, dass ich Sie hier und jetzt darauf anspreche, aber ich dachte, weil Poppy ja keine Mutter hat, die sie fragen kann, und Ihre Frau ja leider auch nicht mehr da ist, um ...«

»Ach, Isa«, fällt er mir ins Wort, »das ist schon in Ordnung. Poppy ist ja nun mal mein Ein und Alles, und ich hab sie lieb wie nix sonst, aber ... Ich bin ja auch nicht mehr der Jüngste und auf'm neuesten Stand. Und in solchen Sachen ja schon mal gar nicht. Ist wirklich nicht immer einfach für mich, seit Gerda nicht mehr da ist.«

»Sie machen Ihre Sache toll«, sage ich aus voller Überzeugung. »Poppy hätte sich keinen besseren Opa wünschen können. Sie und Ihre Frau haben sie zu einem wunderbaren und liebevollen Menschen erzogen.«

»Wenn du das sagst, will ich das mal glauben.« Er grinst. Mit Sicherheit hat er auch von anderen schon oft gehört, dass Poppy ein tolles Mädchen ist. Und weil es so gut läuft, traue ich mich noch einen Schritt weiter vor. »Poppy hat angedeutet, dass Sie ihre Krankenkassenkarte … verwalten. Es geht mich natürlich nichts an, aber ich finde, Poppy ist alt genug, um ihre Karte ausgehändigt zu bekommen.«

Eine Falte bildet sich über Harald Lehmanns Nasenwurzel. »Wieso? Sie kriegt sie doch, wenn sie zum Arzt muss. Sie verschlampt die nur, und denn ist Holland in Not, wenn die Karte gebraucht wird und nicht da ist.«

»Ja«, gebe ich zu, »natürlich haben Sie nicht ganz unrecht, aber als junges Mädchen traut man sich vielleicht nicht unbedingt, wegen eines Frauenarztbesuches den Opa anzusprechen.« Ich schenke ihm ein herzliches Lächeln. »Egal, wie lieb sie Sie hat, Herr Lehmann, es gibt nun mal Sachen, die will man als Mädchen für sich behalten.«

Seine Stirnfalte vertieft sich wieder. »Ich will schon gern über alles Bescheid wissen, was die Deern betrifft. Wohin das Loslassen führt, haben Gerda und ich schmerzlich erfahren müssen. Du weißt doch, Isa, was mit Claudia passiert ist. Kaum achtzehn war sie, als sie die Lehre abgebrochen hat und in Hamburg versumpft ist. Bis wir das mal richtig mitgekriegt haben, da war schon alles zu spät.« Seine Augen werden glasig. »Man steht daneben und muss mit ansehen, wie das einzige Kind vor die Hunde geht.« Er sieht mich an. »Gerda hat das nie verwunden. Hat uns die Schuld daran gegeben. Wir hätten eher was merken müssen, hat sie immer gemeint, dann hätte der Entzug vielleicht geklappt.« Seine Augen wandern zum Fenster und sind doch in die Vergangenheit gerichtet. »Zuletzt konnten wir sie nicht mal mehr aufspüren. Wo ich überall gewesen bin in all den Jahren … Alle dreckigen Ecken von Hamburg hab ich kennengelernt.« Jetzt schaut er mich wieder an. »Das Fürchten hab ich gelernt, Isa. Du glaubst nicht, was ich an menschlichen Wracks gesehen hab.« Und erneut richtet sich sein Blick nach innen. »Zum Fürchten, zum Fürchten …«

Wir haben beide nicht bemerkt, dass das Geräusch des Föhnens verstummt ist. Als Poppy ins Wohnzimmer kommt, ist ihr nicht anzumerken, ob sie die letzten Sätze ihres Großvaters gehört hat. »Hi, Isa«, begrüßt sie mich fröhlich wie immer. »Tut mir leid, dass ich noch nicht ganz fertig war, aber ich wollte mich für unser Essen richtig stylen.« Sie dreht sich vor mir. Sie trägt enge Jeans, schwarze Stiefeletten und eine weiße Stretchbluse über einem weißen Tankshirt.

»Hei…« Ich breche mitten im Wort ab. Heiß wäre mir fast herausgerutscht, aber da ich mir sicher bin, dass ich Poppy vor ihrem Opa damit keinen Gefallen tue, plappere ich schnell: »Hei-jei-jei, sehr … adrett.« Noch ein Wort, das ich wohl zum ersten Mal benutze.

Harald Lehmann ist aufgestanden. »Macht euch einen schönen Abend, Mädchen.«

Ich stehe auch auf. »Ich bringe Ihnen Ihre Enkelin rechtzeitig zurück, aber ein bisschen quatschen wollen wir schon, nicht wahr, Poppy?«

Er winkt ab. »Sie ist ja bei dir in guten Händen, Isa. Da kommt das auf eine halbe Stunde nicht drauf an.« Dann wendet er sich an Poppy. »Hier, mein Lütten, dein Lehrlingsgehalt ist ja nicht so hoch …« Er fummelt sein Portemonnaie aus der hinteren Hosentasche und drückt Poppy einen Zwanzigeuroschein in die Hand. »Reicht das?«

Poppys Hand schnellt schon vor, doch dann zieht sie sie zurück. »Das ist lieb, Opa, aber ich zahl ja gar nicht selbst. Isa will mich einladen.« Sie sieht mich an, und ich nicke.

Ein anderes Mädchen hätte die Einladung vielleicht verschwiegen und das Geld genommen, aber nicht Poppy, und das freut mich. Sie schmatzt ihm einen dicken Kuss auf die Wange. »Tschüs, Opa. Und ich kann ja einen Schlüssel mitnehmen, dann kannst du zu Bett gehen.«

»Nee, nee, das passt schon. Ich lass dich rein.«

Als sie sich zu mir umwendet, verdreht sie die Augen.

Harald Lehmann hat in der Zwischenzeit den Zwanzigeuroschein ins Portemonnaie zurückgesteckt, zieht aber einen Zehner heraus. »Das ist Spritgeld, Isa.« Er hält mir den Schein hin.

»Nein, Quatsch«, wehre ich ab und gehe Richtung Haustür. »Es war doch meine Idee, Poppy einzuladen. Da gehört die Fahrt natürlich dazu.«

»Nee, nun nimm mal«, beharrt er und folgt mir mit schnellen Schritten. »Da besteh ich drauf.«

»Ach, nein«, ziere ich mich noch ein wenig, aber mein mickriges Aushilfsjobgehalt lässt mich schließlich doch nach dem Schein greifen, als er darauf besteht. Ich will ihn ja schließlich nicht kränken.

Als Poppy ihre Jeansjacke von der altertümlichen Garderobe mit Sitzbank nimmt, fummelt Harald Lehmann noch immer in seiner Börse herum. »Hier, Lütten«, sagt er zu Poppy und hält ihr eine Krankenkassenkarte entgegen. »Isa und ich haben über Vorsorge und so gesprochen, und da hat sie gemeint, ich sollte dir man deine Karte überlassen. Falls du mal ... na ja, zum Frauenarzt oder so ... du weißt schon. Steck sie ein. Aber nicht verlieren!«

Poppy nimmt die Karte mit großen Augen entgegen. »Ich brauch sie dir nicht wiederzugeben?«

»Nee, hab ich doch gesagt.« Seine Stimme klingt brummig.

Es gibt noch einen dicken Schmatzer für Harald Lehmann. »Krass, Opi, danke.«

Ich wünschte, Poppy hätte die Karte in ihr Portemonnaie gesteckt und nicht in die offene Brusttasche ihrer Jacke, denn ihr

Opa wirft mir einen Blick zu, der sagt: Spätestens nächste Woche ist die Karte weg.

Gut gelaunt fahren Poppy und ich los. Kurz vor dem Ortsausgang streift Onkel Tommaso noch mal meine Gedanken, denn wir fahren am Haus der Grazianos vorbei, das dunkel daliegt. Sie haben doch so viel Platz, wieso schläft er nicht bei ihnen? Die Grazianos haben das Haus vor zehn Jahren neu gebaut. Es ist mit Abstand das modernste in Elmfleth, ausgestattet mit allen technischen Raffinessen. Und wahrscheinlich bar bezahlt. Salvatore und Doris haben sich mit ihrem Restaurant in der Hafencity einen Namen gemacht. Es war ein Wagnis, als sie vor Jahren den Sprung von Altona in den aufstrebenden Stadtteil wagten, aber es hat sich ausgezahlt. Salvatore würde dort auch gern wohnen, aber Jettes Mutter weigert sich. Sie sagt, dass der Beton und das Glas der Hafencity sie erschlagen würden.

Die Fahrt über das kurze Stück Autobahn vergeht wie im Flug, weil Poppy und ich über ihren bevorstehenden Frauenarztbesuch reden. Ich bin froh, dass sie an Verhütung denkt. Von Merles Schwangerschaft kann sie nichts wissen, weil Onkel Hollerbeck nicht dazu gekommen ist, einen Eintrag in Merles Patientenkarteikarte vorzunehmen. Als Warnung hätte ich Merle gern als Beispiel angeführt, aber das mache ich natürlich nicht.

Ich parke Ferdinand im Parkhaus in der Speicherstadt. Zu Fuß sind es nur ein paar Hundert Meter bis zum Graziano's. Auf der Plaza der Elbphilharmonie stehen noch die Menschenmassen und genießen den Blick über den Hafen. Ich liebe die Elphi. Sie ist in meinen Augen ein Meisterwerk. Gut, dass sie letztendlich siebenhundert Millionen Euro mehr gekostet hat als veranschlagt, ist unglaublich, aber man muss in der Architektur doch auch mal mutig sein. Wie viel ärmer wäre die Welt ohne das Schloss Neuschwanstein oder den Kölner Dom.

Als wir Salvatores Restaurant betreten, schallt uns aus dem Clubraum, der für große Gesellschaften genutzt wird, munteres

Geplapper entgegen – in Italienisch. Die Mitglieder der Familie Graziano tummeln sich dort. Im Restaurant selbst ist das Stimmengemurmel der Gäste gedämpfter, obwohl bis auf zwei Tische alle besetzt sind. Leise Klaviermusik klingt aus den Boxen.

Ich steure mit Poppy den glänzenden Tresen an, hinter dem Jettes Mutter Doris die Getränke einschenkt, die von ihrem Sohn Matteo und zwei weiblichen Servicekräften an die Tische gebracht werden.

»Isa!«, ruft sie freudig, als sie mich sieht, und schwingt das Handtuch, mit dem sie gerade ein Weinglas poliert, über ihre Schulter. Sie stellt das Glas ab und kommt um den Tresen herum. Ich werde in die Arme genommen, einen Moment gehalten und auf die Wange geküsst. Auch Poppy kriegt eine Umarmung, als ich sie vorstelle. Dann läuft Doris zur Schwingtür, die in die Küche führt, stößt sie auf und ruft laut: »Orsetto! Komm und begrüß Isa!«

»Orsetto heißt Bärchen«, flüstere ich Poppy zu. Ich kenne nahezu alle tausend Kosenamen, die Doris für ihren Mann hat.

Poppy kichert neben mir, während das Bärchen in schwarz-weißer Kochhose aus der Küche gestürzt kommt. Herrliche Düfte entsteigen der weißen Kochjacke, als ich erneut an eine Brust gedrückt und umfangen gehalten werde. Es ist immer toll, mit wie viel Wärme die Grazianos mich begrüßen. Meine Mutter hat Betonarme. Wenn Jette mich besucht, reicht es bei Mama immer nur für einen Händedruck. Und obwohl Jette schon zu Kindergartenzeiten meine beste Freundin war und bei uns ein und aus gegangen ist, hat Mama es erst vor ein paar Jahren geschafft, ihr das Du anzubieten – und auch nur auf mein Drängen hin, weil es mir immer peinlich war, dass sie nicht so offen und warmherzig sein konnte wie die Grazianos. Inzwischen habe ich akzeptiert, dass sie nicht aus ihrer Haut kann. Sie ist eben norddeutsch unterkühlt und kein südländisches Heißblut. Sie hat Jette auf ihre Art genauso lieb wie die Grazianos mich. Fast jedenfalls.

Salvatore hat seine Umarmung gelöst, packt mich an den Oberarmen und mustert mich. »Isa, cara mia, du wirst immer schöner.«

Poppy wird umarmt und mit lieben Worten bedacht.

»Doris hat den schönsten Tisch für euch eingedeckt.« Er deutet auf einen Zweipersonentisch mit weißer Damasttischdecke, der aussieht, als würden wir ein Fünf-Gänge-Menü verspeisen wollen.

»Wunderschön, aber wir wollen doch nur eine Pizza essen«, sage ich.

Doch ich werde gleich abgewürgt. »Papperlapapp!«, stößt Salvatore mit seinem herrlichen Akzent aus. »Nur eine Pizza! Du bist wohl verrückt! Gleich gibt es erst einmal einen leckeren Vorspeisenteller, Vitello tonnato, Antipasti … Ich weiß doch, was du magst, cara mia. Und dann kriegt ihr eure Pizza und dann …«, er küsst seine Finger schmatzend, »kriegt ihr ein Dessert, das euch aus den Puschen haut.«

Ich lache laut auf, weil ich es einfach wunderbar finde, wenn Salvatore mit seinem italienischen Temperament und Akzent plattdeutsche Wörter wie Puschen heraushaut.

»Und du wirst das schön aufessen, Isa mia, denn es ist auch eine kleine Bestechung.« Sein Lächeln ist unverschämt charmant. »Wir haben Freitag ein Catering außer Haus und nicht genug Servicepersonal.«

»Sei pazzo?«, beschimpft Doris ihren Mann, und sie steht an Lautstärke und Temperament einer italienischen Mamma in nichts nach. »Du kannst doch nicht immer Isa überfallen, wenn wir Personalmangel haben! Das Kind ist schon mit Arbeit genug überhäuft. Ihre Mutter ist in der Reha, und der Job in der Arztpraxis ist anstrengend. All die vielen kranken Menschen …«

Ich bin überwältigt, dass sie das alles weiß. Sogar, dass Mama weg ist. Das zeigt mir einmal mehr, wie groß ihr Interesse an mir ist. Sie spricht mit Jette über mich, will an meinem Leben teilhaben.

Salvatore zaubert einen Hauch Schuldbewusstsein in sein Gesicht, um Doris zu besänftigen. »Ciccina«, gurrt er, »du weißt aber auch, dass Isa das Geld gebrauchen kann, oder? Und es wird ein schönes Trinkgeld geben.«

»Ist schon okay, Doris. Ich mach das gern, das wisst ihr doch«, sage ich lachend, während Jettes Bruder Matteo, der mit einem Tablett leerer Gläser von den Tischen kommt, mir mit einem Küsschen auf die Wange Hallo sagt.

»Jette ist doch dabei?«, frage ich nach.

»Natürlich«, antwortet Salvatore. »Ich lasse dich doch nicht ohne meine Tochter arbeiten. Ihr zwei habt doch immer viel Spaß, wenn ihr zusammen seid.«

Ich habe schon des Öfteren mit Jette beim Catering ausgeholfen, und deshalb sage ich gerne zu. Das italienische Büfett ist laut Doris von einem Hamburger Reeder geordert worden. Fünfzig Gäste werden bei einer Gartenparty zu bedienen sein.

»Liebe Grüße übrigens von Tommaso«, sage ich zu Salvatore, obwohl Tommaso mir keine Grüße aufgetragen hat – er muss es vergessen haben. »Er hat starke Kopfschmerzen und wollte lieber ins Bett gehen, aber das wisst ihr ja wahrscheinlich.«

Salvatores Stirn legt sich in Falten. »Tommaso? Welcher Tommaso?«

»Na, Onkel Tommaso aus Italien. Jette hat ihn doch in unserer Pension einquartiert.«

»Aha.« Er sieht zu Doris, die am Zapfhahn steht und Schaumkrönchen auf die gefüllten Biergläser zaubert. »Ist es Onkel Tommaso aus Brindisi, der bei Isa und ihrer Mama wohnt, oder Onkel Tommaso aus Salerno? Aber der ist doch mit der ganzen Familie im Hotel, oder?«

Doris hält mit dem Zapfen inne und überlegt. »Das muss Brindisi-Tommaso sein, der ist allein angereist. Aber das ist mir auch neu, dass einer von uns bei euch einquartiert ist, Isa. Und ich hätte schwören können, dass Tommaso zu der Runde gehört, die sich heute Abend *König der Löwen* anguckt.« Sie schüttelt den Kopf. »Komisch. Aber wahrscheinlich hat er die Karte weitergegeben.« Sie lacht mir zu. »Du weißt ja, dass wir eine Riesenfamilie sind. Da verliert man den Überblick. Hast du Jette schon begrüßt?«

Salvatore verschwindet wieder in der Küche, allerdings nicht ohne Doris hinter dem Tresen noch einen feurigen Kuss zu geben.

»Nein, Jette hab ich noch nicht gesehen«, antworte ich ihr.

»Sie ist mit der Familie im Clubraum.«

Ich beuge mich über den Tresen zu ihr. »Wenn ich jetzt in den Clubraum gehe, komm ich nicht wieder raus, bevor ich nicht all eure Familienmitglieder begrüßt habe, und das möchte ich Poppy nicht antun.«

Sie nickt verständig. »Matteo kann Jette Bescheid sagen, dass ihr hier seid. Dann kann sie hier zu euch in den Gastraum kommen.«

Wir nehmen Platz, und ich berichte Poppy vom Gespräch mit ihrem Opa und sage ihr, dass sie ihm nichts von der Pille erzählen muss, wenn sie das nicht möchte. »Was er nicht weiß, macht ihn nicht heiß.« Dieses Sprichwort versteht sogar Poppy, denn sie nickt und lächelt verschwörerisch. Um ihr aber keine Flausen in den Kopf zu setzen, füge ich mit strenger Stimme hinzu: »Doch das Verschweigen gilt nur für die Pille. Ansonsten kommt man mit Offenheit und Wahrheit besser durchs Leben.«

Poppy verdreht die Augen. »Klar, weiß ich doch.« Sie bekommt gerade ihre Cola und ich meine Rhabarberschorle serviert, als Jette sich zu uns gesellt, indem sie neben meinem Stuhl in die Knie geht. Einen Stuhl kann sie sich nicht heranziehen, weil dann kein Platz mehr für die Kellner wäre.

»Alles in Ordnung?«, frage ich sie und wische über mein Gesicht, weil sie mich ansieht, als wäre dort etwas, was da nicht hingehört.

»Ja, alles gut«, antwortet sie, lässt aber nicht den Blick von mir. »Bei … bei dir auch alles gut?«

Ich nicke. Vor Poppy möchte ich nicht mit ihr über Aarons Einladung für Sonntag sprechen. »Aaron ist ein toller Arzt«, sage ich nur. Ich muss ihn einfach erwähnen. Poppy nickt ebenfalls, während sie mit dem dicken Strohhalm, den sie sich am Tresen geholt hat, die Cola blubbern lässt.

Jette scheint gar nicht gehört zu haben, was ich gerade gesagt habe. »Und … und in der Pension? Ist da auch alles gut?«

»Ja, klar. Aber«, ich werde leiser, obwohl Doris und Matteo mich bestimmt nicht hören können, »dein Onkel Tommaso ist schon 'ne komische Nummer, oder?« Jettes Gesicht wird tomatenrot. Damit hab ich nun gar nicht gerechnet, eher mit einem Auflachen und einem »Allerdings!«. Habe ich sie jetzt etwa beleidigt? Das kann doch wohl nicht sein. Wir erzählen uns doch sonst noch ganz andere Sachen über unsere Familienmitglieder. »Deine Eltern wussten gar nicht, dass er bei uns schläft.«

Jette starrt mich an. »Du … du hast mit Mama und Papa … über Tommaso gesprochen?«

»Ja, wieso nicht?«

Ihre Wangen glühen. »Isa, ich … Lass uns heute nicht über Tommaso sprechen. Es gibt da etwas, das …« Sie steht auf. »Bitte sprich meine Eltern nicht mehr auf ihn an.«

»Haben sie Stress?« Das würde natürlich seine kummervolle Miene erklären.

Sie schluckt. »Ja. Ja, es gibt da eine unausgesprochene Sache. Und … und darum mag ich auch nichts von ihm hören. Eigentlich. Lass uns bitte nicht über ihn sprechen. Gib mir noch etwas Zeit.«

»Ja, gut.« Ich merke, wie sich eine Ladung Ärger in meinem Bauch auf den Weg macht. Warum tut Jette so geheimnisvoll? Das passt so gar nicht zu ihr. Warum verschweigt sie mir neuerdings so wichtige Sachen? Von ihrer Liebe zu Davide habe ich auch erst Wochen später erfahren. Enttäuschung gesellt sich zum Ärger. Wir haben uns doch immer alles erzählt!

Sie küsst mich auf die Wange. »Sei nicht böse, Isa, bitte, bitte. Du bist meine allerliebste Freundin, und ich möchte dich niemals verlieren. Das … das würde ich nicht überstehen.«

»Was redest du denn da?« Mein Ärger legt eine Vollbremsung hin und verschwindet dahin, wo er hergekommen ist. »Du machst mir ja richtig Angst. Warum solltest du mich verlieren?« Ich mustere Jettes Gesicht, das gequält aussieht.

Sie lacht unfroh auf. »Ach, ich weiß auch nicht. Ich bin nur mit den Nerven am Ende. Die Kinder im Kindergarten waren heute unausstehlich, und Davide …« Sie blickt kurz zu Poppy, die interessiert zuhört. »Nun, du weißt schon, das Geheimnis …«

Poppy hört mit dem Blubbern auf.

Grund genug für Jette zu sagen: »Lass uns morgen darüber sprechen. Du kommst doch mit zum Catering?« Als ich nicke, fügt sie ein »Super!« hinzu. Sie beugt sich zu mir und flüstert mir ins Ohr: »Komm um einundzwanzig Uhr vor die Restauranttür, dann stell ich dir Davide vor. Wir sind dann draußen zum Frischeluftschnappen. Ich bin schon so aufgeregt, was du sagen wirst. Hoffentlich magst du ihn.«

»Natürlich«, entgegne ich, als sie sich aufrichtet. »Weil du meine Beste bist und ihn liebst, werde ich ihn auch lieben.«

Mit einem frohen Auflachen verabschiedet sich Jette von uns. »Lasst es euch schmecken und genießt den Abend.«

Ich blicke ihr hinterher und wundere mich, dass sie Ballerinas trägt, denn sie ist stilettosüchtig.

Auch Poppy sieht ihr nach. »Ich find Geheimnisse toll«, sagt sie, als sie mich wieder anblickt.

»Ich auch«, erwidere ich lächelnd. »Und das Schöne an ihnen ist, dass man mit niemandem darüber sprechen darf.«

Um Punkt neun gehe ich nach draußen. Etliche Mitglieder der Graziano-Familie halten sich dort auf, plaudern bei einer Zigarette und genießen in der Dämmerung den Blick auf die Lichter der Hafencity. Jette und Davide stehen etwas abseits, nah beieinander, aber nicht so nah, dass den anderen etwas auffallen könnte. Auf dem Weg zu den beiden werde ich von Tante Emilia abgefangen, die Zigarillos raucht und mir mit Grappafahne in gebrochenem Deutsch von ihrem Mops Eros berichtet. Sie entlässt mich erst, nachdem ich ihre Selfies mit Hund auf dem Handy bewundert habe. Eros ist der hässlichste Mops, den ich je gesehen habe, und noch fetter als Luzifer. »Oh, wie süß«, quietsche ich und kann endlich entfliehen.

Als ich vor Davide stehe, weiß ich, warum Jette keine High Heels trägt. Er ist gut zehn Zentimeter kleiner als ich und damit genauso groß wie Jette, wenn nicht sogar noch einen Zentimeter kleiner. Sein schwarzes Haar hat er mit Gel gestylt, und er sieht mit seinem kurzen gepflegten Vollbart verdammt gut aus, noch heißer als auf dem Foto, das Jette mir gezeigt hat. Er trägt ein enges weißes Hemd zu dunklen Jeans. Wir umarmen uns herzlich. Er weiß Bescheid, dass ich Bescheid weiß, und ist darum genauso aufgeregt wie Jette.

Mich macht das irgendwie glücklich, dass auf meine Meinung als allerbeste Freundin so viel Wert gelegt wird. »Ich freu mich so, dich kennenzulernen«, sage ich und strahle ihn an. Dann senke ich meine Stimme, damit Tante Emilia und Co mich nicht verstehen können. »Was hast du nur mit meiner Jette gemacht, du wunderbarer Mann? Ich habe sie noch nie so glücklich gesehen.«

Anscheinend habe ich genau das Richtige gesagt, denn beide lachen erleichtert, und ich bekomme gleich noch eine Umarmung von Davide.

Zweieinhalb Stunden später liege ich im Bett und starre in die Dunkelheit meines Kellerzimmers. Der Mond zwängt sein mageres LED-Licht durch das kleine Fenster und malt einen schwachen Schatten an die Wand – Bobs Farnarme. Ich beneide Bob, denn er scheint zu schlafen. Obwohl das Fenster gekippt steht, bewegen sich seine Arme kein bisschen. Selbst der Wind ist eingeschlafen. Nur ich liege wach. Ich wünschte, ich könnte die vielen Gedanken, die durch mein Hirn spazieren, auf Knopfdruck zum Stehen bringen. Aber sie lassen sich nicht stoppen. Wie Staffelläufer wechseln sie einander ab, mir die gewünschte Ruhe zu nehmen.

Poppy habe ich gegen dreiundzwanzig Uhr nach Hause gebracht, wo ein gähnender Harald Lehmann mit Sofakissenabdruck im Gesicht sie in Empfang nahm. Ich habe den beiden versprochen, in der nächsten Woche hereinzuschauen, um mit Poppy für eine Arbeit in Wirtschaftskunde zu üben. Als ich nach Hause kam, ging mein erster Blick zum Landhaus, das still und dunkel dalag. Auch hinter den Fenstern unserer Pension brannte kein Licht mehr, wofür ich dankbar war. Ich hätte mit niemandem mehr reden mögen. Höchstens mit Tommaso. Vielleicht hätte er mir im Gegensatz zu Jette erzählt, was eigentlich los ist. Er ist zwar ein eigenartiger Mann, aber auf eine merkwürdige Weise fühle ich mich zu ihm hingezogen. Ja, in der stillen Dunkelheit kann ich das vor mir selbst zugeben. Er zieht mich an.

Natürlich war ich angetrunken, als ich mir bei unserem Sit-in auf der Terrasse gewünscht habe, er würde meine Hand nehmen, aber dass ich mir das auch jetzt, im nüchternen Zustand, sehr gut vorstellen kann … O Gott! Ich und Tommaso? Ich kenne diesen Mann kaum. Mit Herzklopfen lausche ich in mich hinein. Ich versuche mir vorzustellen, ihn zu küssen, aber das will nicht gelingen. Irgendetwas in mir weigert sich, ihn zu küssen. Vielleicht sollte ich ihn mir ohne den grässlichen Bart vorstellen und ohne Heino-Brille.

Ich kneife die Augen zusammen. Hm … es will einfach kein Bild kommen. Jedenfalls keines von Tommaso. Stattdessen ergebe ich mich der Fantasie, die meinen Herzschlag erneut antreibt – Aarons Gesicht, Aarons Lippen. Ich sehe sie so deutlich vor mir, als säße er mir gegenüber. Und ich lasse zu, was im Auto durch Henry vielleicht unterbrochen wurde – einen Kuss. Ich male mir aus, wie sich unsere Münder berühren, zart, tastend, um sich zu erkunden, zu schmecken, um sich im nächsten Moment aufeinanderzupressen. Leidenschaftlich bohrt sich Aarons Zunge in meinen Mund, während seine Hand sich gierig in meine Bluse schiebt und seine Finger über meine harten Brustwarzen streichen. Ich stöhne vor Lust und …

Ich öffne meine Augen, weil ich tatsächlich gestöhnt habe. Seufzend ziehe ich meine Hand aus dem Ausschnitt meines Pyjamaoberteils. Ich sollte wirklich dringend mal wieder Sex haben. Zur Abwechslung allerdings nicht mit mir, sondern mit einem Mann. In diesen Gedanken hinein klingt von draußen Motorengeräusch. Kein Auto, sondern ein Motorrad. Das satte Brummen erstirbt. Aaron ist anscheinend nach Hause gekommen. Ich stelle mir vor, wie er von seiner Maschine steigt und in diesem Moment zur Pension rüberstarrt, in seiner heißen Motorradkluft, deren schwarzes Leder sich um seine langen schlanken Schenkel schmiegt, um seinen knackigen Po, um seinen …

Plötzlich drängen sich die Worte dazwischen: Wo kommt Aaron eigentlich so spät her? Eine gesichtslose brünette Frau wabert durch meine Gedanken. Aaron wird heiraten. Er ist tabu, absolut tabu, denn ich möchte niemals wie mein Vater sein, ein Ehebrecher.

Ich ziehe mir die Bettdecke unter die Nase und würge in meiner Vorstellung meine innere Stimme, die nicht aufhören kann zu flüstern: Aber er ist doch noch nicht verheiratet.

10

»Eine Fahrt ins Grüne? Mehr hat Fetty nicht gesagt?« Jette sieht mich von der Seite an, während jede von uns eine mit Klarsichtfolie überspannte silberne Platte mit Antipasti über den Gehweg des Hauses der Reederfamilie Vonstetten trägt. Vor dem Jugendstilhaus im Hamburger Stadtteil Nienstedten steht Salvatores Lieferwagen, in dem wir das Essen und die Getränke hierhertransportiert haben.

»Hör auf, ihn Fetty zu nennen«, zische ich leise, weil wir uns dem Partyzelt nähern, in dem Frau Vonstetten mit Jettes Bruder Matteo spricht, der mit einem Kellner für den Ausschank zuständig ist. Die breiten Türelemente des Wintergartens sind geöffnet, da das große Partyzelt direkt an die gläsernen Wände anschließt. Heizpilze wärmen den so entstandenen riesigen Raum.

Jette sieht keine Veranlassung, die Stimme zu senken. Sie läuft am Zelt vorbei zum Swimmingpool, vor dem der Büfetttisch aufgebaut ist. »Solange du mir kein Foto zeigst, bleibt er für mich Fetty. Ich muss mich erst mit eigenen Augen davon überzeugen, dass er jetzt ein Burner ist.«

Ich verdrehe die Augen. Jette nervt mich schon seit Tagen mit Whatsapp-Nachrichten, dass ich Aaron heimlich knipsen soll.

»Werdet ihr mit seinem Motorrad fahren?«

»Nein!«, stoße ich entsetzt aus und bleibe stehen. Was macht mich da eigentlich so sicher? Aaron könnte tatsächlich gemeint haben, dass wir mit seiner Honda fahren. Nein, beruhige ich mich selbst und folge Jette ins Zelt. Aaron hätte es erwähnt, wenn es so wäre, schon aus klamottentechnischen Gründen. Schließlich kann ich schlecht im Kleid auf das Ding steigen.

»Ach, wie wundervoll das alles aussieht«, sagt Frau Vonstetten neben mir, als Jette und ich die Platten zu den anderen auf den Büfetttisch stellen und die Folie entfernen. Ihr Blick wandert zufrieden über die Köstlichkeiten auf dem mit weißem Damast gedeckten Tisch.

»Das wäre es dann auch«, sagt Jette und rückt die üppig mit frischen Früchten dekorierte Käseplatte ein Stück zur Seite.

Es ist ein fantastisches kaltes und warmes Büfett, das Salvatore kreiert hat. Mir läuft das Wasser im Mund zusammen, weil der Duft von gegrilltem Fisch und ein Hauch Rosmarin aus den silberfarbenen Chafing-dishes meine Nase umschwebt, obwohl deren Deckel noch geschlossen sind. Es ist immer wieder eine Tortur, all diese Leckereien direkt vor sich zu haben, ohne zugreifen zu dürfen.

»Hoffentlich wird es reichen«, sagt Frau Vonstetten. »Ich dachte, Sie hätten noch ein, zwei Platten im Wagen, die Sie holen müssen.«

Jette und ich werfen uns einen kurzen Blick zu. Jette hat mir auf dem Weg hierher erzählt, dass die Vonstettens bereits zum dritten Mal ein Büfett bei Salvatore geordert haben. Und jedes Mal wurde für weniger Personen bestellt, als letztendlich da waren. Da Salvatore immer überreichlich pro Person vorbereitet, profitieren die Geizhälse letztlich davon. Aber dann auch noch infrage zu stellen, ob das Essen reicht …

Jette begegnet der Unverschämtheit mit geschult freundlicher Stimme, die allerdings an Deutlichkeit nicht zu wünschen übrig lässt. »Sie haben für fünfzig Personen bestellt, Frau Vonstetten. Und selbstverständlich werden diese fünfzig Personen mehr als satt werden.«

Ich weiß, wie sehr Jette sich darüber ärgert, dass die Gäste nicht wissen, dass für weniger Leute, als eingeladen sind, bestellt wurde. Wenn dann die eine oder andere Köstlichkeit vergriffen ist, fällt es auf Salvatore zurück, der angeblich nicht genug gekocht und geliefert hat.

Frau Vonstetten ignoriert Jettes Worte und deutet durch die zum Pool hin offene Zeltwand. »Im Zelt und im Wintergarten können Sie und Ihre Angestellte gleich den Begrüßungscocktail und das Fingerfood reichen.« Mit einem Blick zu mir, der kurz meinen Busen streift, geht sie zurück zu Matteo, der am improvisierten Tresen bereits einige Cocktails einschenkt. Die ersten Gäste werden jeden Moment eintreffen.

»Meine Weste ist doch zu eng«, sage ich zu Jette. »Frau Vonstetten hat auf mein Dekolleté geschaut. Sie findet es bestimmt aufdringlich, schweigt aber, weil sie distinguiert ist.«

Das Caterer-Outfit besteht aus schwarzen Hosen, weißen Blusen oder Hemden und weinroten Westen mit dem Aufdruck Graziano's. Alle außer mir tragen die Weste geschlossen. Ich bin die Einzige, die die oberen beiden Knöpfe offen stehen lassen muss, weil mein Busen sich weigert, darunter zu verschwinden. Und der untere geschlossene Teil der Weste hebt meinen Busen zusätzlich. Ich zupfe am Ausschnitt der Bluse, als Jette mir auf die Finger haut.

»Untersteh dich, deinen Hammerbusen zu verstecken. Er ist perfekt. Ein Blitz soll meine Autogrammkartensammlung treffen und zu Asche verbrennen, wenn ich lüge. Andere zahlen Tausende von Euro und lassen sich mit Silikon vollstopfen, um so ein Dekolleté zu haben.«

Jette schafft es immer, mich aufzubauen. Sie meint es ehrlich, denn ihre Autogrammkarten sind ihr heilig. Gut gelaunt rätseln wir noch ein wenig hin und her, wohin Aaron wohl mit mir fahren wird. Dann trudeln die ersten Gäste ein, und wir greifen die von Matteo vorbereiteten Tabletts. Ich schnappe mir eine Platte mit Fingerfood, Jette nimmt grinsend ein Tablett mit Cocktails. Sie weiß, dass ich nicht so gern die Getränke übernehme. Langstielige

Gläser auf einem Tablett mit nur einer Hand in Balance zu halten, während man sich über sitzende Gäste beugt, um ein Glas abzustellen, gehört nicht zu meinen herausragenden Fähigkeiten. Mein Dritte-Hand-Evolutionsproblem. Die Gäste nahmen seinerzeit die Sektdusche glücklicherweise mit Humor. Ich war dankbar und konnte gut damit leben, dass sie nach dem Desaster jedes Mal »Achtung, sie kommt!« riefen, wenn ich mich ihrem Tisch näherte.

Ich frage mich, ob die Gäste der Vonstettens ebenso gelassen mit solch einem Fauxpas umgehen würden. Die Paare, die eintreffen, sind ausnahmslos in Abendkleidung. Schlichte Eleganz zeichnet alle aus. Einigen Frauen würde ein kleines Aufpeppen der Klamotte guttun. Zu dem schwarzen Cocktailkleid der Blondine vor mir hätte ich knallrote High Heels statt der schwarzen angezogen. Und statt der dezenten, zweifellos echten Perlen, die eine Endfünfzigerin mit der Statur einer Hammerwerferin trägt, hätte ich eine auffällige große Brosche zu dem dunkelblauen Kleid gewählt.

Ich liebe es, die Kleider zu betrachten, während ich mit dem Tablett durch die immer größer werdende Menge schreite und lächelnd kleine Blätterteigquiches und Krabben-Käse-Täschchen anbiete, die mit einem freundlichen Danke und einem Lächeln angenommen werden. In der High Society weiß man, was sich gehört. Das Personal wird beachtet, nicht ignoriert. Jette und ich haben schon anderweitige Erfahrungen gemacht. Bei Betriebsfeiern zum Beispiel, wo die Sekretärinnen und persönlichen Assistentinnen irgendwelcher Chefs glauben, sie wären das Salz der Erde und könnten die Brühwürfel ignorieren. Jette und ich nehmen das immer gelassen hin und lästern über die Hochnasen. Manchmal malen wir uns auch aus, wie sie eines Tages in meiner Praxis auftauchen, wo ich sie dann zur Strafe mit stumpfen, unsterilen Instrumenten behandle.

Ich hätte unbedingt etwas essen sollen, bevor ich nach Hamburg aufgebrochen bin, aber die Zeit war zu knapp, weil ich noch bei Oma reingeschaut habe. So knurrt mein Magen, während ich zurückeile, um eine neue Platte mit Fingerfood zu holen, denn auf dieser ist bis auf zwei Quiches alles abgegrast. Vielleicht hätte ich Omas Angebot annehmen und das von ihr angebissene Käsebrot essen sollen, auf das sie keinen Appetit mehr hatte, weil es schmecke wie eingeschlafene Füße. Ich bin in Versuchung, mir eine Miniquiche in den Mund zu schieben, habe aber Angst, dass das von den Gästen bemerkt werden könnte.

Als ich mit der vollen Platte aus dem Zelt trete, um in Richtung Pool zu gehen, laufe ich fast in eine Frau hinein. Wir stoßen beide einen Schreckenslaut aus, während ich es eben noch schaffe, die Platte gerade zu halten, bevor die Quiches und Lachstaler auf den Poolfliesen landen.

»Entschuldigung«, sagen wir beide zugleich.

»Ich habe auf mein Handy geblickt und Sie nicht gesehen«, erklärt sie.

»Und ich sollte nicht so hektisch sein«, räume ich meinen Teil der Schuld ein.

Sie trägt ihr dunkles Haar zu einer Banane geformt, und es steht ihr hervorragend. Sie ist zierlich und hat einen perfekten Hals, den die Frisur betont. Aus der Ferne betrachtet, könnte sie für Anfang dreißig durchgehen, aber obwohl sie dezent geschminkt ist, schätze ich sie auf vierzig. Die winzigen Fältchen um Mund und Augen, die trotz Make-up zu erkennen sind, verraten das Alter. Ihre Schultern sind für meinen Geschmack ein wenig zu knochig. Gut, ich könnte durchaus zwei, drei Kilo weniger vertragen, doch so mager möchte ich nicht sein. Aber ihr Kleid ist schick, schwarz und eng, mit Spaghettiträgern. Der einzige Schmuck, den sie trägt, ist ein schlichtes silbernes Armband.

Ich halte ihr die Platte hin. »Vielleicht mögen Sie ja einen Happen?«

»Danke, nein«, lehnt sie ab, und ich ziehe die Platte schon zurück, als sie sagt: »Aber mein Verlobter bestimmt.« Sie dreht den Kopf. »Liebling, möchtest du vom Fingerfood? Du sagtest doch, dass du am Verhungern bist.«

Mein Kopf wandert zu den drei Männern, die direkt hinter ihr stehen und sich unterhalten. Zwei der Männer habe ich schon bedient, der dritte dreht sich herum und sagt erfreut: »Was zu essen? Ja, unbedingt.«

Meine Beinknochen werden zu Wackelpudding, als unsere Blicke sich begegnen.

Bei ihm scheint der Wackelpudding in die Lider zu fließen, denn sie flattern einen Moment. »Isa? Was … was machst du denn hier?«

Ich starre in Aarons braune Augen. »Ich? Äh, ich arbeite hier.« Zur Bestätigung hebe ich die Platte mit den Häppchen ein wenig in die Höhe. »Und was … machst du hier?«, stelle ich die dümmste Frage der Welt. Offensichtlich ist er Gast der Familie Vonstetten. Was sonst sollte er hier tun? Aaron sieht wieder einmal fantastisch aus. Er trägt einen mittelgrauen Anzug mit weißem Hemd und dezent gemusterter schmaler Krawatte. Er kann tragen, was er will, er sieht immer sexy aus.

»Oh, ihr kennt euch?«, sagt die Frau in dem schwarzen Kleid neben uns, und ich sehe sie an, dieses Mal mit anderen Augen. Sie ist … die Brünette, Annewill, Aarons zukünftige Frau.

Plötzlich stechen ihre dürren Schultern noch mehr hervor. Und so toll ist die Banane nun auch wieder nicht, fällt mir auf. Sie macht das Gesicht streng.

»Das ist Isa Hofer«, stellt Aaron, der seine Sprache vor mir wiederfindet, mich vor. »Isa studiert Medizin und jobbt in der Praxis meines Onkels. Und das …«, er blickt kurz von Annewill zu mir,

»das ist Anne Hombach. Anne ist Investmentbankerin, lebt seit Kurzem hier in Hamburg und … wir sind Gäste der Familie Vonstetten.«

»Es freut mich, Sie kennenzulernen«, sagt Annewill und nickt mir zu. Täusche ich mich, oder hat der freundliche Ausdruck ihrer Augen ebenfalls einen kleinen Schwächeanfall erlitten? »Ich glaube, mein Verlobter erwähnte Sie bereits, aber Namen sind ja bekanntlich Schall und Rauch.« Ihre Hand wedelt durch die Luft, und ich sehe, dass das Armband doch nicht ihr einziger Schmuck ist. Ihren Ringfinger ziert ein weißsilbriger Ring mit einem Rubin in der Mitte.

»Mich freut es auch«, entgegne ich. »Ich … ich muss dann mal wieder arbeiten.« Mein Blick sucht kurz Aarons. Warum sagt er nicht »Bis übermorgen«? Schließlich hat er sich für übermorgen mit mir verabredet. *Rein freundschaftlich.* Natürlich könnte ich es auch sagen, und einen winzigen Moment lang bin ich in Versuchung, es zu tun, aber ich schweige. Mit einem aufgesetzten Lächeln gehe ich. Erst als ich weg bin, fällt mir auf, dass ich Aaron nichts angeboten habe. Soll er doch hungern, meldet sich eine Stimme in mir, und das erschreckt mich. Wieso bin ich so emotional? Er kann tun und lassen, was er will. Er ist mit ihr verlobt. Ich bin nur eine alte Freundin von früher – und noch nicht einmal das.

Andererseits war er kurz davor, mich zu küssen. So verlobt scheint er sich also nicht zu fühlen. Noch ein Grund mehr, ihm den Hunger zu wünschen, wenn er seine Verlobte zu betrügen bereit ist.

Hahahahaha! Meine innere Stimme klatscht sich vor Lachen auf die Schenkel. Betrügen? Er hat Anne nicht betrogen. Er hat dich nicht einmal geküsst, Isa Hofer! Du hast bloß eine überbordende Fantasie. Du *wünschst* dir, er würde dich küssen.

»Isa!« Jette holt mich in die Realität zurück. Sie steht mit halb vollem Cocktailtablett neben mir und deutet mit dem Kopf auf die andere Poolseite. »Da sind etliche Gäste dazugekommen, die noch kein Fingerfood …« Sie bricht ab und mustert mich. »Alles gut? Du hast ganz rote Wangen.«

Ich deute mit einer leichten Kopfbewegung nach hinten. »Du wolltest doch Fetty sehen. Da steht er. Neben der Brünetten, die mit der Bananenfrisur.«

»Was?«, bricht Jette leise in Begeisterung aus, über meine Schultern sehend. »O mein Gott! Das ist er? Unglaublich. Er sieht fantastisch aus.« Sie blickt noch einmal unauffällig hinüber. »Seine Verlobte sieht auch toll aus. Leider.«

»Sie ist mindestens vierzig«, sage ich und merke selbst, dass ich sehr spitz klinge.

Jette reagiert prompt. Sie grinst mich an. »Ist da etwa jemand eifersüchtig?«

»Spinnst du?«

Sie kommt nah an mein Ohr heran. »Immerhin wäre das eine weitere Gemeinsamkeit zwischen euch. Ihr steht beide auf ältere Partner.«

»Genau«, gebe ich ihr recht. »Und schon deshalb ist deine blühende Fantasie völlig unangebracht. Aaron und ich … sind einfach nur Freunde. Und jetzt muss ich arbeiten, denn dein Vater bezahlt mich nicht, damit ich mit dir tratsche.« Zielstrebig peile ich die Gäste an, die gerade eintreffen.

Es ist schön, eine platonische Freundschaft zu pflegen. Aaron ist ein guter alter Freund. Jawohl!

Trotz dieser Erkenntnis ist meine Laune irgendwie im Keller verschwunden. Ich musste mich beim Kellnern noch niemals so zwingen, freundlich zu lächeln. Immer wieder erwische ich mich dabei, dass ich zu Aaron hinüberschaue. Zweimal begegnen sich unsere Blicke, und ich sehe schnell weg. Ich hasse diesen Abend. Wenigstens kann er nicht mehr schlechter werden.

»Sag mal, nach wem hältst du eigentlich Ausschau, Isa?«, fragt Matteo an meiner Seite, nachdem er den Stapel benutzter Silberplatten in einer Transportkiste abgelegt hat, die hinter den Büfetttischen am Rand des Pools stehen. Er deutet mit dem Kopf zu einer kleinen Gästegruppe. »Nach dem grau melierten Typ dahinten, der hierherstarrt?«

»Wen meinst d…?« Mir bleibt das Wort im Hals stecken. In meiner persönlichen Tabelle der miesesten Abende ever saust dieser gerade ganz nach oben. Meine Knie beginnen zu zittern. Peer Magnussen! Und dann noch mit seiner Frau. Wieso kennt der die Vonstettens? Auch er ist für den Moment erstarrt, doch dann gleitet sein Blick über mich hinweg, als wäre ich Luft. Seine Frau allerdings hat bemerkt, wie er mich angesehen hat. Ihr Blick und meiner treffen sich, bis auch sie sich wieder einem Gesprächspartner zuwendet.

Ich atme tief durch. Alles ist gut, Isa. Sie weiß nichts. Alles ist gut.

Jette kommt zu uns und stellt ihr Tablett ab. Sie sieht mich an. »Was ist denn jetzt schon wieder los?«

Die laute Ansage von Reeder Vonstetten, dass das am Pool aufgebaute Büfett eröffnet sei, lässt Jette nicht auf meine Antwort warten. Sie packt meinen Arm. »Komm, Isa, wir sind für die warmen Speisen zuständig.«

Die Vonstettens haben wirklich alles gegeben. Die Lampen im Pool beleuchten das Wasser und harmonieren mit den Fackeln in den Beeten. Auf den mit weißen Decken belegten Gästetischen strahlen sechsarmige Leuchter das Geschirr an, das edel und teuer aussieht. Nur der intensive Chlorgeruch stört die festliche Atmosphäre.

»Der Chlormief macht mich ganz schwummerig«, sage ich leise zu Jette, als wir die Deckel von den Chafing-dishes nehmen, damit wir den Gästen auffüllen können. Warum muss ausgerechnet der Büfetttisch so nah am Pool stehen?

Sie nickt und flüstert mir ins Ohr: »Der alte Vonstetten ist bestimmt inkontinent, sonst hätten die doch nicht so viel von dem Chlorzeugs da reingemischt.«

»Inkontinent?« Ich starre in den Pool. »Danke, Jette, jetzt ist mir wenigstens der Appetit vergangen.«

Gerade als ich ihr von Peer Magnussen berichten will, wird sie von Matteo an den Getränketisch gewunken. Ich übernehme zusätzlich zu meinem Chafi, in dem Rinder- und Schweinefilets ihren köstlichen Duft verbreiten, auch ihren, in dem oberleckere Scampi und Hummerschwänze in einer von Salvatores genialen Soßen baden.

Ich atme tief durch, als ich merke, dass sich auch Peer Magnussen, der Mann, von dem ich gehofft hatte, ihn nie wiedersehen zu müssen, in die Reihe der Hungrigen eingereiht hat. Er und seine Frau bilden das Schlusslicht. Anscheinend wollte er den Moment der Begegnung so lange wie möglich hinauszögern. Er tut der Höflichkeit Genüge, als er vor mir steht, und sagt: »Guten Abend, Isa. Wie geht es Ihnen? Sie jobben also bei einem Cateringunternehmen?«

Ich schlucke. Du mieses Arschloch! Als du keuchend auf mir lagst, hast du mich nicht gesiezt!

Wut, das letzte intensive Gefühl, das ich für Peer Magnussen entwickelte, kocht wieder in mir hoch. Mit Rücksicht auf seine Frau, die mein ganzes Mitleid hat, bleibe ich höflich und presse ein »Guten Abend« raus. Er sieht noch genauso gut aus wie vor anderthalb Jahren, aber das Charisma, das ihn umgab, hat sich verflüchtigt wie ein blumiges Parfum im Sturmwind. Da ist nichts mehr, nichts, was mich anziehen oder reizen würde, und das ist irgendwie beruhigend. Ja, diese Erkenntnis legt sich wie ein warmer Schal um mein Gemüt.

Er wendet sich an seine Frau. »Luisa Hofer ist eine ehemalige Studentin von mir, Marlies.«

Sie sieht ihn an, dann mich, nein, sie mustert mich vom Scheitel bis zur Hüfte – der Rest ist hinter dem Tisch verborgen – und verzieht ihren Mund zu einem hämischen Lächeln. »Ach Gottchen.« Sie schaut wieder zu ihm. »Eine *dieser* Studentinnen.«

Die Betonung treibt mir das Blut ins Gesicht. Glaubt sie etwa, ich hätte gewusst, dass er verheiratet ist?

»Sie sind sein Schema. Schema F«, spricht sie mich mit geringschätzig verzogenen Lippen leise an und macht eine wegwerfende Handbewegung. »Naiv, blond, mindestens Körbchengröße C. Mehr braucht es nicht, um seine außerehelichen Bedürfnisse zu stillen. Intelligente Gespräche kann er schließlich mit mir führen.«

Peer Magnussens Wangen färben sich ebenfalls. Feige senkt er den Blick. Bis jetzt hatte ich Mitleid mit Frau Magnussen, schließlich ist sie die betrogene Ehefrau. Aber ihre verächtlichen Worte wandeln dieses Gefühl abrupt. Der Moment, in dem ich nach höflichen Worten suche, um ihr zu erklären, dass ich ebenso wie sie betrogen wurde, verfliegt. Und glauben würde sie mir sowieso nicht. Also, was soll's? Dann kann ich meine Erwiderung auch anpassen. Ich beuge mich tief über den Tisch zu ihr. »Knackige Brüste und eine blonde Mähne, die Ihr Gatte mit seinen Händen durchwühlt hat, während er stöhnend auf mir lag, schließen nicht automatisch Intelligenz aus, Frau Magnussen. Vielleicht sollten Sie sich beim nächsten Philosophieren mit ihm eine blonde Perücke aufsetzen?«

Ich komme nicht mehr dazu, ihr noch den Tipp mit dem Pushup zu geben, denn ihr wütender Aufschrei und ein kräftiger Stoß gegen meine Schultern lassen mich nach hinten stolpern. Es wäre wohl nichts weiter passiert, wenn nicht die Geschirrkisten direkt hinter mir gestanden hätten. Aber sie stehen dort, und ich stolpere rückwärts über sie.

Ich kann nicht mal einen Schrei ausstoßen. Ich bin einfach nur geschockt, als das kalte Wasser über mir zusammenschlägt und mich verschlingt. Unter Wasser höre ich Schreie und Gelächter, und dann kommt sie, die Panik. Meine nackten Füße berühren den Poolboden. Ich denke aber nicht an meine schwarzen Ballerinas, die ich beim Eintauchen verloren haben muss, nein, ich denke gar nichts mehr. Pure Angst greift nach mir und schnürt mir die Luft zusätzlich ab. Ich stoße mich mit den Füßen ab und komme an die Oberfläche und schreie. Das Gelächter hält an, ich sehe Hände am Beckenrand, die sich mir entgegenstrecken, doch schon bin ich wieder unter Wasser. Warum bin ich ausgerechnet in den tiefen Teil des Beckens gestürzt? Diesmal dauert es länger, bis ich nach unten gesunken bin. Erneut stoße ich mich kräftig ab. Als ich schreie, läuft mir das Wasser in den Hals. Ich würge und sinke. Mein Kopf dröhnt, und ich würge weiter, was mir noch mehr Wasser in den Schlund treibt. Als ich zurück an die Oberfläche komme, ist das Lachen weniger geworden, und ich versuche die Hände am Beckenrand zu greifen. Sie gehören Jette. Bevor ich erneut untertauche, höre ich hinter mir ein lautes Platschen und von vorn Jettes Schrei: »Sie kann nicht schwimmen. Sie kann doch nicht schwimmen!« Dann platscht es ein zweites Mal, aber bevor meine Füße den Poolboden berühren, werde ich nach oben gezogen. Und dieses Mal bleibe ich oben. Gott sei Dank, ich bin gerettet! Ich werde gehalten. Aber nicht von Jette, denn die guckt mir aus dem Wasser entgegen. Ihr Haar klebt wie eine schwarze Badekappe am Kopf. Tapfere Jette. Sie ist hinterhergesprungen, um mich zu retten. Ich atme, schnappe nach Luft, würge und huste gleichzeitig, während ich all diese Überlegungen anstelle. Im seichteren Teil des Beckens angekommen, stellt mich mein Retter auf die Füße, hält mich aber weiterhin. Ich wende ihm den Kopf zu und würge wieder. O nein, nicht Aaron!

»Es ist alles gut, Isa!«, höre ich seine leise, warme Stimme an meinem Ohr. Er hebt mich auf seine Arme und trägt mich aus dem Pool. Ich schließe die Augen, weil sie vom Chlor fürchterlich brennen und weil ich fürchterlich darüber weinen muss, dass er mich so sieht, und weil das Gelächter immer noch nicht ganz verstummt ist.

»Hört endlich auf!«, faucht Jette. »Isa hätte ertrinken können. Sie kann nicht schwimmen.« Sie zieht die klitschnasse Weste würdevoll über den Hosenbund und steigt hinter uns aus dem Wasser. Entsetztes Murmeln ist zu hören. Jemand breitet eine Decke auf dem Boden aus, und Aaron legt mich darauf. Mir ist so übel, dass ich mich auf die Seite drehe und Wasser ausspucke. Eine Menge Wasser. Und dann kommt ein noch größerer Schwall hinterher, weil mir eingefallen ist, dass Reeder Vonstetten inkontinent ist.

»Isa, sieh mich an«, fordert Aaron mich mit strenger Stimme auf, und ich gehorche ihm, obwohl ich mich in die wohlige Schwärze flüchten möchte, die langsam auf mich zukommt. Ich versuche ein Lächeln, aber die Übelkeit und das Würgen kommen zurück, und dann drückt er meinen Brustkorb ein. So hatte ich mir die erste Berührung seiner Hände auf meinen Brüsten nicht vorgestellt. Ich spüre sie auf meiner Haut, weil sie ein bisschen wärmer sind als mein eiskalter Körper. Ein erneuter Schwall kommt aus meinem Hals, und nach einem weiteren Hustenanfall fühle ich mich besser. Ich kann atmen, und die Schwärze verzieht sich. Ich sehe in seine Nutella-Augen, die mich besorgt mustern. »Alles klar, Isa? Geht es jetzt?« Er hüllt mich in eine Jacke, die ihm jemand gereicht hat.

Würde er es mir abkaufen, wenn ich jetzt zusammensacke und die Luft anhalte, um von ihm beatmet zu werden?

»Lassen Sie mich mal sehen. Ich bin ausgebildete Sanitäterin«, sagt jetzt die dicke beperlte Hammerwerferin und drängt sich zwischen uns. Da ziehe ich es vor, mich umgehend aufzusetzen.

»Es … es geht schon, danke.«

Herr Vonstetten und Frau stehen inzwischen auch neben mir. »Mein Gott!« Der Reeder mustert besorgt mein Gesicht. »Wie konnte das denn passieren?«

»Ein Fehltritt, Herr Vonstetten«, antworte ich und sehe Peer Magnussen an, der neben seiner Frau in der glotzenden Menge steht. »Ein elender Fehltritt.« Und dann rappele ich mich auf und gehe zu Aaron, der seine Anzugjacke auswringt, während er mich mustert. »Danke für die Rettung.« Ich deute auf seine Jacke. »Schick mir die Rechnung der Reinigung.« Selbst klitschenass sieht er einfach göttlich aus. Er trägt kein Unterhemd, und ich starre auf seine dunklen Brustwarzen, die sich unter dem jetzt durchsichtigen weißen Hemd abzeichnen. Ich beiße auf meine Unterlippe, als ich mir vorstelle, wie es sich wohl anfühlen würde, sie zwischen die Lippen zu nehmen, darüber zu lecken. In diesem Moment fällt mir ein, dass ich ja auch eine weiße Bluse trage. Mein Kopf ruckt nach unten. Glücklicherweise verbirgt die Weste viel, aber ich bin trotzdem froh, dass ich heute meinen schicken weißen Spitzen-BH angezogen habe und nicht das vergilbte Wohlfühl-Exemplar, denn das Material zeichnet sich deutlich ab.

Aarons Blick ist meinem gefolgt, ganz kurz nur, aber ich habe es genau gesehen, als ich wieder aufschaute. Und ob ich will oder nicht, es gefällt mir.

»Die Reinigung zahle ich selbst«, sagt er und lächelt auf eine Weise, die mir eine wohlige Gänsehaut über den feuchten Rücken schickt. Er wirft sich die nasse Jacke über die Schulter und murmelt etwas, das sich anhört wie: »Ich glaube, da fällt mir noch etwas Besseres zur Wiedergutmachung ein.«

Und während sich Anne Hombach, die anscheinend auf dem WC war, mit einem »O Gott, Liebling, was ist denn passiert?« zu Aaron durchkämpft, packt Jette mich am Arm und zieht mich mit sich. »Frau Vonstetten sucht Klamotten für uns raus und ruft ein Taxi. Ab nach Hause, Süße. Für heute haben wir genug Chaos angerichtet.«

»Aber wir müssen doch bedienen«, sage ich verzweifelt. »Was wird Salvatore nur sagen?«

»Matteo hat ihn schon angerufen und um Verstärkung aus dem Restaurant gebeten. Sie wird gleich hier sein.« Jette schlingt ihren

Arm um meine Taille und grinst. »Matteo hat erzählt, dass Papa einen Lachflash hatte.«

In Frau Vonstettens rosafarbenem Hausanzug aus Samt sitze ich eine Viertelstunde später neben Jette, die eine gestreifte Schleifenbluse über einer blauen Baumwollhose trägt, im Taxi. Ich lächle. Was wünscht Aaron sich wohl zur Wiedergutmachung?

11

Im Winter, wenn wir keine Gäste haben, liebe ich jeden Sonntagmorgen – ausschlafen, ausgiebig frühstücken, auf dem Sofa Audrey-Hepburn-Filme gucken, mit Jette whatsappen und bis mittags im Pyjama rumlaufen. Wenn ich erst mittags aufstehe, verschiebt sich das Im-Pyjama-Rumlaufen bis zum Abend, was auch praktisch ist, weil ich dann nach dem Fernsehprogramm – Tatort oder Pilcher – einfach wieder ins Bett fallen kann.

Im Sommer ist es mir seit jeher verboten, in Nachtzeug durchs Haus zu schlunzen. »Das schickt sich nicht.« Was für ein gruseliger Satz, fällt mir gerade zum ersten Mal auf, während ich das Autoradio lauter drehe, weil Robbie Williams *Love my life* läuft.

Nun, heute Morgen hatte ich sowieso keine Gelegenheit zum Faulenzen, schließlich musste ich die Gäste bewirten. Die Stimmung bei den Meyers, die bei mir in der Küche gefrühstückt haben, war so mies, dass ich beschlossen habe, Bernd Meyer einen Besuch abzustatten, ohne es seiner Familie zu erzählen.

»I am powerful, I am beautyful, I am free«, singe ich Robbies Song lautstark mit, wahrscheinlich, um mir Mut zuzusingen, denn Ferdinand und ich sind schneller beim Meyer-Hof, als ich es mir wünsche. Ein mulmiges Gefühl beschleicht mich, als ich Ferdinand direkt vor dem Hofgebäude parke. Ich weiß nicht, ob ich glücklich darüber sein soll, dass Meyer gerade in diesem Moment in Gummistiefeln aus dem Stall kommt. Mein Auftauchen scheint ihn überhaupt nicht zu verwirren, denn er bleibt nicht einen Moment stehen, sondern geht schnellen Schrittes an mir vorbei, als ich aussteige und freundlich »Guten Morgen, Herr Meyer« sage. Ich bin Luft für ihn. »Herr Meyer«, rufe ich ihm laut hinterher und folge ihm rennend zum Haus, denn er hat einen Schritt am Leib, als wäre ich Satans Braut. »Nun lassen Sie uns doch vernünftig miteinander reden. Ihre Familie …«

Er knallt mir die Klönschnacktür vor der Nase zu.

»Sie machen es dadurch nicht besser«, rufe ich durch die Tür, ohne eine Antwort zu bekommen. Genervt mache ich mich auf den Rückweg. Und meine Laune wird nicht besser, als ich am Landhaus vorbeifahre und ein Blick auf die Auffahrt mir verrät, dass das Motorrad immer noch nicht an seinem Platz neben der Garage steht. Aaron ist noch nicht zu Hause.

Nun, das soll mir egal sein. Es ist doch ganz natürlich, dass er bei seiner Verlobten in Hamburg schläft. Nicht nur bei, sondern auch *mit* ihr. Ich sehe vor mir, wie ihre Finger über seine Brust streichen, den dunklen Härchen hinunter folgen bis zum Bauchnabel und weiterwandern bis … Ich muss den Kopf schütteln, um die Vorstellung seines imaginären nackten Körpers zum Verschwinden zu bringen.

Unsere Verabredung hat er bestimmt vergessen. Und nachdem ich Annewill vorgestern Abend kennengelernt habe, will ich auch gar nicht mehr mit ihm ins Grüne fahren. Überhaupt, was ist das für eine blöde Redewendung – ins Grüne fahren!

Zu Hause knalle ich Ferdinands Tür zu und stampfe Richtung Haus. »Halt den Schnabel«, fahre ich die Amsel an, die in der Tanne vor unserer Pension ihr Lied singt. Erst jetzt sehe ich Tommaso, der auf der blau gestrichenen Holzbank unter dem Hauswirtschaftsraumfenster sitzt und mir entgegensieht.

»Guten Morgen, Isa«, kommt es leise und rau über seine Lippen. »Ist dir eine Laus über die Leber gelaufen?«

Ich starre ihn an. »Wer denkt sich eigentlich solche Sprüche aus? Wie, bitte schön, soll eine Laus über eine Leber laufen?«

Er wagt es zu lächeln, was mich noch fuchsiger macht.

Als ich die Tür aufschließe, sagt er: »Gerade eben war ein junger Mann hier. Hat sich als Dr. Berner vorgestellt.«

»Was?« Ich fahre herum. »Aaron war hier?«

Tommaso nickt. »Er ist mit dem Motorrad gekommen, hat nach dir gefragt und ist wieder aufgestiegen und weggefahren. Ich soll dir ausrichten, dass er dich um zwölf Uhr abholt. Und du sollst Badezeug einpacken.«

Aaron war hier. Und unsere Verabredung steht noch!

»Danke«, sage ich zu Tommaso und öffne die Tür. Bevor ich sie schließe, lausche ich noch einmal der Amsel. Sie scheint meine Beschimpfung ernst genommen zu haben. Ihr Lied ist jetzt viel fröhlicher.

Elf Uhr fünfzig zeigt Maja mir an, als mein Blick kurz vom Spiegel weg zum Wecker gleitet. Ich werde pünktlich fertig sein. Noch einmal fahre ich mit allen Fingern in mein offenes Haar. Perfekt. Hurtig greife ich zum Spray und lasse eine Feinnebelwolke auf mein Haupt rieseln. Nur nicht zu viel, schließlich soll die Frisur aussehen wie gerade noch einmal schnell mit den Fingern hindurch und fertig und nicht – wie es der Realität entspricht – mit einer Stunde einlegen, leicht auskämmen, zupfen, festigen, wieder zupfen und sprayen.

Es ist ja nicht so, dass mir meine Frisur ansonsten egal ist. Mein dichtes Haar fällt eigentlich immer gut, und meistens binde ich es locker zusammen, mache mir einen Zopf oder fabriziere eine Hochsteckfrisur im Schnelldurchgang, die jedes Mal anders ausfällt. Aber heute musste diese Mühe einfach sein.

Die Auswahl meines Outfits ist mir ein wenig schwergefallen, weil ich nicht weiß, wohin wir fahren. Das mit den Badesachen muss Tommaso missverstanden haben, denn schließlich weiß seit vorgestern Abend keiner besser als Aaron, dass ich nicht schwimmen kann. Ich hasse Badeanstalten, und keine zehn Pferde werden mich da reinbringen, auch nicht, wenn eines der Pferde ein wunderschöner dunkler Hengst ist und Aaron heißt.

Ich habe mich für mein wadenlanges blaugraues Flatterkleid mit den verschiedenen Knöpfen an der Knopfleiste entschieden. Dazu trage ich eine hellgraue Lederjacke und Stiefel. Alles secondhand und gediegen bis auf die Stiefel. Schuhe sind etwas sehr Persönliches, finde ich im Gegensatz zu Jette, die sich an den Käsemauken anderer Leute nicht stört.

Um meinen Hals hängt eine lange Perlenkette. Ich habe mir den Mund fusselig geredet, um sie Oma abzuluchsen, die sie nie getragen hat, sondern in ihrem Schmuckkästchen hortete, auf dessen weiteren Inhalt ich zugegeben megaheiß bin. Vor allem auf ihre wundervolle Silberbrosche mit dem Thulit, die sie auch nie trägt. Mich schreckt nicht einmal die Tatsache ab, dass Oma den Thulit, bevor er als Schmuckstein in der Brosche landete, einst für Opa Günni als Heilstein gekauft hat, um seine Potenz zu steigern. Diese Story erzählt sie mir immer, wenn sie ein Gläschen zu viel Sherry getrunken hat.

Die kriegst du erst, wenn ich tot bin, sagt sie jedes Mal, wenn ich nach der Brosche frage. Nicht, dass ich Oma den Tod wünsche, wirklich nicht. Ehrenwort. Aber die Brosche würde schon perfekt zu meinem Tweedjäckchen von Joop passen, das ich für achtzig Euro auf dem Flohmarkt ergattert habe.

Ich öffne einen der beiden Umzugskartons, die ich neben dem Kleiderschrank hochkant gelagert habe – das Sommerzimmer ist nun mal nur halb so groß wie das Winterzimmer – und durchwühle meine Schals. Ich liebe Schals. Mit dem Inhalt des Kartons könnte man sämtliche Mumien Ägyptens neu einbalsamieren, inklusive der noch nicht ausgebuddelten. Ich entscheide mich für ein mattblaues Exemplar, das ich gern trag, wenn ich mit Ferdinand offen fahre. Das hat so was Grace-Kelly-mäßiges. In den alten Filmen sehen die Frauen umwerfend aus, wenn sie neben den Cary Grants und Rock Hudsons im offenen Chevrolet New York Richtung Land verlassen, um in einem Motel züchtigen amerikanischen Sex zu haben.

Natürlich werde ich den Schal heute nicht um meinen Kopf wickeln, um die Frisur nicht zu zerstören, sondern nur locker um den Hals. Und meine Sonnenbrille sollte ich mitnehmen. Ich öffne die Schubladen der Kommode neben dem Bett und einen weiteren Karton, in dem sie sein könnte, werde aber nicht fündig. Dann fällt mir ein, dass ich das Etui verloren und die Brille darum in die orangefarbene Chrissy gesteckt habe. Das ist die längliche Plastikdose, in der Mama immer die angebrochene Packung Salzstangen verstaut, damit sie nicht weich werden. Ich finde die Chrissy in meinem kleinen Lederrucksack, setze die Brille auf und stelle mich wieder vor den Spiegel.

Ich sehe ziemlich cool aus. Schnell ein Foto mit dem Handy, damit ich es Jette zeigen kann. Natürlich nehme ich die Brille wieder ab. Schließlich soll Aaron mich nicht für total durchgeknallt halten, weil ich drinnen eine Sonnenbrille trage. Als es klingelt, greife ich meine Tasche, stürme die Treppe hinauf und bremse mich erst kurz vor der Haustür. Nach einem letzten tiefen Durchatmen öffne ich die Tür. Aarons und mein Blick finden sich sofort und wollen sich, wie es scheint, nicht mehr voneinander lösen. Vielleicht gibt es ja so eine Art visuellen Magnetismus, von dem ich bisher nichts wusste. Ich räuspere mich und sage betont locker, während mir gleichzeitig auffällt, dass er Motorradklamotten trägt: »Hallo, Aaron.«

»Wow!«, stößt er nur aus, während er seinen Blick wandern lässt. Und ich finde es fantastisch, wie viel Ungesagtes Männer mit diesem einen Wort ausdrücken können. Jedenfalls, wenn so viel Emotion darin liegt wie gerade bei Aaron.

»Entschuldige«, sagt er dann mit einem kleinen Auflachen. »Dir natürlich auch: Hallo! Ich vergesse Begrüßungen eigentlich nicht, aber dein Anblick …«

»Bei *der* Begründung bin ich geneigt, darüber hinwegzusehen.«

Worüber ich nicht hinwegsehen kann, ist der Helm in seiner rechten Hand. Er kann mich doch nicht wirklich mit seinem Motorrad abholen? Das hätte er mir sagen müssen. Ich bin viel zu leicht bekleidet für eine Motorradtour.

»Darf ich bitten!« Mit einem Lächeln tritt er zur Seite und eröffnet mir den Blick auf sein Motorrad, das vor Ferdinand steht, dunkelrot, in der Maisonne glänzend, mit … Beiwagen.

Ich schlucke und stakse langsam vor ihm her zu dem Gespann. Der Beiwagen ist im gleichen Weinrot lackiert wie das Motorrad. Er will tatsächlich, dass ich da einsteige? Ich werde erfrieren! Und überhaupt, wie soll ich in diese Konserve reinkommen? Das Ding sieht nicht gerade so aus, als ob ich meine langen Beine einigermaßen bequem darin unterbringen könnte.

Mit einem mickrigen Lachen drehe ich mich zu Aaron um. »Ich … äh …«

Meine Einwände werden erstickt, weil er mir mit einem fröhlichen »Voilà, dieser wunderschöne Kopf muss geschützt werden« einen Helm überstülpt, der anscheinend am Lenker baumelte. Er drückt noch einmal kräftig nach und zurrt das Band unter meinem Kinn fest.

Okay, eine Stunde Frisurstyling zerstört in fünfzehn Sekunden.

»Hast du dein Badezeug dabei?«, klingt seine Stimme durch den engen Helm gedämpft zu mir hindurch, während sein Blick zu der Tasche über meiner Schulter wandert, die von der Größe her durchaus einen Bikini enthalten könnte, aber keinesfalls noch ein Badehandtuch, Badelatschen, Duschgel, Shampoo, Spülung, Körperlotion und was man noch so nach einem Hallenbadbesuch braucht.

»Ich dachte, Tommaso hätte was falsch verstanden«, sage ich und höre auch meine eigene Stimme wie durch einen Watteberg. »Nach dem Desaster vorgestern kannst du doch unmöglich glauben, ich würde baden gehen wollen? Ich … kann …«, ich betone jedes einzelne Wort, »… nicht … schwimmen!«

Aaron grinst. »Genau. Und mein Plan ist es, es dir beizubringen. Damit es kein Desaster mehr gibt, sondern du bei deinem nächsten Poolsturz das Becken ohne fremde Hilfe verlassen kannst.«

Er will mir das Schwimmen beibringen? Meine Gedanken überschlagen sich. Als Sieger tritt eindeutig der eine Gedanke hervor, der die anderen lautstark übertönt: Er wird dich berühren! Du wirst seine Finger an deinem Körper, an deiner Haut spüren!

»Ich habe nicht vor, mich noch einmal in eine so peinliche Situation zu bringen«, entgegne ich halblaut. Siehst du, innere Stimme, ich kann ihm widerstehen!

Aarons Grinsen wird noch unverschämter und damit noch hinreißender. »Nachdem ich dich schon unter deinem Fahrrad herausziehen und aus dem Pool fischen musste, hab ich da so meine Zweifel. Also«, er deutet zum Haus, »willst du dein Badezeug holen? Letzte Chance für ein kostenloses Schwimmtraining.«

Hahahahaha!

»Leck mich, innere Stimme«, murmle ich böse, während ich mit dem Helm auf dem Kopf in meinem Kellerzimmer auf Knien vor einem Umzugskarton hocke und ihn nach meinem Bikini durchwühle.

Die ersten Kilometer auf der Landstraße sind gewöhnungsbedürftig, und ich weiß jetzt schon, dass ich morgen fürchterliche Verspannungen haben werde, weil der Beiwagen so gemütlich ist wie eine zu enge Badewanne ohne Wasser, doch nach einer Viertelstunde beginne ich tatsächlich die Fahrt zu genießen. Ich bin Aaron dankbar, dass er mich überredet hat, meine Jacke gegen eine Motorradjacke einzutauschen, die er mir gegeben hat, ansonsten wäre ich erfroren. Wenn ich mir allerdings vorstelle, dass dies vielleicht Annes Jacke ist, wäre Erfrieren doch eine Option.

Nach einem Parfum riecht die Jacke allerdings nicht, das habe ich erschnuppert.

Aaron lenkt das Gespann souverän und mehr als vorsichtig, wahrscheinlich, um mich nicht zu erschrecken. Ab und an schreien wir uns etwas zu, in der Hoffnung, der eine könne den anderen verstehen. Etwa, als Aaron das Rehrudel auf einer Wiese entdeckt oder ich den Storch, der gerade im Landeanflug auf eine Pferdekoppel ist. Mir wird bewusst, wie schön meine norddeutsche Heimat ist. Der Mai ist berauschend. Die Marschwiesen sind sattgrün, und die Bäume sind aus ihrem Frühlingsschläfchen erwacht und versuchen sich gegenseitig beim Laubbilden zu übertrumpfen. Fliederduft streift ab und an meine Nase, und ich würde gern anhalten, um mehr davon zu erhaschen.

Wir fahren nicht auf den Hauptverkehrsstraßen, sondern auf den ländlichen, und passieren so mehrere kleine Orte, die so fantasievolle Namen wie Lühnhüserdeich tragen. Der Deich liegt links von uns, und urige Reetdachkaten und neuere und auch windschiefe Häuser schmiegen sich daran. Sturmgebeugte Pappeln und Birken wechseln sich ab. Auf der anderen Straßenseite gibt es nur Weiden und Wiesen, auf denen die gelben Köpfe des blühenden Löwenzahns fröhliche Farbkleckse bilden.

Die Fahrt endet in einem Örtchen namens Kollmar. Der Deich liegt direkt linker Hand. Wir sind also wieder an der Elbe.

Aaron fährt langsam durch den Ort, dessen Straßen mit Autos zugeparkt sind. Kollmar scheint ein begehrtes Ausflugsziel zu sein. Von den Leuten, die uns begegnen, werden wir aufmerksam betrachtet. Ein Motorrad mit Beiwagen ist eben ein nicht alltäglicher Anblick.

Als wir halten – direkt an einem grün-weißen Gebäude, das sich als Restaurant Fährhaus Kollmar entpuppt –, entdecke ich nichts, was auch nur halbwegs wie ein Schwimmbad aussieht. Aaron stellt den Motor aus und steigt ab. »Wir sind am ersten Etappenziel«, höre ich ihn sagen, während ich versuche halbwegs ladylike aus der Blechbüchse herauszukommen.

»Erstes Etappenziel?«, frage ich und greife dankbar nach seinem Arm.

Er nimmt seinen Helm ab, als ich mit leicht wackligen Beinen vor ihm stehe, und öffnet auch meinen. »Ich hoffe, du hast Zeit bis in den Abend?«, sagt er unsicher.

Schleunigst schlucke ich die Worte runter: Ich hab die ganze Nacht Zeit. »Ja, doch, ich hab heute nichts weiter vor«, antworte ich stattdessen. Ich nehme den Helm von meinem Kopf, vorsichtig, um vielleicht noch etwas von meiner Frisur retten zu können. Ein vergebliches Hoffen, wie der Blick in den Spiegel des Motorrads verrät.

»Ich hoffe, du gehörst nicht zu den Frauen, denen die Frisur wichtiger ist als Spaß?«

Ich lache und fahre mit den Fingern durch mein platt gedrücktes Haar. »Das entscheide ich, nachdem ich weiß, was du unter Spaß verstehst.«

»Gut.« Er lächelt. »Dann bin ich gespannt, wie deine Entscheidung am Ende des Abends ausfällt. Ich werde mir auf alle Fälle Mühe geben.« Seine Finger gleiten über meine Wange, und schon diese leichte Berührung reicht aus, um sofort ein positives Urteil abgeben zu können. Aber es war wohl eine unbedachte Berührung, denn er zupft ein Tierchen aus dem Haar über meinem Ohr und beginnt dann unsere Helme zu verstauen.

Wenig später stehen wir am Kollmaraner Hafen an einer Bude und essen ein Fischbrötchen. Die Elbinsel Pagensand ist von hier aus zu sehen. Ansonsten unterscheidet sich das Elbufer nicht von dem in Elmfleth. Schilf und Sand und rot-weiße Leuchttürme säumen das Ufer. Familien mit Kindern, Rentner, junge und ältere Pärchen, mit und ohne Hund, Jugendliche – alle genießen hier den Maitag. Es herrscht Urlaubsstimmung.

Aaron beißt herzhaft in sein Matjesbrötchen. Als er den Bissen hinuntergeschluckt hat, leuchten seine Augen. »Als Kind bin ich sonntags immer mit Onkel und Tante hierhergefahren, weil es die besten Fischbrötchen der Welt gab. Dort«, er deutet nach rechts, »vor dem Kinderspielplatz stand die Bude. Wir haben uns die Bäuche vollgeschlagen, am Strand gelegen und in der Elbe gebadet.« Sein Blick gleitet über das glitzernde Wasser. »Hier ist sie nur noch rund fünfzig Kilometer von der Mündung bei Cuxhaven entfernt.«

»Eigentlich komisch, dass ich nie schwimmen gelernt habe, obwohl ich direkt am Fluss lebe. Oder vielleicht gerade deswegen? Das Wasser hatte für mich nie einen anziehenden Reiz, immer nur einen abstoßenden.« Ich habe mir nie viele Gedanken darüber gemacht, dass ich nicht schwimmen kann. Einzig als Jugendliche war ich traurig, wenn Jette mit der Clique im Freibad war und ich zu Hause blieb, weil ich mich nicht blamieren wollte. Allein im Nichtschwimmerbecken zu planschen ist mit fünfzehn, sechzehn ziemlich uncool.

Aaron schüttelt den Kopf. »Wie bist du so durch die Schule gekommen? Ihr hattet doch garantiert Schwimmen als Unterrichtsfach?«

Ich beiße in mein Krabbenbrötchen und nicke. »Muschte ich nich' midmachen«, rede ich mit vollem Mund.

»Du musstest nicht mitmachen? Wo gibt's denn so was?«

Ich schlucke runter. »Ich hatte so eine Art Dauerattest.«

Aaron klappt der Mund auf. »Wie bitte?«

»Von Onkel Hollerbeck. Hat Mama mit ihm klargemacht. Wegen Kindheitstrauma oder so ähnlich.«

Aaron lacht laut heraus. »Unglaublich. Die Prinzessin hatte keine Lust, schwimmen zu lernen, und die Mama lässt ihre Verbindungen spielen.« Er lacht weiter in sich rein, während er den Rest Matjesbrötchen in den Mund steckt und seine Finger an der Serviette abwischt.

»Letztlich war es, glaube ich, wirklich ein Trauma«, sage ich. »Meine Oma hat versucht mir mit fünf Jahren das Schwimmen beizubringen, in der Elbe.« Mein Blick richtet sich nach innen. »Ich kann mich noch immer an den Geschmack des Elbwassers erinnern, das mir in die Kehle lief, als ich unterging, weil sie mich losließ. Ich habe unter Wasser geschrien und dabei die halbe Elbe geschluckt. Es war«, ich sehe Aaron an und lache, »fürchterlich.«

Er lacht nicht mehr. »Das *ist* ein Trauma. Ihr hättet es mit erneuten Versuchen aufarbeiten sollen, allerdings ohne Loslassen, sondern mit Halten, Vertrauen aufbauend, um das Wasser nicht mehr als Feind zu betrachten. Es wundert mich, dass dein Vater keinen Wert darauf gelegt hat, dass du schwimmen lernst. Wie geht es ihm eigentlich? Wir haben noch gar nicht über ihn gesprochen. Es war immer toll, wenn er mich in den Ferien zum Angeln mitgenommen hat.«

Mir läuft es kalt über den Rücken. Aaron kannte Papa? Er war mit ihm angeln? Er hat eine so persönliche Erinnerung an ihn? Das wusste ich nicht, und es trifft mich innerlich, dass er Zeit mit meinem Vater verbracht hat. Kostbare Zeit. Nicht Zeit, die er mir genommen hat, schließlich wusste ich nicht mal etwas davon, aber doch Zeit, für die ich viel gegeben hätte.

»Mein Vater hat uns verlassen, als ich acht war. Ich habe ihn nach der Scheidung noch einige Male getroffen. Dann kamen nur noch ein paar Briefe, und irgendwann war komplette Funkstille. Es war, als gäbe es ihn nicht mehr, als hätte er sich aufgelöst.« Mein Blick wandert Richtung Fluss. »Ich habe seitdem nie wieder etwas von ihm gehört.«

»Das tut mir leid.« Ehrliche Betroffenheit klingt durch Aarons Stimme. »Das hätte ich nicht von ihm erwartet. Ich mochte ihn.«

Ich lache bitter auf. »Ja, stell dir vor, ich auch. Ich habe ihn so geliebt, und er … er ließ mich fallen wie einen verfaulten Apfel. Als hätte ich ihm nie etwas bedeutet.« Ich starre auf den letzten Bissen des Fischbrötchens in meiner Hand. »Es hat so viele Jahre so furchtbar wehgetan, aber«, ich lächle Aaron an, »jetzt ist es überwunden.«

Er mustert mich ernst. »Wie hat er dich nur verlassen können? Ich meine … Ich verstehe ja, wenn Paare sich trennen und scheiden lassen, aber das Kind bleibt doch das Kind.«

»Meine Mutter hat es ihm nicht leicht gemacht, das weiß ich im Nachhinein. Aber ist das ein Grund, sein Kind nie wieder sehen zu wollen?« Ich höre selbst, wie bitter ich klinge.

Auch Aaron hat wohl herausgehört, dass ich es doch nicht ganz verwunden habe. Und es wohl auch nie werde. Ganz zart streicht er über meine Schläfe. »Wollen wir an den Strand gehen?« Er nimmt die Hand zurück und deutet Richtung Elbe.

»Gern.«

Nah beieinander wenden wir uns nach rechts, am Spielplatz vorbei, und stapfen durch den feinen Elbsand zum Wasser. Eine Möwe fliegt über unsere Köpfe, landet ein paar Meter entfernt und beginnt an einem Entenkadaver zu rupfen. Ich werfe ihr den Rest meines Fischbrötchens zu, und sie stürzt sich darauf.

»Hast du nie versucht Kontakt zu deinem Vater aufzunehmen?«, fragt Aaron und bleibt stehen.

Ich tauche in seine Augen ein. Eigentlich habe ich überhaupt keine Lust, über Papa zu reden. Am liebsten würde ich einfach nur dastehen und Aaron ansehen, aber er wartet auf eine Antwort.

»Nein, hab ich nicht.« Durch meine Stimme klingt der Trotz der Kindertage. »Ich bin kein Hund, der dem geliebten Herrchen hinterherrennt, obwohl Herrchen nichts mehr von ihm wissen will. Und jetzt«, ich lege meine Hand auf Aarons Arm, »lass uns bitte nicht mehr über ihn reden. Ich möchte diesen Ausflug genießen.«

»Gut.« Er hat seine Hand auf meine gelegt, und es fühlt sich wunderbar an, warm und vertraut. Und das erschreckt mich. Wie kann eine solch einfache Berührung so viel an Emotionen auslösen? Bin ich so ausgehungert?

»Worüber möchtest du reden?«, will Aaron mich anstrahlend wissen, und es kostet mich innere Mühe, meine Hand zurückzuziehen.

»Wann wirst du Anne heiraten?« Kaum dass ich das gefragt habe, könnte ich mich ohrfeigen, denn alle Wärme, alles Vertraute scheint mit diesem Satz zu verfliegen.

»Anne«, sagt er, und es hört sich an, als müsste er kurz überlegen, von wem ich da spreche. Aber wahrscheinlich ist das nur mein Wunschdenken. Doch sein wunderbares Lächeln ist verschwunden. »Es gibt noch keinen Termin. Wir haben keine Eile. Erst einmal werde ich nach Afrika gehen.«

Ich versuche das wohlige Gefühl, das mich nach dieser Aussage wie eine warme Woge durchströmt, zu ignorieren. Es ist pure Erleichterung. »Sie ist ein wenig älter als du, richtig?« Wir haben uns wieder in Bewegung gesetzt und nähern uns dem Wasser. Ein paar Enten schwimmen auf den sanften Wellen und schnattern und dümpeln vor sich hin.

»Anne ist achtunddreißig. Wir haben uns vor zwei Jahren auf einer Geburtstagsfeier meiner älteren Schwester kennengelernt.«

»Sie muss eine tolle Frau sein.« Ich meine das ehrlich. Ein Mann wie Aaron würde sich nicht mit weniger zufriedengeben.

»Ja, das ist sie.« Er wendet sich mir wieder zu. »Lass uns durchs Wasser gehen, Isa. Zieh die Stiefel aus.« Er bückt sich und nestelt am unteren Teil seiner Motorradhose herum, um die Stiefel ausziehen zu können.

»Durchs Wasser?« Ist er irre? »Wir haben Anfang Mai. Das Wasser ist noch eisig.«

Er lacht. »Wir gehen doch nur mit den Füßen rein. Außerdem ist es ein Anfang, dir die Elbe wieder näherzubringen.«

»Wenn Sie meinen, Herr Doktor.« Ich schlüpfe aus meinen Stiefeln und den Söckchen und bohre meine Zehen in den Sand. Er ist wärmer als erwartet. Die Sonne hat tatsächlich schon eine Menge Kraft.

»Gib mir deine Hand.« Er hält mir seine hin.

Natürlich könnte ich sie abwehren. So tief sitzt meine Angst schließlich nicht, dass ich nicht ohne Hilfe in knöcheltiefem Wasser gehen könnte. Aber alles in mir schreit danach, seine Haut an meiner zu spüren. Ich knüpple gedanklich die dreckige Lache meiner inneren Stimme nieder und greife nach Aarons Hand.

»Wah! Das ist arschkalt!«

»Natürlich ist es das. Das Wasser hat höchstens elf, zwölf Grad.«

»Dieser Teil des Ausflugs gefällt mir nicht.«

Er lacht. »Mir schon.« Sein Daumen gleitet dabei über meinen Handrücken.

In mir zieht sich etwas fast schmerzhaft zusammen. Und es erschreckt mich wieder einmal maßlos, als ich ausmache, was es ist – Sehnsucht. Alles in mir möchte von dem Mann, der meine Hand hält, in die Arme gerissen und um den Verstand geküsst werden.

Hastig löse ich meine Finger aus seinen und trete mit zwei schnellen Schritten an den Strand zurück. »Das ist mir zu kalt.« Ich gehe zu unseren Stiefeln zurück, putze mir den Sand notdürftig mit den Socken von den Füßen und schlüpfe ohne Socken in die Stiefel. »Erzähl mir von Anne«, fordere ich ihn auf, um mich selbst für die Gefühle in mir zu bestrafen. »Von euch.«

Aaron mustert mich einen Moment lang stumm, bevor er sagt: »Sie erdet mich. Anne ist die Frau gewesen, bei der ich mich zum ersten Mal irgendwie angekommen fühlte. Bei allen anderen Beziehungen vorher, und das waren einige«, er lächelt schief, »fehlte dieses Gefühl. Wir ergänzen uns, denn Anne ist das Gegenteil von mir, analytisch, realistisch, vorausschauend.«

»Wie kann sie dich nach Afrika gehen lassen?« Die Frage platzt einfach aus mir heraus.

»Es ist nur für ein Jahr.«

»Ja, schon, aber …« Ich breche ab. Fast hätte ich gesagt: Ich könnte nicht ein Jahr ohne dich sein, wenn du mein wärst. Ich spüre, dass ich rot werde, obwohl er ja keine Gedanken lesen kann.

Er schaut nach unten und bohrt seinen nackten Zeh in den Sand. »Ich denke, es ist für uns beide eine Art Bewährungsprobe. Wenn wir diese Zeit überstehen, ohne uns zu verlieren, dann sind wir wohl«, er sieht auf, »füreinander bestimmt.«

»Das klingt nicht sehr romantisch«, sage ich, um das Schweigen zu durchbrechen, das entstanden war.

»Anne ist nicht besonders romantisch.«

»Aber bei deinem Heiratsantrag wird sie doch wohl dahingeschmolzen sein.«

Aaron lacht wieder. »So einen Kitsch braucht Anne nicht. Vermutlich hätte sie einen Lachflash bekommen, wenn ich ihr einen offiziellen Antrag gemacht hätte. Wir haben einfach beschlossen zu heiraten.«

Meine Augen müssen Espressotassenuntertellergröße erreicht haben. Welche auch nur halbwegs normale Frau würde bei einem Heiratsantrag den Mann auslachen? Noch dazu, wenn dieser Mann Aaron Berner ist? Ich glaube, da täuscht er sich ganz gewaltig. Sie *wäre* dahingeschmolzen.

»Ich möchte mal einen Heiratsantrag haben«, höre ich mich sagen, »mit allem Drum und Dran, mit Ring und Niederknien und Liebesschwur und Kuss und in Tränen ausbrechen und …«

»Du möchtest, dass dein Zukünftiger in Tränen ausbricht?«, fällt mir Aaron entsetzt ins Wort.

»Nicht er, ich. Allein bei der Vorstellung, wie er mir den Antrag macht, könnte ich schon heulen.« Ich schließe die Augen und stelle mir vor, wie Aaron in einer lauen afrikanischen Sommernacht vor mir kniet und nach meiner Hand greift. Die Grillen zirpen, der Wind lässt die Blätter der Brotbäume rascheln, und aus dem Busch erklingen die Trommeln der Einheimischen. Er legt mir sein Herz zu Füßen, während der Rhythmus der Trommeln immer ekstatischer wird. Und mit dieser Fantasie treten tatsächlich Tränen der Sehnsucht in meine Augen.

Aaron sieht mich an und schüttelt ungläubig den Kopf. »Du bist hochgradig verkitscht, Isa Hofer.« Er zwinkert mir zu. »Wie sieht denn dein Zukünftiger in deinen Träumen aus?«

Ich schlucke. »Blond«, sage ich schnell. »Der Mann in meiner Vorstellung ist blond. Und er hat blaue Augen und ... einen Vollbart.«

Aarons linke Augenbraue ist mit jedem Wort in die Höhe gegangen. »Puh! Da hab ich ja Glück, dass ich so gar nicht dein Typ bin. Womöglich hättest du sonst unseren Ausflug ausgenutzt und versucht mich zu verführen.« Er zwinkert mir zu, und dennoch werde ich tomatenrot. Ich erwarte eine weitere spöttische Bemerkung, doch er klingt sehr ernst, als er sagt: »Aber ich kann dich gut verstehen. Blond mag ich auch, sehr sogar, und in mittelmeerblauen Augen kann man sich durchaus verlieren.«

Unsere Blicke halten sich wieder einen langen Moment.

Diesmal ist es Aaron, der ihn abwendet. »Nur die Sache mit dem Vollbart«, er beginnt zu grinsen, »die würde mich bei meiner Traumfrau doch ein wenig stören.«

Ich lache befreit auf, und Aaron stimmt mit ein.

Die nächsten beiden Stunden vergehen wie im Flug. Wir spazieren am Elbstrand entlang und reden über Gott und die Welt. Es fließt einfach aus uns heraus, und wir lachen und albern dabei herum.

Als wir wieder beim Motorrad sind, hilft Aaron mir beim Einsteigen in den Beiwagen, hält mir den Helm hin und sagt: »Jetzt folgt der zweite Programmpunkt des Tages. Wir gehen schwimmen.«

Ich verdrehe die Augen. »Was ist Punkt drei?«

»Ich lade dich zum Essen ein. Ich dachte an einen Italiener.«

Ich stülpe mir den Helm auf. »Ganz ehrlich, können wir Teil zwei nicht überspringen und gleich zu Teil drei übergehen? Ich sterbe vor Hunger, und ich möchte nicht in ein nach Chlor stinkendes tiefes Schwimmbecken steigen, um …«

»Um was?«

»Um etwas zu versuchen, das ich doch nicht lernen werde. Glaub mir, du hast mich noch nicht erlebt, wenn ich in einem Schwimmerbecken an Leiter und Beckenrand geklammert dastehe.«

»Isa«, er geht in die Knie und greift nach meiner Hand, »ich halte dich. Versprochen.«

Ich atme tief durch. »Du wirst es bereuen, glaub mir.«

Er lacht sein tiefes wunderbares Lachen. Dann kommt er hoch, schließt meinen Helm unter dem Kinn und sagt etwas, allerdings so leise, dass ich es durch den Helm kaum verstehen kann, doch es klang wie: »Wie sollte ich es jemals bereuen, dich zu halten?«

12

»Ich kann … nicht … mehr.« Zwischen den Worten versuche ich, nicht mehr Wasser als nötig zu schlucken. Aber ich bin unbändig stolz auf mich. Ich habe soeben zehn Meter am Stück geschafft. Ich kann schwimmen!

Aaron neben mir feuert mich an. »Noch zwei Meter, Isa, dann hast du die halbe Bahn geschafft.«

Ich nicke mit zusammengepressten Lippen und kann es immer noch nicht glauben. Ich schwimme tatsächlich in einem Becken, in dem ich nicht stehen kann. Zwar in Reichweite des Beckenrandes, aber ohne fremde Hilfe. Und ohne das ganze Gedöns, das Aaron vor zwei Stunden vom Bademeister geholt hat, um mir Sicherheit zu geben, während er mir zuerst die Bein-, dann die Armbewegungen gezeigt und mit mir trainiert hat. Jetzt liegen die Schwimmnudel, der Schwimmgürtel und die Manschetten am Beckenrand. Ich brauche sie nicht mehr.

»Eine kleine … Pause«, keuche ich, mache einen Zug zum Beckenrand und halte mich fest.

»O Mann, du darfst dich zwischendurch nicht festhalten«, sagt Emil, ein Grundschüler mit Spongebob-Badehose zu mir. Er guckt vom Beckenrand auf mich herunter. »Dann kriegst du das Seepferdchen-Abzeichen nicht.« Emil und sein Kumpel Tjark – die Namen hat Aaron erfragt – beobachten mich, seit ich in das Becken gestiegen bin. Immer wieder unterbrechen sie ihr Toben im Nichtschwimmerbecken, um meine Fortschritte im Schwimmerbecken zu beobachten und zu kommentieren.

»Das Seepferdchen krieg ich sowieso nicht«, antworte ich ihnen japsend. »Denn ich werde nicht vom Beckenrand ins Wasser springen. Und das gehört dazu, wenn man das Seepferdchen machen will.« Neidisch betrachte ich die Aufnäher auf ihren Badehosen. Die zwei Dreikäsehochs haben beide schon das Jugendschwimmabzeichen in Silber.

»Und tauchen musst du auch noch«, sagt Tjark. »Und dabei einen Ring hochholen.«

»Vor dem Tauchen hab ich noch mehr Angst als vor dem Schwimmen«, beichte ich ihnen. Inzwischen finde ich sie ganz drollig. Am Anfang hätte ich sie erwürgen können, als sie meine Strampelversuche unentwegt kommentierten und mit Aaron diskutierten. Ich habe die Stimmen der Jungs noch im Ohr:

»Kann die etwa nicht schwimmen?«

»So 'ne alte Frau hat hier noch nie schwimmen gelernt.«

»Ich glaub, die lernt das nie.«

»Vielleicht hat die was mit den Armen.«

»Vielleicht auch mit den Armen und den Beinen.«

»Vielleicht ist ja ihr Busen zu schwer.«

Bei dem letzten Kommentar hätte ich dem Knirps am liebsten die Schwimmnudel um die Ohren gehauen, was leider nicht ging, da ich sie zu dem Zeitpunkt noch brauchte, um nicht zu ertrinken. Stattdessen rief ich zur Beruhigung noch einmal Aarons Gesichtsausdruck in mir ab, als ich in meinem knallroten Bikini aus der Umkleidekabine kam. Er hat nichts gesagt, aber sein Blick war eindeutig. Er fand mich heiß! Seitdem hat er mich allerdings nicht wieder mit diesem Blick betrachtet, sondern mich nur angetrieben. Und berührt hat er mich auch nicht, sondern mir nur all die verschiedenen Schwimmhilfen gereicht.

»Dein Mann kann dir doch zeigen, wie man taucht«, holt mich Emil aus meinen Träumereien. »Oder wir zeigen dir das. Guck mal!« Er wirft einen roten Ring über meinen Kopf hinweg ins Wasser, springt neben mir vom Rand und taucht zum Grund des Beckens, um wenig später mit dem Ring in der Hand wieder aufzutauchen.

Aaron schwingt sich neben mir am Beckenrand hoch, setzt sich, baumelt mit den Beinen im Wasser und sieht die Jungs an. »Ich bin nicht ihr Mann. Ihr Mann ist blond und blauäugig und hat einen Vollbart. Ihr könnt ihn ja mal suchen gehen. Isa und ich schauen so lange rüber in den Whirlpool, da ist es schön warm.«

»Nö, den wollen wir nicht suchen«, entgegnet Tjark und rennt mit Emil davon.

»Und ich will noch schwimmen und nicht in den Whirlpool«, sage ich mit zitternden Lippen.

Aaron lacht, geht auf die Knie und reicht mir seine Hand. »Du zitterst und hast leicht bläuliche Lippen. Für heute reicht es eindeutig. Du warst fantastisch, Isa, aber jetzt kommt die Entspannung. Gib mir deine Hand.«

Ich gebe mich geschlagen, denn ich bin wirklich erschöpft, obwohl mich das Adrenalin noch hätte weitermachen lassen. Aaron zieht mich mit Schwung hoch. Als ich neben ihm stehe, wackeln die Knie von der zweistündigen Anstrengung so sehr, dass sie kurz nachgeben. Erschrocken greife ich nach Aarons Arm, doch er ist schneller. Sein Arm liegt schon um meine Taille.

»Hoppla. Ich hätte dich nicht so antreiben sollen«, meint er schuldbewusst.

»Geht sch-schon«, stammle ich. Allerdings stammle ich nicht vor Erschöpfung, sondern weil die Nähe zu ihm mich schwindlig macht. Unsere Körper sind kalt vom Wasser, und doch ist es mehr als prickelnd, seine Haut an meiner zu spüren. Und in dem winzigen Whirlpool wird es nicht einfacher, ihm zu entkommen, denn wir sind nicht die Einzigen, die sich dort aufwärmen wollen. Es wird so eng, dass Aaron immer weiter an mich heranrückt. Schließlich hebt er seinen Arm und legt ihn hinter mir auf dem Rand ab, sodass unsere Beine und Oberkörper sich berühren. Es ist himmlisch. Am liebsten würde ich den Kopf an seinen Arm zurücklehnen, die Augen schließen und ihn einfach nur spüren.

Ich seufze leise und sehe zu ihm. Er tut genau das, was ich gern tun würde. Mit geschlossenen Augen, seinen Kopf im Genick, liegt er da und lächelt, während ich von meiner Sitznachbarin auf der anderen Seite, einer moppligen Grauhaarigen im Rentenalter, noch weiter an Aaron herangepresst werde. Unter anderen Umständen wäre ich aufgestanden und gegangen, aber in diesem Fall … Ich kann ja nichts dafür, dass ich so eng an Aaron gedrückt werde.

»Ich glaub, ich hab deinen Mann gesehen«, höre ich plötzlich eine Stimme hinter mir. Aaron und ich drehen uns zu Emil um, der hinter uns steht und ins Schwimmerbecken deutet. »Soll ich ihn herholen?«

Aaron lacht laut auf.

»Ich denke, jetzt ist Teil drei dran«, sage ich grinsend und stehe auf. Ich versuche möglichst hoheitsvoll aus dem Pool zu treten, und ich kann es auch nicht lassen, mit etwas mehr Hüftschwung als sonst vor ihm her zu den Umkleidekabinen zu gehen.

Guckt er jetzt auf meinen Po? Der Gedanke daran schickt ein wohliges Rieseln durch meinen Körper.

Ich drehe mich zu ihm um, als wir die Umkleideräume erreichen. »Bis gleich. Ich freu mich auf den nächsten Programmpunkt.«

Und genau wie ich ihn in seiner knappen schwarzen Badehose mit meinem Blick einfange, hält er es auch.

»Ja«, sagt er mit rauer Stimme. »Ich bin auch hungrig.«

»Natürlich meinte er das Essen«, murmle ich unter der Dusche. »Was denn sonst?«

Hahahahaha!

Den Italiener, den Aaron in Hamburg ansteuert, kenne ich nicht. Es ist eine winzige Trattoria, nicht mit Salvatores modernem Graziano's zu vergleichen, aber gerade diese intime Atmosphäre heizt mein Inneres noch mehr auf. Ich schmecke kaum, was ich esse, weil meine Gedanken nur bei dem Mann sind, der mir gegenübersitzt. Ich kann nicht aufhören, ihn anzusehen, seine Lippen zu betrachten, wenn er spricht, wenn er lacht.

Die leise italienische Musik und der Chianti machen es nicht einfacher, seinen Blicken und seiner tiefen Stimme zu entkommen. Und ich will auch nicht entkommen. Ich will jeden Moment halten, in dem wir in dieser kleinen Taverne sitzen, reden, lachen und herumblödeln.

Und dann passiert es. Es ist nur ein Moment, aber genau dieser Moment reißt mich in die Realität zurück. Aaron hat eine Olive aus seinem Salat aufgespießt und sie mir hingehalten, weil er Oliven hasst, und ich habe den Mund geöffnet, um sie von seiner Gabel zu essen. Und dieser Moment, der aus dem allerkitschigsten Liebesfilm stammen könnte, war … perfekt. Nicht kitschig und gestellt, sondern echt und warm.

Und das geht nicht.

Ich kaue und schlucke die schwarze Frucht samt Kern mit einem Schluck Wein hinunter. Was tun wir hier eigentlich? Wir strahlen uns über die Kerze hinweg an, erzählen uns Geschichten aus der Kindheit, erzählen uns, wovon wir träumen und was uns Angst macht. Warum verdammt tun wir das?

Warum klammern wir Anne aus? Warum reden wir nicht über sie? Sie ist da. Sie ist Annewill. Und er will sie, nicht mich. Und das sollte ich mir langsam mal ins Gehirn hämmern, denn ich bin dabei, mich zu verlieren an diesen Mann, dessen Augen und Lippen mich anziehen wie der Nektar die Biene.

»Wir sollten fahren«, sage ich und atme tief durch. »Es war ein langer Tag. Ein wundervoller Tag.« Ich schenke ihm ein Lächeln, das ein Spiegel dieser Stunden ist. Aber es ist auch ein Abschiedslächeln. Kein Abschied voneinander, schließlich arbeiten wir zusammen, aber ein Abschied von einem Traum.

»Ja, es war ein Tag voll Glück. Ich habe jede Minute davon genossen. Ich danke dir dafür, Isa.«

»Da nicht für«, entgegne ich betont salopp. »So Alte-Freunde-Tage gibt's ja nicht so viele. Darum sind sie wohl so schön. Würden wir uns häufiger sehen, würden wir uns wahrscheinlich fürchterlich auf die Nerven gehen.« Das ist zwar so was von gelogen, aber es bringt hoffentlich weitere Abkühlung in die intime Atmosphäre.

Ich scheine damit nicht falschzuliegen, denn Aaron winkt den Kellner heran. »Ich würde gern zahlen. Und rufen Sie uns bitte ein Taxi.«

Aaron hat bereits nach dem ersten Glas Rotwein beschlossen, das Motorrad stehen zu lassen. Er wird es morgen abholen. Und ich bin dankbar, dass ich jetzt, mitten in der Nacht, nicht mehr damit nach Hause fahren muss. Es hat sich merklich abgekühlt.

Aaron sitzt mit mir gemeinsam im Fond des Taxis. Im Gegensatz zu unserem lebhaften Gespräch im Restaurant herrscht jetzt Schweigen zwischen uns. Es ist kein unangenehmes Schweigen, aber auch kein entspanntes. Unausgesprochenes knistert in der Luft. Ob Aaron es genauso empfindet? Ich bin froh, als das Taxi in unserer Straße hält.

»Nein, ich zahle«, sage ich, als Aaron sein Portemonnaie zückt, um die geforderten sechsundvierzig Euro zu begleichen. »Du hast schon das Essen bezahlt.«

Noch während ich das Portemonnaie aus meiner Handtasche fummle, hält Aaron dem Fahrer einen Fünfzigeuroschein hin. »Stimmt so. Danke.« Er steigt aus.

Angesäuert folge ich ihm. Ich ziehe einen Fünfziger aus meiner Börse und halte ihm den Schein hin, während das Taxi davonfährt. »Ich zahle das.«

»Du warst eingeladen, Isa. Außerdem bin ich in der Beziehung ein Macho. Ich lasse eine Frau weder das Essen noch die Heimfahrt bezahlen.«

Das Motorengeräusch ist verklungen. In unserer kleinen Straße ist wieder Ruhe eingekehrt. Die Häuser sind dunkle Schemen. Nur das Licht der Laterne, unter der wir stehen, erhellt die Nacht ein wenig.

»Aber ich bin berechtigt, meinen Anteil zu zahlen«, widerspreche ich. »Es war ein Tag unter Freunden.« Ich atme tief ein. »Es war kein Date.«

Von Aaron kommt zunächst keine Erwiderung, und das Laternenlicht ist leider zu schwach, um den Ausdruck in seinen Augen deuten zu können. Dann öffnet er den Mund, um etwas zu sagen, und ich erwische mich dabei, dass ich auf seine nächsten Worte geradezu sehnsüchtig lauere. Aber seine wundervollen Lippen schließen sich wieder.

»Du hast recht«, erklärt er schließlich, »es war kein Date. Doch für mich fühlte es sich so an.« Er legt seine Hand auf meine, die ihm immer noch den Schein hinhält. »Und darum bist du eingeladen.«

Ich schlucke trocken. »Aber ...«

»Kein Aber, Isa«, unterbricht er mich. »Ich bin nicht sicher, wie du diesen wundervollen Tag empfunden hast, aber hätten wir auch nur irgendetwas anders gemacht, *wenn* es ein Date gewesen wäre?«

Ich spüre die Wärme seiner Hand auf meiner, die er noch immer umfangen hält, und bin unfähig zu antworten. Nein, schreit alles in mir. Ich hätte alles genauso gemacht, aber ...

»Der Unterschied liegt in diesem Moment, Aaron«, sage ich leise. Meine Stimme zittert. »Denn jetzt werden wir uns nur kameradschaftlich umarmen und verabschieden. Wir sind Freunde, nicht mehr.«

»Ja, du hast recht«, sagt er nach einer Sekunde des Zögerns. Er breitet seine Arme aus, und ich lege meine Arme um seinen Hals.

»Danke«, flüstere ich, »für diesen Tag, für die Einladung.«

Er sagt gar nichts. Wir halten uns … und halten … und ich rieche ihn und bin nicht fähig, ihn loszulassen. Die Wärme seiner Haut an meiner Wange raubt mir schier den Atem. Alles in mir wünscht sich, von ihm geküsst zu werden, wünscht sich, seinen Mund auf meinen Lippen, an meiner Haut zu spüren.

Ich weiß nicht, ob ich es bin, die sich schließlich löst, oder ob er es ist, der zurücktritt. Auf jeden Fall verschwindet die Wärme. »Schlaf gut, Isa«, sagt er.

»Du auch.«

Und dann gehen wir in entgegengesetzte Richtungen zu unseren Häusern, so wie es Freunde tun.

Mit geschlossenen Augen lehne ich mich drinnen gegen die Haustür und atme so tief und heftig, als hätte ich einen Hundertmeterlauf in sieben Sekunden zurückgelegt.

»Aaron«, kommt es leise und sehnsüchtig über meine Lippen. Ich presse meine Hand auf mein wild klopfendes Herz, und dann … wickle ich mir den Schal vom Hals und werfe ihn auf den Boden. Ich laufe zur Hintertür, reiße sie auf und renne durch den nächtlichen Garten zum Trampelpfad. Vielleicht ist er noch nicht im Haus!

Noch bevor ich den Trampelpfad erreiche, höre ich Schritte und leises Knacken. Ich stoppe und … Aaron tritt aus dem Gebüsch.

»Isa.«

»Oh, ich …« Ich kann sein Gesicht nicht erkennen. »Ich, also, ich habe meinen Schal vergessen«, stammle ich. »Im Beiwagen oder im Taxi. Ich … ich wollte dich nur kurz bitten, vielleicht morgen einmal nachzuschauen, ob …« Ich breche ab. »Was … was machst du hier?«

»Dasselbe wie du.« Seine Stimme klingt rau wie Schleifpapier, und sie jagt mir einen mächtigen, wohligen Schauer über den Rücken. Und dann liegen seine Lippen auf meinen – endlich, endlich.

Er ist gierig, aber das bin ich auch. Unsere Zungen und Hände wissen anscheinend nicht, dass wir nur Freunde sind. Wild und hemmungslos erkunden sie das fremde, wundervolle Terrain.

»Komm«, sagt Aaron irgendwann leise und nimmt meine Hand. Über den Trampelpfad laufen wir zum Landhaus. Er führt mich durch den Hintereingang hinein. Ohne ein Wort zu reden, gehen wir an der kleinen Küche vorbei über den Flur zur Treppe. Die alten Holzstufen knarzen empört, als wir sie hastig hinaufgehen, oben stehen bleiben und uns erneut in die Arme fallen. Ohne den Mund von meinen Lippen zu lösen, lotst Aaron mich rückwärts in ein Zimmer, das wohl seines ist, während er hier wohnt. Wir fallen ins Bett und übereinander her. Jacken und Stiefel fliegen durchs Zimmer.

»Besteht dieses verdammte Kleid nur aus Knöpfen?«, murmelt Aaron, während seine Finger sie nicht schnell genug lösen können.

»Warte.« Ich öffne die Knöpfe blitzschnell, weil seine Hände den Ausschnitt bereits gepackt haben, um das Oberteil aufzureißen. Es berauscht mich, dass er mir das Kleid vom Leib reißen will. »Zieh das aus«, flüstere ich und zerre an seinem Shirt. Ich kann es nicht erwarten, ihn an mir zu spüren. Und in mir.

Während er sich auszieht, knie ich im Bett, nehme die Perlenkette ab und schlüpfe aus dem Kleid. Noch bevor ich es über den Kopf gezogen habe, erhellt das Licht der Nachttischlampe den Raum. Es ist kein grelles Licht, weil es eine alte Funzel ist, aber für einen Moment überkommt mich Scheu.

»Lass es doch aus«, sage ich leise und werfe das Kleid zu Boden.

Aaron betrachtet mich im Schein der Lampe. Er ist nackt und erregt und kniet sich ebenfalls auf das Bett direkt vor mich. Seine Finger gleiten sanft unter die Spitze des weißen BHs. »Ich will dich sehen, Prinzessin«, flüstert er. »Du bist wunderschön.« Er beugt sich herunter, und seine Lippen brennen eine heiße Spur auf mein Dekolleté. Als er den BH öffnet und seine Hände meine

Brüste umschließen, stöhne ich noch lauter. Es ist herrlich, von ihm angefasst zu werden. Es gibt nichts, was ich für diesen Moment eintauschen würde. Nichts. Meine harten Brustwarzen drücken sich ihm entgegen, während wir uns umschlingen und küssen, als gäbe es kein Morgen. Lust und Leidenschaft treiben uns in einen Strudel, der uns mitreißt.

»Isa.«

Ich seufze wohlig und recke und strecke mich, weil diese wundervolle Stimme in meinem Traum noch einmal leise meinen Namen sagt.

»Isa, wach auf.«

Und dann legen sich warme Lippen auf meine, und es fühlt sich köstlich an, und … so real. Ich reiße die Augen auf und blicke in Aarons Gesicht, in dem die dunklen Locken wirr und sehr sexy in die Stirn fallen.

Das ist kein Traum. Ich stemme mich auf die Ellbogen und starre ihn an. »Aaron …«

Und dann liegt sein Mund wieder auf meinem, und ich lasse mich zurückfallen, während seine Finger meinen Hals streicheln, meine Schultern, meine Brüste. Und das Prickeln, das mich erfasst, lässt mich stöhnen, und das wiederum lässt Aaron die Bettdecke wegreißen. Er schiebt seine Oberschenkel zwischen meine, und ich bin so was von bereit, mich ihm wieder hinzugeben, als mein Blick auf die Lampe des Zimmers fällt – eine alte Deckenlampe mit Fransen. Und mir wird schlagartig klar: Ich bin in Onkel Hollerbecks Landhaus, in einem Gästezimmer, das Aaron bewohnt, solange er hier ist. Für ein paar Wochen. Dann geht er zurück in die moderne Wohnung, in der er mit Annewill lebt. In sein wahres Leben.

»Aaron … hör auf … bitte …«, sage ich, als sein Mund sich um eine meiner harten Brustwarzen schließt. Ich höre selbst, wie wenig energisch ich klinge, weil mein Körper etwas anderes will als mein Verstand. Und dass meine Finger zärtlich durch sein Haar gleiten, unterstreicht meinen Willen, keinen Sex zu wollen, nicht gerade.

Dennoch hebt er den Kopf, streift meine Lippen mit seinen und flüstert: »Wenn ich dir in der Pension beim Zubereiten des Frühstücks helfe, haben wir noch ein halbes Stündchen für uns.« Seine Finger streichen von meinem Bauchnabel abwärts, und statt Nein zu sagen, spreize ich die Beine. Seine Finger finden auf Anhieb den Punkt, der mich stöhnen lässt. Meine Lust lässt mir keine Chance. Ich dränge ihn geradezu zwischen meine Schenkel, und als er wieder und wieder stöhnend in mich hineinstößt, genieße ich jede Sekunde, in der ich ihn in mir spüre. Ich komme kurz vor ihm, und danach bleiben wir miteinander verschlungen liegen, Haut an Haut, warm und köstlich.

»Du bist wunderbar«, flüstert Aaron mir ins Ohr.

Ich schweige, weil sich so unterschiedliche Gefühle in mir einen heftigen Kampf liefern. Einerseits bin ich berauscht und einfach nur glücklich und erlöst, weil ich in den Armen des Mannes liege, in denen ich liegen wollte, seit er die Praxis betrat. Andererseits ist da diese fürchterliche Stimme in mir. Hämisch schlägt sie ihre Krallen in meine Glückseligkeit: Du bist ein Stück Dreck, Isa Hofer. Du bist genau wie dein Vater. Für dein eigenes Glück bist du bereit, das Glück anderer zu opfern. Du hast dich ihm hemmungslos angeboten und hingegeben, obwohl er nicht frei ist. Du hast Anne den Mann genommen.

»Nein!«, höre ich mich laut und panisch sagen. Ich drücke gegen seine Schultern. »Bitte, lass mich. Ich muss jetzt gehen.«

Aaron rollt sich von mir herunter. »Was ist los, Isa?« Seine Augen wirken wachsam.

Ich springe aus dem Bett und suche meine Sachen zusammen, die im Zimmer verstreut liegen. »Nichts, es ist ... Ich fühl mich so ... mies.«

»Mies?« Er kommt aus dem Bett hoch, stellt sich vor mich und grinst ein bisschen unverschämt. »Das wirkte auf mich gerade nicht, als fühltest du dich mies. Und es war eine herrliche, berauschende Nacht.« Er hebt mein Kinn mit seinem Finger an. »Und jetzt sagst du mir, es war eine miese Nacht?«

»Hör auf. Du weißt genau, wie ich es meine. Es war wunderschön, aber …«

»Aber?« Seine Stimme klingt so zärtlich, dass ich am liebsten losheulen würde.

Ich schlucke die Tränen runter. »*Ich* bin mies.« Das Kleid vor meinen nackten Körper gepresst, sehe ich ihn an. »Du … und Anne …«

Sein Gesicht wird ernst. »Ja, Anne … Ich habe sie nicht vergessen, Isa, aber es gibt keinen Grund für dich, dich schlecht zu fühlen. Die Schuld Anne gegenüber trage allein ich.«

»Aber das stimmt nicht.« Hier und jetzt, in der Helligkeit dieses altmodischen Zimmers werden mir meine Nacktheit und meine Schuld immer mehr bewusst. Ich trete zwei Schritte zurück, um meine Unterwäsche anziehen zu können. Schnell wie nie schlüpfe ich hinein, dann folgen Kleid und Stiefel.

»Isa, wir finden eine Lösung.« Auch er trägt jetzt eine Jeans. »He!«, sagt er, weil ich ihn nicht einmal mehr ansehe. Er legt seine Hände um meine Schultern und dreht mich zu sich herum.

Er riecht so gut. Wie gern würde ich meine Hände jetzt auf seine nackte Brust legen, über seine Wangen streicheln.

»Das war kein One-Night-Stand, Isa. Ich werde mit Anne reden. Wir …«

»Doch!« Ich schreie es fast hinaus. »Doch, genau das war es, Aaron. Eine einmalige Sache. Ich … ich habe mich vergessen. Und du dich. Aber dabei bleibt es.« Ich habe ihm bei meinen Worten fest in die Augen geblickt, weil ich es genau so, wie ich es gesagt habe, meine. Es wird nicht wieder passieren.

Er seufzt. »Okay, Isa, du bist jetzt aufgelöst, aber glaubst du wirklich, dass wir es uns so einfach machen können? Und wollen?«

Ich nicke heftig. »Ja, genau das will ich. Es uns einfach machen. Ich will dich nie wieder treffen, also, außerhalb der Arbeitszeiten. Ich will, dass wir einfach nur Kollegen sind, und nicht mehr. Und jetzt lass mich bitte gehen. Ich muss rüber und Frühstück machen.«

Er öffnet den Mund, um etwas zu entgegnen, doch mein Blick scheint zu reichen, um ihn die Worte runterschlucken zu lassen. Er tritt zur Seite, und ich stürze an ihm vorbei zur Tür. Ich bin noch nicht ganz die Treppe hinunter, als seine warme Stimme mich zurückhält. »Isa?«

Ich schaue zu ihm hoch.

»Ich werde es dir nicht leicht machen.« Er lächelt nicht dabei, er meint es ernst.

Die Zweige schlagen mir ins Gesicht, als ich über den Trampelpfad zur Pension stürze. Was habe ich nur getan?

13

Zurück in der Pension, gönne ich mir eine schnelle Dusche und hasse es fast, meine Haut dort zu waschen, wo er mich berührt hat. Und mit diesem Gedanken reibe ich mit dem Konjac-Schwamm, den Jette mir geschenkt hat, extra hart über die Haut. Je schneller ich Aaron von mir abschrubbe, desto schneller wird sich auch mein Gemütsleben normalisieren.

Hahahahaha.

Zum Glück bleibt mir kaum Zeit, mich gedanklich mit dem, was zwischen Aaron und mir passiert ist, auseinanderzusetzen. Die Gäste brauchen meine Aufmerksamkeit. Und Luzifer. Er maunzt anklagend, als ich am Zimmer meiner Oma vorbeigehe. Gestern Mittag habe ich ihn dort hineinverfrachtet, und seitdem … Mein schlechtes Gewissen lässt mich schnell die Tür öffnen. Luzifer stolziert, mich ignorierend, Richtung Küche. Seine Ignoranz dauert allerdings nur so lange, bis ich auf dem Küchentresen ein Schälchen Lachshappen öffne und sie in seinen Napf umfülle. Schnurrend streicht er in der Wartezeit um meine Beine. Ich bin froh, dass ich noch nicht meine weißen Jeans trage. An der Bluejeans sind die Katzenhaare nicht zu sehen. »So, du verfressener Kater«, ich stelle ihm den Napf vor die Nase, »lass es dir schmecken.« Und weil er geschnurrt hat – das tut er bei mir eigentlich nie –, streichle ich ihm seinen schwarzen Rücken. Er hält beim Insichhineinschlingen inne und quittiert meine spontane Streicheleinheit mit einem Fauchen.

»Du mich auch«, murmle ich.

Steffen Meyer, der in diesem Moment die Küche mit einem schüchternen »Guten Morgen« betritt, sieht von mir zu Luzifer.

Ich zucke mit den Schultern. »Der Kater hasst mich. Moin, Steffen. Hast du gut geschlafen?«

»Ja, geht so. Danke.«

Ich mustere ihn. Er sieht blass aus. »Setz dich. Du möchtest dir bestimmt Brote für die Schule schmieren. Wenn du noch Zeit hast, kannst du statt Vollkornbrot auch Brötchen mitnehmen. Ich fahre jetzt los und hole welche.«

»Das kann ich doch machen«, bietet er an.

»Gern«, sage ich erfreut. So bleibt mir mehr Zeit für die anderen Vorbereitungen, denn ich muss auch noch die Tische im Frühstücksraum decken. Meine Wangen werden heiß, als ich daran denke, warum ich das nicht wie üblich am Abend vorher gemacht habe.

Weil du dich mit einem Mann, der vergeben ist, die ganze Nacht im Bett amüsiert hast, hält meine innere Stimme mir boshaft entgegen. Und heute Morgen gleich noch einmal.

Ich könnte heulen, aber stattdessen suche ich mein Portemonnaie und drücke Steffen an der Haustür einen Schein in die Hand. »Zwanzig Brötchen, gemischt. Und du kannst das Fahrrad nehmen. Steht im Carport.«

Ich verbiete mir einen Blick zum Landhaus und gehe zurück zur Küche. Gedankenverloren grüße ich den Jungen, der mir auf dem Flur entgegenkommt. »Hallo, Steffen, hast …« Ich breche ab, starre zur Haustür, hinter der Steffen gerade verschwunden ist, und blicke wieder zu dem Jungen, der mir gegenübersteht. »Sören?«, stoße ich aus.

Der schlanke Junge mit dem vom Schlaf verwuschelten Haar nickt. »Entschuldigung, ich … ich bin gestern Abend hier … Also, Mama meinte, es wäre wohl okay. Sie waren ja nicht da, und wir konnten nicht fragen, und … ich hab bei Steffen geschlafen. Ist ja ein Doppelbett.« Unsicher mustert er mich.

»Ist schon okay«, entgegne ich leicht überfahren. »Und du kannst gern Du sagen, Sören.«

Jetzt hockt Bernd Meyer also ganz allein auf seinem Hof. Er muss kurz vorm Platzen sein. Und das nicht nur, weil seine gesamte Familie ihn verlassen hat, sondern auch, weil sich das im Dorf schnell herumsprechen wird. Dem Bürgermeister ist die Familie weggerannt! Und in diesem Moment fällt mir ein, wie ich ihn sprechen kann, ohne dass er mich ignoriert. Ich straffe meine Schultern. Heute Abend kann er mir nicht davonlaufen!

»Dein Bruder holt gerade Brötchen«, sage ich zu Sören und deute in die Küche. »Ihr könnt hier frühstücken und euer Schulbrot schmieren. Am besten holst du schon mal alles aus dem Kühlschrank. Regine und Merle werden ja auch gleich runterkommen.«

Ich bin froh, dass viel Trubel herrscht. Als alle Gäste im Frühstückszimmer versorgt sind und die Meyer-Familie abgefüttert ist und die Küche verlassen hat, beginne ich mit dem Aufräumen. Regine Meyer hat mir ihre Hilfe angeboten, aber ich habe das abgelehnt. Ich will jetzt nicht reden. Immer wieder wandert mein Blick durch das Küchenfenster zum Landhaus. Hinter den alten Mauern verborgen steckt Aaron irgendwo. Ich stelle mir vor, wie er sich rasiert und dabei lächelt, weil er sich an die letzte Nacht erinnert, wie er sich einen Kaffee kocht und das heiße Gebräu langsam im Stehen trinkt und dabei gedankenverloren aus dem Fenster blickt, hierher.

Ich fühle mich so wohl bei diesen Gedanken und fahre erschrocken zusammen, als Tommaso plötzlich in der Küchentür steht und fragt, ob ich wohl ein bisschen Senf für ihn habe.

»Ja, natürlich, bringe ich sofort.«

»Ich kann ihn auch gleich mitnehmen.« Seine Stimme ist mehr als heiser. »Du siehst heute sehr hübsch aus, Isa. Also, du siehst immer hübsch aus, aber heute besonders.«

»Ach ja? Ich trag doch nur eine Jeans und ein Shirt«, sage ich nicht gerade freundlich und gehe zum Kühlschrank, um den Senf zu holen. Ich habe keine Lust auf Komplimente von Männern, die … Ja, was eigentlich? Ich seufze. Von Männern, die nicht Aaron sind.

»Es sind deine Augen. Du strahlst irgendwie von innen heraus.«

»Tatsächlich?« Erstaunt sehe ich ihn an, während ich aus dem großen Senfglas zwei Kleckse auf einen Glasteller fülle. Wie kann ich denn strahlen, wenn mein Innerstes so durcheinander ist?

»Möch… möchtest du vielleicht nachher einen Spaziergang mit mir machen? An der Elbe?«, fragt Tommaso und schiebt seine Sonnenbrille ein Stückchen die Nasenwurzel hoch und wieder zurück. Eine Verlegenheitsgeste. Er wirkt plötzlich schüchtern wie ein kleiner Schuljunge. »Also, falls du Zeit hast … meine ich.«

Ich gehe zu ihm und reiche ihm den Glasteller. Ich weiß, dass mein Lächeln verkrampft ist, aber zu mehr bin ich nicht fähig. »Das ist sehr nett, dass du fragst, Tommaso, doch ich habe leider keine Zeit«, lüge ich. »Aber dir wünsche ich viel Vergnügen bei deinem Spaziergang. Das Wetter soll noch besser werden«, füge ich hinzu, ohne eine Ahnung zu haben, wie die Wetterprognosen sind. Doch bei seinem enttäuschten Blick musste ich einfach irgendwas sagen.

»Ja«, sagt er leise und geht.

Was für ein merkwürdiger Mann. Warum will er Zeit mit mir verbringen anstatt mit seiner Familie? Ihretwegen ist er doch schließlich angereist. Nun, nicht dass es mich wundern würde, wenn die Grazianos ein Problem mit ihm haben. Er wirkt schon sehr künstlich mit seinem gefärbten Haar und der Sonnenbrille. Vielleicht ist er ja einfach ein Spinner, aber irgendetwas in mir will das nicht glauben. Da steckt mehr dahinter. Und wenn Jette nicht bald mit der Sprache rausrückt, was mit ihrem Onkel los ist, werde ich vermutlich richtig sauer werden.

Ich bin froh, als alle Gäste das Frühstück beendet haben und ich meine Arbeit erledigen kann. Als alles auf- und weggeräumt ist, gehe ich runter in mein Kellerzimmer und lege mich aufs Bett. Ich bin ruhiger geworden, doch meine Gedanken schwirren nach wie vor nur um Aaron, um uns.

»Aber es gibt doch gar kein uns!« Ich greife nach dem Handy. »Muss Dich unbedingt sprechen«, schreibe ich Jette. »Bitte ruf mich heute Abend an, aber nicht vor zwanzig Uhr. Danke! Hdgdl! Deine Isa, die etwas sehr, sehr Dummes getan hat.« Dann lösche ich das Wort Dummes und ersetze es durch Grässliches.

»Aber es war nicht grässlich«, murmle ich verzweifelt und lösche es und schreibe Wundervolles. Seufzend lege ich das Handy zur Seite und schließe die Augen. Ich fühle nach, wo Aaron mich fast andächtig gestreichelt und geküsst hat, nachdem unser erster Orgasmus in wilder Leidenschaft kam. Noch niemals zuvor hat mich ein Mann so zärtlich geküsst. Und alles, wirklich alles in mir wünscht sich, immer wieder von ihm so geküsst zu werden. Für immer.

Warum nicht, flüstert die Stimme in mir, es ist so einfach. Du hast doch gemerkt, wie er auf dich reagiert. Er wird die andere in den Wind schießen. Es sind nur ein paar Sätze, die er ihr sagen muss. Die andere wird auch jemand anderen finden, jemanden, der besser zu ihr passt.

Annewill gibt es nicht mehr. Stattdessen gibt es Isawill. Isa will Anne den Mann wegnehmen. Mir wird übel davon, darüber nachzudenken, denn ich weiß, wie es Anne gehen wird. Von wegen, sie wird auch jemand anderen finden. Nein, sie wird leiden, wie Mama gelitten hat. Sie wird verzweifelt sein und weinen und weinen. Glücklicherweise hat sie kein Kind, das dieses Weinen hören wird und das selbst so viele Tränen hat. Aber das macht es nicht besser.

»Ich will kein schlechter Mensch sein«, flüstere ich gequält. »Ich will nicht, dass sie so ein Leben hat wie Mama.« Und mit diesem Bewusstsein setze ich mich auf und wische die Tränen von meinen Wangen. Ich schlucke weitere tapfer hinunter, greife nach meinem Handy und hämmere das Wort Wundervolles weg und entscheide mich doch für Dummes.

Als ich kurz vor eins zum Landhaus hinübergehe, fühle ich mich grauenhaft. Am liebsten wäre ich im Bett geblieben und hätte die Decke über meinen Kopf gezogen, um niemals wieder darunter hervorzukriechen, aber so funktioniert das Leben leider nicht.

»Hi, Isa«, begrüßt Poppy mich fröhlich aus dem Wartezimmer, wo sie wie üblich auf Anweisung von Frau Lutter die am Morgen gelesenen Zeitschriften zu zwei ordentlichen Stapeln sortiert. Es sind Lesezirkel-Zeitschriften, die dienstags getauscht werden. Allerdings können die Patienten das *Goldene Blatt*, die *Neue Post* und die *Frau im Spiegel* erst ab Donnerstag lesen, weil Frau Lutter sie erst dann wieder von zu Hause mitbringt. Seit Poppy und ich das beobachtet haben, erlaubt sie Poppy, die *Bravo* für einen Abend mitzunehmen. Ich habe ihr gnädiges Angebot hochnäsig mit dem Hinweis abgelehnt, dass ich lieber Fachliteratur lese. Seitdem schmuggle ich die Mickymaus-Hefte und die *Gala* im *Deutschen Ärzteblatt* raus, das Onkel Hollerbeck mir ständig in die Hand drückt.

»Hallo«, grüße ich Poppy lahm zurück, während meine Augen an der Tür zum Arztzimmer kleben, die sich gerade öffnet. Mein Herz stolpert, als Aaron mit ernster Miene heraustritt.

Als er mich sieht, verharrt er kurz in seinem schnellen Schritt. Seine Augen scheinen einen Moment aufzuleuchten, und sein Lächeln ist … umwerfend. »Hallo, Isa.«

Er sieht so unglaublich gut aus. Schmetterlinge tummeln sich zu Hunderten in meinem Bauch, während ich ein »Hallo« lalle, weil mir die Spucke im Mund fehlt.

Sein Gesicht wird schnell ernst, als Frau Lutter sagt: »Ach, es ist ein Jammer, nicht wahr, Herr Doktor? Aber auch Erlösung.«

Fragend blicke ich von Aaron zu ihr.

»Michael Olbrecht hat gerade angerufen, Isa«, höre ich Aarons leise Stimme. Mehr muss er gar nicht sagen.

»Ach, nein!« Ich schlucke wieder einmal Tränen hinunter. Tanja Olbrecht hat das Leben und die Schmerzen hinter sich gelassen.

Aaron nickt. »Er hat gesagt, dass sie ganz sanft eingeschlafen ist. Ich fahre jetzt hin.« Er muss den Tod vor Ort amtlich feststellen und bestätigen.

»Soll Isa Sie begleiten, Herr Doktor?«, fragt Frau Lutter.

Aaron und ich wechseln einen schnellen Blick. Und wir sind uns einig, denn er sagt: »Nein, das ist nicht nötig. Auch ich werde gleich wieder gehen. Michael Olbrecht und seine Jungs sollen die Zeit haben, sich ganz in Ruhe zu verabschieden. Trost werden sie später noch genug bekommen und brauchen.«

Ich bin dankbar, dass Aaron erst einmal weg ist. Ich mache mich über die Abrechnungen her, die vierteljährlich fällig sind. Wir haben zwar erst Mai, aber ich kann ja schon mal ein wenig vorarbeiten. Hauptsache, ich bin beschäftigt. Aber ich muss jede Patientenakte dreimal überprüfen, weil meine Gedanken immer wieder abschweifen. Als er zurückkommt, bin ich ein Nervenbündel.

»Und«, fragt Frau Lutter, »wie tragen es die Jungs?«

Ich starre auf die Patientenkarte vor mir, während Aaron antwortet: »Sie sind alle sehr tapfer.« Dann herrscht einen Moment Schweigen. Ich gucke kurz hoch. Aaron sieht mich an. Schnell senke ich meinen Blick wieder. Er räuspert sich. »Ich, äh, führe dann noch ein paar Telefonate, Frau Lutter. Verbinden Sie mich doch bitte gleich mit der Radiologie des Uniklinikums Eppendorf.« Ich tippe mit unserer uralten elektrischen Schreibmaschine ohne Sinn und Verstand irgendwelche Zahlen auf das Papier, als er sich in der Tür zum Arztzimmer noch mal umdreht. »Isa, dich würde ich vorher gern noch kurz sprechen, wenn es deine Arbeit momentan zulässt.«

Verdammt, ich kann jetzt wohl schlecht sitzen bleiben. Als ich trotzdem keine Anstalten mache, aufzustehen, wedelt Frau Lutter mit den Händen. »Husch, husch, Isa. Du hast doch gehört, der Doktor will dich sprechen.«

Aber ich ihn nicht, hätte ich am liebsten erwidert, doch das würde uns keinen Schritt weiterbringen in diesem ... Dilemma. Tief durchatmend stehe ich auf und gehe mit wackligen Knien Richtung Arztzimmer.

»Schließ bitte die Tür hinter dir«, sagt Aaron mit ernster Miene, als ich eintrete.

Ich folge seiner Bitte wortlos und lehne mich an die Tür. Es tut gut, das kalte Holz als Rückendeckung zu haben. »Aaron, ich ...«

»Willst du mich tatsächlich ignorieren?«, unterbricht er mich. In wenigen Schritten ist er bei mir, und bevor ich überhaupt denken kann, legen sich seine Finger um meinen Hals und seine Lippen auf meinen Mund.

Seine Lippen sind warm und fordernd. Und weil ich auf diesen zärtlichen Angriff nicht vorbereitet bin, öffnet mein Mund sich automatisch, als er seine Zunge ins Spiel bringt. Aber nach ein paar Sekunden schaltet mein Verstand sich ein. Ich drücke beide Hände gegen seine Brust und flüstere: »Bitte, Aaron, hör auf. Ich ... ich kann das nicht.«

»Natürlich kannst du«, murmelt er und knabbert an meiner Unterlippe.

Alles, was ich an Willenskraft besitze, muss ich aufbringen, um meinen Kopf zur Seite zu wenden. Diesmal ist meine Stimme fester, als ich sage: »Aber ich will nicht. Ich ... will ...«, ich mache nach jedem Wort eine kleine Pause, um die Deutlichkeit zu erhöhen, »... einfach ... nicht!«

Einen Moment verharrt er reglos, dann lässt er mich los und tritt einen Schritt zurück. »Sieh mich an, Isa, bitte.«

Tief durchatmend drehe ich meinen Kopf. »Es war wunderschön letzte Nacht, aber ... das war es dann auch, Aaron.« Ich bin ein wenig stolz auf die Festigkeit in meiner Stimme, denn innen drin bin ich ein flatterndes Etwas. »Es war ein One-Night-Stand. Du bist ein toller Mann, aber nicht für mich.«

Er sieht mich schweigend an, aber seine Wangenmuskeln zucken.

Ich schlucke.

Aarons Stimme klingt mühsam beherrscht. »Dann erklär mir, warum ich kein Mann für dich bin, abgesehen von der Tatsache, dass es Anne gibt. Sie klammern wir jetzt mal aus.«

»Genau aus diesem Grund, Aaron Berner.« Meine Stimme gewinnt noch mehr an Festigkeit. »Weil du sie anscheinend ausklammern kannst. Ich kann das nicht. Ich möchte einen Mann, der … rechtschaffen ist. Keinen … Betrüger.«

Einen Moment lang starrt er mich an, als wäre ich ein rosafarbenes Alien. Dann schüttelt er unamüsiert auflachend den Kopf. »Ich bin also nicht rechtschaffen? Was ist das überhaupt für ein bescheuertes Wort? Und ich bin ein Betrüger?« Er macht wieder einen Schritt zu mir. Ich kann seinen Atem in meinem Gesicht spüren, als es aus ihm rausplatzt: »Du hast diese dämlichen Bezeichnungen für mich, nachdem wir gestern diesen wundervollen Tag miteinander verbracht haben? Und diese berauschende Nacht, von der ich dachte, dass du sie genauso genossen hast wie ich? Du bist wie ein Sturmwind über mich gekommen, Isa Hofer, und jetzt wirfst du mir vor, ich sei ein Betrüger? Dir war Anne gestern auch scheißegal. Es gab sie nicht!«

»Ja, du hast völlig recht, aber heute ist heute. Und Anne ist da.«

Aaron schüttelt wieder den Kopf. »Ja, Isa, sie ist da, aber … Ich dachte, du fühlst genauso wie ich. Ich werde die Beziehung zu Anne lösen. Ich weiß jetzt, dass sie nicht die Frau ist, mit der ich mein restliches Leben verbringen möchte. Ich möchte frei von ihr sein – für dich.«

Wow. Aaron Berner legt mir gerade sein Herz zu Füßen.

Nimm es, schreit die Stimme in mir, nimm es! Es ist ein Geschenk.

Ich atme tief durch. Es wäre ein mit Annes Schmerz gekauftes Geschenk. Und dieser Preis ist zu hoch. Das hat das Leben mit Mama mich gelehrt. Lieber halte ich diesen Schmerz aus, als dass ich ihn Anne antun könnte.

»Ich kann dir mein Herz nicht schenken, Aaron«, lüge ich mit leiser, aber fester Stimme. »Es gehört dir einfach nicht.«

»Nun«, er tritt so abrupt zurück, als hätte ich ihn geschlagen, »dann ist wohl alles gesagt.« Er dreht sich um und geht zum Schreibtisch. Ich bin unfähig, mich zu rühren. Aaron setzt sich auf den Stuhl und sieht mich an. Er schaut blasser aus als vorher. »Frau Lutter kann das Gespräch jetzt durchstellen«, erklärt er mit harter Stimme.

Ohne ein Wort gehe ich hinaus mit einem Herzen, das brennt – vor Schmerz und für ihn.

Die Fahrradständer vor unserem dörflichen Mehrzweckgebäude sind alle belegt. Darum stelle ich mein Rad ohne schlechtes Gewissen direkt neben der Haupteingangstür ab unter dem Schild mit der Aufschrift: »Danke, dass Sie Ihr Fahrrad hier nicht abstellen.« Abschließen muss ich es nicht. Die Schrottgeige klaut sowieso niemand.

Der Mehrzweckbau beherbergt neben einem großen Sportraum auch die örtliche Feuerwehr. Das mächtige und zweckmäßig hässliche Gebäude ist allerdings nicht nur deswegen das Zentrum des Dorflebens, sondern vor allem, weil es auch den einzigen kleinen Lebensmittelmarkt des Ortes beherbergt. Und eine Kneipe. Zu meiner Schande muss ich mir eingestehen, dass ich in diesem Jahr öfter in der Kneipe war als beim Sport, obwohl ich für drei Kurse eingeschrieben bin: Zumba, Step-Aerobic und Bauch-Beine-Po. Aber nachdem ich am Ende der letzten Step-Aerobic-

Stunde – völlig fertig – über das Brett gestolpert bin und mir das Knie verletzt habe, war ich nicht mehr dort. Das liegt mittlerweile allerdings fast ein Vierteljahr zurück, und mein Knie ist seit zehn Wochen wieder topfit. Darum grüße ich die Sportkollegin, die mir entgegenkommt, mit schlechtem Gewissen. Ein bisschen Humpeln kann vielleicht nicht schaden. Ihr »Oh, geht's dir nicht gut, Isa?« bezieht sich aber wohl eher auf mein Gesicht, in dem die geschwollenen roten Augenlider trotz Schminke nicht zu übersehen sind. »Grippe«, murmle ich im Vorbeigehen.

Nach der Arbeit habe ich zu Hause eine Viertelstunde nur geheult, weil ich völlig fertig war. Ich bin noch fertig, aber ich habe schon in meiner Kindheit gelernt, mich zusammenzunehmen, um Mama nicht noch mehr Kummer zu bereiten. Und davon profitiere ich jetzt. Anstatt bis zu Jettes Ankunft um zwanzig Uhr im Bett zu weinen, habe ich mich geschminkt und auf mein Fahrrad geschwungen, denn hier und heute hat wie jeden zweiten Montag im Monat der Bürgermeister seine Sprechstunde. Von achtzehn bis zwanzig Uhr sitzt Bernd Meyer in dem kleinen Gemeindebüro über dem Feuerwehrgeräteraum und zeigt ein mehr oder weniger offenes Herz für die Belange seiner Gemeindemitglieder. Hier und heute kann er mir nicht entkommen.

Ein Blick auf die Uhr verrät, dass es Viertel nach sieben ist, als ich mich auf einen der drei Stühle auf dem Flur vor dem Gemeindebüro setze. Da Stimmengemurmel durch die Tür dringt, steht fest, dass jemand ein Gespräch mit dem Bürgermeister führt. Meine Hoffnung, niemand anderen mehr anzutreffen, erfüllt sich nicht. Bäcker Heiko Hinrichs nimmt zwei Minuten später neben mir Platz, gefolgt von einem jungen Mann, den ich nur vom Sehen kenne. Wir schweigen uns an, nachdem der Bäcker sich nach Mamas und Omas Befinden erkundigt hat. Darum bin ich froh, als die Tür sich öffnet und Herr Jonas aus dem Büro tritt und die Tür mit einem »Der Nächste, bitte« einladend auflässt.

Während ich schnell aufstehe, fragt der Bäcker Herrn Jonas leise: »Und, wie ist seine Laune? Ich hoffe, gut, ansonsten kann ich mein Anliegen nämlich gleich vergessen und komm lieber ein anderes Mal wieder.«

Herr Jonas klopft ihm auf die Schulter. »Denn geh man nach Haus, Heiko.«

Puh, das klingt nicht gut, aber es war natürlich zu erwarten, dass Bernd Meyers Laune im Keller ist. Ich recke mich und betrete das Gemeindebüro forschen Schrittes. »Guten Abend, Herr Meyer.«

Bernd Meyer hat Stall und Hof hinter sich gelassen. Er trägt unter einem schicken grauen Sakko ein hellblaues Hemd. Er scheint die Sprechstunde mehr als ernst und sich selbst wie gewohnt sehr wichtig zu nehmen.

Sein Gesicht nimmt sofort eine zornige Röte an. »Was willst du, Isa?«, herrscht er mich an.

»Nur mit Ihnen reden«, sage ich ruhig und setze mich auf den Stuhl vor dem Schreibtisch. »Und es besteht kein Grund zum Schreien.« Ich deute zur geschlossenen Tür hinter mir. »Dort sitzen noch zwei weitere Dorfbewohner, Herr Meyer, mit Ohren. Und Sie wollen doch nicht Dorfgespräch werden?« Dass der Bäcker es wohl vorgezogen hat zu gehen, muss er ja nicht wissen.

»Ich will nichts von dir hören, gar nichts!«, blafft er, allerdings schon verhaltener.

»Das sollten Sie aber, Herr Meyer, denn mittlerweile ist Ihre gesamte Familie in unserer Pension eingetroffen, und alle möchten gern wieder zu Ihnen nach Hause kommen. *Alle* zusammen.«

Mit vor der Brust verschränkten Armen sitzt er da und starrt mich mit zusammengezogenen Augenbrauen an. »Sind alle freiwillig gegangen.«

»Nein, sind sie nicht. Sie sind gegangen, weil Sie Merle die Tür gewiesen haben. Und ich finde diesen Zusammenhalt toll.« Ich ziehe meinen Stuhl weiter an den Schreibtisch heran. »Und Sie sind doch das Oberhaupt dieser tollen Familie, Herr Meyer!«, sage ich eindringlich und sehr leise, um ihm noch einmal bewusst zu machen, dass draußen eventuelle Mithörer sitzen. »Bitte öffnen Sie Ihr Herz. Ich verstehe durchaus, dass Sie nicht begeistert sind, dass Merle so jung schwanger geworden ist, aber dass es Sie noch weniger glücklich macht, dass Jamal der Vater Ihres Enkels ist, hinterlässt bei mir schon einen bitteren Beigeschmack.« Da sein Gesicht mittlerweile dunkelrot ist, rede ich schnell weiter, um einen Ausbruch zu verhindern. »Denn Sie haben unser Dorf in die Schlagzeilen und sogar ins Fernsehen gebracht, Herr Meyer, weil Weltoffenheit, Toleranz und Nächstenliebe in Elmfleth nicht nur schale Worte sind, sondern in die Tat umgesetzt wurden.« Ich beuge mich über den Schreibtisch. »Ich war so stolz, ein Teil dieser Gemeinde zu sein, so wie das ganze Dorf. Machen Sie es jetzt nicht zu schalen Worten, Herr Meyer! Zeigen Sie, dass Sie zu Ihrem Wort stehen. Zeigen Sie, dass die Flüchtlinge nicht nur willkommen, sondern Teil unserer Gemeinde sind.«

Bernd Meyers Finger sind in seine Arme gekrallt, aber die Röte in seinem Gesicht lässt nach. Das gibt mir Hoffnung.

»Geben Sie dem Jungen die Chance, die er verdient. Jamals Haut mag dunkler sein als unsere, aber es kommt doch im Leben darauf an, was *unter* dieser Haut steckt. Lernen Sie ihn kennen, bitte!« Ich fühle mich wie im Fieber, während ich weiterrede. »Niemand weiß, ob Merle und er eine ewige gemeinsame Zukunft haben. Aber sicher ist, dass die beiden es versuchen wollen. Sie werden Eltern sein, Eltern eines wundervollen neuen Menschen.« Auch wenn es mir nicht zusteht, entscheide ich mich, es zu sagen: »Merle erwartet einen Sohn.«

Es gefällt mir, dass Bernd Meyer bei dieser Ankündigung zusammenzuckt, denn es lässt hoffen, dass er nicht völlig verroht ist.

»Dieser kleine Mann, der in Merles Bauch wächst, ist Ihr Enkelsohn, Herr Meyer. Er ist ein Meyer. Und vielleicht ist er derjenige, der einmal mit Leidenschaft und Liebe der Bauer sein wird, den Sie sich für Ihren Hof wünschen. Merle und Jamal lieben beide die Landwirtschaft. Und wenn der Kleine nach den beiden kommt ...« Ich lasse den Satz offen und schweige, erschöpft von meinem Monolog.

Bernd Meyer stiert mich an, schweigend, schwer atmend. Vielleicht braucht er noch einen weiteren Schubser?

»Noch hat keiner im Dorf mitgekriegt, dass die Familie des Bürgermeisters bei mir wohnt. Aber sobald es der Erste erfährt ... Sie wissen ja selbst, wie Dorfleben funktioniert, Herr Meyer. Also, wenn Sie verhindern wollen, dass es wie ein Buschfeuer durch Elmfleth lodert, sollten Sie Ihre Familie sofort nach Hause holen.«

Wut flammt erneut in seinen Augen auf. Er hat seine starre Haltung gelöst, legt beide Unterarme auf den Schreibtisch und beugt sich zu mir. »Bist du fertig?« Er spuckt die Worte geradezu aus. »Dann verschwinde, Isa.«

»Herr Meyer ...«

»Raus!«

Mehr als deprimiert treffe ich zur gleichen Zeit wie Jette vor der Pension ein. Ich werfe mein Rad an die Carportwand und falle ihr in die Arme, kaum dass sie aus ihrem kleinen roten Flitzer ausgestiegen ist.

»Isa, was ist denn los?«, sagt sie erschrocken.

Eine halbe Stunde später hocken wir uns im Schneidersitz auf meinem Bett gegenüber. Wir haben uns mit einem Glas Rotwein in mein Kellerloch verkrümelt, weil ich das Wohnzimmer nicht blockieren wollte. Dort sitzen jetzt die vier Meyers und Jamal bei Chips und Cola und gucken *Fack ju Göhte*.

Sie starrt mich an, während ich das Kopfkissen, das ich vor meinem Bauch halte, noch mehr zusammenpresse. Entsetzen pur klingt durch ihre Stimme. »Du hast *was* zu Aaron gesagt?«

»Dass ihm mein Herz nicht gehört«, wiederhole ich leise meine letzten Worte.

»Bist du nicht ganz dicht?«, bricht es aus ihr heraus. Sie hat für ihre Verhältnisse lange geschwiegen und mich nur selten unterbrochen, was wohl vor allem daran lag, dass ihr bei meinem Monolog über die Geschehnisse des gestrigen Abends vermutlich schlicht die Spucke weggeblieben ist. Aber jetzt ist es mit dem Schweigen vorbei. »Da hast du die Nacht deines Lebens mit einem Mann verbracht, der sich zur Abwechslung mal nicht als Frosch entpuppt, sondern unglaublicherweise der Traumprinz zu sein scheint, und du … du sagst ihm, dass er sich zum Teufel scheren kann beziehungsweise zu dieser Anne zurück?« Ihre Augen sind riesig.

»Er *ist* ein Frosch. Er ist vergeben.«

»Du hast doch gerade gesagt, er will sich von ihr trennen! Für dich! Sofort! Nach einem Tag und einer Nacht! Was … willst … du …«, sie macht dramatische Pausen zwischen den Wörtern, »… denn … noch … mehr, du Irre?«

»Ach, Jette!« Ich könnte heulen. »Ich will doch nur einen Mann, der … der frei ist, der niemanden verlassen muss meinetwegen.«

»Isa, du bist nicht Dornröschen. Es kommt kein jungfräulicher Prinz auf einem weißen Gaul geritten, um dir allein ewige Liebe zu schwören. Du bist achtundzwanzig, hast diverse gescheiterte Beziehungen mit alten Männern hinter dir, und die Männer, die kommen werden, haben auch alle bereits ein Leben mit Beziehungen hinter sich. Mensch, Isa«, sie stellt das Glas auf dem Nachttisch ab und rückt an mich heran, »Amor hat es bisher weiß Gott nicht leicht mit dir gehabt, aber jetzt hat er seine Pfeile einmal richtig platziert, und du … du machst auf zimperlich?«

»Ich kann es einfach nicht«, entgegne ich leise. »Mein Vater … Ich kann diesen Schmerz einfach nicht ignorieren, den er bei mir, bei Mama ausgelöst hat. Ich kann das niemand anderem antun.« Entschlossen wische ich die Tränen von meinen Wangen und trinke einen großen Schluck Rotwein. Als ich wieder absetze, versuche ich ein Lächeln, merke aber selbst, wie schief es ist. »Ich kann nicht aus meiner Haut, Jette.«

Sie mustert mich eine Weile stumm, öffnet den Mund, schließt ihn wieder. Dann sagt sie mit ungewöhnlich bissiger Stimme: »Weißt du, dein Vater ist wirklich ein Arschloch. Und ein Feigling. Und du kommst ganz nach ihm.«

»Äh …« Ich starre sie an. Jette ist in den vergangenen Jahren diejenige gewesen, die das Gespräch immer wieder auf meinen Vater brachte, die immer wollte, dass ich mich mit ihm in Verbindung setze, die darauf brannte, dass ich meine Mutter nach den Briefen frage, von denen sie, Jette, überzeugt war, dass er sie geschrieben hat. Und nun sagt sie mir so etwas?

»Jetzt gehst du zu weit, Jette.« Meine Stimme klingt höher, während ich von ihr wegrücke. »Du bist meine beste Freundin, aber …«

»Entschuldige«, unterbricht sie mich, »entschuldige, Isa. Das war unüberlegt, aber …«

Was bedeutet das? Sie entschuldigt sich und hängt dennoch ein Aber an?

»Aber was?«, blaffe ich.

Jette atmet tief durch und spielt nervös mit den Fingern. »Ich muss dir etwas sagen, Isa. Ich … ich habe bei etwas mitgemacht, das … das ich nicht hätte tun sollen. Es war totaler Schwachsinn. Dein Va…« Sie bricht ab, weil das Telefon klingelt. Ich habe es mit heruntergenommen, weil Mama noch anrufen wollte. Ein Blick auf das Display verrät allerdings, dass es nicht Mama ist.

»Moment«, sage ich zu Jette, »da muss ich rangehen. Das ist die Nummer von Omas Heim.« Ich drücke auf Annahme. »Hofer. – Ja, ich bin die Enkelin. – Randaliert? Meine Oma? – Ach. –

Ja. – Ja. – Okay, ich komme. Sagen Sie ihr, dass ich sofort losfahre und in zwanzig Minuten da bin.«

Ich springe auf und werfe das Telefon auf das Bett. »Wir müssen ein andermal weiterreden.«

»Was ist denn los?«

»Keine Ahnung. Meine Oma randaliert angeblich in ihrem Zimmer. Ich soll sofort kommen.«

Die Verabschiedung zwischen Jette und mir ist kühler als üblich, was nicht an ihr liegt. Sie hält und drückt mich fest und sagt: »Alles wird wieder gut, Isa.« Aber ich spüre zu deutlich, dass da etwas zwischen uns liegt, das nicht gut ist. Und ich habe keine Ahnung, was es ist.

»Oma ... Großmutter, was hast du dir nur dabei gedacht?« Mein Ton ist mehr verzweifelt als streng, insbesondere deswegen, weil ich das Wort randalieren, das Nachtschwester Angela am Telefon benutzte, für völlig überzogen halte. Oma hat schließlich kein Mobiliar zerlegt, sondern lediglich ihren Nachttisch abgeräumt. Obwohl, abgeräumt ist vielleicht auch nicht die richtige Bezeichnung. Immerhin hat sie alles, was darauf stand, durchs Zimmer geworfen. Die Nachttischlampe liegt mit eingedelltem Schirm neben dem Sessel. Sie muss schon einiges an Kraft aufgewendet haben, um aus ihrer halb sitzenden Position im Bett den Stecker aus der Dose gezogen zu haben. Der Wecker hat beim Aufprall am Kleiderschrank nicht nur seine Batterien, sondern auch die Plastikscheibe, die die Zeiger schützt, verloren. Darum kümmere ich mich gleich. Momentan bin ich damit beschäftigt, die nassen Flecken vom Laminat zu wischen – Omas Wasserglas hat während des kurzen Flugs zur Tür glücklicherweise nur seinen nassen Inhalt verloren und ist ansonsten heil geblieben, weil es auf dem Sessel gelandet ist.

Die Pflegerin hat zwar halbherzig angeboten, das Aufwischen später zu übernehmen, aber ich habe sie freundlich und mich mehrfach für meine Oma entschuldigend aus dem Zimmer komplimentiert. Außerdem braucht Frau Magens ihren Beistand wohl eher als meine Oma, die – ihren gesunden Arm vor der Brust verschränkt – im Bett sitzt und meine Frage mit dem Trotz eines Kleinkinds beantwortet. »Es war Notwehr, Luisa. Ich dachte, es wären Einbrecher oder Räuber oder was weiß ich. Liest man doch andauernd, dass so was passiert.«

»Eine fünfundachtzigjährige dauergewellte Einbrecherin? Erzähl mir nicht, du hast die arme alte Frau Magens nicht erkannt.«

»Es war dunkel.«

»Nein, war es nicht. Das Licht brannte, hat die Schwester gesagt. Und du hast noch Günther Jauch geguckt.« Ich deute zu dem kleinen Fernseher auf dem Tischchen am Fenster, dessen Ton jetzt zwar leise gestellt ist, aber der Bildschirm flimmert noch.

Oma sieht montags immer *Wer wird Millionär*. Manchmal, wenn ich montags zu Hause war, habe ich ihr dabei Gesellschaft geleistet. Allerdings eher, weil Oma mich bestens unterhalten hat. Sie ist ein Klugscheißer hoch drei. Sehr oft zweifelt sie sogar die richtige Lösung an, wenn sie nicht mit ihrer übereinstimmt. Manipulation, Unwissen, Dummheit – all das unterstellt sie der Redaktion der Ratesendung dann. Jetzt flackert allerdings nicht mehr Günther Jauch über den Bildschirm, sondern ein dösig aussehender Mann mit pomadigem Seitenscheitel drückt einer pummeligen Frau ein Lamm in den Arm. *Bauer sucht Frau*. Vielleicht muss Bernd Meyer sich auch bald für dieses prollige Fernsehformat zur Verfügung stellen, wenn seine Frau nicht zu ihm zurückkehrt. Ich sehe Moderatorin und Alliterationsmeisterin Inka Bause schon breit grinsend in die Kamera sagen: Der bissige Bullenbauer Bernd …

»Pah!«, holt Oma mich in die Realität zurück. »Wenn die vom Heim die alte Magens nicht einschließen oder dafür sorgen, dass die hier nächtens nicht mehr durch die Gegend rennt, muss man sich ja wehren.«

»Du hast Frau Magens zu Tode erschreckt, sagt die Schwester.« Die Wut darüber kommt noch einmal in mir hoch. Ich stehe auf und blicke auf Oma hinab. »Warum hast du nicht einfach geklingelt?«

Bockig sieht sie mich an. »Wenn man hier klingelt, ist das, als ob in Hamburg ein Krückstock umfällt. Keinen interessiert's.«

Seufzend setze ich mich auf die Bettkante. »Abends und nachts dauert es schon mal ein wenig länger. Das kenne ich aus dem Krankenhaus. Die Personalbesetzung ist dann schwach.«

»Genau. Und darum muss ich mich selbst wehren.«

»Aber Frau Magens ist schwer demenzkrank. Hast du denn gar kein Mitleid?«

»Hat mit mir einer Mitleid? Ihr schiebt mich hierher ab, und ich soll dann noch für fremde Leute den Aufpasser machen? Nee, nicht mit mir.«

Ich muss mich dazu zwingen, Omas Hand beruhigend zu tätscheln. »Mama ist ja bald wieder da, dann kommst du nach Hause.«

Ein Grunzen ist die Antwort.

Ich stehe auf, um weiter aufzuräumen. Ich beule den Schirmständer aus und stelle die Lampe zurück auf den Nachttisch neben die gerahmte Fotografie, die als Einzige nicht durch das Zimmer geflogen ist. Und das sagt mir einmal mehr, dass Oma die anderen Sachen durchaus mit viel Bedacht und nicht aus Reflex geworfen hat.

»Dich hätte ich zuerst geworfen«, murmle ich und schiebe das Bild von Luzifer ein Stück zurück.

»Was sagst du, Luisa?«

»Nichts.«

Es ist halb elf, als ich Oma einen Kuss auf die Wange drücke und das Heim verlasse. Auf der Fahrt nach Hause bin ich so fertig von dem ganzen schrecklichen Tag, dass ich einen Moment überlege, einfach an die Tür des Landhauses zu hämmern, um Aaron in die Arme zu fallen, um von ihm gehalten zu werden, bis ich alt und grau bin. Für immer.

»Ich liebe dich«, flüstere ich, während ich zitternd Ferdinand über die dunkle Landstraße jage.

Ja, ich liebe Aaron Berner.

14

»Ich soll dich grüßen und auf den Arm nehmen und ganz doll drücken.« Vom Küchentisch aus starre ich auf Luzifer hinab. »Den Gruß hab ich hiermit ausgerichtet. Den Rest können wir beide uns wohl schenken.« Der schwarze Teufel schlingt seine Wildhäppchen in sich hinein und ignoriert mich und mein Gelaber. Er musste heute warten, bis ich die Gäste zufriedengestellt hatte, weil ich wieder einmal spät dran war. Und das lag daran, dass ich nur drei Stunden geschlafen habe. Mein Innerstes war in der vergangenen Nacht viel zu aufgewühlt, als dass an Schlaf zu denken war.

Lustlos beiße ich von der Honigbrötchenhälfte ab, um etwas in den Magen zu bekommen. Mein Appetit ist gleich null. Ich bin hin- und hergerissen zwischen erwartungsvoller Sehnsucht, Aaron heute Mittag zu sehen, und herzzerreißendem Schmerz darüber. Vielleicht sollte ich kündigen? Ich kann nicht wochenlang in diesem Gefühlschaos leben. Wer weiß, wann Onkel Hollerbeck wieder praktizieren kann.

Mit diesem Gedanken nimmt mein schlechtes Gewissen ein weiteres Päckchen Schuld an. Ich muss Onkel Hollerbeck unbedingt im Krankenhaus besuchen. Schließlich ist er nicht nur mein Arbeitgeber, sondern auch ein lieber Nachbar. Vielleicht kann ich diesen Besuch mit dem bei meiner Oma verbinden. Ich habe ihr beim Weggehen versprochen, morgen wieder bei ihr reinzuschauen.

Ich seufze tief und laut. Mein Tag brauchte dringend ein paar Stunden mehr.

»Hast du Sorgen, Isa?«

Obwohl Tommaso sehr leise gesprochen hat, zucke ich zusammen. Er steht in der offenen Küchentür und schaut zu mir. Jedenfalls soweit ich das beurteilen kann.

»Warum nimmst du nie diese Brille ab?«, frage ich, anstatt ihm auf seine neugierige Frage zu antworten, denn es fängt an mich gewaltig zu nerven, ihm niemals in die Augen sehen zu können.

»Oh …« Seine Hand geht zur Brille. »Ich, äh, es tut mir leid. Ich weiß, dass es unhöflich ist, aber … es ist wegen …« Er schluckt und sucht anscheinend nach den richtigen Worten.

»Entschuldige bitte«, sage ich und stehe auf. »Es geht mich nichts an.«

Tommaso fühlt sich sichtlich unwohl. Er holt Atem, legt beide Hände an die Brillenbügel und will sie anscheinend abnehmen.

Mein schlechtes Gewissen hämmert an meine Schädeldecke. »Lass sie bitte auf, Tommaso. Ich vermute, du hast diese Augenkrankheit, die Heino früher mal hatte?« Jette und ich haben das als Jugendliche gegoogelt, weil wir der Meinung waren, dass Heino sie als Markenzeichen trägt und nicht, wie meine Oma bis heute überzeugt ist, die toten Augen von London darunter verbirgt.

Seine Finger verharren an den Brillenbügeln. Er scheint noch mit sich zu ringen.

»Wollen wir einen Spaziergang an der Elbe machen?«, frage ich schnell, um mein schlechtes Gewissen zu entlasten. »Ein bisschen frische Luft würde mir guttun.«

Ein freudiges Lächeln erscheint auf seinen Lippen, die von dem fusseligen Bart zum Teil bedeckt sind. Er lässt seine Brille, wo sie ist, und sagt: »Gern!«

Es weht ein kräftiger und für Mai sehr frischer Wind aus Ost, und ich bin froh, dass ich meine Windjacke angezogen habe, während wir die ausgetretenen Steinplatten der Deichtreppe rauf- und auf der anderen Seite wieder runtergehen, um an die Elbe zu gelangen. Jeans und Sneaker runden mein Outfit ab. Nach Kleid war mir heute Morgen sowieso nicht. Irgendwie ist alles Leichte, alles Romantische von mir abgefallen. Tommaso und ich stapfen mit kräftigen Schritten durch den Sand, als wir das Ufer erreichen. Die Elbe trägt ihren typischen Geruch nach Schlick und Salzwasser zu uns, und meine Wangen sind schon nach den ersten hundert Metern kühl und vermutlich rot. Aber es tut mir gut, hier draußen zu sein.

Zwei riesige Containerschiffe begegnen sich, und ich würde erwarten, dass Tommaso stehen bleiben möchte, um die Schiffe zu betrachten, aber er schaut nicht einmal hin. Nun, Schiffe kennt er wohl aus seiner Heimatstadt Brindisi zur Genüge. Stattdessen blickt er immer wieder mich von der Seite an, das sehe ich aus dem Augenwinkel. Er versucht ein Gespräch in Gang zu bringen, und ich mache es ihm dabei nicht leicht. Ich beantworte seine Fragen nach meinen Hobbys, nach meinem Studium und meiner Beziehung zu Jette nicht gerade ausschmückend. Um nicht zu unhöflich zu wirken, bitte ich ihn, von seiner Frau und seinem Sohn zu erzählen.

Seine heisere Stimme wirkt angestrengt, je mehr er erzählt, aber auch wärmer als bisher. Er scheint seine Christina und den achtjährigen Tim also sehr zu lieben.

»Ist es eure erste Ehe?«, hake ich nach. »Du bist ja nicht mehr … so jung«, wage ich einen neugierigen Vorstoß, in der Hoffnung, ihn mit der Alterssache nicht beleidigt zu haben.

Er antwortet in der Tat ein wenig verhalten. »Nein … nein, es ist für uns beide die zweite Ehe. Wir hatten beide vorher … Familien.«

»Oh, ihr habt also auch Kinder aus euren ersten Beziehungen?«

Tommaso schweigt eine Weile, bevor er sagt: »Christina hat einen Sohn aus ihrer ersten Ehe, der bereits erwachsen ist, und ich … war auch Vater vor Tim.«

»Toll«, sage ich mit Begeisterung und meine es ehrlich. »Ich finde es so unglaublich schön, wenn Familien sich patchworkmäßig wieder neu zusammenfinden. Ich wünschte, das wäre bei uns auch so gewesen, aber mein Vater hat es vorgezogen, sich aus meinem Leben vollständig zurückzuziehen. Ich weiß nicht einmal, wo er heute lebt.« Ich bleibe stehen und starre dem Containerschiff hinterher, das Richtung Hamburg fährt. »Vielleicht hat er auch eine neue Familie gegründet. Vielleicht hat er Kinder, ein, zwei oder drei.« Mir läuft eine Träne über die Wange, und ihre Wärme zeigt mir, wie kalt meine Wangen sind. Ich wende mich Tommaso zu, dessen Hand streichelnd über meinen Oberarm fährt. »Wir hätten doch auch eine Patchworkfamilie sein können, wenn er gewollt hätte.«

Tommaso scheint der kalte Ostwind noch mehr zuzusetzen als mir. Seine Lippen zittern. »Isa«, sagt er, und seine Stimme klingt krächzender denn je, »ach Isa, ich …«

»Ja?« Unglaublicherweise bahnt sich auch auf seiner Wange am Rand der Brille eine Träne und noch eine ihren Weg. Merkwürdig. Die Brille schützt doch seine Augen. Die Tränen können doch nicht durch den Wind verursacht sein?

»Isa, ich muss … ich *möchte* dir etwas sagen …« Er schluckt.

Er hat meine volle Aufmerksamkeit, doch Sekunden später muss er sie mit etwas teilen, das der Wind herüberträgt – ein heftiges Schluchzen.

Auch Tommaso schaut dorthin, woher die verzweifelten Laute kommen. Ein Stück vor uns sitzt jemand im Sand und weint in seinen Arm, der auf angezogenen Beinen ruht.

»Ach, nein«, sage ich mitleidig, denn ich glaube zu wissen, wer da sitzt. Ich sehe Tommaso wieder an. »Lass uns unser Gespräch später fortsetzen. Vielleicht morgen? Ich muss dahin.« Ich deute zu der Gestalt im blauen Kapuzenpulli.

Tommaso schluckt wieder, dann nickt er. »Ja, ja, okay, aber … Bitte, Isa, ich … lass uns heute noch sprechen. Bitte.«

Puh, ich sollte wirklich mehr Tagstunden beim lieben Gott beantragen. »Okay«, sage ich mit einem Lächeln und Blick zu den feuchten Spuren auf seinen Wangen, die die Tränen hinterlassen haben. »Wenn ich es zeitlich hinkriege. Bis später.« Ich tätschle seinen Oberarm, dann stapfe ich los.

Ich habe mich nicht getäuscht in meiner Annahme, wer da mit angezogenen Beinen im Sand sitzt – einer der Olbrecht-Jungs. Als ich direkt neben ihm stehe, weiß ich, dass es der jüngere ist, Matthis.

Er hat mich nicht kommen hören, weil der Wind aus der anderen Richtung kommt und sein heftiges Weinen meine Schritte im Sand geschluckt hat.

Ich gehe in die Knie. »Hallo, Matthis.«

Erschrocken reißt er den Kopf hoch. Blaue Augen blicken mich aus verquollenen Lidern an.

Meine Hand legt sich automatisch auf seinen Arm, als er aufspringen will. »Lauf nicht weg. Ich bin hier der Störenfried und werde weitergehen, wenn du lieber allein sein willst.« Ich nehme meine Hand von ihm. Er bleibt sitzen und wischt mit dem Ärmel seines Kapuzenpullis über das von Tränen feuchte Gesicht, nicht zum ersten Mal, wie die dunklen Flecken auf dem Stoff verraten. »Mama ist tot«, würgt er heraus.

»Ja, Matthis, ich weiß. Darum konnte ich einfach nicht ignorieren, dass du hier sitzt und … so traurig bist.« Mein Arm ist schon in der Höhe, weil ich ihn um seine zuckenden Schultern legen möchte, doch im letzten Moment zögere ich. Verschrecke ich ihn vielleicht? Wird er die Berührung als zu plumpe Vertraulichkeit empfinden?

Denk nicht so viel, sagt meine innere Stimme, und ausnahmsweise höre ich auf sie und lege meinen Arm um ihn. Sein Weinen wird noch stärker, für mich ein Zeichen, dass ihm die Umarmung nicht unangenehm ist. Im Gegenteil, sie lässt ihn noch mehr aus sich rauskommen.

Ich lasse ihn einfach weinen und halte ihn in meinem Arm.

Es dauert, bis er ruhiger wird. Sein Atem geht stoßweise vom vielen Weinen. »Alle sagen, Mama ... ist ... jetzt erlöst, aber ...«, er beginnt wieder zu weinen, »sie ... ist nicht ... erlöst. Sie ist tot! Sie ... kommt niemals wieder! Niemals!« Es schüttelt ihn.

»Der Tod ist grausam«, sage ich leise. »Er ist das größte Arschloch ever«, füge ich ernst hinzu.

Matthis sieht mich von der Seite an. Eine so immense Traurigkeit liegt in seinen Augen. Und Aufmerksamkeit.

»Das ist mein Ernst. Genau das ist der Tod – ein Arschloch, ein kaltes, dunkles Monster für die, die zurückbleiben.« Ich meine, was ich sage. Jetzt und hier ist nicht der Zeitpunkt für Aussprüche wie »Es wird alles wieder gut« oder »Das Leben geht weiter«, auch wenn es die Wahrheit ist. Mein Daumen streichelt unentwegt über seine Schulter. »Ich bin Krankenschwester von Beruf, und ich habe schon viele Menschen sterben sehen, alte und junge und auch Kinder. Und für die Familie, die den Menschen gehen lassen muss, den sie so sehr liebt, ist der Tod grausam. Er hat nichts Warmes und nichts Helles. Er hinterlässt eine Leere, die nicht zu beschreiben ist. Er lässt einem keine Chance, den Menschen hierzubehalten, den man liebt, egal, wie viel man betet und bittet.«

Matthis nickt.

»Aber deine Mama hat den Tod nicht als Feind betrachtet, Matthis. Nicht mehr am Ende. Das habe ich in ihren Augen gesehen. Und du hast es doch auch gesehen und gespürt? Wenn die Menschen um euch herum sagen, dass der Tod für deine Mutter eine Erlösung war, dann haben sie auch recht, weil sie jetzt erlöst ist von den grässlichen Schmerzen, die sie ausgehalten hat, von dem erschöpfenden Kampf, den sie geführt hat über so viele Jahre.«

»Aber andere werden gesund.« Matthis' Wut vertreibt die Tränen. »Warum denn nicht Mama?«

Ich atme tief durch. »Das ist die eine Frage, die immer bleibt. Die Frage, auf die es keine Antwort gibt.« Ich streichle seine Hand mit meiner Rechten. »Du bist gezwungen, es hinzunehmen, Matthis. Du musst es aushalten. Du musst deine ureigene Trauer durchleben. Niemand kann sie dir abnehmen, nicht dein Papa und auch nicht dein Bruder. Jeder von euch hat seine eigene Trauer, und jeder muss sie auf seine Art bewältigen, aber …«, ich mache eine kleine Pause, um seine Aufmerksamkeit nicht zu verlieren, »… ihr könnt euch gegenseitig helfen, es auszuhalten. Und deine Freunde werden dir helfen, es auszuhalten. Und es gibt noch etwas, was dir helfen wird, es zu ertragen. Vielleicht sogar das am allermeisten.«

Er sieht mich an.

»Deine Mutter«, sage ich mit einem Lächeln. »Auch wenn sie körperlich nicht mehr da ist, ist sie nicht weg. Sie ist ein Schatz, dein Schatz, ganz tief in dir drinnen. Sie ist immer da und wird dort immer bleiben. Und du kannst mit ihr reden und ihr alles sagen, und wenn du ganz tief in dich hineinhorchst, wirst du eine Antwort bekommen.« Ich streichle über seine feuchte rote Wange. »Nicht mehr aus ihrem Mund, aber du wirst in dir ihre Worte hören. Und ich glaube bestimmt, dass Mama dir ganz persönliche Worte mit auf den Weg gegeben hat. Habe ich recht?«

Ich bin mir sicher, dass Tanja Olbrecht das getan hat, was jede Mutter tut, die weiß, dass sie ihre Kinder nicht bis ins Erwachsenenalter hinein begleiten kann. Sie hat ihren Söhnen gesagt, dass sie fröhlich bleiben sollen, dass sie lachen sollen, dass sie immer bei ihnen sein wird in ihren Herzen und dass sie sich nichts mehr wünscht, als dass sie glücklich sind.

Matthis schluchzt ein »Ja« heraus. »Hat … sie.«

Ich drücke ihn fest. »Dann lass ich dich jetzt wieder allein. Und wein ruhig, was das Zeug hält, Matthis. Weinen ist erst mal das Einzige, was Erleichterung verschafft. Und wenn du nach

Hause gehst, mach dir einen heißen Kakao. Und rede mit Thore und deinem Vater über alles, was dich bewegt. Reden hilft auch.«

Er starrt auf die Elbe, als ich aufstehe. Der Wind trägt seine vom vielen Weinen stockende Stimme hinter mir her, als ich nach Hause gehe. »Arschloch, du … bist … echt ein … Arsch…loch.«

Liebe Jette,
gleich ist es so weit! Ich werde Isa sagen, wer ich bin! Mein Herz klopft bis zum Hals, aber es fühlt sich gut und richtig an. Noch ist sie am Strand, doch sobald sie zurück ist …
Ich bin so aufgeregt!
Dein Thomas

O Gott, Thomas, ich bin jetzt schon fix und fertig. Bitte schreib mir sofort, wenn Ihr miteinander gesprochen habt. Hoffentlich wird alles gut!
Jette

Wieder zu Hause, gehe ich Tommaso aus dem Weg, indem ich mich sofort in mein Kellerloch zurückziehe, aufs Bett werfe und die Decke über mich ziehe. Ich kann nach dem herzzerreißenden Anblick des Jungen nicht für Tommaso die Schulter zum Ausheulen sein. Und das ist es, was ich befürchte. Tommaso klang so nach Herzausschütten, aber ich bin selbst in solch aufgewühlter Stimmung, dass ich für seine Geschichte heute keine Kraft mehr habe.

Als ich um kurz vor eins die Praxis betrete, geht es mir ein bisschen besser. Ich habe mir vorgenommen, Aaron möglichst cool gegenüberzutreten. Ich mache mich darauf gefasst, dass er mir gegenüber ein kühles Verhalten an den Tag legen wird. So wie gestern. Und ich kann es ihm nicht verübeln. Ich begrüße Frau

Lutter und verschwinde schnell im Labor, um meine Jacke aufzuhängen. »Hi, Isa«, sagt Poppy fröhlich, um sich gleich wieder dem kleinen Waschbecken zuzuwenden, an dem sie rumhantiert.

»Hallo, Poppy.« Ich blicke ihr über die Schulter. Sie ist dabei, mit einem Skalpell im Wasserbehälter der Kaffeemaschine herumzukratzen. »Äh …?« Mehr will mir im Moment nicht einfallen.

Poppy kratzt konzentriert weiter. Ihre kleinen weißen Zähne sind dabei in die Unterlippe gebohrt. Das Geräusch des Skalpells, wie es auf dem Kunststoff herumschabt, klingt gruslig.

»Was machst du da?«, frage ich entgeistert.

»Frau Lutter hat gesagt, ich soll die Kaffeemaschine entkalken.«

»O Mann, Poppy.« Kopfschüttelnd öffne ich eine Schublade, nehme ein Päckchen Bio-Kaffeemaschinen-Entkalker aus einer Packung heraus und drücke es ihr in die Hand. »Damit macht man das, nicht mit einem Skalpell. Lies dir die Anleitung durch und mach es genau so, wie es da draufsteht.«

Sie nimmt den Entkalker und liest die kurze Anweisung. »Ist ja fett! Und ich Blödi kratz hier rum. Der Erfinder hat bestimmt den Nobelpreis gekriegt, was?«

»Wenn nicht der, wer dann.« Als ich das Labor verlasse, steht Aaron am Anmeldetresen. Frau Lutter reicht ihm gerade einen Packen Karteikarten für die heute anstehenden Hausbesuche. Auf mein gekünstelt munteres »Na, allerseits« erwarte ich von ihm einen distanzierten Blick oder ein kaltes Hallo. Umso mehr überrascht es mich, als er sich mir zuwendet und mich anstrahlt. »Hallo, Isa.«

Ich schlucke und bin sofort Gefangene seines Magnetblicks. In meinem Bauch beginnen Schmetterlinge, ach was, eine ganze Schmetterlingsarmee beginnt Zickzackkurs zu fliegen, woraufhin meine Beine anfangen zu zittern. Ich lasse mich auf meinen

Schreibtischstuhl plumpsen und spiele vor lauter Verlegenheit am Höhenhebel herum. Als ich nach unten sacke, sieht Frau Lutter mich mit gerunzelter Stirn über ihre Brille an. Schnell pumpe ich mich wieder nach oben und greife nach den beiden einsamen Briefen im Postkorb, um Briefmarken draufzukleben, um einfach irgendetwas zu tun, außer mich zu blamieren.

Ich öffne die Schublade des Schreibtisches, nehme die Briefmarken raus und drücke auf jeden Brief eine Marke. Es sind selbstklebende. Trotzdem hämmere ich mit der geballten Faust noch einige Male auf den aufgeklebten Marken herum.

»Bist du verrückt geworden, Isa?«, fährt Frau Lutter mich an. »Das sind die Marken für die Maxibriefe. Du hast gerade zwei Euro sechzig auf einen Siebzigcentbrief geklebt.«

»Oh.« Ich starre auf die Post. Will Aaron nicht endlich ins Arztzimmer verschwinden oder auf Hausbesuchstour gehen?

Verzweifelt schaue ich auf und begegne seinem amüsierten Blick. Dann sieht er Frau Lutter an. »Ich könnte Isa zu den Hausbesuchen mitnehmen.«

»O ja, bitte«, ist die Antwort, und ich hasse sie beide.

Hallo, Thomas,
was ist denn jetzt? Habt Ihr Euch ausgesprochen? Bitte, bitte, melde Dich doch!
Jette, die nur noch ein Nervenbündel ist

Liebe Jette,
entschuldige, dass ich mich noch nicht gemeldet habe, aber das Gespräch hat nicht stattgefunden. Isa ist nach dem Strandbesuch nicht mehr zu mir gekommen. Und jetzt arbeitet sie in der Praxis. Aber aufgeschoben ist nicht aufgehoben. Ich melde mich, sobald es etwas Neues gibt.
Dein Thomas

Was?? O Mann!! ☹
Vielleicht sollte ich das Ganze doch in die Hand nehmen!
LG, Jette

Jette, nein! Es wird schon werden. Versprochen!
Dein Thomas

»Wenn ich's nicht besser wüsste, würde ich vermuten, ich mache dich nervös«, sagt Aaron, als wir im Wagen sitzen und vom Grundstück auf die Straße biegen. Seine dunkle Stimme klingt leicht und irgendwie fröhlich.

Aus dem Augenwinkel sehe ich, dass er mich anschaut. Also zwinge ich mich, auf die Karteikarten in meiner Hand zu blicken. »Aber du weißt es ja besser«, entgegne ich knapp und klappe die Karte von Frau Jensen auf, ohne dass es dafür einen Grund gibt. »Es war eine einmalige Sache.« Ich bin immer leiser geworden, und das ärgert mich. Ich sollte überzeugender klingen.

»Mit Sache meinst du die Nacht und den Morgen mit dem Wahnsinnssex, den wir hatten?«

Mein Kopf ruckt zu Aaron herum. Mir wird heiß.

Wir blicken uns an, und er lächelt auf eine verdammt charmante, aber auch unverschämte Art und Weise. »Du hast es doch genauso genossen wie ich, oder etwa nicht?«

Ruckartig wende ich mich wieder ab. »Ich möchte nicht mehr darüber sprechen. Bitte, Aaron, lass es. Lass es einfach gut sein.« Ich hasse die Verzweiflung in meiner Stimme. Als Schauspielerin wäre ich Anwärterin auf die Goldene Himbeere.

Aaron scheint taub zu sein. »Ich kann nicht aufhören, daran zu denken, wie es war, wie herrlich, wie leidenschaftlich. Allein die Vorstellung, wie du diese kurzen lustvollen Laute ausstößt, wenn meine Finger deine Brüste berühren und diese Stelle zwischen …«

»Aaron!« Meine Ohren sind heiß und wahrscheinlich knallrot.

Er lacht. »Für eine Frau, die One-Night-Stands favorisiert, bist du bemerkenswert gehemmt.«

Meine Wangen glühen. »Wenn du nicht augenblicklich damit aufhörst, steige ich aus und gehe zurück.« Er schweigt tatsächlich. »Da vorne rechts«, sage ich nach einem Moment, weil wir abbiegen müssen. »Die Patientin heißt Minna Jensen«, plappere ich weiter, um die unnatürliche Stille zwischen uns zu überbrücken. »Sie ist einundneunzig Jahre alt und hat starke Schmerzen beim Gehen. Sie hat bereits zweimal neue Hüften bekommen, an beiden Seiten, und liegt jetzt im Clinch mit der Krankenkasse, weil die natürlich in ihrem Alter die dritte Hüfte verweigert.«

»Lebt sie allein?«

»Ja. Sie war nie verheiratet. Und«, fällt mir dazu ein, »nenn sie bloß nicht Frau Jensen. Sie besteht auf Fräulein.«

»Dieses Dorf ist anscheinend das Dorf der Frauen mit Prinzipien.«

Ich ignoriere den Seitenhieb und winke Minna Jensen zu, als Aaron den Wagen vor dem Gartentor stoppt. Da Frau Lutter den Arztbesuch telefonisch avisiert hat, empfängt die greise Seniorin uns vor dem Haus. Sie sitzt – gekleidet in dunkelblaue Hosen und hellblauem Twinset und Perlenkette – auf ihrem Rollator vor der Haustür. Von der Größe und der braunen Lockenperücke her, die sie trägt, könnte sie Frodo Beutlins Urgroßmutter sein, allerdings fehlt ihr das Kräftige der Hobbits. Sie ist eine sehr zierliche Person mit pergamentener Haut und Altersflecken in allen Größen und Schattierungen, die mich daran erinnern, unbedingt in meine Hautpflege zu investieren.

»Ich hoffe, Sie haben Zeit mitgebracht, Herr Doktor, ich habe nämlich den Kaffeetisch gedeckt«, sagt sie nach der Begrüßung. Durch ihre große Brille hat sie Aaron erst einmal ausgiebig gemustert. Er öffnet ihr die Tür, damit sie ihren Rollator hindurchschieben kann. »Alte Frauen wie ich freuen sich, wenn jemand zum Reden ins Haus kommt, selbst wenn es Menschen sind, die dafür bezahlt werden.«

»Nun«, entgegnet Aaron, »ich könnte mir vorstellen, dass ein Gespräch mit Ihnen durchaus seinen Reiz hat, auch wenn es nicht dienstlich erfolgt. Sie scheinen eine sehr kluge und energische Frau zu sein, Fräulein Jensen.«

»Hach, man hat Sie geimpft. Das gefällt mir. Ich bin nämlich stolz darauf, ein Fräulein zu sein.«

Im Wohnzimmer, das ein wenig frische Luft vertragen könnte, ansonsten aber sauber und aufgeräumt ist, sitzen wir schließlich zu dritt an der Kaffeetafel, die sehr liebevoll gedeckt ist. Auf einem kleinen silbernen Tablett stehen auf winzigen zarten Spitzendeckchen ein Kännchen und eine Zuckerschale, ebenfalls aus Silber. Ich deute darauf. »Das ist wunderschön.«

»Es zeichnet dich aus, Isa, dass du einen Blick für schöne Dinge hast«, sagt sie zufrieden. »Heutzutage kaufen die jungen Frauen doch nur diesen Schrott aus Schweden, dieses Wegwerfzeug aus dem großen Ramschladen. Wie heißt er noch?«

Bevor ich antworten kann, fährt Aaron dazwischen: »Auch Männer haben einen Blick für das Schöne.« Weil er mich dabei ansieht, könnte ich mit meinem Inneren die Polarkappen schmelzen.

Fräulein Jensens Blick bleibt an mir hängen. »Was ist aus der unsäglichen Geschichte mit diesem Professor geworden, Isa? Ich hoffe, du hast daraus eine Lehre für dein Leben gezogen?«

Ich verschlucke mich an dem Kaffee, den ich gerade aus der zierlichen Porzellantasse getrunken habe. Noch während ich huste, kommt Wut auf meine Oma in mir hoch. Sie ist die Einzige, die Fräulein Jensen von Peer Magnussen erzählt haben kann. Die beiden sind Freundinnen, soweit man als herrische Zicke überhaupt mit einer Gleichgesinnten befreundet sein kann. Und im Zickentum stehen sich beide in nichts nach.

»Ich spreche nicht mehr über ihn«, antworte ich knapp. »Das Thema ist durch.«

»Recht so.« Minna Jensens Hand zittert stark, als sie nach einem Keks greift. Da ich in der vergangenen Woche genug von selbst gebackenen, steinharten Seniorenkeksen hatte, bin ich dankbar, dass sie gekaufte anbietet. Es ist die leckere Keksmischung, die Mama beim Aldi immer in der Billigvariante kauft. Ich greife im selben Moment wie Aaron nach dem einzigen Butterröllchen, das auf dem Teller liegt. Unsere Finger berühren sich kurz.

»Bitte, nimm«, sagt er und greift stattdessen nach einem Schokokeks.

»Danke«, entgegne ich förmlich und nehme den Keks. Aarons Augen folgen mir dabei, wie ich das Röllchen zwischen die Lippen stecke. Täusche ich mich, oder hat sein Lächeln tatsächlich etwas Anzügliches? Er wird doch wohl nicht die Unverschämtheit besitzen und an dasselbe denken wie ich gerade? Unsere Nacht war schon ziemlich … hemmungslos. Mit heißen Wangen beiße ich ein Stückchen ab und kaue hastig auf dem Gebäck herum.

»Die meisten Männer denken nur an das eine«, sagt Minna Jensen, als könnte sie meine Gedanken lesen. Sie klaubt mit einer verzierten Silberzange ein Stück Zucker aus dem Schälchen und lässt es tattrig in die Tasse plumpsen. »Sie wollen sich vergnügen, diese rauen wilden Gesellen. An das Gemüt der Frau denken sie nicht, Anwesende ausgenommen.« Sie schenkt Aaron ein gnädiges Kopfnicken.

»Danke, Fräulein Jensen. Sehr freundlich.« Seine Stimme klingt ernst, aber ich habe das amüsierte Aufblitzen seiner Augen gesehen, während sie sprach.

Minna Jensen nickt erneut, dann sieht sie zu mir. »Deine Mutter hat diese Erfahrung ja auch gemacht, Isa. Dein Vater war kein guter Ehemann. Ein Betrüger, ein Schwerenöter. Hat sich mit fremden Frauen vergnügt, während deine Mutter die Pension geführt hat. In ihm steckte auch das Verderben, das in den meisten Mannsbildern steckt. Deine Mutter hat er ins Unglück gestürzt und dich auch. Warst manchmal schon ein viel zu trauriges kleines Mädchen.«

Mit trockenem Mund starre ich die alte Frau an. Im ersten Augenblick fehlen mir die Worte, um dieses Statement zu kommentieren. Ich schau zu Aaron, nur einen Moment, aber dieser Moment reicht, um zu sehen, dass seine Augen ebenfalls alles Amüsierte verloren haben.

»Mein Vater hat sich nicht mit fremden Frauen vergnügt«, nehme ich Papa in Schutz, auch wenn er es vielleicht nicht verdient hat. Aber etwas in mir zwingt mich dazu, ihn nicht schlechter dastehen zu lassen, als es der Wahrheit entspricht. »Er hat sich in *eine* andere Frau verliebt.«

»Hat's deiner Mutter was geholfen?« Minna Jensens dünne Lippen verziehen sich hämisch. »Ob für eine oder hundert, er hat sie zurückgelassen, und sie leidet bis heute darunter. Und dich, meine Liebe, hat er auch zurückgelassen.« Sie wischt mit ihrer pergamentenen Hand über ihre vom Kaffee feuchten Mundwinkel. »Es wundert mich, dass du ihn auch noch in Schutz nimmst. Das hat deine Mutter nicht verdient. Sie lebt ihr Leben nur noch für dich. Sei also dankbar.«

Ich schlucke. Minna Jensen hat ihr Gift versprüht und mich damit gelähmt.

»Du meine Güte, Frau Jensen«, höre ich Aarons feste Stimme. »Isa ist …«

»Fräulein, Herr Doktor, Fräulein!«

»*Fräulein* Jensen, Isa ist ja nun weiß Gott nicht für das Singleleben ihrer Mutter verantwortlich. Jede verlassene Frau hat die Möglichkeit, wieder einen neuen Partner zu finden, wenn sie es denn will. Übrigens genau wie jeder verlassene Mann. Und das wollen wir doch mal festhalten: Auch Frauen verlassen ihre Männer, weil sie sich in einen anderen Partner verlieben.«

»Wie reden Sie denn mit mir?« Hinter der großen Brille starren Minna Jensens Augen Aaron so biestig an, dass ich ihr am liebsten die Perücke darüber ziehen würde.

Aaron schenkt ihr ein Lächeln. »Ich rede ruhig und höflich mit Ihnen. Ich habe nur eine andere Meinung als Sie.«

»Und die gefällt mir nicht.« Minna Jensen richtet ihre grazile Gestalt im Sessel auf.

Aaron und ich sehen uns an, und ich bin mir sicher, dass wir beide das Gleiche denken. Die alte Lady teilt gerne aus, steckt aber nicht gut ein.

»Wir sind dann ja auch fertig mit dem Kaffee«, kommt es spitz über ihre Lippen. »Und Sie wollen ja bestimmt noch andere Patienten beehren.« Sie steht auf, so mühselig, dass Aaron und ich gleichzeitig aufspringen, um ihr zu helfen. Als sie steht, schüttelt sie unsere Hände ab. »Ich komme schon zurecht. Schreiben Sie mir einfach die Tabletten auf, die Dr. Hollerbeck mir verordnet hat.«

»Ich möchte dann vorher aber noch Ihren Blutdruck messen«, sagt Aaron mit ruhiger Stimme.

»Das können wir uns schenken, der ist jetzt sowieso auf hundertachtzig.«

Seufzend gibt Aaron nach. »Dann wird mein Onkel nach Ihnen sehen, sobald er wieder praktiziert. Wenn Sie ansonsten Probleme haben, Fräulein Jensen, rufen Sie gern in der Praxis an. Ich komme dann zu Ihnen.«

»Nein danke.«

Sie begleitet uns zur Tür. Ihr Abschiedsgruß ist deutlich kühler als unserer.

Schweigend gehen Aaron und ich zum Auto. Als wir sitzen, sehen wir uns an. Nach drei Sekunden beginnen wir beide schallend zu lachen.

»Was war das denn?«, sagt Aaron, als er sich wieder einkriegt. »Die Lady ist ja genial. Eine richtige alte Hexe.«

»Bei ihr hat dein Charme tatsächlich nicht gefruchtet. Ein Wunder. Aber wenn ich meine Oma richtig verstanden habe, hat sie wirklich niemals eine Beziehung gehabt. Auf ihre Jungfräulichkeit ist sie stolz.«

Kopfschüttelnd steckt Aaron den Schlüssel ins Zündschloss. »Dann tut sie mir wirklich leid. Sie hat alles versäumt, was das Leben schön macht.«

Ich sehe ihn von der Seite an. Wird er jetzt wieder etwas Anzügliches sagen?

Aaron hat meinen Blick vielleicht gespürt. Er startet den Wagen noch nicht, sondern lehnt sich zurück und schaut mich an. »Sollte ich jemals so alt werden wie die Jensen, möchte ich sagen können: Mein Leben war schön! Ich habe geliebt, und ich wurde geliebt. Ich habe gelacht und geküsst und fantastischen Sex gehabt und konnte niemals genug von der Frau an meiner Seite kriegen. Sie war … alles für mich.«

Ich schlucke und wende meinen Blick rasch ab. Das war zum Heulen schön. Ich bin kurz davor, das zuzugeben, entscheide mich dann aber für: »Puh, sie *war* alles für dich, wirst du sagen? Du gehst also davon aus, dass du länger lebst als deine Frau? Statistisch gesehen unwahrscheinlich.«

15

»Du hast was gesagt?«

Wie oft werde ich diesen Satz wohl noch aus Jettes Mund hören? Ihre Augenbraue hat sich nach oben gezogen, und sie sieht einmal mehr wie Mr Spock aus. Nur sie und Leonard Nimoy können so gucken, so entsetzt, an meinem Verstand zweifelnd, wobei Mr Nimoy mich natürlich nie persönlich, sondern immer nur durch die Mattscheibe angeguckt hat.

Vielleicht sollte ich ihr besser nicht mehr erzählen, was ich Aaron so alles an den Kopf werfe.

»Das Richtige«, sage ich so inbrünstig wie nur möglich. »Jawohl, ich habe genau das Richtige gesagt.« Dabei habe ich mich selbst als schrecklich empfunden, als ich seine wundervollen Worte gestern Nachmittag ins Lächerliche zog. Entgegen meiner Erwartung hat er allerdings nicht verletzt reagiert, sondern mit Spott: »Das fällt dir dazu ein, Isa Hofer? Nun, wenn du dich bei jedem gefühlvollen Wort gleich hinter deinen Stachelpanzer zurückziehst, wird dein Zukünftiger nichts dagegen haben, vor dir abzutreten.«

Dass er mich damit getroffen hat, habe ich mir hoffentlich nicht anmerken lassen. Den Rest des Nachmittags und auch heute fiel jedenfalls kein persönliches Wort mehr zwischen uns. Wir haben die Stunden professionell arbeitend hinter uns gebracht. Allerdings schafft Aaron es, mich allein mit seinen Blicken und seiner Stimme an sich heranzusaugen wie ein fleischgewordener Magnet. Für seine dunkle Wahnsinnsstimme kann er ja nichts, das darf ich ihm nicht ankreiden, aber seine Blicke soll er gefälligst kontrollieren. Kein Wunder, dass ich Frau Gerhard eine falsche Spritze verpasst habe.

Würde in seinem Blick nicht immer »Isa Hofer, du entkommst mir nicht« stehen, hätte ich Frau Gerhard bestimmt – wie vorgesehen – gegen Grippe geimpft und nicht gegen Diphtherie und Tetanus. Was für einen Aufstand sie gemacht hat, als es mir auffiel! Dabei schadet die Kombi-Auffrischung ja nun wirklich nicht. In zwei Jahren wäre sie sowieso fällig gewesen. Frau Gerhard bestand dann darauf, dass Aaron ihr die Grippespritze verabreichte, wofür ich Verständnis hatte. Da es nach achtzehn Uhr war, bin ich einfach geflohen. Frau Lutter habe ich gesagt, dass ich noch einen Termin hätte und pünktlich Feierabend machen müsse. Ich hatte regelrecht Angst davor, mit Aaron allein zu sein.

Zu Hause habe ich das Abendessen ausfallen lassen, weil ich sowieso keinen Appetit hatte, habe mich umgezogen und bin zu Jette nach Hamburg gefahren. Und jetzt sitzen wir hier im Alex an der Alster und reden. Für den Fluss haben wir heute keinen Blick, auch nicht für die vielen Menschen, die draußen an den Tischen sitzen oder am Pavillon vorbeispazieren. Munteres Stimmengewirr herrscht um uns herum. Hier am Alsterpavillon trifft man immer auf einen bunt gemischten Haufen, Geschäftsleute in Anzügen, Studenten mit Rastalocken in Schafsfellpullovern, Männer und Frauen, die shoppen waren oder mit ihren Hunden spazieren gehen. Alle genießen den Feierabend bei einem leckeren Essen oder schlürfen Cocktails, Bier oder wie Jette und ich einen Aperol Spritz.

»Aber damit hat er bestimmt dich gemeint«, sagt Jette aufgeregt. »Du bist vielleicht die Frau, von der er niemals genug haben wird. Die Frau, die alles für ihn ist! Hach, das ist sooo romantisch!« Sie strahlt über beide Backen und seufzt.

»Er hat nicht mich gemeint. Er hat allgemein gesprochen.«

»Glaubst du eigentlich selbst, was du den ganzen Tag so redest?« Jette schüttelt den Kopf, bevor sie den letzten Rest ihres Drinks geräuschvoll durch den Strohhalm saugt.

Ich zupfe an meinem wollweißen Mohairpulli, für den ich, obwohl ein Flohmarktkauf, noch hundert Euro berappen musste. Allerdings hat er auch einen vierzigprozentigen Mohairanteil und ist kuschelweich. »Lass uns lieber über dich und Davide sprechen. Wie weit seid ihr in Sachen: Wie sagen wir es unserer Familie?«

Normalerweise hätte ich Jette nicht so leicht von einem Gesprächsthema weglocken können, aber anscheinend platzt sie schon vor Redebedarf.

»Ach, Isa«, sie sieht mich von der Seite an, während sie der Kellnerin winkt, »wir wissen einfach nicht, wie wir es machen sollen. Wir können uns doch nicht einfach vor unsere Eltern stellen und sagen: Wir wollen heiraten und möchten euch um euren Segen bitten.«

»Ihr wollt heiraten?«, kreische ich so laut los, dass uns das Pärchen vom Nebentisch einen neugierigen Blick zuwirft. Mit gesenkter Stimme spreche ich weiter. »Aber ihr seid doch erst seit ein paar Wochen zusammen!«

Jettes grüne Augen leuchten wie Smaragde. »Ja, klar, aber uns hat beide der Blitz getroffen. Wir wissen einfach, dass wir zusammengehören. Ich werde ihn niemals wieder loslassen.«

»Hat er dir denn schon einen Antrag gemacht?«

»Nein, aber ich vermute, dass er es in unserem Sommerurlaub machen wird. Wir fahren an die Amalfi-Küste. Ich habe mal beiläufig bemerkt, dass ich mir einen Antrag vorstellen könnte, wenn bei Capri die rote Sonne im Meer versinkt. Hach!« Ein dicker Seufzer folgt. »Ich könnte platzen vor Glück.« Als die Kellnerin an unseren Tisch tritt, ordert Jette noch eine Lage Aperol Spritz.

Ich muss schlucken, weil ich mich so unendlich für Jette freue. Niemals vorher klang sie so sicher.

»Du wirst natürlich meine Trauzeugin«, sagt sie, mich anstrahlend. Dann verändert sich ihr Gesichtsausdruck. »Wenn es doch nur schon so weit wäre. Wenn Papa es nur schon wüsste.«

»Dann geht hin und sagt es ihm! Wenn einer das Herz auf dem rechten Fleck hat, dann Salvatore.«

»Das sagst du so leicht. Doch so einfach ist es nun mal nicht.«

»Ach nee, aber bei mir ist immer alles einfach, was?«

Jette bekommt rote Wangen, was bei ihr niedlich aussieht, nicht so tomatenmäßig wie bei mir.

»Vielleicht könntest du ja zuerst mit deiner Mutter reden«, schlage ich vor. »Doris wird vor Freude aus dem Häuschen sein und es deinem Vater so schonend beibringen, dass er gar keine Chance bekommt, ablehnend zu reagieren.«

»Ja, das haben Davide und ich auch schon gedacht. Mama ist schließlich unser geringstes Problem. Aber Papa und Davides Eltern …« Jette zieht die Schultern zusammen.

Ich seufze. Erzkatholiken können schon lästig sein.

»Was hältst du davon, wenn ich bei Salvatore mal vorfühle?«, schlage ich spontan vor. Jette blickt mich erschrocken an. »Keine Panik, ich verrate ihm kein Sterbenswörtchen von euch. Ich mach das … geschickt. Du kennst mich doch. Mir fällt schon was ein, wie ich seine Meinung zum Thema Liebe unter Cousins und Cousinen rauskriege. Und wenn sie mir nicht gefällt, werde ich schon mal vorarbeiten, damit er euch nicht den Kopf abreißt, okay?«

Jette sieht nicht glücklich aus.

»Ihr werdet doch sowieso heiraten«, sage ich und streichle über ihre heiße Wange, »selbst wenn Salvatore und die ganze italienische Sippschaft euch aus der Familie schmeißen.«

Die großen schönen Smaragde blicken mich an. »Glaubst du?«

»Ach Jette, das sehe ich in deinen Augen, wenn du nur seinen Namen nennst. Also kannst du mich doch ruhig machen lassen.«

Sie nickt zaghaft. »Also gut, Isa, aber kein falsches Wort zu Papa, nur vorfühlen.«

»Versprochen.«

»Danke. Und, Isa … ich muss dir … noch etwas beichten.«

»Gleich«, sage ich, weil mein Handy vibriert. Ein schneller Blick aufs Display verrät den Anrufer. Aber das kann nicht sein. Es ist ein Anruf von zu Hause, und dort ist niemand außer den Gästen, und die würden kaum unsere privaten Räume betreten und mich von unserem Telefon aus anrufen.

»… wegen Tommaso«, sagt Jette in meine Gedanken hinein.

»Was? Gleich, Jette.« Ich nehme das Gespräch mit einem gespannten »Hallo?« an. »Mama!«, stoße ich im nächsten Moment aus. »Wieso bist du denn zu Hause? Hast du etwa deine Reha abgebrochen? – Was? – Ach so, okay. – Ja. – Ähm, was die Meyers bei uns machen?« Mit verzerrtem Mund sehe ich Jette an, die ihren ebenfalls verzieht, als ihr klar wird, dass Mama keine Ahnung davon hat, dass ich die Pension in ein Meyersches Asylheim verwandelt habe. »Ich komm gleich nach Hause, Mama. Dann erklär ich dir alles. Bis gleich.« Ich drücke sie weg und stecke das Handy in meine Jackentasche. »Tut mir leid, Jette, ich muss los, bevor Mama durchdreht und …«

»Schon gut«, unterbricht Jette mich, und sie sieht fast ein wenig erleichtert aus. »Fahr los. Wir reden morgen, ja?«

Zu Hause empfängt Mama mich mit roten Wangen, aber nicht so aufgeregt, wie ich erwartet hätte. Vielleicht hat Regine Meyer sie schon aufgeklärt, warum sie und ihre Kinder hier sind? Aber Mama verliert nicht mal ein Wort über unsere Gäste, sondern nimmt meinen Arm, nachdem sie mich zur Begrüßung gedrückt hat, und führt mich in die Küche.

»Isa, ich … ich muss dir was sagen.«

»Warum flüstert du?«

»Ich flüstere doch gar nicht.«

»Doch, das tust du.« Ich blicke über ihre Schulter zur Küchentür, weil ich ein Geräusch aus dem Wohnzimmer höre. Ein Husten. Ein sehr dunkles Husten. Ich gucke wieder Mama an. »Ist da ein Mann in unserem Wohnzimmer?«

»Äh ... ja.«

»Wer ist es?«

Es kommt keine Antwort. Ihre Finger spielen nervös mit den Knöpfen ihrer Bluse.

Ich starre sie an. Die Tatsache, dass ihre Wangen noch röter geworden sind, und ihr unsicherer Blick verraten mir etwas, das ich nicht glauben kann. Ich bin so überwältigt, dass es mir die Sprache verschlägt. Ich räuspere mich und versuche meinen trockenen Mund mit der Zunge zu befeuchten. »Ist der Mann da drinnen etwa«, ich haue die nächsten Worte laut heraus, »dein Reha-Schatten?«

»Ja ... ja, das ... ist er ... wohl«, sagt Mama leise mit weinerlicher Stimme.

Ich bin so perplex, dass ich vergesse zu atmen. Und dann lache ich. Ich lache so laut und herzlich, dass ich Angst habe, in die Hose zu machen.

»Isa, hör auf«, bittet Mama verzweifelt. »Rolf, er ... er hört dich doch.«

»Rolf«, kiekse ich. »Schöner Name.« Ich kann nicht glauben, dass passiert ist, was ich mir seit so vielen Jahren für Mama wünsche, und das ich schon lange abgeschrieben habe. Mama hat einen Freund. Ich schlinge meine Arme um sie und drücke sie, wie ich sie noch nie gedrückt habe. »Toll, Mama, das ist so toll!« Ich küsse sie auf die Wangen und strahle sie an. »Rolf ist toll.«

Ihre Augen plinkern irritiert. »Aber du kennst ihn doch noch gar nicht, Kind.«

»Egal, ich finde ihn toll.« Ich drücke Mama noch mal.

Endlich lacht sie. Es ist ein leises, aber sehr erleichtertes Lachen. »Ich habe ihn gleich am ersten Reha-Tag kennengelernt. Er saß an meinem Tisch, und seitdem sind wir ... uns nähergekommen.«

»Toll!« Ich kann nicht aufhören, dieses Wort zu sagen. »Und jetzt wolltest du ihn mir unbedingt vorstellen, oder warum seid ihr hier?«

Mama nimmt meinen Arm und drückt mich auf den Stuhl am Küchentisch. »Ich wollte noch ein paar Sachen holen, weil ich … Isa, glaubst du, ich könnte noch eine weitere Woche wegbleiben? Dann … dann würden Rolf und ich nach der Reha noch für eine Woche an die Ostsee fahren, Urlaub machen.«

»Urlaub?«, hauche ich. Meine Mutter will Urlaub machen? Mama? Mein Gesicht wird ernst. »Okay, Alien, du bist enttarnt. Sag mir, was du mit meiner Mutter gemacht hast und wo ich sie finde.«

»Ach Isa, jetzt lass diesen Unsinn!« Ihre Stimme klingt wieder weinerlich. »Sag doch bitte, was du meinst.«

»Mensch, Mama«, ich strahle sie an, »mach das bloß. Mach endlich einmal Urlaub.« Ich nicke heftig dazu. Das würde ich auch, wenn es tausend Gründe gäbe, die gegen diesen Urlaub sprächen.

»Wenn Oma das erfährt …« Mama klingt zweifelnd.

»Oma geht es gut. Ich besuche sie oft und … sie fühlt sich ganz wohl in dem Heim«, lüge ich schamlos.

»Aber als wir zuletzt telefoniert haben, hat sie gesagt, dass sie sich einen Strick nimmt, wenn ich sie nicht bald nach Hause hole.«

»Das hat sie gesagt? Dann übe ich mit ihr Knoten, wenn ich sie das nächste Mal besuche.«

»Isa!«

Ich lache. »Mensch, Mama, das war ein Witz.«

»Du und dein eigenartiger Humor.«

»Oma überlebt schon eine weitere Woche. Und ich komme hier in der Pension auch klar. Das mit den Meyers erkläre ich dir gleich ganz genau, aber jetzt stell mir deinen Rolf vor«, sage ich und stehe auf. Ich muss dieses Wunderwerk von Mann endlich sehen.

Mama ist so niedlich, als sie mir ihren Reha-Schatten im Wohnzimmer präsentiert. Mit roten Wangen hakt sie sich in seinen Arm ein, als er aus dem Sessel aufspringt, nachdem wir den Raum betreten haben. »Das ist … mein Rolf.«

Mir schießen Tränen in die Augen. Wie sie das sagt! Mein Rolf. So selbstverständlich, so verliebt!

»Borginsky«, stellt Mein-Rolf sich mit einem zarten Lächeln vor, und ich ergreife seine große Hand und schüttle sie, als wollte ich einen Laster Sand sieben.

»Herzlich willkommen, Rolf. Ich darf doch Du sagen?« Ich warte seine Antwort nicht ab. »Ich bin Isa. Es freut mich sehr, dich kennenzulernen. Sehr.« Gut, jetzt sollte ich mich vielleicht wieder einkriegen, sonst denkt er womöglich, er wäre der erste Mann, der jemals an Mama Interesse gezeigt hätte. Dass es nicht gelogen wäre, ist eine andere Sache.

Rolf ist ein großer sanftmütiger Bär, und er wird alles machen, was Mama ihm sagt. Das ist mein Urteil nach einer Stunde Plauderei. Ich mag ihn. Und ich glaube, er mag mich.

Ich fühle mich so leicht in meinem Herzen, dass ich singen könnte. Niemals hätte ich mir träumen lassen, dass Mama eine Kandidatin für die Liebe auf den ersten Blick ist. Wie herrlich, dass ich mich getäuscht habe. Und dass sie selbst überglücklich ist, sagt mir schon die Tatsache, dass es sie kaum interessiert, was ich ihr über die Familie Meyer und deren Einquartierung bei uns berichte. Stolz erwähne ich auch noch die zahlenden Gäste, die sich für die nächsten Wochen angemeldet haben. Und Onkel Tommaso.

Mama nickt alles ab. »Schön, Isa, du machst das schon. Ich geh dann mal meine Sachen zusammenpacken. Rolfs Sachen haben wir heute Nachmittag geholt. Darum sind wir auch noch so spät unterwegs. Hoffentlich lassen sie uns in der Klinik überhaupt so spät noch wieder rein. Eigentlich hätten wir um zweiundzwanzig

Uhr zurück sein müssen.« Sie kichert wie ein Teenie, der die Eltern gefoppt hat.

Ich bleibe mit Rolf im Wohnzimmer sitzen. Wir plaudern so munter, als würden wir uns schon viel länger als sechzig Minuten kennen, und das freut mich über alle Maßen. Vorsichtshalber habe ich allerdings unauffällig seinen Ringfinger gescannt. Aber es gibt keinen verräterischen hellen Schatten. Beruhigt atme ich tief aus.

Als es schließlich ans Verabschieden geht und wir auf dem Flur stehen, fühle ich mich immer noch wunderbar leicht. Es ist, als wäre eine Last von mir genommen, von der ich gar nicht wusste, dass ich sie trug. Fast fühlt es sich unwirklich an. Neu und … befreiend.

Rolf nimmt Mamas Tasche und öffnet die Haustür. »Ich pack schon mal ein, Hasi.« Er gibt mir die Hand und verabschiedet sich. Mamas Wangen haben sich erneut gefärbt, vermutlich, weil sie mein Grinsen richtig deutet, obwohl ich kein Wort sage. Hasi! Meine Mutter wird von einem Mann Hasi genannt. Das hätte ich in diesem Leben mit der gleichen Wahrscheinlichkeit erwartet wie ein Duzangebot von Frau Lutter.

Ich drücke Mama auf dem Flur noch einmal fest. »Viel Spaß, Mama. Und schreib mal, was ihr treibt.«

»Isa!«

»Mama!« Jetzt bin ich entsetzt. »Das mit dem Treiben hab ich nur so dahingesagt. Wenn ich etwas ganz bestimmt nicht wissen will, dann, ob und wie ihr …« Ich führe den Satz nicht zu Ende. Elternsex ist nichts, von dem ich etwas hören oder das ich mir auch nur ansatzweise vorstellen möchte. Da bin ich wohl noch Kind. Kein Wunder, schließlich musste ich mir darüber zwanzig Jahre keine Gedanken machen.

Als Mama aus der Haustür tritt, kommt uns auf dem Weg zum Haus Tommaso entgegen. Er bleibt im gleichen Moment abrupt stehen und blickt zu uns.

»Guten Abend, Tommaso«, grüße ich ihn fröhlich. »Hast du noch einen Abendspaziergang gemacht?« Da er nicht antwortet, plappere ich weiter: »Darf ich dir meine Mutter vorstellen? Sie ist nur auf einen Abstecher da und quasi schon wieder weg.«

Tommaso steht immer noch da, als wäre er eine von diesen lebenden Statuen, die man in den Fußgängerzonen sieht, nur dass er nicht mit Gold oder Silber besprüht ist. Da das Licht der Außenlampe ihn gerade noch erreicht, könnte ich seinen Gesichtsausdruck deuten, wenn er nicht wieder die Sonnenbrille tragen würde. Warum sagt er nichts?

Ich folge Mama, als sie auf ihn zugeht und ihm die Hand hinhält. »Guten Tag, ich bin Silke Hofer«, sagt sie freundlich, ganz Pensionswirtin. »Es freut mich sehr, Herr …« Sie stockt. Natürlich, sie kennt ja seinen Nachnamen nicht.

»Graziano. Das ist Jettes Onkel, von dem ich dir erzählt habe.«

»Herr Graziano«, sagt Mama mit ihrem Geschäftslächeln. Das ist etwas freundlicher als ihr Alltagslächeln. Wobei sie mich heute damit überrascht hat, dass sie auch aus tiefem Herzen strahlen kann. Als er ihre Hand zögerlich ergreift, fragt sie: »Ich hoffe, es gefällt Ihnen bei uns? Die Elbe und unsere grüne Marschlandschaft haben schon ihre schönen Ecken.«

Tommasos Stimme ist noch leiser als sonst, und das soll schon was heißen. Da ich Gemurmeltes allerdings gut einordnen kann, heißt seines wohl: »Ja, danke. Alles gut.«

Mama dagegen scheint ihn nicht verstanden zu haben, denn sie geht einen Schritt vor. Sie geht so nah an ihn heran, dass es mir fast peinlich ist. Was starrt sie ihn denn so an? Als sie aufschreit, zucke ich zusammen.

»Mein Gott!«, stößt sie aus. »Das … Du … du bist …« Ihr Kopf ruckt herum, von ihm zu mir und wieder zu ihm. »Was geht hier vor?« Eben waren ihre Wangen vor verliebter Aufregung noch rot, jetzt wird sie sahneblass.

Ich sehe sie mehr verwirrt als erschrocken an. Was um Gottes willen hat Mama denn aus Tommasos Murmeln herausgehört?

»Thomas!«, sagt sie mit Blick auf Onkel Tommaso, und ich starre immer noch verwirrt zu den beiden. Mamas Stimme ist eisig, als sie weiterspricht. »Was machst du hier? Was soll dieser Zirkus? Was treibst du hier in … in dieser lächerlichen Verkleidung?« Sie wird von Wort zu Wort lauter. Maßlose Wut klingt hindurch. Jetzt sieht sie mich an. »Was soll das, Isa? Warum stellst du mir deinen Vater als … als diesen Onkel Tommaso vor?« Tränen treten in ihre Augen. »Habt ihr etwa schon immer Kontakt gehabt? Und jetzt, wo ich weg bin, habt ihr gedacht, ihr könntet …«

Ich höre nicht mehr, was Mama noch sagt. Mein Gehirn ist damit beschäftigt zu verarbeiten, was meine Ohren aufgenommen haben: Thomas … Verkleidung … deinen Vater …

Ich starre Tommaso an und schlucke und würge. Meine Mutter redet immer noch. Rolf hat sich neben sie gestellt und sagt auch etwas, aber ich höre nichts.

»Pa… Papa?«, flüstere ich.

»Ja, Isa.« Der Mann, der gerade noch Onkel Tommaso für mich war, spricht mit leiser, aber nicht mehr heiserer Stimme. »Ich bin es.« Seine Lippen zittern, ebenso seine Finger, mit denen er die Sonnenbrille abnimmt.

Ich schreie laut, denn in mir bricht eine Welt zusammen, nein, sie bricht nicht zusammen, sie bricht auf. Meine Welt explodiert und schleudert Unglauben und Fassungslosigkeit in den Orbit. Papas himmelblaue Augen sehen mich an, und ich weiß sofort, warum er die Brille nie abgenommen hat. Weil seine Maskerade sofort vorbei gewesen wäre. Ich hätte ihn sofort erkannt. Und im gleichen Moment kann ich nicht fassen, dass ich ihn nicht sowieso erkannt habe. Mein Blick scannt sein Gesicht, die Wangen, die Lippen. Ich hätte ihn doch erkennen müssen, trotz des Bartes, trotz der verstellten Stimme!

»Isa?«, höre ich Mamas verwunderte Stimme plötzlich neben mir. »Du … du hast es auch nicht gewusst? Mein Gott, Kind …« Ich spüre ihre Arme, die sich um mich legen, aber ich bin unfähig, sie anzusehen. Ich kann nur Papa anschauen.

Da ist er. Mein Papa. Hunderte, vielleicht sogar Tausende Male habe ich mir vorgestellt, wie es wäre, wenn er mir gegenüberstünde. Aber nie, nie, niemals habe ich mir ausgemalt, was sich gerade in mir abspielt. Mit dieser maßlosen, grenzenlosen Wut, die sich in mir ausbreitet und wie ein Tsunami alles wegspült, wegreißt, was in diesem Moment noch an Empfindungen in mir ist, hätte ich nie gerechnet.

»Pa-pa?«, bringe ich noch einmal hervor. Meine Hand hat sich in meinen Hals gekrallt.

»Isa, lass es mich erklären! Bitte!« Seine Stimme, seine ewig nicht gehörte klare Papa-Stimme klingt flehentlich.

Ich starre ihn an. Und von einer Sekunde zur anderen verschwindet die Wut und macht einem viel intensiveren Gefühl Platz – Hass. Ich kannte das Wort, aber ich wusste nicht, wie sich Hass anfühlt, bis zu diesem Moment.

»Warum tust du das?«

»Isa«, höre ich ihn stammeln, »ich … ich wollte dir ja schon alles beichten, gestern, aber da saß dann dieser Junge am Strand und …«

»Beichten?«, fauche ich. Ich weiß gar nicht, wohin mit all den bitteren Gefühlen in mir, aber sie finden ihren Kanal. Meine Hand klatscht an seine behaarte Wange.

Er hat keinen Mucks von sich gegeben, obwohl es ihm wehgetan haben muss, denn meine Hand schmerzt von der Wucht.

Seine Finger streichen über die Stelle, wo sich oberhalb des Bartes die Konturen meiner Fingerspitzen abzeichnen. »Das hab ich wohl verdient«, sagt er leise. »Aber glaub mir, Spatz, diese ganze blöde Verkleiderei habe ich nur gemacht, um dich endlich wiederzusehen.« Er atmet einmal tief durch. »Ich hab dich in all den Jahren so unendlich vermisst.«

»Unendlich vermisst?« Ich lache böse auf. »Wenn das so wäre, hättest du dich ja *in all den Jahren* schon mal melden können, oder nicht? Ich war nämlich hier, all diese Jahre!« Meine Stimme überschlägt sich vor Wut und ungeweinten Tränen. »Und ich habe gewartet und gewartet … auf dich!« Und dann weine ich los, alles will aus mir raus. »Ich hab auf dich gewartet«, schluchze ich. »Immer. Und du bist nicht gekommen.« Ich weiß nicht, ob meine Worte vor lauter Weinen überhaupt zu verstehen sind. »Und dann … dann hab ich gehofft, dass du mir wenigstens einmal schreiben würdest, aber …«

»Aber ich habe dir geschrieben!«, unterbricht Papa mich laut. »Am Anfang nicht so oft, weil ich dachte, das würde dich nur noch mehr verstören, doch später … Ich habe dir wieder und wieder geschrieben, jahrelang.« Sein Kopf dreht sich zu Mama, die blass und sprachlos in Rolfs Arm dasteht. Papas Worte klingen nicht wütend, sondern bitter, als er zu ihr sagt: »Sie hat die Briefe nie gesehen, was?«

Mama löst sich aus Rolfs Umarmung. Ihre Stimme ist schrill. »Sie hatte genug gelitten! Du hast uns verlassen! Du hast uns *zurück*gelassen. Und ich musste unser Leben neu aufbauen. Ohne dich. Und das hab ich gut hingekriegt.« Jetzt wird ihre Stimme gehässig. »Irgendwann warst du überflüssig. Ich hab dich ersetzt. Ich habe ihr alles gegeben, was sie brauchte, und dazu gehörten weiß Gott nicht deine verdammten Briefe!«

Ich starre von ihr zu Papa. Sie reden über mich, als wäre ich nicht da. Beide sind mir fremd in diesem Moment. Alles wirkt fremd, die Umgebung, die Stimmen, die Gesichter. Ich komme mir vor, als würde ich einen hässlichen Traum träumen, einen Traum, zu dem ich eigentlich nicht gehöre, in dem ich nur ein unsichtbarer Betrachter bin.

»Mama, du hast die Briefe, *meine* Briefe, einfach zurückgehalten?«

Mama sieht mich an. Nicht schuldbewusst, sondern bockig sagt sie: »Zu deinem Besten, Isa, zu deinem Besten, glaub mir.«

Papa hat mir geschrieben. Und sie hat die Briefe verschwinden lassen. Jette hatte also recht.

»Jette!«, sage ich, weil mir in diesem Zusammenhang noch etwas anderes auffällt. Ich sehe meinen Vater an. »Wie konntest du Jette täuschen? Wie kann Jette dich für ihren Onkel gehalten haben?« Denn eines weiß ich: Obwohl die Familie Graziano riesengroß ist, kennen sich alle untereinander mehr als gut. Da gibt es keine Onkel und Tanten, die plötzlich auftauchen und die niemand zuvor gesehen hat.

»Ich habe sie nicht getäuscht«, erwidert er.

»Aber wie kann sie dann …?« Ratlos breche ich ab. Mir fehlt einfach der Zusammenhang.

»Sie kann gar nichts dafür, Isa, wirklich nicht«, erklärt er und klingt jetzt fest und eindringlich. »Sie hat mich von Anfang an gewarnt, dass du mir diese Maskerade nicht verzeihst, wenn du es rauskriegst. Sie wollte auch nicht mitmachen. Ich habe ihre Gutmütigkeit und … und einen Schwips ausgenutzt, um sie zum Mitmachen zu bewegen. Jette hat …«

»Moment!« Meine Stimme erschrickt mich selbst, aber das, was ich da gerade höre, lässt mir das Blut gefrieren. »Du meinst …« Ich schlucke. »Jette weiß, dass du *du* bist? Dass du mein Vater bist?« Ich kann das nicht glauben. Ich muss etwas falsch verstanden haben.

Aber mein mir so fremder Vater nickt. »Sie hat mich angefleht, die Maskerade sofort wieder zu beenden. Sie bittet mich seit Jahren, dich endlich zu besuchen, aber ich konnte es nicht tun, Isa. Ich war so voller Angst und Schuldgefühle. Ich war … *bin* ein Feigling.«

Mir ist scheißegal, was mein Vater ist. Er ist mir völlig egal in diesem Moment. Ich höre ihn reden, und meine Gefühle fahren Achterbahn. Momentan sind sie auf Sturzfahrt nach unten. Ich zittere am ganzen Körper. »Wie … seit Jahren? Was meinst du damit?«

Auch Mama meldet sich zu Wort. Ihre Stimme ist pures Gift. »Was hat denn Jette mit dir zu tun?«

Papa atmet tief durch. »Wir schreiben uns seit einigen Jahren. Ich hatte den Kontakt zu ihr aufgenommen, weil ich hoffte, so an … an Informationen über dich zu kommen.« Er sieht mich so um Gnade bittend an, als wäre ich ein Henker mit Finger auf dem Knopf, der das Fallbeil der Guillotine löst. »Ich habe sie gebeten, mir aus deinem Leben zu berichten, Isa, und die liebe Jette hat mir diesen Wunsch erfüllt, weil sie ein herzensguter Mensch ist. Aber ich schwöre dir, Spatz, dass …«

»Nenn mich nicht Spatz!«, fauche ich ihn an.

Seine Augen beginnen zu schwimmen. »Ja, entschuldige, das … das steht mir wohl nicht mehr zu.«

Ich gehe nicht darauf ein. Mein Kopf schwirrt so fürchterlich. Jette, meine Jette, hat mit ihm Kontakt! Seit Jahren!

»Jette hat mich immer angefleht, es dir zu sagen«, klingt Papas Stimme wie von fern zu mir durch. »Sie wollte dich niemals hintergehen, das musst du mir glauben. Du darfst es ihr nicht übel nehmen. Sie … sie wollte immer nur das Beste für dich, für uns, als Familie.«

»Wie bemerkenswert, dass anscheinend alle, wirklich *alle* wissen oder wussten, was für mich das Beste ist.« Meine Augen sind blind vor Tränen, als ich mich abrupt abwende und ins Haus laufe. Meine Eltern sind mir in diesem Moment beide zutiefst zuwider. Ich renne die Kellertreppe hinunter, schlage die Tür meines Zimmers hinter mir zu und schließe ab. Der arme Rolf, fällt mir noch ein, bevor ich auf mein Bett falle und den Kopf im Kissen vergrabe. Was muss er nur von uns denken? Mein Magen zieht sich schmerzhaft zusammen. Hoffentlich bedeutet dieses erbärmliche Theaterspiel nicht das Aus für Mama und Rolf, denn durch das offene Kellerfenster höre ich Mamas keifende Stimme. Nicht dass ich es meinem Vater nicht gönnen würde, diesem … diesem verdammten Lügner, aber wenn Rolf sie so erlebt …

Jetzt höre ich auch eine dunkle Männerstimme. Papa oder Rolf, ich kann es nicht unterscheiden. Irgendwann fallen Autotüren ins Schloss, dann dringt Motorengeräusch durch das Fenster.

Stille. Draußen bleibt alles ruhig. Weinend lausche ich in mich hinein. Papa … Endlich, endlich war er da. So lange habe ich darauf gewartet. Und nun? Er war da, und ich habe nicht gewusst, dass er da war. Weg ist er wieder, wie all die Jahre vorher. Und Jette hat all das gewusst! In mir tobt ein Sturm, ein Orkan aus Schmerz und Bitterkeit, und doch fühle ich mich gleichzeitig seltsam taub, als wäre ich gefroren und würde ziellos umhergewirbelt. Vielleicht fühlt es sich so an, wenn man sich im Auge eines Hurrikans befindet. Um einen herum herrscht das Chaos, und selbst trudelt man gefühl- und schwerelos im Kreis.

Ich zucke zusammen, als es an der Tür klopft. Es ist Mama. »Isa, mach auf!«

»Verschwinde!«

»Isa, jetzt mach schon auf.«

»Lass mich doch einfach in Ruhe. Mir geht es gut.«

»Gut? Dein Weinen ist im ganzen Haus zu hören. Du bist völlig aufgelöst.«

Ich setze mich auf und starre auf meine Hände. Sie zittern, und dann merke ich, dass mein ganzer Körper zittert, dass ich bitterlich weine und gleichzeitig so hastig und abgehackt atme, dass kaum Luft in meinen Lungen ankommen kann. Vielleicht wird mir deshalb gerade übel?

»Wo … sind … die Briefe?«, frage ich laut zwischen den Schluchzern.

Einen Moment ist es still vor der Tür, dann höre ich Mamas leise Stimme: »Im Müll. Ich habe sie immer gleich weggeschmissen.«

»Meine Briefe!«, schreie ich gegen die Tür und stehe auf. »Es waren *meine* Briefe!«

»Isa, Schatz, es … es war doch zu deinem Besten!«

Trotz flatternder Finger kann ich den Schlüssel sofort drehen. Ich reiße die Tür auf. »Wenn du mein Bestes gewollt hättest, hättest du mich meinen Vater sehen lassen«, schreie ich Mama an, die erschrocken zurückweicht. »Bestimmt wollte er das.« Ich weine und rede gleichzeitig. »Er wollte mich sehen und hat es mir geschrieben! Und du hast mich einfach im Glauben gelassen, dass er mich vergessen hat!«

Mama schluckt. »Ich habe drüben bei Dr. Berner angerufen. Er kommt und gibt dir eine Beruhigungsspritze.«

»Was?« Ich starre sie an. Was redet sie da? Sie hat bei Aaron angerufen?

Ohne ein weiteres Wort stürze ich an ihr vorbei nach oben. Wenn ich jetzt jemanden nicht sehen möchte, dann Aaron. Ich merke selbst, dass ich hysterisch schluchze, als ich durch die Hintertür in den Garten renne. Allerdings erreiche ich damit genau das Gegenteil von dem, was ich bezweckt habe. Ich laufe Aaron direkt in die Arme, anstatt vor ihm zu fliehen.

»Isa!« Er klingt überrascht, während er mich ein Stück von sich weghält. Das aus dem Haus fallende Licht kann mein Gesicht nur spärlich beleuchten, aber ich muss fürchterlich aussehen, denn in seinem Gesicht erkenne ich den Schrecken. »Mein Gott, Isa, was ist denn los? Deine Mutter …«

»Kannst du nicht an der Vordertür klingeln wie andere Leute auch?«, unterbreche ich ihn schluchzend. »Der Trampelpfad gehört mir.«

»Lass uns ins Haus gehen, Isa. Und dann erzählst du mir, was passiert ist«, fährt er ruhig fort, und ich höre trotz meiner inneren

Aufgewühltheit, dass es seine Arztstimme ist. Und das macht mich noch wütender.

»Herr Doktor«, sagt Mama hinter uns, »Isa ist etwas außer sich. Vielleicht haben Sie etwas für sie, das sie ruhiger werden ...«

»Lasst mich doch einfach alle in Ruhe«, unterbreche ich sie und versuche mich aus Aarons Händen zu winden, mit denen er mich nach wie vor an den Oberarmen hält. Ich spüre die Wärme seiner Finger durch meinen Mohairpulli hindurch.

»Komm«, Aaron nimmt mich wieder am Arm, als ich erneut zu weinen beginne, »wir gehen jetzt zu mir. Machen Sie sich keine Sorgen, Frau Hofer. Ich kümmere mich um Isa.«

Mamas zweifelndes »Na gut, wenn Sie meinen, Herr Doktor ...« im Ohr, lasse ich mich von ihm mitziehen. Hauptsache, weg von Mama. Ich will sie nicht sehen und nicht hören.

In Onkel Hollerbecks Wohnzimmer drückt Aaron mich in einen Sessel, der wohl hundert Jahre alt und gemütlicher ist als alles, worin ich jemals gesessen habe. Und noch bevor Aaron mich auffordert zu reden, fließt alles aus mir raus. Ich habe keine Ahnung, ob er mir folgen kann, denn ich rede, ohne zu denken, aber er unterbricht mich nicht, sondern hört mir schweigend vom Stuhl aus zu, den er sich vom Esstisch herangezogen hat.

»Und Jette hat das alles gewusst«, ende ich. »Das ... das tut fast noch am meisten weh. Sie ist meine beste Freundin! Seit immer. Wie kann sie mir das antun? Nie, niemals hätte ich das getan, wenn es andersrum gewesen wäre.« Ich bekomme wieder einen Heulkrampf.

Aaron steht auf. »Du bleibst hier sitzen«, sagt er nicht ohne Strenge und geht. Gleich darauf ist er zurück und hockt sich vor mich. »Mund auf.« Da ist wieder die Arztstimme, aber diesmal gehorche ich ohne Gegenrede. Er steckt mir eine Tablette in den Mund und hält mir ein Glas Wasser an die Lippen. »Ein leichtes Beruhigungsmittel.« Dann nimmt er meine rechte Hand und streichelt darüber, während er mich ansieht. »Du hast allen Grund, so aufgewühlt zu sein, Isa. Aber ich verspreche dir, dass morgen alles besser aussehen wird. Du wirst darüber schlafen, und bei Tageslicht verliert alles Düstere an Schrecken, glaub mir.« Seine Stimme klingt sanft wie Harfenmusik, und das lässt meine Tränen noch mehr fließen.

Nachdem er eine Decke vom Sofa genommen und sie über mich gebreitet hat, setzt er sich wieder auf den Stuhl mir gegenüber, nimmt meine Hände in seine und streichelt mit seinen Daumen über meine Handrücken. Es ist genau die Berührung, die ich zulassen kann. Alles andere hätte ich abgewehrt, und er scheint das zu wissen.

Wir sitzen einfach da und schweigen. Mein Schluchzen wird weniger und verebbt irgendwann. Eine Ewigkeit scheint vergangen. Meine Lider sind so schwer, dass sie der Schwerkraft folgen.

Aarons leise Stimme begleitet mich in den Schlaf. »Alles wird gut, Isa. Ich bin da.« Und im Traum küsst er abwechselnd meine Hände lange und zärtlich.

16

Aromatischer Kaffeeduft umweht meine Nase, als ich aufwache. Ich brauche einen Moment, um zu realisieren, wo ich bin. Eine Standuhr aus dunklem Holz, deren Pendel beruhigend monoton hin- und herschlagen, zeigt an, dass es gleich sieben Uhr ist. Zeitgleich mit der Erkenntnis, dass ich anscheinend auf Onkel Hollerbecks Sofa übernachtet habe, fällt mir auch ein, warum. Ruckartig setze ich mich auf und schlage die wärmende Decke zurück. Ich bin vollständig angezogen, aber ich kann mich nicht daran erinnern, vom Sessel aufgestanden zu sein, um mich auf das Sofa zu legen.

»Guten Morgen.« Aaron steht in der Wohnzimmertür und lächelt mich an. »Möchtest du einen Kaffee?« Er trägt Jeans und T-Shirt, ist barfuß und unrasiert und sieht einfach nur gut aus.

Ich nicke, während mir bewusst wird, wie ich ausschauen muss. Hektisch fingere ich durch meine Haare.

Aaron ist klug genug, nichts zu sagen, sondern geht in die Küche. Ich sitze einfach nur da, und mir wird bewusst, dass ich nicht schlecht geträumt habe, sondern dass das alles gestern wirklich passiert ist. Und mit dieser Erkenntnis kommt die ohnmächtige Wut auf meinen Vater und Jette zurück.

Anscheinend kann man mir das ansehen, denn Aaron kommt mit dem Kaffee und meint: »Du hast allen Grund, wütend zu sein, Isa, aber lass mich ein paar Worte sagen.« Er stellt einen der beiden Becher vor mir auf den braun-beige gefliesten Couchtisch und behält seinen in der Hand, während er sich in den Sessel setzt. »Ich habe heute Nacht noch lange über das nachgedacht, was du erzählt hast, und bin zu dem Schluss gekommen, dass du deinen Eltern und Jette auf jeden Fall Gelegenheit geben solltest, dir alles noch einmal in Ruhe zu erklären. Vielleicht sind ihre Gründe, warum sie das, was sie jeweils getan oder unterlassen haben, ja nicht die schlechtesten?«

»Ich werde kein Wort mehr mit Jette Graziano wechseln, und mit meinem Vater auch nicht! Wie kannst du …«

Aaron unterbricht mich. »Lass mich bitte ausreden, Isa. Ich meine damit nicht die Tatsache, dass dein Vater sich all die Jahre nicht um dich gekümmert hat – das ist nicht schönzureden –, nein, ich meine, du solltest dir anhören, warum er diesen absurden Weg mit der Verkleidung gewählt hat, um wieder Kontakt aufzunehmen. Gib ihm die Chance, sich zu erklären. Und das Gleiche gilt für deine Freundin Jette. Ich kenne ja nur deine Version, aber nach allem, was und wie du vorher über Jette gesprochen hast, kann ich nicht glauben, dass sie dir wissentlich Kummer bereiten würde, oder?«

»Ich weiß nicht, was in ihrem Kopf vorgeht«, fauche ich und nehme den Becher so ruckartig in die Hand, dass Kaffee auf die Fliesen schwappt. »Denn wenn ich das wüsste, hätte ich eine Erklärung für ihr absolut unerträgliches Tun.«

»Ich kann dich heute krankschreiben«, schlägt Aaron mir vor, als ich nichts weiter sage, sondern dumpf vor mich hinstarre.

Ich schüttle den Kopf. »Nein, ich krieg das schon hin. Mir geht es gut.«

»Ja, klar, und die Erde ist eine Scheibe.«

»Na gut, ich fühl mich hundeelend«, gebe ich wütend zu, »aber ich will arbeiten. Dann muss ich wenigstens nicht über all die Menschen nachdenken, von denen ich dachte, dass sie mir die liebsten sind.« Ich stelle den Becher ab, weil mir jetzt doch wieder die Tränen kommen, die ich bisher unterdrücken konnte.

»Ach, Isa.« Aaron steht auf und setzt sich neben mich. Bevor ich auch nur reagieren kann, hat er mich in seine Arme gezogen.

Ich spüre seinen Mund auf meinem Haar. »Kann ich dir irgendwie helfen?«

Ja. Lass mich einfach nie wieder los.

Ich empfinde seine Berührung als so warm und kraftvoll und wunderbar, dass mir vor Sehnsucht fast schlecht wird, aber die Gedanken um Aaron und mich und das, was uns verbindet, kann ich jetzt nicht auch noch gebrauchen. »Es geht schon, danke«, sage ich darum harscher als beabsichtigt und winde mich aus der Wärme seiner Arme. »Ich komm schon klar. Aber danke dafür, dass du gestern Abend für mich da warst. Und für das Nachtlager.« Ich deute auf das Sofa.

Er sieht mich ernst an. »Du kannst nicht vor all deinen Gefühlen davonlaufen, Isa. Du musst dich ihnen stellen. Und du … und ich …« Er stockt.

Mir schwirrt der Kopf. »Ich muss jetzt rüber.« Ich greife nach meinen Chucks und drücke mich an ihm vorbei zu dem länglichen Flur, von dem es auch in die Praxis geht. Und ich möchte nicht auf Frau Lutter treffen, die jeden Moment auftauchen kann.

Hastig eile ich zum Trampelpfad.

Warum kannst du dich nicht einfach fallen lassen, fragt meine innere Stimme mich, und sie klingt sehr gequält. Es wäre doch so einfach, in seinen Armen alles zu vergessen.

Aber wäre es wirklich einfach?

Ich habe diesen Gedanken noch nicht zu Ende gesponnen, als ich auf unserer Seite des Gartens einen Mann um die Pension schleichen sehe. Er hat mich noch nicht bemerkt, denn er stellt sich auf die Zehenspitzen und lugt in unser Wohnzimmerfenster. Mein sowieso schon in extremer Höhe befindlicher Adrenalinspiegel schießt ein weiteres Stückchen nach oben. »Herr Meyer!«, rufe ich, und er zuckt zusammen und dreht sich ertappt zu mir um.

Als er sieht, dass ich es bin, entspannt er sich zusehends. »Isa, ich, äh, wollte nur schauen, ob Regine und die Kinder …«

Jetzt nur nichts Falsches sagen, ermahne ich mich und lenke meine Gedanken von meinen eigenen Problemen fort zu denen der Meyers. Ich versuche ein Lächeln, das allerdings mickrig ausfällt. »Wie schön, dass Sie da sind, Herr Meyer. Sie hätten einfach klingeln können.« Seine hellen buschigen Brauen ziehen sich zusammen, als ich vor ihm stehe. Er mustert mich, und mir fällt ein, dass meine ungekämmten Haare wie ein Wischmopp aussehen müssen. »Ich ... ich war im Garten, Brombeerranken beschneiden. Aber Sie wollen wohl kaum mit mir über meine Hobbys sprechen, oder?«

Er nickt grimmig. »Ich will sie nach Hause holen. Sag Regine Bescheid, dass ich da bin. Sie soll alles zusammenpacken. Ich warte im Auto auf sie ... und auf Merle. Die Jungs sind wohl in der Schule?«

Mir fällt ein Megastein vom Herzen. Er brummt zwar mürrisch wie ein ausgehungerter Grizzly, aber er ist da. Die Meyers können nach Hause. Wenigstens ein Problem ist gelöst. Meine kleine Ansprache im Bürgermeisterbüro hat also Früchte getragen. Nichts fürchtet Meyer mehr als das Gerede der Leute. Und weil mich mit dieser Erkenntnis die leise Furcht befällt, dass zu Hause bei den Meyers wieder alles beim Alten sein könnte, sage ich: »Ihnen ist hoffentlich klar, dass Regine und die Kinder nur zurückkommen, wenn Sie Merles Schwangerschaft akzeptieren können?« Ich straffe mich, um meinen Worten Nachdruck zu verleihen, nachdem mein Äußeres wenig Respekt einflößend ist. »Ansonsten können Sie sie gleich hierlassen. Dann spart sich Ihre Familie nämlich das erneute Flüchten. Regine weiß, dass ihr und den Kindern unsere Pension immer offensteht.«

Die Wut über meine Worte steht ihm in sein bauernstolzes Gesicht geschrieben, und ich bewundere ihn fast für die Beherrschung, die er mir gegenüber aufbringt. »Es wird alles gut sein«, presst er durch seine vollen Lippen, »da mach dir mal keine Sorgen, Frau Oberklug.«

Ich nicke zufrieden. »Ihre Frau wird sich freuen. Alle werden sich freuen. Sie … sie haben ihr Zuhause vermisst. Sie haben *Sie* vermisst, Herr Meyer.« Das ist wohl nicht gelogen.

»Hm«, grunzt er und dreht sich um. »Ich warte im Auto.«

Die Hintertür ist offen, und ich gehe direkt Richtung Küche, in der ich Mama reden höre. Hat sie den Meyers etwa erlaubt, bei ihr in der Küche zu frühstücken? Nein, stelle ich fest, als ich an der geschlossenen Tür zum Frühstücksraum vorbeigehe. Deutlich ist dahinter die Stimme von Regine Meyer zu hören. Ich öffne die Tür und setze ein Lächeln auf. »Guten Morgen, ihr beiden«, begrüße ich Regine und Merle, die allein in dem großen Raum sitzen und ein wenig verloren wirken. Sie erwidern den Gruß, richten allerdings ihre Blicke fragend auf mich. Automatisch versuchen meine Finger mein Mopphaar zu glätten. Und verheult sehe ich bestimmt auch noch aus. »Ist alles gut«, nehme ich eine eventuelle Frage vorweg. »Ich, äh, hab gerade ein bisschen Ärger. Aber für euch gibt es gute Nachrichten.« Ich sehe Regine an. »Dein Mann schleicht um die Pension. Er möchte euch nach Hause holen.«

Ihre Augen leuchten auf. »Wirklich?«

»Sehe ich aus, als wäre mir nach Scherzen?«

Ihr Lächeln verschwindet. »Kann ich irgendwas für dich tun?«

Ich schüttle den Kopf. »Nein, aber danke der Nachfrage.«

»Wo ist Bernd denn jetzt?«

»Er wartet im Auto auf euch. Ihr sollt alles zusammenpacken.«

»Ja, ja, sofort.« Regine steht schon und fängt an das Geschirr zusammenzuräumen.

Merle wirkt nicht so freudig wie ihre Mutter. »Wie ist er drauf?«, fragt sie.

Ich hebe die Schultern. »Wie immer, würde ich sagen. Auf jeden Fall habe ich ihm erklärt, dass er damit rechnen muss, dass ihr wieder hierher zurückflüchtet, wenn er deine Schwangerschaft nicht akzeptiert, Merle. Und ich glaube, das hat er begriffen. Allerdings solltest du nicht zu viel erwarten. Dein Vater wird nicht aus seiner Haut schlüpfen. Ihr müsst auf die Zeit bauen. Und wer weiß, vielleicht hilft ja schon das eine oder andere Ultraschallbild des Winzlings in dir, um ihn weichzuklopfen?« Ich zwinkere Merle zu, bin mir aber nicht sicher, ob meine dick geschwollenen Lider das als Zwinkern erkennen lassen oder ob ich eher aussehe wie Quasimodo mit Tick.

Wohl eher Zweiteres, denn Regine stellt das Geschirr, das sie in Händen hält, wieder ab, kommt zu mir und legt ihre Arme um mich. »Ach, Isa, ich hoffe, dein Ärger legt sich rasch. Ich danke dir jedenfalls so sehr für alles.« Ich spüre ihre Wärme, als sie mich an sich presst, und das tut gut. Gedrückt zu werden ist einfach schön, wenn man sich wie ein platt gefahrenes Eichhörnchen fühlt. »Und ich möchte, dass du für die Nächte hier eine Rechnung schreibst«, erklärt sie mit Nachdruck, als sie mich aus ihren Armen entlässt. »Bernd soll für sein Verhalten büßen. Und wenn es an sein Portemonnaie geht, tut es ihm weh. Nimm den Höchstpreis, Übernachtung mit Vollpension.«

Jetzt muss sogar ich grinsen. »Wenn du meinst.«

»Du könntest uns ja besuchen kommen«, sagt Merle, die ein wenig blass um die Nase geworden ist. Die Aussicht, gleich ihrem Vater gegenüberzustehen, bereitet ihr sichtbar Unbehagen.

»Das werde ich auf jeden Fall tun«, verspreche ich ihr. »Mach dir keine Sorgen, alles wird gut. Und auch wenn dein Vater momentan noch nichts von Jamal hören oder sehen will, das wird schon. Es bleibt ihm letztlich ja auch nichts anderes übrig. Aber für den Anfang solltet ihr ihn nicht überfordern.«

Merle nickt. Regine legt den Arm um sie. »Das machen wir schon, nicht wahr, Merle?« Ihr Blick wandert zu mir. »Merle und ich haben uns überlegt, dass Bernd ja vielleicht – wenn er sich an den Gedanken gewöhnt hat – ihr und Jamal und dem Baby das Altenteilhaus zur Verfügung stellt. Momentan ist es vermietet, aber bis das Baby da ist, dauert es ja noch ein paar Monate.«

»Eine tolle Idee«, stimme ich ihr zu. Das Altenteil – ein kleiner Bungalow – grenzt direkt an das Hofgrundstück. Und da Bernd Meyers Eltern, die es eigentlich hätten bewohnen sollen, beide viel zu früh verstorben sind, profitieren jetzt vielleicht Merle und Jamal davon. Beide wären nah am Hof und könnten helfen und andersherum auch Hilfe in Anspruch nehmen, wenn es nottun sollte.

Mit einer Umarmung verabschiede ich mich von den beiden Frauen und betrete die Küche, indem ich die Tür mit Schmackes aufreiße. Mama soll nicht denken, dass ich ihr so schnell verzeihe. Mein Gesicht spricht wohl Bände, denn sofort erscheint das schlechte Gewissen auf ihrem Gesicht, als sie mich ansieht. »Isa! Da bist du ja.« Sie springt vom Stuhl auf. »Hast du dich ein bisschen … beruhigt?« Sie kommt auf mich zu und streicht mit einer gewissen Hilflosigkeit über meinen Arm.

Ich spüre es allerdings kaum, weil ich voll damit beschäftigt bin, Rolf Borginsky anzusehen, der am Küchentisch sitzt, einen Becher Kaffee und drei belegte Brötchenhälften vor sich. Er ist also noch da. Ein Stein fällt mir vom Herzen, wie ich erstaunt feststelle. Anscheinend ist mir Mamas Glück doch wichtiger als meine Wut auf sie.

»Guten Morgen, Rolf«, begrüße ich ihn, und er erwidert den Gruß mit vollem Mund und einem Lächeln, sodass das Gurken-Käsebrot-Gemisch auf seiner Zunge zu sehen ist. Aber das stört mich nicht, denn mich ärgert vielmehr Mamas Bemerkung. »Beruhigt?«, sage ich dann schon wieder giftig und sehe sie an. »Glaubst du etwa, dass ich das einfach alles so schnell verdaue?«

»Nein, nein, aber …Ich weiß jetzt gar nicht, was ich tun soll, um dich …« Sie bricht hilflos ab.

»Nichts sollst du tun«, entgegne ich ein wenig ruhiger, weil sie mir schon wieder leidtut. »Und damit sind wir auch gleich beim

Punkt. Ich möchte, dass ihr beide«, ich deute zu Rolf, »in den Urlaub fahrt, wie ihr es geplant habt.«

Mama sieht mich mit großen Augen an. »Aber Kind, ich lass dich doch jetzt nicht allein. Ich hab schon in Bad Bramstedt angerufen und gesagt, dass ich die Reha abbreche, weil …«

»Das ist absolut unnötig«, fahre ich ihr über den Mund. »Ich bin kein kleines Kind mehr, Mama. Es bleibt alles so, wie wir es besprochen haben. Ist mir egal, ob du erst noch deine Reha beendest oder gleich in den Urlaub fährst, Hauptsache, du bist weg.«

Sie zuckt zusammen, aber diesmal will kein Schuldgefühl bei mir aufkommen. Ich möchte wirklich nur meine Ruhe haben.

»Jette hat schon zweimal angerufen«, sagt Mama.

In meinem Bauch beginnt es zu flattern. Jette, meine exliebste Freundin.

»Sie hat furchtbar geweint«, fährt Mama fort. »Dein Vater hat sie wohl heute Morgen angerufen und erzählt, was passiert ist. Sie war völlig fertig am Telefon. Darum konnte ich auch nicht so mit ihr schimpfen, wie ich es gern getan hätte.« Ihr Kopf wackelt hin und her, als wäre sie ein Dackel auf einer Autohutablage. »Was sie sich dabei nur gedacht hat? Sie war ja nie so intelligent wie du, aber …«

»Jette hatte den gleichen Abidurchschnitt wie ich«, fahre ich sie an, weil mein Bauch mich dazu zwingt, obwohl Jette es wahrlich nicht verdient hat, dass ich sie verteidige. Diese miese Verräterin!

»Da du sie schon wieder in Schutz nimmst, kann ich wohl wirklich fahren«, kommt es leicht pikiert über Mamas Lippen. Sie sieht zu Rolf. »Was meinst du, wollen wir es wirklich wagen?«

Rolf hat das Kauen eingestellt. Seine freundlichen Augen hinter der altmodischen Brille blicken mich an. »Das ist allein die Entscheidung deiner Tochter. Da möchte ich mich raushalten, Hasi.«

Mit einem Lächeln, das ich mir nicht verkneifen kann, sage ich: »Nimm deinen Hasen, Rolf, und verreist, wohin auch immer. Ich wünsche euch eine schöne Zeit.« Ich muss mich dazu zwingen, Mama in den Arm zu nehmen, aber es scheint mir ratsam, damit sie wirklich fahren.

»Ich hab dich lieb, mein Schatz, und wenn irgendwas ist, dann ruf an, und ich bin sofort hier.«

Es dauert keine Stunde, bis Mama gepackt hat und ich die beiden verabschieden kann.

»Also, wenn irgendwas ist …« Mama hat das Seitenfenster von Rolfs Kombi heruntergefahren.

»Ja-ha.«

»Und denk dran, dass sich für das Wochenende wieder Gäste angemeldet haben.«

»Ja-ha!« Schlimm genug, dass bis dahin gar keine Gäste mehr in der Pension sind. Gerade jetzt könnte ich jede Abwechslung gebrauchen. Alles, was mich vom Grübeln ablenkt, ist gut.

»Also dann …« Mama wirft mir noch einen prüfenden Blick zu, bevor sie die Autoscheibe hochfährt.

Bevor das Fenster geschlossen ist, höre ich mich gehetzt fragen: »Mama, ist Papa gestern Abend mit einem Taxi weggefahren? Ich meine … wo ist er hin? Wo wohnt er denn eigentlich? Hat er es dir gesagt?«

Ihr Gesicht wird hart. »Warum willst du das wissen? Er hat doch wohl nach dieser lächerlichen Maskerade einmal mehr bewiesen, dass er als Vater nichts taugt.«

Überraschenderweise beugt Rolf sich über Mama hinweg und sieht mich durch die Scheibe an. »Ich habe ihn gestern Abend zum Bahnhof gefahren, Isa. Er wohnt in Lübeck. Die Straße weiß ich leider nicht.«

Ich schlucke. »Ich will ihn ja auch nicht besuchen. Ich … ich wollte es nur wissen. Danke.«

Ich starre ihnen noch hinterher, als der Wagen längst verschwunden ist. Lübeck. Das ist so unglaublich nah. Keine zwei

Stunden Fahrtzeit haben all die Jahre zwischen uns gelegen. Wut und Traurigkeit fressen sich im Wettstreit durch meine Seele. Alles hätte anders sein können. Ich atme tief durch, um die Gedanken zu verscheuchen, die mich seit meiner Kindheit begleiten wie ein Schatten, der die Sonne verdeckt.

Um dem Grübeln zu entkommen, stelle ich mich unter die Dusche und lasse am Ende einen kalten Strahl über mich ergehen, allerdings nicht ohne zu kreischen und nach Luft zu schnappen. Eincremen, föhnen, schminken, alles mache ich konzentriert, und wenn die Gedanken doch wieder abschweifen, sage ich das Gedicht von Ribbeck zu Ribbeck im Havelland auf. Ich wähle mein Pünktchenkleid aus, das eigentlich immer gute Laune macht, aber ein bisschen gemustertes Textil reicht heute nicht aus, um mich fröhlicher zu stimmen.

Als ich das Bad verlasse, läuft mir Luzifer über den Weg. Er bleibt stehen und schaut mich mürrisch an. »Wie grässlich, dass du dich jeden Tag so fühlst«, sage ich und habe im gleichen Moment eine tolle Idee. Wenigstens Oma kann ich eine Freude machen. Vielleicht verschmerzt sie dann die Tatsache besser, dass sie noch eine Woche länger im Heim ausharren muss. Gleichzeitig gesellt sich allerdings der Gedanke dazu, dass ich vielmehr das Pflegepersonal und die alte Frau Magens bedauern sollte, müssen sie doch Oma noch eine weitere Woche ertragen.

Also lenke ich Ferdinand auf dem Weg zum Heim noch rasch zum Gemeindehaus und kaufe in unserem winzigen Supermarkt vier Packungen Pralinen. Schließlich nascht auch Onkel Hollerbeck gern, und ich habe vor, nach dem Besuch bei meiner Oma noch bei ihm reinzuschauen.

Auf Ferdinands Rückbank bewegt sich die Reisetasche, als ich wieder einsteige. »Schlaf doch einfach«, sage ich Richtung Tasche, »das tust du doch sonst auch den ganzen Tag, wenn du nicht gerade Hühner jagst.«

Ferdinand springt glücklicherweise an wie eine Eins, während ich in den Rückspiegel schaue. Die Schwellung meiner Lider ist kaum noch zu sehen. Nur wer mich kennt, ahnt wohl, dass ich letzte Nacht geweint habe. Bevor ich den ersten Gang einlege, werfe ich noch mal einen Blick auf mein Smartphone. Jette bombardiert mich mit Anrufen, SMS und Whatsapp-Nachrichten. Ich ignoriere sie. Ich habe weder meine Mailbox abgehört noch eine einzige ihrer Nachrichten gelesen. Ich bin fertig mit Jette Graziano.

Heftig blinzelnd vertreibe ich das lästige Wasser in meinen Augen und fahre los. Halb blind lenke ich Ferdinand durch den Ort und kriege einen Mordsschrecken, als ich fast die alte Frau Jensen überfahre, die mit ihrem Rollator die Straße überquert. Gut, ich hätte vielleicht mildernde Umstände bekommen, wenn ich dem Richter erzählt hätte, dass ich a) gerade meine beste Freundin verloren hatte, b) Frau Jensen wirklich *sehr* langsam die Straße überquert hat und c) die Wahrscheinlichkeit hoch ist, dass sie sowieso bald gestorben wäre.

Glücklicherweise komme ich heil beim Heim in Hamburg an. Ich schnappe mir die Reisetasche vom Rücksitz, ignoriere das Fauchen darin und marschiere schnellen Schrittes über den langen Flur zum Zimmer meiner Oma. Allerdings ist sie nicht da. Ich stelle die Luzifer-Tasche vor Omas Bett ab und suche eine Pflegerin. In dem winzigen Büro im Gang werde ich fündig und erfahre, dass Oma bei der Morgengymnastik ist. Ich ziehe eine der Pralinenpackungen aus meiner Handtasche und gebe sie der Pflegerin zusammen mit der Info, dass wir Oma wohl erst in zwei Wochen nach Hause holen werden.

»Oh, vielen Dank, das ist nett.« Sie legt die Pralinen mit einem Lächeln auf den Schreibtisch. »Und das mit Ihrer Oma ist kein Problem. Sie haben das Zimmer ja sowieso noch für Juni gemietet. Schauen Sie doch dabei zu, wie die alten Herrschaften trainieren«, sagt sie und blättert in einem Ordner, in der Hoffnung, dass ich nicht bemerkt habe, dass sie bei meinem Auftauchen die *InTouch* darunter hat verschwinden lassen. Als würde ich all diese Tricks nicht kennen.

»Das mache ich. Und … der Artikel über Heidi Klum ist richtig gut.«

Sie wird knallrot, während ich mich mit einem Winken Richtung Gemeinschaftsraum verabschiede, aus dem mir lustige Musik entgegenschallt. Ich überfliege die Köpfe und stelle fest, dass rund tausend Jahre in einem Kreis versammelt sind. Es ist entzückend anzusehen, wie die alten Herrschaften, zum Teil stehend, zum Teil auf Stühlen und in Rollstühlen sitzend, die Armbewegungen der Therapeutin nachmachen. Oder es zumindest versuchen, so gut es geht. Interessant ist, dass Oma mehr als aktiv dabei ist, denn ich habe damit gerechnet, dass sie mit verschränkten Armen im Rollstuhl hockt und Gewitterlaune verbreitet. Aber ihr gesunder Arm wandert – sogar im Takt der Musik – nach oben, nach vorn und zur Seite, während ihr Gesicht pure Konzentration ausdrückt. Ich bin fast ein bisschen gerührt, dass sie so fleißig trainiert.

Oma hat mich noch nicht gesehen, und weil ich nicht möchte, dass die alten Leute sich beobachtet fühlen, gehe ich zurück zur Pflegerin und frage nach der Zimmernummer von Frau Magens, die bei der Gymnastikrunde nicht dabei war, vermutlich, weil sie sowieso nicht im Kreis bleiben, sondern abhauen würde.

Die Pflegerin muss mir aufschließen, was sie mit einer Entschuldigungsrede tut. Ich würge sie ab. »Schon gut, ich weiß, dass Frau Magens gerne mal ausbüxt.« Trotzdem finde ich es schrecklich, dass sie eingeschlossen ist. Sie steht am Fenster, hat die Gardine ganz zurückgezogen und guckt hinaus. Ich stelle mich neben sie, als sie meinen Gruß nicht erwidert. Sie sieht mich an, ohne sich zu wundern, dass ich da bin, oder zu fragen, wer ich bin. Stattdessen fragt sie: »Kommt Beate gleich?«

Ich habe nicht vor, ihr zu sagen, dass ihre Tochter tot ist. Es würde sie unnötig erschrecken, auch wenn sie es schnell wieder vergessen würde. »Beate kommt heute nicht«, erkläre ich darum und nehme die zweite Pralinenpackung aus meiner Tasche. »Ich habe Ihnen etwas Süßes mitgebracht, Frau Magens. Mögen Sie Pralinen?«

Ihre Augen leuchten. »O ja! Beate bringt mir auch immer was mit.«

»Das ist schön.«

Nickend strahlt sie mich an. Dann dreht sie sich um und tappt schnell davon. Ich will ihr schon nacheilen, weil ich davon ausgehe, dass sie das Zimmer verlassen will, aber sie macht vor der Kommode halt und zieht eine Schublade auf. Mit einer abgegriffenen Postkarte in der Hand kommt sie zurück und reicht sie mir. »Die hat Beate mir geschickt, gestern, aus dem Urlaub.«

Während wir jede eine Praline futtern, lese ich die Karte. Sie ist nicht von Beate und auch nicht von gestern, sondern von einer Angela, die im letzten Jahr auf Mallorca Urlaub gemacht hat, wie der Poststempel verrät. Vielleicht die mürrische Pflegerin, die in der vergangenen Woche Nachtdienst hatte, als Oma randalierte? Auf ihrem Namensschildchen stand Angela. Falls ja, ist es eine nette Geste, dass sie an Frau Magens gedacht hat.

»Hübsch ist es da«, sage ich und deute auf die malerische Bucht, die auf der Vorderseite abgebildet ist.

Sie nickt. »Beate holt mich gleich ab. Dann fahren wir nach Hause.«

Schweigend sehe ich sie an. Die Arme. Ich reiche ihr eine weitere Praline, in der Hoffnung, dass sie nicht an Diabetes leidet, was ich als angehende Ärztin natürlich hätte bei der Pflegerin erfragen müssen, bevor ich sie mit Schokolade vollstopfe. Aber sie nascht so lustvoll, dass der Anflug des schlechten Gewissens schmilzt wie Butter in der Pfanne.

»Wenn Sie mögen, hole ich Sie auch mal zu einem Ausflug in den Park ab«, fließt es aus mir raus.

»Aber nicht heute«, entgegnet sie. »Gleich kommt nämlich Beate.«

Weil wir uns beide Seelentrost verdient haben, essen wir jede noch drei Pralinen, bevor ich gehe. Ich schließe die Tür wieder ab, weil ich es der Pflegerin versprochen habe. »Frau Magens hat hoffentlich kein Diabetes?«, sichere ich mich jetzt doch noch mal ab. »Ich habe ihr nämlich eine Praline angeboten.«

»Eine ist okay«, kommt als Antwort. »Nur nicht mehr. Nach Schokolade wird sie noch nervöser.«

Ups. »Äh, ja, war nur eine.«

»Ihre Oma ist zurück im Zimmer. Ich habe ihr schon gesagt, dass Sie da sind.«

Omas Miene ist Bitterkeit pur. »Noch eine Woche länger? Wieso das denn? Deine Mutter ist doch bis zum Wochenende mit der Reha durch.«

Mir wird heiß. Warum bin *ich* eigentlich diejenige, die Oma sagen muss, dass Mama einen Lover hat und mit ihm in den Urlaub fährt? Die Antwort gebe ich mir gleich selbst: Weil Mama Schiss vor Omas Reaktion hat, wenn sie es erfährt.

Nun, ich bin auch nicht darauf erpicht. Darum sage ich: »Die eine Woche sitzt du hier doch auf der linken Pobacke ab. Hier ist wenigstens ein bisschen Action. Du triffst Leute, hast Unterhaltung und …«

»Unterhaltung? Hier? Pah! Warum rollt ihr mich nicht gleich in die Elbe? Dann seid ihr mich los, und ich muss hier nicht länger vor mich hinvegetieren.«

»Ach, Oma.« Ich öffne Pralinenpackung Nummer drei. Sie wird allerdings nicht mit der gleichen Freude angenommen wie die vorherigen. Oma verschränkt die Arme, als ich ihr eine anbiete. »Du weißt doch, dass ich lieber Negerküsse mag. Das Zeug hier schmeckt mir nicht, und schon gar nicht, wenn es Zimmertemperatur hat. Pralinen gehören in den Kühlschrank.«

»Dann halt sie doch an deine Brust«, murmle ich. »In Herznähe dürfte es kalt genug sein.«

»Was hast du gesagt?«

»Nichts.«

»Hm.«

Ich stecke mir gleich zwei Pralinen in den Mund. »Wie war es bei der Gymnastik?«, frage ich kauend, in der Hoffnung, dass Oma nicht wieder fragt, warum sie noch länger im Heim bleiben muss.

»Gymnastik?« Ihre Mundwinkel rauschen in den Keller. »Was für eine dumme Frage. Glaubst du etwa, da kann ich mitmachen?« Sie deutet auf ihre Beine. »Ich bin ein Krüppel.«

»Aber deine rechte Körperhälfte ist gesund. Und dein Kopf. Und wenn man will, kann man damit eine Menge zusammen anfangen.«

»Klugschwätzerin. Ich hasse die Gymnastikstunde. Und es ist ein Unding, dass diese Pflegeteufel mich einfach dahin karren und ich mir die jämmerlichen Verrenkungen der Tattergreise ansehen muss.«

Mir fehlt die Kraft, ihr zu sagen, dass ich sie beim Sport beobachtet habe. Schlimm genug, dass sie mich belügt, obwohl sie doch sichtlich Spaß bei der Sache hatte.

»Nun sag mir endlich, warum ich noch hierbleiben muss, Luisa.«

»Äh …« Und dann fällt mir glücklicherweise die Reisetasche ins Auge. Ich springe hastig auf, weil kein Mucks aus der Tasche kam, seit wir im Zimmer sind. Luzifer wird doch nicht …? Ich bekomme Herzrasen. Vielleicht hätte ich den Reißverschluss weiter offen lassen müssen? In null Komma nichts bin ich bei der

Tasche und reiße den Verschluss auf. Ein Stein fällt mir vom Herzen, als ich sehe, dass der Kater nur geschlafen hat und sich jetzt reckt. »Ich hab dir ja noch weiteren Besuch mitgebracht«, sage ich Richtung Oma und packe Luzifer unterm Bauch. »Tadaaa!«

»Karlchen!«, stößt Oma überrascht aus. Glücklicherweise freudig überrascht, so wie ich es erhofft hatte.

Ich lege ihr Karlchen-Luzifer auf den Schoß, setze mich wieder auf den Stuhl und beobachte die beiden. Hauptsache, die Pflegerin kommt jetzt nicht rein. Aber ich habe Glück. Die nächste halbe Stunde vergeht dank Kater wie im Flug, und Oma macht auch keine Sperenzien, als ich ihn in die Tasche zurückstecke.

»Bring ihn wieder mit, wenn du mich besuchst«, sagt sie zu mir, als ich mich mit einem Kuss von ihr verabschiede. »Karlchen ist der einzige Lichtblick in meinem Leben.«

»Danke, du mich auch«, murmle ich, obwohl ich eigentlich dankbar sein sollte, dass Oma nicht ein einziges Mal gefragt hat, wie es *mir* geht.

Dieses Glück habe ich bei Onkel Hollerbeck nicht, als ich ihm im Aufenthaltsraum des Krankenhauses gegenübersitze. Er trägt einen gelben Pullover über einer grauen Jogginghose und sieht ein bisschen verwahrlost aus, weil er sich nicht rasiert hat. Aber er scheint sich sauwohl zu fühlen, denn er macht einen fröhlichen Eindruck.

»Und bei dir ist auch alles in Ordnung?«, fragt er, nachdem ich ihm aus der Praxis berichtet und versichert habe, dass alles prima laufe.

»Alles bestens.« Ich sehe ihn nicht an, sondern halte den Blick auf die halb vertrocknete Palme gerichtet, die in einem riesigen Übertopf ihr Dasein in der Ecke fristet.

»Hm, na gut.« Er nimmt eine der geschenkten Pralinen und hält mir die Schachtel hin.

Ich greife zu, obwohl mir von der ganzen Schokolade langsam übel wird. Trotzdem habe ich das Gefühl, mich weiter mit Süßem vollstopfen zu müssen. Allerdings bedaure ich mittlerweile, vier identische Packungen gekauft zu haben. Etwas Abwechslung wäre nicht schlecht gewesen.

Onkel Hollerbeck sucht sich ebenfalls eine weitere aus und sagt: »Aaron schwärmt in den höchsten Tönen von dir, Isa. Ich habe den Eindruck, der Junge hat sich verguckt. Kann das sein? Wundern würde es mich ja nicht. Bist schon eine bildhübsche Deern.«

Ich kriege das Husten, weil ich mich an der Schoki verschlucke. »Wa-Was?«, krächze ich und spüre, wie ich rot werde.

Er nimmt sich grinsend eine dritte Praline. »Gefällt er dir auch?«

»Er heiratet bald!«

»Haha«, lacht Onkel Hollerbeck fröhlich und reibt sich seinen Bauch, den der enge Pullover weit mehr zur Geltung bringt als seine weißen Kittel. »Das war wohl noch zu keinen Zeiten ein Hinderungsgrund, sich anderweitig zu verlieben.« Noch röter kann ich nicht werden. Vielleicht hat er darum ein Einsehen und fügt hinzu: »Na, ich sag ja schon nichts mehr. Vielleicht bin ich ja auch nur ein alter Trottel, der sich was zurechtspinnt. Aber gefallen würde es mir schon. War ja immer mein Traum, dass Aaron die Praxis übernimmt.«

Jetzt ist mir endgültig schlecht. »Aaron?«, stoße ich aus. Aaron soll die Praxis übernehmen? Aber das wollte ich doch! Die Worte liegen mir auf der Zunge, doch es gelingt mir, sie runterzuschlucken. Schließlich habe ich mit Onkel Hollerbeck nie ein Wort darüber gesprochen. Es wäre mir anmaßend erschienen.

»Natürlich.« Seine grauen Augen blicken mich fröhlich durch die silbergerahmte Brille an. »Warum, glaubst du wohl, habe ich das neue Ultraschallgerät angeschafft? Natürlich, um den Jungen zu ködern.«

Ich bezweifle, dass ein einziges modernes Gerät in einer ansonsten völlig veralteten Praxis das bewerkstelligen würde, aber ein Schock ist es trotzdem für mich. Und Onkel Hollerbecks nächste Worte tun ein Übriges.

»Dann muss eben diese Anne mit ins Landhaus einziehen. Lieber hätte ich dich da gesehen, aber du sagst ja, da ist nichts zwischen euch?« Lauernd sieht er mich an.

Ich richte mich auf dem Stuhl auf, auf dem ich immer mehr in mir zusammengesackt bin. »Nein, da … da ist nichts. Wir sind nur Arbeitskollegen und alte Freunde. Und außerdem habe ich einen Freund.« Diese Lüge lässt ihn jetzt hoffentlich das Thema wechseln.

»Ach, das wusste ich ja gar nicht.«

»Ist, äh, noch sehr frisch … die Beziehung.«

»Na dann.« Er nickt bedächtig. »Entschuldige, dass ich so herumfantasiert habe.«

»Schon gut. Ist … ist doch toll, wenn Aaron ins Landhaus einzieht, wenn er aus Afrika zurück ist, mit Anne.«

Als ich zum Auto zurückgehe, weine ich mal wieder.

Was für eine Scheißwoche!

17

»Danke, lieber Schutzengel«, flüstere ich, als ich in unsere Straße einbiege und feststelle, dass ich nicht sagen kann, welche Strecke ich auf dem Nachhauseweg gefahren bin. Meine Gedanken waren überall, nur nicht beim Autofahren. Ein Blick auf die Uhr verrät, dass ich bis zum Arbeitsbeginn nur noch zwanzig Minuten Zeit habe. Das reicht, denn ich muss mich nur noch umziehen. Das Mittagessen fällt flach, weil ich tausend Kilo Pralinen intus und keinen Hunger auf irgendetwas habe.

Ich stelle Ferdinand aus. Im selben Moment springt mich die Wut wie ein Puma an, als ich die Gestalt erkenne, die auf unserem Hauseingangstreppchen sitzt. Einen Moment lang bin ich in Versuchung, den Rückwärtsgang einzulegen und wegzufahren, aber da dies unser Haus ist und nicht das von Jette Graziano, kann ich sie einfach vom Grundstück weisen.

Während ich mit Herzflattern aus dem Auto steige und Luzifer samt Tasche vom Rücksitz nehme, steht Jette auf und kommt auf mich zu. Ich knalle die Tür von Ferdinand so heftig zu, dass er einen Infarkt bekommen hätte, wäre er ein Mensch. Mit zittrigen Fingern öffne ich die Reisetasche und lasse Luzifer raus. Er faucht Jette an, die ihn gar nicht beachtet, bevor er im Garten verschwindet.

So sieht man also aus, wenn man total verheult ist. Nicht schön. Jettes Lider sind noch röter, als meine es waren, und doppelt so dick. Ihre Lippen zittern. »Isa, bitte, bitte, du musst mir das verzeihen! Bitte!« Sie schluchzt erbärmlich. Die Tränen laufen ihr über die Wangen, die so rot sind wie die Märchenkutschen auf dem Tuch, das sie trägt. Ich habe es ihr zum Geburtstag geschenkt. Jetzt hat es dunkle Flecken, weil sie mit dem Ende des Tuchs die Tränen von den Wangen wischt.

»Ich muss gar nichts.« Ich drücke sie zur Seite. »Wir sind fertig miteinander. Für immer.«

»Sag das nicht. Bitte, Isa, sag so was nicht. Ich hab dich doch so lieb!«

So verzweifelt habe ich sie nur schluchzen hören, als ihr Dackel Batman vor zehn Jahren starb. Bat war ihr Ein und Alles. Es hat ihn mitten im besten Dackelalter dahingerafft, weil er sich losgerissen hatte und auf die Straße lief. Der Autofahrer konnte nichts dafür. Trotzdem haben wir den Mann in unserem jugendlichen Schmerz in einer mitternächtlichen Séance verflucht bis ins zehnte Glied.

»Isa! Bitte! Lass uns reingehen ... und ich ... erklär dir ... alles.« Jette kann kaum sprechen vor lauter Schluchzen.

Sie tut mir leid, und das kann ja wohl nicht sein! Wütend drehe ich mich zu ihr um. »Hör auf, hier rumzuheulen, Jette Graziano! Wenn hier eine heulen darf, dann ich. Weißt du eigentlich, was du mir da angetan hast?« Mir laufen jetzt auch die Tränen, aber eher vor unmäßiger Wut. »Du treibst mit meinem Vater dieses ... dieses widerliche Spiel! Du stehst seit Jahren mit ihm in Kontakt! Du schreibst ihm Briefe und er dir! Hast du überhaupt den Hauch einer Ahnung, wie weh mir das tut? *Ich* hätte von ihm diese Briefe bekommen müssen. Ich! Ich bin sein Kind.«

»Ach, Isa«, Jette schlingt ihre Arme um mich, »das weiß ich doch alles! Und genau darum hab ich das doch überhaupt nur gemacht! Ich habe immer gehofft, dass dein Vater und du wieder zueinanderfindet. Ich wollte dich ganz bestimmt nicht hintergehen, sondern ... glücklich machen. Ich wollte, dass du und er euch wiederfindet.«

»Dann hattest du aber einen langen Atem«, sage ich bitter und winde mich aus der Umarmung. »Denn wenn ich richtigliege, habt ihr euch doch über Jahre geschrieben.«

»Ja, du hast recht«, gibt sie zu, »und genau aus dem Grund hatte ich ihm jetzt ein Ultimatum gestellt. Er hätte nicht einen einzigen Brief mehr von mir bekommen. Er sollte sich endlich bei dir melden. Dass ... dass dann dieser blöde Verkleidekram dabei rauskam, ist einfach nur dumm und dämlich, das weiß ich. Aber ich war betrunken, als er mich bat, dich wegen des Zimmers anzurufen, und du weißt doch selbst, wie es ist, wenn man voll ist. Da sieht die Welt rosig aus. Man kann alles. Und ich dachte eben, dass dieses leise Rantasten deines Vaters eine tolle Idee wäre.«

»Leises Rantasten?« Die Häme in meiner Lache erschrickt mich selbst. »Es war eine dumme Verarsche, und nicht mehr.«

Jette schüttelt den Kopf. »Er will doch so gern wieder mit dir zusammen sein, Isa. Er liebt dich. Er ist nur ein Schisser. Und ich bin selbst schuld, dass du mich jetzt hasst. Aber ich werde dich immer lieben. Immer.«

Ich muss mich zwingen, meine Arme unten zu lassen. Soll sie sich doch selbst umarmen, diese elende Dreckmistfreundin. »Ich werde nie mehr ein Wort mit dir reden«, stelle ich klar, was Sache ist.

»Isa, sag, dass das nicht stimmt! Sag, dass du mir noch eine klitzekleine Chance gibst, sonst ... sonst ...« Sie nimmt einen Tuchzipfel und schnäuzt in die seidigen Märchenkutschen.

»Das ist ein Hermès-Tuch! Dafür hab ich auf dem Flohmarkt fünfundneunzig Euro berappt!«

»Was? Du hast gesagt, es war ein Schnäppchen. Du sollst doch nicht so viel für mich ausgeben.«

»Keine Angst, passiert nicht wieder.«

Sie wagt ein schiefes Lächeln. »Jedenfalls redest du mit mir. Das ist schön, Isa.«

Mir ist nicht zum Lachen. »Ja, vielleicht rede ich irgendwann wieder mit dir, wenn wir Falten und Runzeln und Alzheimer haben und ich nicht mehr weiß, was du getan hast.« Meine Stimme lässt sie wissen, dass das kein Joke ist. Ich drehe mich um, schließe auf und gehe hinein.

Anscheinend sehe ich doch nicht viel anders als Jette aus, denn Frau Lutter fragt mich, ob ich eine Krankschreibung brauche, als ich die Praxis betrete. Wenigstens schieben sie und Poppy mein Aussehen auf eine Grippe, denn Poppy kocht mir einen Erkältungstee. Ab und zu huste ich, um sie in diesem Glauben zu lassen. Aaron kann ich nichts vormachen. Er wirft mir durchdringende Blicke zu, sagt aber nichts in Anwesenheit der beiden Frauen. Und ich achte darauf, nicht allein mit ihm zu sein. Das klappt bis zum Feierabend. Als ich mich von Frau Lutter verabschiede, die immer als Letzte geht, ruft Aaron aus dem Arztzimmer heraus: »Isa? Ich würde dich gern noch kurz sprechen. Sie können dann gehen, Frau Lutter. Bis morgen und einen schönen Feierabend.«

Frau Lutters Blicke sprechen für sich, als ich sie ansehe. Sie glaubt doch nicht etwa, dass Aaron und ich …? Um sie zu ärgern, schließe ich, nachdem ich das Arztzimmer betreten habe, die Tür hinter mir. Im gleichen Moment bereue ich das, denn Aaron scheint es als eine Art Aufforderung zu verstehen. Lächelnd erhebt er sich vom Schreibtischstuhl und kommt näher. Er bleibt so dicht vor mir stehen, dass ich seinen Atem in meinem Gesicht spüre, als er sagt: »Und, darf ich jetzt endlich tun, was ich seit gestern Abend tun möchte?«

»Was denn?«, piepse ich.

»Das.« Seine Hände legen sich um mein Gesicht, und seine Daumen streicheln meine Wangen. »Und das«, flüstert er und beugt seinen Kopf. Seine Lippen berühren meine so sanft, dass meine Knie zu flattern beginnen. Der Kuss wird fester, drängender.

Und dieses Mal erwidere ich ihn. Ich kann nicht anders. Aaron schmeckt so köstlich, und es fühlt sich einfach nur gut und richtig an. Ich öffne meine Lippen, und als sich meine Zunge in seinen Mund bewegt, stöhnt er leise. Ich schiebe meine Hände unter sein Shirt und streichle über seinen festen Körper, über die warme Haut und kann nicht genug von ihm kriegen. Wir drängen uns so aneinander, küssen uns so gierig, dass alles um uns herum verlischt. Seine Hände öffnen unter meinem Shirt den BH, ohne dass er dabei seine Lippen von meinen nimmt, und es berauscht mich, wie er heiser meinen Namen flüstert. »Isa …«

»Hör nicht auf«, sage ich mit geschlossenen Augen, als er ein wenig zurückgeht, aber er hat nicht vor, aufzuhören, er zieht sich nur sein Shirt über den Kopf, und ich presse meine Lippen auf seine nackte Haut, lecke über seine Brustwarzen und werde schwindlig, als er wieder stöhnt. Ich kriege kaum mit, dass er mir mein Shirt auszieht und den BH abstreift. Als sein Kopf zu meinen Brüsten wandert, ist mir alles egal. Anne kommt mir kurz in den Sinn, aber es ist zu spät für sie. Ich will ihn so sehr. Und ich nehme mir jetzt, was sich mir hier so berauschend anbietet. »Nimm mich, Aaron, nimm mich«, murmle ich, während seine Lippen eine heiße Spur auf meine Brüste legen.

Er hebt den Kopf und sieht mich an. »Das werde ich, Liebling, das werde ich, aber nicht hier.« Er küsst mich noch mal, dann nimmt er unsere Shirts vom Boden, öffnet die Tür und linst ins Büro. »Die Bahn ist frei«, sagt er mit einem ziemlich unverschämten Grinsen.

Hand in Hand laufen wir halb nackt durch die Praxisräume über den kleinen Flur zur Treppe. In Aarons Zimmer bleibt kaum Zeit für Zärtlichkeit. Wir sind beide so ausgehungert, dass es ein kurzes, gieriges Vergnügen ist, bis wir kommen.

»Und jetzt«, flüstert Aaron an meiner heißen Wange, noch zwischen meinen Beinen liegend, »jetzt bekommst du, was du verdienst.« Er haucht die zartesten Küsse auf meine Wangen, meine Nase, mein Kinn und meine Lippen, wandert weiter zu meinem Hals und meinen Brüsten, und ich beginne zu zittern – vor Erfüllung und gleichzeitig vor Sehnsucht. Und ich zittere aus dem bangen Gefühl heraus vor dem, was kommen wird.

Und vor Liebe.

Das Lied einer Amsel weckt mich im Morgengrauen. Ein wohliger Seufzer entschlüpft mir, als ich feststelle, dass ich in Aarons Arm liege. Mein Kopf ruht auf seiner warmen Brust, und ich habe nicht vor, ihn dort wegzunehmen. Durch das leicht geöffnete Fenster lausche ich eine Weile der Amsel, die pure Lebensfreude in den Himmel singt. Und ich kann sie so gut verstehen, denn auch ich fühle mich rundherum glücklich. Aarons ruhige und gleichmäßige Atemzüge verraten mir, dass er noch tief schläft. Darum kann ich es jetzt ruhig sagen. Er hört mich ja nicht. »Ich liebe dich«, flüstere ich.

Keiner von uns beiden hat diese Worte bisher gesprochen. Er hat mich Liebling genannt, gestern Abend bei unserem leidenschaftlichen Sex und auch später bei einem leichten gemeinsamen Abendessen, bevor wir wieder im Bett gelandet sind, doch das ist etwas anderes, als »Ich liebe dich« zu sagen. Aber ich werde es sagen, wenn er aufwacht, weil es einfach die Wahrheit ist.

Wohlig kuschle ich mich an ihn, und als ich das nächste Mal die Augen aufschlage, ist es hell. Es zwitschern noch ein paar Vögel in den Bäumen der umliegenden Gärten, doch die Amsel ist fort, so wie Aaron. Aber er ist nicht davongeflattert, sondern hantiert in der Küche herum. Geschirrklappern dringt nach oben und der Duft frisch gebrühten Kaffees. Ich schlüpfe in meine Unterwäsche, die weiße Jeans und das Shirt und tappe barfuß nach unten. Ohne dass Aaron mich bemerkt, verschwinde ich in Onkel Hollerbecks Bad. Ich möchte wenigstens einen frischen Atem haben, wenn ich Aaron die drei Worte sage, die meine Brust sprengen wollen.

Dunkelgrüne Kacheln im Siebzigerjahre-Style verbreiten eine düstere Atmosphäre, auch weil das Fenster so schmal ist. Ich fühle mich ein wenig an mein Kellerzimmer erinnert. Ein fadenscheiniges rosafarbenes und ein gelb-türkis gestreiftes Handtuch auf den Haltern zeigen deutlich, dass hier keine Frau mehr wohnt.

Ob Aaron was dagegen hat, wenn ich seine Zahnbürste benutze? Meine dürfte er jedenfalls für einen Notfall ausborgen. Da es in Onkel Hollerbecks Haus nur dieses Bad und kein Gäste-WC gibt, muss Aarons Zahnbürste eine der beiden auf dem gläsernen Regal sein. Beide stecken in bunten Plastikbechern. Die Borsten der linken stehen in alle Richtungen ab und lassen ahnen, dass sie aus dem vorigen Jahrzehnt stammt. Übertriebene Zahnpflege scheint nicht Onkel Hollerbecks Problem zu sein. Aaron traue ich eine solche Bürste nicht zu, also greife ich nach der rechten, bekomme dann allerdings doch Bedenken – schließlich putzt meine Mutter mit Zahnbürsten Fliesenfugen – und drücke mir ein wenig Zahnpasta auf den Zeigefinger. Das muss reichen. In mein Gurgeln hinein ertönt die Haustürklingel.

Ein Patient? Von Onkel Hollerbeck weiß ich, dass es vorkommt, dass die Elmflether auch vor den Praxiszeiten klingeln, wenn sie vermeintlich dem Tod näher sind als dem Leben.

Ich öffne die Badetür ein Stückchen, sehe, dass Aaron schon fast an der Haustür ist, und schlüpfe schnell in die Küche, wo der kleine Tisch liebevoll für zwei Personen gedeckt ist. Sogar ein Strauß Maiglöckchen, die im Landhausgarten verschwenderisch blühen, steht neben dem Brötchenkorb. In mich hineingrinsend, schnuppere ich an dem duftenden Strauß. Ich habe mal einen Artikel gelesen, in dem es hieß, die Menschheit wäre ausgestorben, gäbe es keine Maiglöckchen. Das war natürlich arg übertrieben, aber Spermien sollen tatsächlich riechen können. Und anscheinend stehen sie auf Maiglöckchen. Gut, dass ich die Pille nehme, falls Aaron und ich nämlich gleich noch einmal übereinander herfallen sollten.

Ich kann diesen Gedanken nicht zu Ende spinnen, denn mein Blut gefriert gerade.

»Anne!«, hat Aaron draußen auf dem Flur gerufen. Ich gehe auf Zehenspitzen zur Küchentür. Annewill? Mein Herz beginnt noch heftiger zu schlagen.

»Guten Morgen, mein Schatz. Frühstück!«, höre ich ihre muntere Stimme und ein Knistern von Papier, das auf eine Brötchentüte schließen lässt. Dann folgt ein lautes Mmmmah!, und ich sehe förmlich vor mir, wie sie ihm auf die Lippen schmatzt. Die Lippen, die doch mich küssen sollen.

Übelkeit rammt ihre Fäuste in meine Magenwände. Wieso bin ich davon ausgegangen, dass er mit Anne Schluss gemacht hat? Er hat es schließlich mit keinem Wort erwähnt.

Ich muss hier raus. Sofort! Hektisch blicke ich mich um. Leider stammt das Landhaus aus einer Zeit, als Terrassentüren im Wohn- und Küchenbereich noch Science-Fiction waren.

»Ich habe deine Lieblingsbrötchen mitgebracht«, höre ich jetzt Anne sagen, während ich barfuß zum Fenster haste. Mit flattrigen Fingern stelle ich die Porzellanmöwe und den goldrandigen Blumenübertopf mit dem Alpenveilchen von der Fensterbank auf den Boden und öffne die Fensterflügel. Geschwindigkeitsrekordverdächtig hocke ich auf der Fensterbank, schwinge die Beine nach draußen und springe mitten hinein in einen Haufen Mohnblumen.

Lieblingsbrötchen, denke ich, während ich über den Trampelpfad nach Hause renne. Natürlich, Anne weiß alles über ihn, von ihm. Und ich weiß gar nichts.

Zu Hause schlüpfe ich aus meinen Klamotten. Am Shirt und an der Hose haften Spinnwebfäden und Blütenstaub von dem Mohn. Aber das interessiert mich alles nicht. Ich bin einfach nur schockiert, dass Anne Hombach völlig ahnungslos ist. O Gott, wie peinlich wäre es geworden, wenn wir in der Küche aufeinandergetroffen wären! Vor Scham wird mir ganz heiß. Oh, hätte sie vielleicht gesagt, was machen Sie denn hier? Was hätte ich antworten sollen? Vielleicht: Ich warte darauf, dass Ihr Verlobter mich das dritte Mal innerhalb von vierundzwanzig Stunden flachlegt.

Wimmernd reiße ich eine Jeans aus dem Schrank, was zur Folge hat, dass die Hälfte des gesamten Inhalts herausfällt. Voller

Wut trete ich gegen die Tür und greife aufschreiend nach einem der Sockenknäule, um es auf meinen Mund zu pressen. Ich gönne mir einen richtigen Wutschrei. Selbst gedämpft hört er sich mächtig an. Aber dadurch geht es mir tatsächlich etwas besser. Ich lasse die Unordnung, wie sie ist, ziehe mich an und verlasse das leere Haus fluchtartig.

Ich werde heute nicht zur Arbeit gehen, das steht fest. Stattdessen starte ich Ferdinand. Wir fahren nicht, sondern rasen nach Hamburg – mein Auto-Opa hält wacker durch. Vielleicht tut ihm das durchgedrückte Gaspedal ja sogar mal gut. So wie mir. In Hamburg angekommen, gestaltet sich die Parkplatzsuche mühsam, aber irgendwann bin ich dort, wo ich sein will. Dort, wo ich hoffe, mein aufgewühltes Inneres ein wenig zur Ruhe bringen zu können – auf dem Hamburger Isemarkt. Ich liebe das bunte Treiben hier, die herrlichen Farben und intensiven Gerüche und die verschiedenen Sprachen, die in Fetzen an mir vorüberziehen, während ich in der Isestraße unter dem Viadukt der U3 von einem Stand zum anderen schlendere. Düfte von frischem Obst wechseln sich ab mit dem von gebrannten Mandeln und Lavendel. Eigentlich habe ich mich auf dem Markt bei jedem Besuch vom Alltagsstress erholen können. Immer kam dieses Feeling von Leichtigkeit und Mini-Urlaub auf. Heute nicht. Aber das wäre wohl auch zu viel verlangt, gestehe ich mir zu. Sonst treibt mich schließlich kein Liebeskummer hierher.

Liebeskummer? Ja, und es tut gut, zuzugeben, dass es die Liebe ist, die mir Kummer bereitet. Aber wäre Betrugskummer nicht die bessere Wortwahl? Es quält mich, dass ich Anne den Mann stehlen möchte. Stückchenweise habe ich geschehen lassen, was geschah. Ich kann es ja nicht einmal nur auf körperliche Anziehung begrenzen. Mit jedem Tag gehört Aaron ein Stück mehr von meinem Herz, von meiner Seele.

Das Kaleidoskop der Aromen und die prächtigen Farben der Sommerblumen und Obst- und Gemüsesorten ziehen heute unbewusst an mir vorbei. Ich registriere es und auch wieder nicht. Während ich langsam von Stand zu Stand gehe, bleiben meine Gedanken bei Aaron und Anne. Ich selbst passe nicht in das Bild. Ich bin der Störenfried – wieder eines dieser altmodischen Wörter, aber es trifft den Nagel auf den Kopf. Ich störe den Frieden, den die beiden miteinander hatten. Ich bin der Dorn, der sich in zwei Blumen, die zusammengewachsen sind, hineinbohrt und sie verletzt.

Tief seufzend bleibe ich vor einem Obststand stehen und greife nach einem Apfel.

»Der Boskop ist köstlich«, preist die Standbetreiberin ihre Ware an. »Voller Saft und Vitamin C.«

Ich sehe sie an. »Ich bin der Wurm im Apfelgehäuse von Aaron und Anne.«

»Häh?«

»Schon gut«, sage ich schnell, als ich merke, dass ich laut gedacht habe. »Ich nehme ihn.«

Sie wiegt den Apfel, ich bezahle und beiße hinein. Der Saft läuft mir am Kinn hinunter, und er schmeckt tatsächlich köstlich, obwohl ich doch eigentlich keinen Appetit haben dürfte.

»Ich will kein Wurm sein«, murmle ich und fange mir den Blick eines entgegenkommenden Mannes ein, der mir sagt, dass ich leiser murmeln sollte, wenn ich glaube, meinen gedanklichen Abfall unbedingt rauslassen zu müssen.

Ich steure die mobile Coffeebar an und genehmige mir einen anständigen Americano und dazu ein Gläschen Amaretto. Dann muss ich noch einen Grappa probieren, weil der Barista der Meinung ist, ich sähe aus, als könnte ich einen gebrauchen.

Holla, als ich weitergehe, schwanken die Stände rechts und links von mir. Und das scheint ein Wink mit dem Zaunpfahl zu sein. Ich sollte etwas Vernünftiges essen. Vor neun Uhr morgens ohne Frühstück zwei Schnäpse intus zu haben, ist … ja, mir heute irgendwie egal. Ich schiebe mir den Wilstermarschkäse in den Mund, den ich vernünftigerweise am Käsestand gekauft habe, und wähle die Nummer der Praxis. Schließlich muss ich mich krankmelden.

Frau Lutter stellt glücklicherweise keine unnötigen Fragen bis auf die letzte: »Soll ich den Doktor nach Feierabend noch zu dir rüberschicken, Isa? Vielleicht möchte er dich ja abhorchen.«

Habe ich da eine kleine Spitze rausgehört? Egal. »Nein, bloß das nicht, äh, also … das tut nicht not. Am Wochenende kann ich mich auskurieren, und Montag bin ich wieder fit. Tschüs.«

Ich starre noch auf mein Handy, als jemand nicht weit entfernt von mir meinen Namen quietscht. »Iiiisaaaa!« Ich wende den Kopf und werde umarmt und auf beide Wangen geküsst. »Mensch, Isa, toll, dass ich dich hier treffe.«

»Theo!« Ich blicke in zwei fröhlich strahlende blaue Augen.

»Ich schwänze meine Vorlesungen. Was wollen wir unternehmen?« Theodora Hanke, meine Kommilitonin an der Uni, hakt sich bei mir ein und zieht mich zu einem Stand, an dem eine Frau, die aussieht wie Nina Hagen vor dreißig Jahren, selbst gefertigten Schmuck anbietet. Wir verlassen den Stand jede mit einem neuen Ring am Finger und dem Vorsatz, heute mal richtig die Sau rauszulassen.

Wie gut, dass ich Theo getroffen habe. So komme ich auf andere Gedanken. Ich möchte für einen Tag mal alles um mich herum vergessen. Und darum lotse ich Theo zurück zur fahrenden Coffeebar. Der Grappa war gut.

18

»Au … Aaaah …«

Es gibt siebenunddreißig Arten von Kopfschmerz. Dieser Spruch aus der TV-Werbung fällt mir ein, als ich aufwache. In meinem Schädel hat sich die Hälfte davon eingenistet. Ich traue mich kaum, die Augen zu öffnen. Als ich es dennoch wage, wedle ich mit der Hand gegen die Helligkeit. »Geh weg, Sonne.« Schnell schließe ich die Augen wieder. Stöhnend taste ich mein Gesicht ab, das sofort einen neuerlichen Schmerzimpuls aussendet.

Das Kissen, auf dem mein Kopf liegt, ist feucht von dem Speichelrinnsal aus meinem Mund. Ich liege auf der Seite, und zwar nicht gerade bequem. Mit geschlossenen Augen taste ich über die Unterlage und stelle fest, dass ich wohl auf einem sehr schmalen Sofa liege. Der eklige Geschmack im Mund und stechender Durst helfen mir, die fehlenden Erinnerungen an gestern zurückzurufen. Ich war sternhagelvoll, als ich hier auf Theos Sofa eingeschlafen bin.

Ich wage es erneut, die Augen zu öffnen, und setze mich gleichzeitig vorsichtig auf. Übelkeit überfällt mich, aber sie legt sich, als ich einfach ruhig sitzen bleibe und in den Wohnraum stiere, den Theo sich mit der Mitbewohnerin ihrer WG teilt, was bei den Hamburger Mietpreisen an Luxus grenzt. Normalerweise wird in den WGs jeder Quadratmillimeter vermietet.

»O Gott«, murmle ich, und achtzehn Kopfschmerzarten tanzen Samba, als ich meinen Kopf senke und an mir runterblicke. Was hab ich denn da an? Ich trage eine enge silberdurchwirkte und – wie die Sonnenstrahlen zeigen – ziemlich durchsichtige Lurexbluse und dazu einen schwarzen Ministretchrock, der sich vom

Schlafen hochgeschoben hat, dass man meinen Slip sieht. Wenigstens der gehört mir.

So langsam kehrt meine Erinnerung zurück. Die Klamotten hat Theo mir gestern Abend angedreht. Und ich trage sie, weil ich meine Sachen mit Bolognesesoße vollgekleckert hatte. Und weil wir nach dem Essen noch auf dem Kiez tanzen waren, habe ich mich in meinem angetrunkenen Zustand wohl zu diesem knappen Outfit überreden lassen. Es sexy zu nennen, wäre verharmlost. Nuttig ist der passende Ausdruck, und heiße Scham überfällt mich, dass Theo mich zu dieser Kombi überreden konnte.

Theo und ich haben uns im Grunde schon auf dem Isemarkt betrunken. Den Nachmittag haben wir mit weiteren Kommilitonen in unserer Stammkneipe im Schanzenviertel verbracht, wo wir dann die Happy Hour zwischen achtzehn und neunzehn Uhr dazu genutzt haben, in einer Stunde möglichst viele verschiedene Cocktails zu probieren. Kein Wunder, dass mir von all dem süßen Zeug der Schädel platzen will.

Ich stehe langsam auf, ungern, aber ich brauche unbedingt eine Schmerztablette. In Zeitlupe tappe ich in die Küche. Das Spaghetti-Bolognese-Intermezzo zwischen unseren Saufgelagen hat seine Spuren in der Küche hinterlassen. Überall haben wir die rote Soße hingekleckert, auf dem Herd, auf dem grün gesprenkelten Linoleumfußboden und auf dem Tisch. Die Teller stehen mit angetrockneten Resten in der Spüle und verbreiten einen abgestandenen, würzigen Geruch, der mir erneut Übelkeit verursacht. Ich lasse den Wasserhahn laufen, schenke ein Glas voll und trinke es in einem Zug aus. Das hilft gegen den stechenden Durst, aber meinem Magen gefällt es nicht. Ich schaffe es gerade noch rechtzeitig ins Bad.

Danach geht es mir etwas besser. Ich finde meine Handtasche im Wohnzimmer und genehmige mir zwei Schmerztabletten. Aus Theos Schlafzimmer, in dem wir uns gestern Abend umgezogen haben und wo ergo meine Klamotten liegen müssen, dringt plötzlich lautes Stöhnen zu mir durch. Geht es Theo auch so dreckig? Ich lausche an der Schlafzimmertür und schließe genervt die Augen. Das ist kein Schmerzstöhnen. Ich kann mich nicht erinnern, wen Theo mitgenommen hat, aber eindeutig haben die beiden Spaß. Da stellen sich mir zwei Fragen. Erstens: Wie kann Theo jetzt Sex haben? Sie war genauso betrunken wie ich. Und zweitens: Wie komme ich an meine Klamotten ran? Soll ich warten, bis Theo und Oh-Tobiiii – so scheint er zu heißen, zumindest schreit sie den Namen gerade ekstatisch raus – fertig sind?

Nein, beschließe ich, ich werde mir die Jeans und den Pulli ein anderes Mal abholen. Jetzt will ich nur noch nach Hause, mich einsperren und bis Montag niemanden mehr sehen. Ich nehme meine Jeansjacke vom Haken, schlüpfe in meine roten Stiefeletten und verlasse die Wohnung. Dass ich Ferdinand am Isemarkt habe stehen lassen, rechne ich meiner Vernunft hoch an, doch so bin ich gezwungen, mit der U-Bahn dort hinzufahren, was schrecklich ist, wenn einem kotzübel ist und man aussieht wie eine Nutte. Ich bin froh, als die U-Bahn einfährt und ich einsteigen kann. Dem etwa Sechzigjährigen, der mir achtzig Euro geboten hat, wenn ich ihm auf dem öffentlichen WC einen blase, habe ich, glaube ich, das Schienbein zertrümmert. Glücklicherweise wählt er einen anderen Waggon. Ich schaue keinem der Fahrgäste in die Augen, hoffe, dass mich niemand kennt, und atme auf, als ich in Ferdinand sitze und er, ohne zu mucken, anspringt.

Als ich zu Hause aus dem Wagen steige, geht es mir ein wenig besser. Dazu trägt vermutlich bei, dass Annes Wagen nicht auf dem Nachbargrundstück steht. Wie soll ich mich Aaron gegenüber nur verhalten? Ist er wirklich so ein Widerling, der gern zwei Pferde am Start hat? So wie Peer Magnussen? Oder hat Anne ihn einfach überrascht, als sie mit der Brötchentüte vor der Tür stand? Ich sollte mir vielleicht einfach anhören, was er dazu zu sagen hat.

Der enge Gurt um meine Brust lockert sich nach dieser Überlegung immens. Ich bin es ihm schuldig, ihn nicht vorzuverurteilen.

Andererseits, hätte er mit Anne Schluss gemacht, wäre sie wohl kaum auf die Idee gekommen, den Weg von Hamburg bis Elmfleth zurückzulegen, um an einem Arbeitstag mit ihm zu frühstücken. Was, wenn nicht die Sehnsucht, hat sie hierhergetrieben?

Während dieser Gedanken bin ich ausgestiegen und schließe Ferdinand ab. Eine Zentralverriegelung gab es noch nicht, als Ferdinand als Baby vom Band lief. Das Schloss hakt manchmal, und auch jetzt muss ich den Schlüssel wieder und wieder hin und her ruckeln, bis es klappt.

In diesem Moment höre ich ein erleichtertes »Isa!« hinter mir. Erschrocken drehe ich mich um und blicke in Aarons Augen. Er scheint von unserem Grundstück gekommen zu sein. In Jeans und Kapuzenpulli steht er vor mir. Er sieht toll aus. Lässig, natürlich, die dunklen Locken ein wenig wirr.

»Aaron«, ich kann gar nicht anders, als ihn anzulächeln, »ich ...« Ich breche in dem Moment ab, in dem sich seine Miene verändert. Das Leuchten in seinen Augen erlischt. Sein Blick wandert über mich und verharrt schließlich auf meinem Gesicht.

»Meine Güte, Isa«, sagt er und klingt nicht mehr erleichtert, sondern irritiert. »Wo ... wo hast du gesteckt? Ich hab mir solche Sorgen gemacht. Du hast dich bei Frau Lutter wegen Krankheit abgemeldet und ... Ich war gestern Abend noch etliche Male hier«, er deutet zur Pension, »und auch heute Morgen.« Sein Blick wandert noch einmal an mir hinab.

Meine Wangen fangen an zu brennen, und ich zupfe den Rock runter, als mir wieder einfällt, wie ich aussehe. Vielleicht bin ich darum so froh, als mein Handy klingelt. »Moment«, murmle ich verlegen, ziehe das Smartphone aus der Jeansjacke und sehe auf dem Display, dass es Theo ist, die mich anruft. »Hi, Theo.« Ich wende mich von Aaron ab, als ich das Gespräch annehme. »Ja, alles ist gut. Ich bin schon zu Hause. – Wie? – Ja, ich hol mir meine Klamotten irgendwann ab.« Beim letzten Satz bin ich immer leiser geworden, weil mir mein Outfit so unendlich peinlich ist. »Theo, ich muss Schluss machen. Ich habe hier … Besuch«, würge ich Theo, die mir noch von Oh-Tobiii erzählen will, ab. »Tschüssi. – Ja, ich dich auch.« Während ich das Handy in die Jackentasche zurückstecke, drehe ich mich wieder Aaron zu. »Ich …« Der Satz stirbt mir auf den Lippen. Aaron hat etwas im Blick, das mich erschrocken innehalten lässt.

Im nächsten Moment erkenne ich, dass es Verachtung ist, denn seine Stimme hat die gleiche Färbung, als er sagt: »Ich Idiot! Ich Blödmann mach mir Sorgen um dich, denke, du tust dir vielleicht was an, weil die Geschichte mit deinem Vater und Jette dich so fertiggemacht hat, und wegen Anne, weil sie gestern …« Er schüttelt den Kopf. »Ich renne seit gestern Abend hierher, und du …« Seine Mundwinkel sind geringschätzig runtergezogen, als er abbricht.

Die Scham brennt sich wie ein Brandzeichen in meine Wangen. Es tut mir so leid, dass er sich meinetwegen solche Sorgen gemacht hat. Ich fühle mich richtig schlecht und möchte mich einfach nur verteidigen. »Weißt du, wie mies ich mich gefühlt habe, als Anne gestern Morgen plötzlich in der Tür stand? Was blieb mir denn übrig, als durchs Fenster zu fliehen? Und dann bin ich einfach los nach Hamburg. Ich musste meine Gedanken sortieren.«

»Komisch, du siehst gar nicht aus, als hättest du Gedanken sortiert.« Seine Stimme klingt hart wie Stahl.

»Ich war … feiern.« Das ist nun mal die Wahrheit. »Ich wollte einfach einmal alles vergessen.«

Aaron lacht unfroh auf. »Es wäre nett gewesen, wenn du mich mit einer kurzen Nachricht darüber informiert hättest, dann hätte ich hier nämlich nicht wie ein verliebter, sich Sorgen machender Idiot ums Haus rennen müssen.« Er lacht noch einmal dieses hässliche Lachen. »Gott, wie dämlich bin ich eigentlich? Du haust dir die Nacht mit diesem Theo um die Ohren, und ich Idiot …«

»Mit dies*em* Theo?«, unterbreche ich ihn verwirrt.

»Warum hast du mir nicht gesagt, dass du ebenfalls liiert bist?«, peitscht Aaron mir die Worte ins Gesicht. »Ja, da guckst du. Aber ich war gestern Nachmittag noch bei meinem Onkel, und der hat es mir erzählt.«

Mir wird ganz schwummerig, und das liegt nicht am Restalkohol. Herrje, Aaron kann doch nicht glauben, dass das stimmt, was ich Onkel Hollerbeck als Notlüge aufgetischt habe.

»Ich wollte es ja nicht glauben«, fährt er aufgebracht fort, »aber jetzt …« Sein Blick wandert wieder spöttisch über mich. »Du bist keinen Deut besser als die Menschen, die du verurteilst, mich, deinen Vater, Jette.« Fast sieht es aus, als wollte er vor mir ausspucken. Aber er sagt nur: »Werde glücklich mit deinem Theo. Vielleicht könnt ihr ja gemeinsam deine verquere Gedankenwelt wegsaufen.« Und dann dreht er sich einfach um und geht.

Und ich stehe da, perplex, verletzt und richtig, richtig wütend. Was bildet er sich ein?

»Du kannst mich mal, Aaron Berner«, schreie ich ihm hinterher. »Ich habe keine verquere Gedankenwelt, sondern eine völlig normale. Ich bin eine Frau! Und eine normale Frau macht sich viele Gedanken um ihr Leben und sucht auch mal Trost und Zuspruch, wenn sie Probleme hat. Und wenn dann eine liebe Freundin auftaucht und wir gemeinsam meine Probleme wegsaufen, jedenfalls für einen Tag, dann ist das legitim!« Ich habe tatsächlich bis zum letzten Wort geschrien. Mama würde kollabieren, hätte sie mich gehört. Bronzene Regel: In der Pension und drum herum wird nicht geschrien, denn die Gäste haben einen Anspruch auf Ruhe. In meiner Kindheit war ich wohl das stillste Kind im Ort. Wären die »Pssts!« meiner Mutter Backsteine gewesen, hätte ich die Chinesische Mauer nachbauen können.

Aaron ist herumgeschnellt und ruft gallig zurück: »Freundin? Du hast doch selbst zugegeben, dass du bei diesem Theo warst. Hast ihm doch gerade ins Handy gesäuselt, dass du ihn auch liebst!«

»Aber …« Jetzt kommen mir die Tränen vor unendlicher Wut und vor maßlosem Kummer.

Doch Aaron ist noch nicht fertig. »Werdet glücklich! Und mich lass bitte einfach in Ruhe, Isa Hofer. Jetzt und für alle Zeiten!«

Ich höre die Landhaustür ins Schloss knallen, während ich stocksteif dastehe und mich nicht bewegen kann. Irgendwann tappe ich das Treppchen zur Pensionstür hinauf, schließe auf und … erstarre, als ich mich im Flurspiegel sehe. O Gott! Warum habe ich bei Theo nicht in den Spiegel geschaut? Warum habe ich mir nicht das Gesicht gewaschen? Weil sie in ihrem winzigen Bad keinen Spiegel hängen hat, gebe ich mir selbst die Antwort. Sie schminkt sich in ihrem Schlafzimmer.

Ein blasses, rotfleckiges Gesicht starrt mich aus dem antik wirkenden goldfarbenen Spiegelrahmen an. Unter den Augen ist die Wimperntusche gräulich verlaufen, während der blaue Lidschatten bis an die Schläfen verschmiert ist.

Wie eine Marionette gehe ich in den Keller. Ich lege mich aufs Bett und starre an die Decke. Was zum Teufel habe ich verbrochen?

Geh doch einfach rüber und sag ihm, wer Theo ist, raunt die Stimme in mir. Und mein Herz nickt heftig dazu. Doch da gibt es noch diese andere Stimme, die Hand in Hand mit meinem Verstand geht und sagt: Er traut dir zu, dass du ein Doppelleben führst, weil er es genauso hält. Vielleicht ist es so am besten. Jeder wird den ihm vorbestimmten Weg gehen. Aaron wird mit Anne glücklich, und du, Isa, ja, du wirst auch irgendwann glücklich. Vielleicht.

»Nie«, wimmere ich in das graue Kellerlicht. »Nie.« Und dann drehe ich mich auf die Seite, ziehe meine Beine an den Oberkörper, umschlinge sie und weine, weine, weine.

Das Klingeln an unserer Haustür reißt mich aus einem traumgeschwängerten Schlaf. Ein Blick zum Wecker verrät, dass es sechzehn Uhr dreißig ist. Ich habe also den ganzen Nachmittag verschlafen. Ein erneutes Klingeln lässt mich hochfahren. Aaron! Ich stürze die Kellertreppe hinauf und reiße die Tür in das dritte Klingeln hinein auf.

»Jette!«

Meine exliebste Freundin starrt mich an. »Wie siehst du denn aus?« Ihr Blick wandert entgeistert über mich.

»Wie ich aussehe?«, fauche ich sie an, als mir klar wird, dass ich immer noch ungewaschen bin und mein Nutten-Outfit trage. »So schlecht kann es doch eigentlich gar nicht sein. Immerhin hat mir ein Mann achtzig Euro geboten, wenn ich ihm einen blase. Und zu dem Zeitpunkt sah ich nicht besser aus.«

Jette ist selten sprachlos. Jetzt ist einer dieser Momente.

»Was willst du hier?«, frage ich harsch. Die Enttäuschung, dass nicht Aaron vor der Tür steht, lässt meine Stimmung weiter in den Keller rauschen.

»Darf ich bitte, bitte reinkommen?« Ihre Stimme klingt wie frisch gewonnener Honig.

»Nein.« Rumms. Ich habe die Tür einfach zugeworfen.

»Isa, bitte!« Die Stimme vor der Tür wird weinerlich. »Bitte, du musst meine Verteidigungsrede anhören!«

»Ich muss gar nichts«, schreie ich die Tür an und gehe. Im Bad schäle ich mich aus den engen Klamotten und stelle mich unter die Dusche. Es ist herrlich, das heiße Wasser auf der Haut zu fühlen, obwohl meine Gedanken unerbittlich um Aaron und jetzt auch noch um Jette kreisen. Wieso muss ich ausgerechnet meine liebste Freundin zu einem Zeitpunkt verlieren, an dem ich sie dringend gebraucht hätte? Warum ist das Schicksal so hässlich?

Ich lasse mir Zeit beim Waschen, Cremen und Föhnen und fühle mich äußerlich wie neugeboren, als ich schließlich in frischer Unterwäsche und meinem Gänseblümchenpyjama – ich habe nicht vor, heute noch mal das Haus zu verlassen – vor dem Spiegel stehe. Ich bin immer noch ein wenig blass, aber alle Reste der vergangenen Nacht sind abgewaschen. Mein Magen knurrt vor Hunger, also sollte ich mir ein Brot schmieren. Luzifer fällt mir ein, aber wohlweislich habe ich ihn gestern nicht in Omas Zimmer eingesperrt. Also kann er durch die Katzenklappe rein- und rausspazieren. Er wird nicht vor Hunger gestorben sein. Schließlich kann er sich draußen eine Maus fangen. Den Gedanken, dass er dafür zu behäbig ist, verdränge ich.

Auf dem Weg zur Küche komme ich an der Haustür vorbei. Ein Geräusch davor lässt mich stehen bleiben. Ich ziehe die Tür auf. Vor mir, auf den kalten Trittfliesen, hockt Jette, den Rücken an den Türrahmen gelehnt.

Sie sieht zu mir hoch. »Ich geh hier nicht weg, bis du mich angehört hast.«

»Spinnst du jetzt völlig?«

»Nein, tu ich nicht. Ich bleibe hier sitzen, auch nachts, wenn es sein muss.«

»Das wird es wohl.« Ich schließe die Tür, allerdings vorsichtig, ich möchte ihre Finger nicht einklemmen. O Mann, jetzt habe ich tatsächlich schon wieder Mitleid mit ihr. Aber halt: Vielleicht will ich ja auch nur keine Märtyrerin aus ihr machen?

»Ich nehme mir in der nächsten Woche Urlaub«, schreit sie durch die Tür. »Ich gehe hier nicht weg!«

Aufstöhnend begebe ich mich in die Küche. Was zum Teufel ist so schwer daran zu verstehen, wenn ich sage: Ich will dich nicht sehen?

Das Käsebrot schmeckt nicht so gut, wie es sollte. Jette hat vielleicht auch Hunger. Mein Blick wandert zum Fenster. Passend zu meiner Stimmung beginnt es zu regnen. Während ich einen Roibuschtee trinke, starre ich weiter aus dem Fenster. Der Regen nimmt zu. Hockt Jette etwa immer noch da draußen? Jedenfalls habe ich kein Auto wegfahren hören.

Leise gehe ich zur Haustür und versuche durch das Haustürschloss zu linsen, was natürlich dumm ist, denn es ist ein Sicherheitsschloss. Also pirsche ich die Treppe hinauf, gehe in mein Zimmer, das mein Vater bewohnt hat, und sehe aus dem Fenster. Jettes roter Flitzer steht am Straßenrand. Dann ist sie tatsächlich noch hier. Ich quetsche mich dicht an die Fensterscheibe, um den Eingangsbereich einsehen zu können. Wahrhaftig! Jette hockt im Regen – nur wenig geschützt durch das kleine Vordach – vor unserer Tür. Wütend renne ich nach unten, greife in den Schirmständer und reiße die Tür auf. »Hier«, blaffe ich sie an und drücke ihr einen Schirm in die Hand. »Und jetzt geh bitte! Ich will dich wirklich nicht sehen, Jette. Ich kann nicht so tun, als wäre das alles nicht geschehen.« Rumms.

»Isa«, jault sie vor der Tür und hämmert dagegen. »Isa, bitte. Ich … ich würde sogar meine Autogrammkarten verbrennen, wenn du es verlangst. Alle!«

Puh, Jette scheint wirklich verzweifelt zu sein. Sie will ihre Autogrammkartensammlung verbrennen. Für mich! Ich renne erneut nach oben. Dauernd schaue ich aus dem Fenster. Jette hat den Schirm aufgespannt, sich aber wieder hingehockt, statt zu gehen. Sie scheint es wirklich ernst zu meinen.

Seufzend werfe ich mich auf das Bett. Papa hat hier geschlafen. In meinem Zimmer. Ein komisches Gefühl. Kein Wunder, dass er so erstaunt war, als ich ihm dieses Zimmer als Gästezimmer präsentierte. Er konnte ja nicht wissen, dass mein Zimmer als Gästezimmer vermietet wird, seit er fort ist. Als unsere Pension auch noch sein Zuhause war, musste ich mein Zimmer nicht räumen. Mit seinem Gehalt als Verwaltungsbeamter in Hamburg trug er die Hauptlast unseres Lebensunterhalts. Würde Oma nicht so eine hohe Rente beziehen, mit der sie Mama immer unterstützt hat, hätte Mama die Pension aufgeben müssen. Sie hätte uns mit den Einnahmen nicht über Wasser halten können.

Das Bett ist frisch bezogen. Mama muss das getan haben, bevor sie fuhr. Wahrscheinlich vermochte sie es nicht zu ertragen, dass etwas im Haus den Geruch meines Vaters angenommen haben könnte. Ich drücke meine Nase in das Kissen, aber da ist kein Geruch, der eine Erinnerung auslöst, nichts von Papa, nur Waschmittelduft.

Seit er weg ist, kreisen meine Gedanken immer wieder um das, was er mir als Tommaso erzählt hat. Und mein Herz krampft sich zusammen, wenn ich daran denke, was er über seine verlorene Liebe gesagt hat. Jetzt ist mir natürlich klar, dass er von mir gesprochen hat. Und es fühlt sich eigenartig an, es zu wissen. Ich bin seine verlorene Liebe. Und das berührt mich mehr, als ich mir eingestehen mag. Doch ich kann es spüren: Er liebt mich noch. Nur darum hat er getan, was er getan hat. Es ist weiß Gott kein schönes Gefühl zu wissen, dass er ein elender Feigling ist, und dennoch … er wollte bei mir sein, wollte mich sehen, mich hören, mir nah sein. Und ich frage mich andauernd, ob er es wirklich geschafft hätte, sich mir zu offenbaren, wenn Mama ihn nicht erkannt hätte.

Ja, sagt meine innere Stimme, das wollte er doch schon am Strand, aber du hast ihn nicht gelassen, weil du Matthis Olbrecht trösten musstest. Und dann sagt meine innere Stimme etwas, das mir den Atem stocken lässt: Los, Isa, fahr nach Lübeck. Besuch ihn!

»Pah«, rufe ich vor Schreck, »nie im Leben! Ich krieche ihm doch nicht hinterher. Nicht nach dem, was er getan hat.«

Er hat es für dich getan, labert die Stimme einfach weiter, also fass dir ein Herz, Isa, und lerne seine Familie kennen, seine Frau … und deinen Halbbruder.

»Scheiß innere Stimme«, murmle ich. Als würde mein Wort gar nichts zählen. Aber der Gedanke lässt mich nicht los. Ich bin sicher, dass Papa nicht gelogen hat, als er von seiner Frau und seinem Sohn gesprochen hat. Tim, mein achtjähriger Halbbruder. Und bei diesem Gedanken wird mir ganz komisch zumute. Mir wird warm, und in meinem Bauch kribbelt es. »Ich habe einen Bruder.« Ich habe die Worte ganz leise gesprochen, aber meine Tränendrüsen haben sie gehört und sind der Meinung, es sei an der Zeit, mal wieder loszulegen. Schluchzend stehe ich auf und schaue aus dem Fenster. Dunkle Wolken verdüstern den Himmel, und Jette hockt immer noch vor unserer Tür. Ich reiße das Fenster auf und schreie ihr zu: »Jette Graziano, verschwinde gefälligst nach Hause. Du wirst dich fürchterlich erkälten. Weißt du noch, wie du drei Wochen lang mit der Lungenentzündung lagst und fast gestorben wärst?« Das ist arg übertrieben, aber irgendwie muss ich sie doch ins Auto schaffen.

»Wenn ich sterbe, habe ich wenigstens meine Schuld gebüßt«, schreit sie zurück und verschwindet wieder unter dem Schirm.

Sie will mich kleinkriegen, aber nicht mit mir. Ich greife die Bettdecke, beuge mich weit aus dem Fenster und werfe sie seitlich hinaus, direkt auf den Schirm. Jette schreit auf.

»Ich will nicht an deinem Tod schuld sein«, rufe ich und knalle das Fenster wieder zu. Sekunden später erklingt Motorengeräusch, aber es ist nicht Jettes Flitzer, sondern das satte Brummen eines Motorrads. Aaron fährt vom Landhausgrundstück, mitten im Regen, der immer heftiger wird. Er könnte verunglücken bei diesem Sturzregen! Wo will er denn nur hin? Wohin wohl, belehrt mich meine innere Stimme.

Ich werfe mich aufs Bett, presse das Kissen gegen mein Gesicht und schreie hinein. Er soll nicht zu Anne fahren. Er soll zu mir kommen. Und weil mich nach der Wut maßloser Kummer überfällt, beschließe ich, mir zu nehmen, was sich als Trost bietet. Wenn es überhaupt Trost gibt, denke ich auf dem Weg nach unten. Die Tränen rinnen mir über die Wangen, als ich die Haustür öffne.

Jette, eingemummelt in die an einer Seite schon klitschnasse Bettdecke, hebt den Schirm und guckt mich an wie der gestiefelte Kater bei Shrek, wenn er seinen unwiderstehlichen Blick aufsetzt.

»Nun komm schon rein«, sage ich schniefend, packe die nasse Decke und werfe sie auf dem Flur zur Seite.

»O Isa, danke!« Jette fällt mir um den Hals und drückt mich, wie sie mich noch nie gedrückt hat.

»Ich ersticke«, murmle ich.

Von kalten Lippen bekomme ich Küsschen auf die Wangen, abwechselnd, immer wieder. Und das tut so gut! Und ich kann nicht anders, als meine Arme um Jette zu schlingen. Dann heulen wir beide. Und das tut genauso gut. Es dauert ein wenig, bis wir uns wieder eingekriegt haben, aber schließlich packe ich sie am Arm und schiebe sie Richtung Bad. »Du bist ganz kalt, du steigst jetzt in die Wanne. Ich hole Wein und Knabberkram, und dann kannst du mir deine …«, ich schlucke das Wort miese hinunter, weil ich die Stimmung nicht wieder kippen lassen möchte, »… Geheimniskrämerei erklären.«

Eine Stunde später ist die Flasche Wein leer, und ich hocke immer noch im Pyjama auf der Badewannenkante und höre Jette zu. Sie redet weiter wie ein Wasserfall, und ich weiß jetzt, was sie bewogen hat, meinem Vater wieder und wieder auf seine Briefe zu antworten. Und ich glaube ihr, dass sie es nur zu meinem Besten getan hat, immer in der Hoffnung, uns wieder zusammenzuführen. Natürlich sage ich ihr noch mal meine Meinung zum Thema »Was Freunde niemals tun sollten«. Als ich stöhnend aufstehe, sind mein Rücken und meine Beine vom langen Sitzen auf der Badewanne total verspannt.

»Weißt du was?« Jette strahlt mich an. »Du holst jetzt noch einen Wein, ich lasse frisches heißes Wasser in die Wanne, und dann setzt du dich zu mir, so wie früher, wenn wir zusammen gebadet haben.«

Ich grinse. »Gute Idee. Aber mit ganz viel Schaum.«

Zehn Minuten liegen wir beide in der Wanne. Ich bohre meinen Zeh in Jettes Achsel, und sie tätschelt mit ihrer schrumpligen Hand meinen Oberschenkel und sagt: »Und jetzt erzähl mir von Aaron. Wie weit seid ihr? Hat sich was ergeben?«

»Ach.« Ich seufze tief und freue mich, ihr endlich mein wundes Herz ausschütten zu können. »Jetzt werde *ich* eine Stunde reden, Jette.«

Und das tue ich. Und da der viele Wein uns noch weinerlicher macht – wahrscheinlich hat er daher seinen Namen –, wird es sehr emotional in der Badewanne. Und sehr lang. Mama würde durchdrehen, wenn sie wüsste, wie oft wir lauwarmes Wasser abgelassen und heißes nachgefüllt haben.

Am Ende sind wir beide verschrumpelt und voll der Gewissheit, dass wir als alte Jungfern enden werden – bildlich gesehen.

Trotzdem ist es schön, dass zumindest wir beide uns wiederhaben. Jette beschließt, bei mir zu übernachten, um das Taxigeld zu sparen. Und so landen wir beide in meinem Bett. Dass Jette in einem der Gästezimmer verschwindet, ist heute undenkbar.

»Morgen ist zwar Sonntag, aber ich muss trotzdem früh raus, weil ich Papa versprochen habe, ihm beim Zubereiten eines Büfetts zu helfen«, sagt sie schläfrig an meiner Seite. »Bleib also liegen, falls du wach wirst, wenn ich gehe. Du kannst ja ausschlafen. Ich mach mir schnell einen Kaffee und verschwinde.«

Ich nicke. »Aber lass uns noch den Termin vereinbaren.«

»Welchen Termin?«, murmelt sie ins Kissen.

»Den zum Autogrammkartenverbrennen.«

Ich spüre, wie sie an meiner Seite steif wird. »Den … zum …« Sie klingt gar nicht mehr müde. Im Gegenteil, sie beugt sich über mich und knipst die Nachttischlampe an. Dann bringt sie ein zittriges Lachen hervor und setzt den Gestiefelten-Kater-Blick auf. »Das … das sagst du doch nur so?«

»Hast du es denn nur so gesagt«, frage ich, »um mich weichzuklopfen?«

»Nein! Ich … ich meinte das ernst.« Sie schluckt.

»Also dann, wann?« Diesen Dämpfer muss ich ihr einfach verpassen. Der Vertrauensbruch war zu heftig, um Gnade vor Recht ergehen zu lassen.

Jette lächelt zittrig. »Dieses Jahr hab ich schon so viele Termine. Wie sieht's bei dir im übernächsten Jahr aus? Im Dezember?«

»Witzig«, sage ich, ohne zu lächeln. »Du weißt, dass es mein Ernst ist. Genauso ernst wie damals, als wir uns Blutsschwesternschaft geschworen haben.«

Jette wollte damals – wir waren zwölf – die Winnetou-Blutsbrüder-Variante: Ein kleiner Schnitt in den Unterarm, dann die Arme Wunde an Wunde gegeneinanderpressen. Da ich allerdings recherchiert hatte, dass es bei den echten Indianern gar keine Blutsbrüderschaft gegeben hatte, was eine wahnsinnige Enttäuschung war, stand fest, dass es nur auf die mongolische Art geschehen konnte. Man presst etwas Blut aus den Schnittwunden in ein Gefäß, vermischt es mit Wasser und trinkt es wechselseitig. Jette hat sich schließlich überreden lassen. Es war gar nicht so einfach, aus den winzigen Wunden, die wir uns unter Tränen und Schreien mit Mamas Kartoffelschälmesser selbst zufügten, einen einzigen Tropfen zu gewinnen. Letztendlich haben wir es geschafft. Ein Tröpflein Blut von jeder von uns landete in meinem 101-Dalmatiner-Trinkbecher. Auf Jettes Drängen hin haben wir nicht mit Wasser, sondern mit Apfelsaft aufgefüllt. Und getrunken. Wir fühlten uns anschließend nicht wie Schwestern, sondern wie Helden.

Ich schaue Jette an. »Morgen ist Sonntag. Ich hab nichts vor.«

»Morgen?« Sie schluckt und überlegt krampfhaft. »Da war doch was … Da war doch was …«

»Jette.«

»Also gut.« Sie hat Tränen in den Augen. »Wann und wo?«

»Um siebzehn Uhr hier bei mir im Garten auf dem Grill.«

19

Jette muss leise wie ein Indianer auf Spähtour gewesen sein, als sie ging, denn ich bin nicht aufgewacht. Ich packe die quietschgelbe Maja und gucke auf das Ziffernblatt – zehn Uhr.

Ob Aaron zurück ist? Soll ich einfach rübergehen und ihm sagen, dass Theo eine Frau ist, so wie Jette es mir flehentlich ans Herz gelegt hat? Alles in mir schreit danach, es zu tun, aber mein verletzter Stolz hält mich zurück.

Trotzdem tappe ich eine halbe Stunde später über den Trampelpfad zum Landhaus. Maßlose Enttäuschung breitet sich in mir aus, als ich feststelle, dass sein Motorrad nicht neben der Garage steht. Und in der Garage kann es auch nicht sein, denn sie ist so klein, dass Onkel Hollerbecks altes Schlachtschiff von Opel genau hineinpasst und sonst nichts.

Aaron ist bei Anne, daran gibt es keinen Zweifel. »Du kannst mich mal«, murmle ich wütend und merke, dass ich schon wieder zur Heulsuse mutiere. Um dem zu entkommen, schnappe ich mir Ferdinands Schlüssel und fahre los. Vielleicht kann ich Jette und Salvatore ein wenig zur Hand gehen. Alles ist besser, als hier vor lauter Grübeln nur zu weinen und mich selbst zu bemitleiden.

Als ich dort ankomme, ist die Restauranttür wie erwartet verschlossen – schließlich ist noch nicht geöffnet –, aber ich poche so laut dagegen, dass mich die Grazianos bis in die Küche hinein hören müssen. Tatsächlich wird die Tür wenig später aufgezogen.

»Isa!« Salvatores Gesicht ist gute Laune pur, als er sieht, wer da vor seiner Tür steht. Ah, das ist schön, so freundlich empfangen zu werden. »Komm rein, komm rein.«

»Ich wollte schauen, ob ich euch noch helfen kann.«

»Dafür bist du viel zu spät. Langschläfer können wir nicht gebrauchen.«

Salvatore nimmt kein Blatt vor den Mund. Das schätze ich an ihm. »Oh. Na dann«, sage ich und bleibe in der Tür stehen, »kann ich ja wieder fahren.«

»Papperlapapp.« Er nimmt meinen Arm und zieht mich rein. »Ohne einen Kaffee lasse ich dich nicht weg. Jette ist gerade losgefahren und bringt das Essen zu meinem Kunden«, fährt er fort, während wir Richtung Küche gehen. »Doris räumt noch auf, und ich bereite schon einiges für heute Abend vor.«

»Isa!« Jettes Mutter lässt die Folienrolle fallen, von der sie gerade ein Stück abreißen will, und umarmt mich. »Das ist ja schön. Und noch schöner ist, dass du Jette diesen fürchterlichen Unsinn mit deinem Vater verziehen hast. Sie hat es uns heute Morgen erzählt.« Sie drückt mich erneut. »Ich hab sie auch noch mal ordentlich ausgeschimpft. Was sie sich dabei gedacht hat, weiß ich wirklich nicht.«

»Schon gut«, sage ich, weil ich das alles nicht noch einmal diskutieren möchte, so gern ich Doris und Salvatore auch habe, und schwinge mich auf die Arbeitsplatte. »Ich weiß ja, dass Jette es nur gut gemeint hat.« Es spricht für das Feingefühl der beiden, dass sie nicht weiter nachhaken und mich bedrängen, sondern es gut sein lassen. Dankbar nehme ich die Tasse entgegen, die Salvatore mir reicht. Der Kaffee verbreitet ein wunderbar kräftiges Aroma. Fünf Amarettini liegen auf der Untertasse. Salvatore weiß, dass ich eine Naschkatze bin. Er kann ja nicht ahnen, dass mein Appetit momentan nicht der größte ist.

»Wollen wir Isa einweihen?«, fragt Salvatore Doris. Sein Gesicht sieht von einem Moment zum nächsten nicht mehr so fröhlich aus. »Vielleicht kann sie helfen.«

Erwartungsvoll blicke ich von ihm zu Doris, die nickt.

Salvatore fummelt an dem kurzen roten Halstuch herum, das er trägt. Ich habe ihn noch nie ohne Tuch in der Küche gesehen.

Er lässt sich auf dem kleinen Hocker nieder, auf dem Jette und ich schon als Kinder gesessen haben, und schaut mich mit seinen dunklen Feueraugen von unten an. »Jette braucht endlich einen Mann. Sie ist nicht dazu geboren, allein zu sein, und … und Doris und ich glauben zu wissen, dass wir den Richtigen für sie hätten, aber … es ist schwierig.«

Ach herrje, jetzt wird es kompliziert. Nun wollen sie Jette verkuppeln, nicht ahnend, dass ihre Tochter längst heiß verliebt ist. Meine Wangen werden ganz warm, während ich nicke und versuche so unschuldig wie möglich zu gucken. »Nun, äh, sollte Jette nicht selbst herausfinden, wer der Richtige für sie ist?«, wende ich vorsichtig ein.

»In diesem speziellen Fall nicht«, sagt Salvatore. »Sie würde nämlich niemals auf die Idee kommen, den jungen Mann, den wir im Auge haben, auch nur ansatzweise als Freund oder Mann zu akzeptieren. Wir wissen, dass sie ihn sehr mag. Und er«, Salvatore verdreht die Augen, »er ist, das glauben wir zumindest, richtig verliebt in sie. Zumindest guckt er sie an, als könnte sie Regenbögen furzen.«

»Orsetto!«, kommt es von Doris. »Du und deine eigenartigen Vergleiche.« Aber auch sie muss grinsen.

»Stimmt doch«, bekräftigt er. »Er guckt sie an, als wäre sie die einzige Frau auf Erden.«

»Von wem redet ihr denn?«, will ich nun endlich wissen. Hoffentlich nicht von Salvatores Beikoch. Mario ist seit Jahren scharf auf Jette. Er ist zweiundvierzig, hat eine Halbglatze und schielt auf einem Auge. Für alle drei Zustände kann er nichts, aber dass er Socken in Mokassins trägt, ist für keine Frau zumutbar.

»Du hast ihn vielleicht bei der Familienfeier kennengelernt, Isa mia«, fährt Salvatore fort. »Es ist Jettes Cousin Davide aus Lucca. Ein wunderbarer junger Mann, gut aussehend, klug, ein gewiefter Immobilienmakler, aber …« Er starrt mich an, vielleicht, weil ich einen gutturalen Laut von mir gegeben habe, »... jetzt kommt das Problem, Isa. Selbst wenn Jette ihn auch so toll finden würde wie er sie, würde sie ihn niemals erhören.«

»Und das liegt daran, dass unsere Tochter viel italienischer ist als ihre drei Brüder zusammen«, übernimmt Doris das Wort. »Weil Davide ihr Cousin ist, würde sie niemals auch nur in Erwägung ziehen, ihn als Mann zu betrachten, denn die katholische Kirche verbietet die Ehe zwischen Cousin und Cousine ersten Grades.«

Salvatore nickt dazu. »Was ja auch völlig in Ordnung ist, aber in diesem Fall ... Jette ist ja keine blutechte Graziano, keine Italienerin.« Er verzieht den Mund und schaut sich um, als würden wir beobachtet. »Natürlich wäre sie entsetzt, würde sie mich jetzt reden hören, denn sie ist natürlich meine kleine Jette, meine Tochter, mein Ein und Alles, aber ... auf dem Papier ihrer Geburtsurkunde ist sie es nicht. Und so könnten sie und Davide durchaus ... Aber sie fühlt sich so sehr als waschechte Italienerin, dass sie niemals eine Ehe mit einem Cousin eingehen ...«

Salvatore bricht ab. Er und Doris starren mich an, weil ich laut zu lachen begonnen habe. Ich kann mich gar nicht wieder einkriegen.

»Dass du das so lachhaft findest ...« Doris klingt ein wenig pikiert, eine Stimmfärbung, die ich bei ihr noch nie gehört habe.

»Sorry«, presse ich unter Lachen hervor, »aber das ... das ist einfach nur ... herrlich.« Ich springe von der Arbeitsfläche und küsse Doris auf die Wangen und dann Salvatore. »Tut mir einen Gefallen, ihr Lieben«, sage ich, weiter breit grinsend, »sprecht Jette darauf an, sobald sie zurück ist. Bitte, versprecht es mir. Ich kann euch versichern, dass es ein lohnendes Gespräch wird. Für alle.«

Jette ist pünktlich um siebzehn Uhr bei mir. Das rechne ich ihr hoch an. Sie hält den rot-weiß gepunkteten Pappkarton mit den Autogrammkarten an ihre Brust gepresst, als wir nach inniger Begrüßung – wir haben Nachholbedarf nach diesen grässlichen Tagen ohneeinander – zur Terrasse gehen, aber sie strahlt über das ganze Gesicht.

»Ist das nicht irre, Isa? Da machen Davide und ich uns seit Wochen einen Kopf, wie wir es unseren Eltern beibringen sollen, und die, die freuen sich wie die Könige, dass wir bereits zusammen sind. Okay, Mama war ein bisschen angepisst, weil ich ihr nichts gesagt habe, aber letztendlich sind Papa und Mama superglücklich. Jetzt müssen wir nur noch Davides Eltern überzeugen, aber vielleicht sind die ja genauso toll drauf wie meine Eltern.« Sie sieht mich fragend an.

»Natürlich. Es gibt schließlich keine hübschere, herzlichere und mit der Familie verbundenere Schwiegertochter als dich.« Ich habe im Brustton der Überzeugung gesprochen, obwohl ein kleines Fragezeichen in mir schlummert. Schließlich sind längst nicht alle Grazianos so modern und tolerant wie Salvatore.

»Hach«, Jette strahlt mich wieder an, »heute ist der schönste Tag meines Lebens.«

Natürlich weiß ich, warum sie das so betont, schließlich gibt es da noch diesen Autogrammkartenkarton. Allerdings hatte Jette bereits um die zweitausend Schönste-Tage-im-Leben, was natürlich wunderbar ist. Jette kann sich an so vielem richtig erfreuen, was von anderen Menschen einfach als nicht weiter beachtenswert oder sogar gegenteilig wahrgenommen wird. Jette deklarierte mal einen Tag zu ihrem schönsten – wir waren um die dreizehn Jahre alt und ständig pleite –, als sie in einer Pflaumenschnitte auf einen Euro biss. Mama hätte die Bäckerei-Kette bis zum Bundesgerichtshof verklagt. Dann gab es die vielen schönsten Tage mit den »einmaligsten« Sonnenuntergängen oder dem leckersten Eis ever, kitschigstem Heul-Film ever, krassester Achterbahn auf dem Hamburger Dom ever und was weiß ich ever.

Und natürlich war auch der 9. Juli 2006 für Jette ein Schönster-Tag. Ich werde nie vergessen, wie wir in Salvatores Restaurant saßen – in einem Meer aus italienischen Flaggen und Fähnchen, grün-weiß-roten Hawaiiblumenketten, Trikots und Tröten – und mit vierzig Italienern und einer Handvoll Deutschen das Finale der Fußballweltmeisterschaft guckten. Da die Deutschen mit ihrem dritten Platz die Weltmeister der Herzen geworden waren, konnte ich mir erlauben, ebenfalls für die Italiener zu brüllen. Es war im Nachhinein auch einer meiner schönsten Tage, obwohl ich, als das Elfmeterschießen begann, um meine Gesundheit, wenn nicht um mein Leben fürchtete. Drei Tische und rund ein Dutzend Stühle gingen zu Bruch, nachdem der Schlusspfiff ertönt war und die Italiener Weltmeister waren. Was für ein Temperament und eine Lebensfreude! Da die Haftpflichtversicherung sich weigerte, den Schaden zu übernehmen, wofür ich im Gegensatz zu sämtlichen Italienern Verständnis hatte, legten damals alle zusammen, um das kaputt getobte Restaurantmobiliar zu ersetzen.

Jette sieht mich an. Anscheinend ahnt sie, dass ich in Gedanken gerade die Liste ihrer schönsten Tage durchgehe. Sie setzt ihren Gestiefelter-Kater-Blick ein. »Heute könnte wirklich der allerallerschönste Tag in meinem Leben werden, wenn du nicht …« Sie wimmert, während sie den Karton noch fester an sich drückt.

»Dein allerallerschönster Tag wird hoffentlich dein Hochzeitstag sein«, sage ich unerbittlich, greife nach dem Feuerzeug auf dem Terrassentisch und lasse es aufflammen. Auf dem Grill liegen bereits die holzwollenen, wachsgetränkten Ofenanzünder, die das Papier gierig fressen werden. Wenn es denn endlich darauf liegen würde. »Auf geht's.« Ich nicke Jette aufmunternd zu. »Versprechen sind heilig.«

»Aber wir sind doch keine zwölf mehr, Isa. Damals haben wir das gesagt und … und auch eingehalten, aber jetzt …« Sie wimmert wieder, als ich mit beiden Händen den Karton in ihren Armen packe. »Isa, es geht um meine *Autogrammkarten!*«

»Du wirst deine Versprechen gefälligst«, wir zerren jetzt beide am Karton, »einhalten, bis du hundert bist.«

»Na gut«, schreit sie mich an, »na gut! Dann bitte schön! Verbrenn das ganze Zeug. Ist ja eh nur Papier.«

Sie lässt den Karton los, und ich stelle ihn auf den Tisch und öffne den Deckel. Mehr als vierhundert internationale Stars und Sternchen haben sich mit ihrem zumeist unleserlichen Schriftzug darauf verewigt.

Als ich die Anzünder mit dem Feuerzeug anstecke, flammt das Feuer im Grill hell auf. »Bitte schön.«

»Was?« Jette klingt mehr als entsetzt. »Ich soll die auch noch selbst da drauflegen?«

Mein Zeigefinger bohrt sich in meine Brust. »Ja, glaubst du etwa, das mache ich? Du hast gesagt, du tust es für unsere Freundschaft. Nun tu es auch.«

»Na gut.« Sie klingt mehr als wütend, greift in den Karton und zieht mit spitzen Fingern eine Autogrammkarte aus der Mitte des Kartons, als wäre sie eine Glücksfee und dürfe einen Gewinner ermitteln. Gewinner oder in diesem Fall der Verlierer ist Justin Timberlake. Kaum liegt er auf der Holzwolle, frisst sich das Feuer auch schon durch seinen nackten Oberkörper. »O nein«, jammert Jette, »Justin!«

Ich sehe sie an. Der brennende Justin tut ihr weh, aber er ist ihr nicht so wichtig wie Alexander Klaws, der Gewinner der ersten DSDS-Staffel, in den sie die gesamte Staffel über verknallt war. »Wenn du dich von jeder Karte einzeln verabschieden willst, stehen wir hier drei Wochen«, sage ich mitleidlos.

Mit verzerrtem Gesicht greift sie in den Karton und wirft zwei Handvoll Karten ins Feuer. Und gleich noch einmal packt sie zu, und eine zweite Ladung landet auf dem Grill. Und jetzt starren wir beide schockiert auf die Flammenzungen, die gierig nach dem Futter greifen.

»Jake Gyllenhaal!«, stoßen wir gleichzeitig aus, als wir auf die obere Karte starren, die vom Feuer noch unversehrt ist.

Und dann wird mir heiß. Nicht vom Feuer, sondern vor Schreck über mich selbst. Wie kann ich Jette das antun? »Scheiße!«, schreie ich und wedle Jake und ein paar der Karten, die das Feuer noch nicht erreicht hat, vom Grill. Allerdings verbrenne ich mir dabei fast den Unterarm, weil die Flammen seitlich bereits fleißig züngeln, und darum kann ich längst nicht alle Karten retten. So bleibt nur eine Möglichkeit. Ich greife nach der grünen Gartengießkanne, die neben dem Kirschlorbeerkübel auf der Terrasse steht, und schütte das Wasser – nicht durch den Hals, sondern aus der Einfüllöffnung – auf das Feuer. Zischend erlischt es.

Ich sehe zu Jette, die auf die aschige Papierpampe starrt, während eine stinkende Qualmwolke gen Himmel zieht.

»Ein paar können wir retten.« Ich ziehe die triefend nasse Britney Spears hoch. Auch Paddy Kelly ist noch zu gebrauchen, wenn man von den angesengten Haarspitzen absieht.

Zehn Minuten später liegen achtzehn unversehrte Autogrammkarten auf dem Terrassenboden zum Trocknen aus. Gebügelt werden sie wie neu aussehen – fast.

Ich durchwühle derweil den Karton, in dem sich die restlichen Karten befinden – glücklicherweise der Großteil.

»Was machst du denn?«, fragt Jette, während sie auf dem Grill die verkohlten und durchmatschten Reste der halb und der unkenntlich verbrannten Karten mit der Würstchenzange durchstochert, in der Hoffnung, noch einen Überlebenden zu entdecken.

»Ich suche Alexander Klaws«, sage ich weiter wühlend. »Es ist doch deine absolute Lieblingsautogrammkarte. Er darf nicht verbrannt sein. Das würde ich mir nie verzeihen.«

Einen Moment ist es ruhig, man hört nur das Rascheln des Papiers, dann Jettes Worte: »Hör auf zu suchen. Alex ist, äh, nicht im Karton.«

Ich halte inne und sehe sie an. »Wie bitte?«

»Ich hab ihn vorher rausgenommen. Ihn und Wayne Carpendale. Und Ryan Reynolds.«

»Du bist eine Betrügerin!«

Sie grinst. »Ich hab nur dafür gesorgt, dass du kein schlechtes Gewissen haben musst. So was tun beste Freundinnen.«

Als ich mich am nächsten Morgen aus dem Bett quäle, bin ich erschöpft vom Grübeln. Soll ich heute Nachmittag wirklich einfach auf Aaron zugehen und ihm sagen, dass ich keinen Freund habe? Dass Theo ein Mädchen ist? Mein Herz schreit Ja, aber mein Stolz verachtet mein Herz für diese Schwäche.

Und mein Stolz behält die Oberhand, als ich Aaron gegenüberstehe. Allerdings nur, weil er gerade telefoniert und leise »Ich dich auch« in den Hörer sagt, als ich das Arztzimmer um kurz nach eins betrete, weil Frau Lutter mir die Unterschriftenmappe in die Hand gedrückt hat, um die Briefe darin von Aaron unterschreiben zu lassen. Sein attraktives, jetzt so ernstes Gesicht lässt mein Herz pochen, und mein Bauch zieht sich vor Sehnsucht krampfhaft zusammen.

Er legt das Telefon zur Seite, sieht mich kurz an und sagt: »Hallo.« Nichts weiter. Er deutet auf die Mappe in meinen Händen. »Die Unterschriften?«

»Ja, ich … ich hol sie gleich wieder ab.« Noch während ich ihm die abgewetzte Mappe auf den Schreibtisch lege, frage ich mich, worauf man noch mit »Ich dich auch« antworten kann, so wie er es gerade getan hat. Außer »Ich liebe dich« will mir nichts einfallen. Also hat er mit Anne telefoniert. In meinem Magen beginnt sich alles zu drehen.

Aaron greift nach einem Kugelschreiber. »Ich erledige das sofort. Du kannst die Mappe gleich wieder mitnehmen.« Seine Stimme klingt so kühl, dass sich an den Fenstern Eisblumen bilden müssten.

Weil wir beide schweigen, nehme ich das Kratzen des Kugelschreibers auf dem Papier überdeutlich wahr. Wie unangenehm Stille sein kann, wie verletzend.

»Morgen beginnen wir erst um vierzehn Uhr mit der Arbeit«, sagt Aaron, als er mir die Mappe reicht. Sein Blick ist der von Kay, nachdem die Schneekönigin ihm den Splitter ins Herz verpasst hat. »Du möchtest ja bestimmt auch wie wir Übrigen an der Beerdigung teilnehmen?«

»Äh, ja«, antworte ich, drehe mich um und gehe. Tanja Olbrecht wird morgen zu Grabe getragen, und ich schäme mich, dass ich nicht mehr an ihre Familie gedacht habe. Wie klein ist doch mein Kummer gegen ihren! Allerdings streitet meine innere Stimme ab, dass mein Kummer klein ist, und ich muss ihr recht geben. Mein Herz tut mir weh, wirklich und wahrhaftig. Die Eifersucht hockt darin und nagt es mit ihren spitzen Zähnen geifernd an.

Aaron und ich wechseln während des Nachmittags nur ein paar Worte, wenn es sich arbeitstechnisch nicht vermeiden lässt. Frau Lutter wirft mir ab und zu einen skeptischen Blick über ihre Brille zu, stellt aber glücklicherweise keine Fragen. Poppy kennt dagegen keine Zurückhaltung. Gut, wenn ich sie schniefend im Labor angetroffen hätte, hätte ich wohl auch gefragt: »Oh, was ist denn los? Ist was passiert?«

Ich schnäuze kräftig in mein schon völlig durchweichtes Taschentuch und schüttle den Kopf. »Nein, alles gut, Poppy. Ich hab nur ein bisschen Kummer. Was Privates.« Sekunden später schlingt sie ihre Arme um mich und drückt mich fest. Das tut mehr als gut. Ich bin momentan geradezu berührungssüchtig.

»Übst du übermorgen trotzdem mit mir für die Arbeit in Wirtschaftskunde?«, fragt sie, ohne mich loszulassen.

»Klar.« Ich schaffe ein dickes Lächeln, als sie mich loslässt. »Um neunzehn Uhr bin ich bei dir.«

Der Abend zu Hause wird lang. Ich kann mich auf nichts konzentrieren, und nachdem ich die erste Seite von *Stolz und Vorurteil* dreimal gelesen habe, ohne sagen zu können, worum es ging, und die Fernsehbedienung fast kaputt zappe – in Programm Nummer dreihundertvierundzwanzig wird Portugiesisch gesprochen –, scheiden Lesen und Fernsehen als Ablenkung aus. Und nicht einmal Mama ruft an. Vorgestern hat sie sich zuletzt gemeldet, aus einem Hotel in Travemünde, wo sie und Rolf sich in einem Zimmer mit Blick auf die Ostsee eingemietet haben und wo Mama jetzt im Gegensatz zu mir heißen Sex hat. Und ich gönne ihn ihr von ganzem Herzen. Sie hat so viel Nachholbedarf. Wahrscheinlich ruft sie deswegen auch nicht an. Sie kommt gar nicht aus dem Bett raus.

Seufzend schwinge ich mich vom Sofa hoch, um das zu tun, was ich seit halb acht halbstündlich tue. Ich verlasse das Haus, um über den Trampelpfad so leise wie möglich zum Landhaus hinüberzuhuschen, um zu schauen, ob das Motorrad wieder neben der Garage steht. Aaron ist direkt nach Feierabend davongefahren.

Um Mitternacht gebe ich auf. Weinend gehe ich durch den Garten zurück. Ich bin so verzweifelt, dass ich in Omas Zimmer gehe, den Katzenkorb samt Luzifer nehme und in mein Kellerzimmer trage. »Ich kann jetzt nicht allein sein«, erzähle ich ihm, während ich, ohne mich auszuziehen und zu waschen, in mein Bett steige.

Der Kater scheint todmüde zu sein, denn er faucht nicht einmal, sondern legt den Kopf wieder zurück und schläft weiter. Ich starre an die Decke und lausche seinem Schnarchen. Es klingt gruselig. Wir sollten seinen Nasen- und Rachenraum unbedingt mal vom Tierarzt abchecken lassen. Aber letztendlich schnarcht Luzifer mich in den Schlaf.

Lieber Thomas,
ich wollte Dir nur sagen, dass Isa und ich uns wieder vertragen. Und das macht mich superglücklich, auch wenn ich Herzblut vergossen habe, als Justin Timberlake brannte. ☹
Jetzt fragst Du Dich natürlich, was ich hier schreibe, aber ich werde es nicht erläutern. Das kann gefälligst Isa tun, wenn Du mit ihr sprichst. Und das wird ja wohl hoffentlich bald der Fall sein? Oder wie lange willst Du jetzt wieder warten? Noch einmal zwanzig Jahre?
Isa möchte einfach nur geliebt werden, ohne Bedingungen. Und sie hat es verdient. Wenn Du jetzt nicht aktiv wirst, verschone mich bitte mit weiterem Kontakt.
Herzlich, aber auch mahnend
Jette, die superglücklicherweise keine exliebste Freundin mehr ist. ☺

20

Der heutige Dienstag könnte einer der Tage werden, der auf meiner persönlichen Top-Ten-Liste der miesesten Tage ever ganz oben steht. Das hab ich so im Gefühl, als ich aufwache. »Hoffen wir, dass ich mich täusche«, sage ich zu Luzifer, als ich ihn in seinem Körbchen nach oben trage. Anscheinend realisiert er erst jetzt, dass er nicht in Omas Zimmer liegt, denn er richtet sich im Körbchen, das in meinen Händen wackelt, auf, faucht mich an und macht Anstalten, aus dem Korb zu springen. Da wir mitten auf der Kellertreppe stehen, halte ich das für keine gute Idee und versuche ihn mit einer Hand zurückzudrücken, während ich mit der anderen Hand den Korb halte. Allerdings weiß Luzifer meine Fürsorge nicht zu schätzen. Er faucht noch einmal, und dann beißt das Biest mir in die Hand. Während ich vor Schmerz aufschreie, springt er aus dem Korb auf die Treppe. Da die Stufen schmal sind und er fett ist und anscheinend nicht mit Stufen gerechnet hat, purzelt er die paar Stufen hinab, bis meine Beine ihn stoppen. Doch er berappelt sich und rast schnell wie nie die letzten Stufen der Kellertreppe hinunter, um durch die offen stehende Tür ins Sommerzimmer zu verschwinden.

»Du verdammtes Viech«, schimpfe ich mit ihm, obwohl ich ihn nicht sehen kann. Vermutlich hat er sich unter dem Bett versteckt.

»Dann bleibst du heute zur Strafe im Keller«, schimpfe ich weiter und knalle oben die Kellertür hinter mir zu. Wütend stelle ich das Körbchen in Omas Zimmer ab und gehe ins Bad, um die Wunde zu reinigen. Katzenbisse können richtig fies enden. Der Teufelskater hat tief zugebissen, obwohl nur wenig Blut aus der

Wunde tritt. Ich desinfiziere sie, dusche und klebe ein Pflaster auf die Wunde, bevor ich mich anziehe.

Dann vertrödle ich die Zeit im Haus, ein wenig beruhigt, weil im Landhaus Praxisbetrieb herrscht, wie ich durch einen Blick durch die Hecke festgestellt habe. Aaron muss also heute Morgen zurückgekommen sein. Ich kann es kaum abwarten, ihn nachher zu sehen, zu hoffen, dass etwas passiert, das alles gut werden lässt. Aber was soll das sein? Ich möchte mir nicht wünschen, dass Anne Hombach von einem Bus überfahren wird. Doch meine verqueren Gedanken spielen sowieso keine Rolle. Aaron und ich werden uns wahrscheinlich wieder aus dem Weg gehen und kein Wort wechseln, und das ist ein quälender Gedanke.

Doch erst einmal muss ich mich gegen Mittag für die Beerdigung umziehen. Wobei umziehen bedeutet, dass ich aus dem Pyjama steige. Ich entscheide mich für ein dunkelblaues Kleid und eine ebenso schlichte blaue Strickjacke und Ballerinas. Und ich fummle meine silberne Kette mit dem Kreuzanhänger, die Mama mir zur Konfirmation geschenkt hat, aus der Schatulle. Ich gehe selten in die Kirche, eigentlich nur zu besonderen Anlässen, aber in diesem Fall hoffe ich, dass Jesus das Kreuz um meinen Hals richtig deutet, nämlich als Hilfegesuch für die drei Olbrecht-Männer, und ihnen irgendwie Trost von oben spendet. »Es muss ja nicht gleich ein Engel sein«, murmle ich, das Kreuz in der Hand haltend, »das würde alle nur verschrecken, aber vielleicht … Ach, dir fällt schon irgendwas ein, schließlich bist du Gottes Sohn.« Ich weiß nicht, warum, aber wenn ich bete, dann bete ich zu Jesus und nicht zu Gott. Das liegt wohl daran, dass Jesus ein Mensch gewesen ist, und damit kann ich mehr anfangen als mit einem sprechenden Dornbusch, der brennt, ohne zu *ver*brennen.

Da Frau Lutter gestern gefragt hat, ob wir alle zusammen von der Praxis aus in die Kirche gehen wollen, mochte ich nicht Nein sagen, obwohl ich lieber ohne Aaron zur Trauerfeier gegangen wäre. Stumm gehe ich neben Poppy hinter Aaron und Frau Lutter her, die sich leise unterhalten. Wir haben uns wieder nur mit einem knappen »Hallo« begrüßt.

Die Kirche ist, wie zu erwarten war, rappelvoll. Das ganze Dorf trauert um Tanja, trauert mit Michael Olbrecht und den beiden Jungs um die wundervolle Frau, die sie verloren haben. Wir verharren einen kurzen Moment vor dem hellen Eichensarg, den ein wunderschönes Bukett aus roten Rosen schmückt. Tanja Olbrecht lacht uns von einem Porträtfoto, das auf einer Staffelei neben dem Sarg steht, an. Es ist eine Aufnahme aus einer Zeit, als der Tod noch nicht gegenwärtig war. Wohl ein Urlaubsfoto, denn im Hintergrund ist ein blau schimmerndes Meer zu sehen. Glück und Lebensfreude leuchten dem Betrachter aus ihren Augen entgegen. Der Gedanke, dass ihre Augen jetzt für immer geschlossen sind, dass sie dort, mitten unter uns, in dem Sarg liegt, jagt mir eine Gänsehaut über den Rücken, aber nur für einen Moment. Ich schließe die Augen und murmle einen Segen für sie. Sie hat Frieden verdient.

Wir steuern den hinteren Teil der Kirche an, wo es noch Plätze gibt. Frau Lutter quetscht sich in die vorletzte Bank, Aaron folgt ihr. Ich richte es so ein, dass Poppy vor mir in die Kirchenbank gehen muss, aber in letzter Sekunde nickt sie einem jungen Mädchen zu, das zwei Reihen davor sitzt und ihr zuwinkt. »Darf ich zu Pia gehen?«, fragt sie mich leise. Und natürlich verbiete ich ihr nicht, bei ihrer Freundin zu sitzen. So muss ich allerdings neben Aaron Platz nehmen. Und es wird eng in der Bank. Obwohl noch zusätzliche Stühle aufgestellt wurden, finden nicht alle Trauergäste einen Sitzplatz. Sie stehen zum Teil an den Wänden und auf der Orgelempore. Die typische Trauerfeierstille hängt wie ein feiner durchsichtiger Nebel über uns. Alle schweigen, sind in Gedanken bei Tanja oder ihrer Familie oder fühlen Augenblicken nach, die sie mit Tanja gemeinsam erleben durften. Vereinzelt erklingt ein Räuspern oder Husten.

Die Pastorin lässt Tanja Olbrechts Leben noch einmal Revue passieren, und sie versucht mit sorgsam gewählten Worten Tanjas Liebsten den Abschied zu erleichtern, sie zu trösten. Ich wünsche ihnen so sehr, dass sie davon etwas mitnehmen können in den Alltag, der wohl lange Zeit grau bleiben wird.

Und ich versuche wirklich mit aller Macht, nicht zu weinen, aber als von der Orgel Leonard Cohens *Hallelujah* erklingt, das Tanja Olbrecht sich für ihre Trauerfeier gewünscht hat, und Matthis' Schluchzen aus der ersten Kirchenbank bis nach hinten durchhallt, ist es vorbei. Ich flenne, was das Zeug hält. Ich weine um alles, was Tanja nicht vergönnt ist – die ersten Freundinnen ihrer Jungs kennenzulernen, ihre Hochzeiten mitzuerleben, ihre Enkelkinder im Arm zu halten, mit ihrem Mann alt zu werden. Und ich weine mit Michael, Matthis und Thore um das, was sie verloren haben – mit Tanja ist ihre Mitte gegangen. Da, wo Wärme und Liebe waren, klafft jetzt ein Loch. Und das Dunkle und Kalte werden nie ganz weichen, auch wenn die Zeit das Loch wieder mit Leben und Buntem und Warmem füllen wird.

Und ich weine auch ein bisschen um das, was ich verloren habe, denn es ist so unmittelbar zu spüren. Aarons Wärme an meiner linken Seite, das Geräusch seines Schluckens, weil auch er mit sich kämpft, das nervöse Fingern seiner Hände, die ich so gern greifen würde, um sie nie wieder loszulassen.

Warum kann das Leben nicht einfach sein?

Weil du dir so vieles selbst schwer machst, flüstert die Stimme in mir.

Und weil die Stimme manchmal recht hat, schenke ich Aaron ein Lächeln aus der Tiefe meines Herzens, als er mir wortlos ein Taschentuch reicht, weil mein Papiertuch nur noch aus durchweichten Fetzen besteht. Und mein Herz wird weit, weil er das Lächeln erwidert. Unsere Augen begegnen sich einen Moment, bevor wir aufstehen, um das Vaterunser zu sprechen. Als wir uns wieder setzen, berühren sich unsere Hände, und ich weiß, dass wir unsere Finger ineinander verschränkt hätten, wäre nicht vorn in der Kirche diese Unruhe ausgebrochen.

Die Aufmerksamkeit aller richtet sich auf die erste Kirchenbank. Sekunden später ruft die Pastorin: »Ist ein Arzt da?«

Aaron springt auf und quetscht sich durch die Bank nach vorn. Schnell steht fest, dass es Tanjas Mutter ist, die in der Kirchenbank zusammengesackt ist. Allerdings ist sie gleich wieder bei sich und will partout nicht, dass ein Krankenwagen gerufen wird. Sie besteht darauf, den Sarg bis ans Grab zu begleiten. Und sie schafft es am Arm ihres Mannes und einer weiteren Verwandten. Aaron wird gebeten, sie zur Trauermahlzeit zu begleiten. So gehen Frau Lutter, Poppy und ich ohne ihn zurück zur Praxis.

Vor der Landhaustür läuft eine Frau auf und ab. Mir sackt das Herz in den Bauch, als ich erkenne, dass es Anne Hombach ist.

»Da sind Sie ja endlich«, ist ihre Begrüßung für uns. »Wo ist denn Aaron?«

Frau Lutter bleibt stehen und mustert Anne von oben bis unten mit hochgezogenen Augenbrauen und sagt etwas, wofür ich sie knutschen könnte: »Ich weiß nicht, wo Sie herkommen, aber bei uns sagt man zur Begrüßung nicht ›Da sind Sie ja endlich‹, sondern ›Guten Tag‹.«

Anne läuft rot an, was mich freut. Das scheint man mir anzusehen, denn sie wirft mir einen giftigen Blick zu. Mit einem falschen Lächeln wendet sie sich anschließend an Frau Lutter. »Dann einen guten Tag! Und jetzt möchte ich nicht mehr mit dem Personal reden, sondern mit meinem Verlobten!«

Rumms, das hat gesessen. Frau Lutter wird tomatenrot vor Wut. Theoretisch hätte ich über Annes dumme Bemerkung hämisch gelächelt, schließlich disqualifiziert sie sich damit selbst. Praktisch sieht die Welt allerdings anders aus. Mir zittern die

Knie, und ich schlucke trocken. Mein Verlobter! Sie sind also keineswegs getrennt.

»Aaron ist noch mit zur Trauerfeier gegangen«, ergreift Poppy unbedarft das Wort. »Die alte Frau Böhme ist nämlich abgeseilt. Mitten in der Kirche. Aber das ist ja auch kein Wunder, oder? Ist ja ihre Tochter, die gestorben ist. Ich bin auch fast ohnmächtig geworden, als Oma gestorben ist. So fett traurig war ich noch nie.«

»Zur Trauerfeier?« Anne blickt auf ihre edle Armbanduhr. »Na, hoffentlich dauert das nicht ewig. Ich bin zeitlich eingeschränkt.«

Steif folge ich Frau Lutter und Poppy zu den Praxisräumen. Anne marschiert wie selbstverständlich zu den Privaträumen.

»Das ist der Privatbereich von Herrn Dr. Hollerbeck«, stoppt Frau Lutter sie mit harscher Stimme. »Und darum werden Sie hier warten oder draußen, ganz nach Belieben.«

Anne Hombach sieht aus, als würde sie Frau Lutter gern ihre gepflegten, mit Klarlack bemalten Nägel durchs Gesicht ziehen, aber sie wendet sich an mich: »Sagen Sie Dr. Berner einfach, dass ich einen weiteren Koffer gekauft habe. Er kann also nach der Arbeit direkt zu uns in die Wohnung fahren.«

»Koffer«, wiederhole ich einsilbig. Koffer klingt irgendwie nicht gut. Genauso schlecht klingt: zu *uns* in die Wohnung.

Anne mustert mich von oben bis unten, bevor sie mit einem Lächeln sagt: »Ja, genau, sein Koffer. Für die Reise nach Afrika. Bis Montag ist ja schließlich nicht mehr viel Zeit, und so habe ich ihm einen Weg abgenommen.«

»Montag«, stammle ich und könnte mir gleichzeitig in den Hintern beißen, weil ich keine vernünftigen Sätze zustande bringe. »Er … er fährt doch Montag noch nicht nach Afrika!«

»Ach«, sie lächelt süffisant, »hat er Ihnen das noch nicht mitgeteilt? Sein Onkel verweigert die Reha und kommt am Wochenende nach Hause. Er wird ab Montag wieder die Praxis führen. Und Aaron ist dankbar dafür. Er möchte, so schnell es nur geht, abreisen.« Ihre weißen Zähne blitzen, als sie erneut lächelt. »Je eher er abfliegt, desto schneller ist er wieder bei mir.«

Frau Lutter schickt mich fünfzehn Minuten später heim, weil ich mich übergeben musste. Ich flüchte geradezu von der Praxis nach Hause und schließe mich ein. Montag! Er fliegt Montag bereits nach Afrika, ohne mir, ohne uns allen ein Wort davon zu sagen! Meine Wangen sind nass von Wuttränen und Schmerztränen. Was für ein Megascheißtag. Meine Ahnung hat mich nicht getrogen.

Als ich die Tür zum Keller öffne, springt Luzifer fauchend an mir vorbei. Er muss Hunger haben, aber das ist mir egal. Soll er sich draußen irgendwas suchen. Ich werfe mich aufs Bett, um mich richtig gehen zu lassen, aber nicht mal das ist mir vergönnt, denn ein widerlicher Gestank wabert durch das Kellerzimmer. Scheißtag trifft es in der wahren Bedeutung des Wortes. Wütend springe ich aus dem Bett, um den Haufen zu suchen, den Luzifer aus reiner Gehässigkeit irgendwo platziert haben muss. In einem offenen Schuhkarton werde ich fündig. »Ich bring dich um, Teufelskater«, schreie ich raus und meine es auch so. Schließlich war der Karton nicht leer, sondern meine weiß-blau gestreiften Leinenballerinas befinden sich darin – unter dem stinkenden Katzenhaufen.

Ich sprinte mit dem Karton die Treppe hinauf, um ihn samt Inhalt in die Mülltonne zu befördern. »Ich zieh dir dein Fell ab und benutze es als Fußwärmer«, wüte ich weiter, während ich die hintere Tür aufreiße. Luzifer hat Glück, dass er nicht zu sehen ist, weil auch die Bisswunde an meiner rechten Hand ziemlich schmerzt. Und mein Herz sowieso.

Und weil ich mit meiner Wut und meinem Kummer nicht

weiß, wohin – Jette arbeitet noch bis fünf –, fasse ich einen Entschluss, der dem Augenblick entspringt und vor allem dem Wunsch, den Tag nicht heulend hier im Haus zu verbringen.

Und so stehe ich zwei Stunden später in der Lübecker Katharinenstraße vor dem Haus meines Vaters. Seine Adresse hat Jette mir verraten, als wir zusammen in der Wanne hockten. Nun, ich stehe nicht direkt vor dem Haus, sondern auf der anderen Straßenseite. Schließlich bin ich nicht hergefahren, um mit ihm zu sprechen. Ich will nur mal sehen, wie und wo er wohnt. Trotz immer stärker werdender Schmerzen in der Hand – das ewig lange Lenken war nicht dienlich, schließlich hat Ferdinand keine Servolenkung – laufe ich den Bürgersteig immer wieder entlang. Welche der Fenster mögen zu seiner Wohnung gehören? Mein Herz beginnt zu klopfen, als sich die Haustür des Mehrfamilienhauses öffnet und eine blonde Frau heraustritt. Ob das seine Frau ist? Ich bleibe stehen und tue, als ob ich etwas in meiner Tasche suchen würde. Dabei beobachte ich sie. Das Herzklopfen nimmt zu. Ich bin mir sicher, dass sie es ist, weil sie – und das überrascht mich wirklich – meiner Mutter ähnlich sieht, die gleiche Statur und Größe, dieselbe Haarfarbe …

Sie wirft mir einen kurzen Blick zu und wendet sich dann nach rechts. Doch im gleichen Moment bleibt sie stehen, dreht sich ruckartig um und sieht wieder zu mir herüber.

Hat sie gemerkt, dass ich sie beobachtet habe? Hastig drehe ich mich um und gehe mit schnellen Schritten davon.

»Isa? Isa, warte doch bitte!«

Mir bleibt fast das Herz stehen. Sie kennt meinen Namen? Sie kennt mich? Woher? Sie kann doch nicht wissen, wie ich aussehe. Stocksteif drehe ich mich um. Sie kommt schon über die Straße auf mich zugelaufen.

»Isa!« Sie strahlt mich an, als wären wir alte Schulfreundinnen, die sich nach zwanzig Jahren wieder über den Weg laufen. Und genau dieses Strahlen zeigt, dass ihre Ähnlichkeit mit meiner Mutter doch nicht so groß ist. Mama hat keine Lachfältchen um die Augen, sondern Sorgenfalten. Und Mamas Teint ist auch nicht so frisch wie der der Frau vor mir. Gut, sie scheint auch einige Jahre jünger als Mama zu sein.

»Äh … ja …«, stammle ich schließlich. »Ich … ich bin Isa … Hofer.«

Ihre blauen Augen leuchten, während sie den Kopf schüttelt. »Das gibt es doch nicht! Das gibt es wirklich nicht. Du willst uns besuchen? Also deinen Vater, meine ich?«

Ich kann gar nicht anders, als zu nicken. Die Freude in ihrem hübschen Gesicht fordert es förmlich heraus.

Sie lacht herzhaft auf. »Dein Vater ist gerade auf dem Weg nach Elmfleth.«

Ich starre sie ungläubig an.

»Zu dir!«, sagt sie und packt meine Oberarme. »Das ist so schön, dass ihr euch endlich wiederseht. Komm mit rein. Ich rufe ihn gleich an. Er muss sofort umdrehen. Zum Glück hat er seit Neuestem eine Freisprechanlage im Wagen.«

Willenlos lasse ich mich von ihr über die Straße ziehen. Es geht eine Treppe hinauf, dann sind wir in ihrer Wohnung. In Papas Wohnung. Ich stehe steif in dem hellen Wohnzimmer, während sie in der Küche telefoniert.

»So, er wird die nächste Autobahnabfahrt nehmen«, zwitschert sie fröhlich, als sie zurückkommt. »Er wollte es kaum glauben, als ich ihm sagte, dass du hier bist. Entschuldige, ich hab mich noch gar nicht vorgestellt. Ich bin Christina, die Frau deines Vaters und Mutter deines Halbbruders Tim. Der wird sich übrigens mega freuen, dich zu sehen.«

Ich stehe da wie ein Eisklotz, ein Eisklotz mit Wackeldackelkopf. Ich kann nicht aufhören zu nicken, während sie weiterspricht.

»Tim fragt andauernd nach dir. Endlich lernt ihr euch kennen.« Sie packt mich wieder bei den Oberarmen und scannt mein Gesicht, als wollte sie sich jede Pore einzeln einprägen. »Wie hübsch du bist! Jettes Fotos haben nicht gelogen.«

»Tim … Er weiß, dass es mich gibt?«, frage ich, ohne auf Jette einzugehen, die ich mir noch mal vorknöpfen werde. Sie hat Papa sogar Fotos geschickt! Mein Kopf rauscht, und mir ist heiß.

»Ja. Ich habe Tim immer erzählt, dass sein Papa noch ein weiteres Kind hat – dich. Ich wollte das nicht vor ihm verheimlichen. Schließlich gehörst du zu Thomas' Leben«, ihr Gesichtsausdruck verändert sich, wird ernst, »auch wenn du davon seit der Scheidung nicht mehr viel gespürt hast.«

»Allerdings.«

Sie bugsiert mich zu einem knautschigen cremefarbenen Sofa, drückt mich darauf und greift nach meinen Händen. Ihre sind warm und weich. »Ich bin mit deinem Vater seit neun Jahren zusammen. Seit acht Jahren sind wir verheiratet und …«

»Ach«, falle ich ihr überrascht ins Wort, »dann sind Sie gar nicht die Frau, wegen der mein Vater uns verlassen hat?«

»O bitte sag doch Christina zu mir. Aber um auf deine Frage zurückzukommen: Nein, ich bin nicht diese Frau. Mit den beiden hat es wohl auch nicht gepasst. Er war schon zwei Jahre Single, als wir uns kennenlernten. Ich hab ihm immer wieder gesagt, dass er Kontakt zu dir aufnehmen soll, aber … Dein Vater ist kein Held, Isa. Er geht gern den Weg des geringsten Widerstands, da hab ich keine rosarote Brille auf. Es sind einfach die Umstände, die dazu geführt haben, dass er sich letztendlich nicht mehr traute, dir trotz Scheidung ein Vater zu sein. Gott, wie lange hab ich ihn bekniet, zu dir zu gehen, aber nachdem nie eine Antwort auf die Briefe kam, sah er sich bestätigt, dass du nichts mehr von ihm wissen willst. Natürlich war uns klar, dass deine Mutter einen erheblichen Einfluss auf deine Meinung über ihn hatte, aber dass sie die Briefe einfach vernichtet hat … Auch sie trifft eine Teilschuld.«

»Das weiß ich.« Meine Stimme klingt nicht gerade freundlich, aber für Freude bin ich viel zu aufgewühlt. Und ich habe das Gefühl, dass ich unter Strom stehe. In meinem Schädel rauscht es, und mir wird immer heißer, obwohl sich auf meinen Armen eine Gänsehaut bildet.

Christina wirft einen Blick auf ihre Armbanduhr. »Macht es dir etwas aus, hier einen Moment allein zu bleiben? Es wird wirklich nicht lange dauern, aber ich muss Tim vom Schwimmen abholen. Er wird schon warten. Ich war auf dem Weg zu meinem Auto, als ich dich unten sah.«

»Ach so, ja, okay. Ich … warte.«

»Wirklich? Nicht wieder weglaufen.« Sie zwinkert mir zu, aber in ihrem Blick sehe ich Skepsis.

Endlich bringe ich ein Lächeln raus. »Ich warte.«

»Danke«, sagt sie erleichtert und geht. Von der Wohnungstür aus ruft sie: »Fühl dich wie zu Hause. Wasser, Saft und Cola stehen im Kühlschrank. Bedien dich. Einen Kaffee koche ich, wenn wir zurück sind. Bis gleich. Ich freu mich so!«

Die Tür fällt mit einem dumpfen Laut ins Schloss. Und ich sitze hier in diesem mir völlig fremden Wohnzimmer und warte darauf, dass eine mir völlig fremde Frau, die von mir so viel weiß, gleich meinen mir völlig fremden Bruder vorstellen wird. Ein Bruder, von dem ich gerade erst vor ein paar Tagen erfahren habe, während er anscheinend zeit seines Lebens, immerhin acht Jahre, darauf brennt, mich kennenzulernen. Ein tiefer Seufzer kommt mir über die zittrigen Lippen. Unglaublich!

Unruhe, aber auch Neugier treibt mich vom Sofa hoch. Langsam gehe ich durch den Raum, der durch cremefarbene Tapeten und Vorhänge hell und einladend wirkt. Das Mobiliar hat einen skandinavischen Touch, genau wie die Deko. Christina scheint eine Vorliebe für Lämpchen und Kerzen zu haben. Eine mehr als gemütliche Atmosphäre herrscht hier, insbesondere, weil der Raum nicht so aufgeräumt ist, wie er sein könnte. Das gefällt mir. Hier wirkt nichts steril. Von den vielen Kissen auf dem Sofa gleicht nicht eins dem anderen, und auf dem Bücherregal geht es nicht in Reih und Glied zu, sondern Hardcover und Taschenbücher verschiedener Genres liegen oder stehen kunterbunt über- und nebeneinander. In zweien stecken Lesezeichen, die vielleicht Mutter- und Vatertagsgeschenke waren, denn es sind getuschte Zeichen in Form eines blauen und eines roten Rennwagens.

Ich trete an den Esstisch, auf dem ein halb fertiges Puzzle liegt. Auch hier ist es ein roter Rennwagen, dem die dicken Räder noch fehlen. Ich probiere drei, vier Teilchen, verfluche dabei Luzifer, weil meine Hand so schmerzt, und finde schließlich ein passendes Puzzlestück, das ich hineindrücke. Ob Tim bemerken wird, dass ich es eingefügt habe? Überhaupt, breche ich hier nicht gerade in sein Leben ein? Was fällt mir ein, einfach sein Puzzle weiterzumachen? Schnell nehme ich das Stückchen Rad wieder heraus und trete an das Sideboard, auf dem mehrere Fotos in naturfarbenen und blauen Holzrahmen stehen.

Tim! Ich greife nach dem Foto, das ihn bei seiner Einschulung zeigt. Er ist ein Blondschopf wie ich. Ich lächle automatisch, weil mir diese Gemeinsamkeit irgendwie ein wohliges Gefühl gibt, obwohl wir beide unser blondes Haar nicht von Papa, sondern von unseren Müttern geerbt haben. Mit einer niedlichen Zahnlücke strahlt er stolz in die Kamera. Auf seine pralle Schultüte – man erkennt sofort, dass sie selbst gebastelt ist – sind Rennwagen in allen Farben geklebt.

Ich werde meinen Halbbruder nicht fragen müssen, was er einmal werden will.

Einen Moment lang überlege ich, in die Küche zu gehen, um mir ein Glas Wasser zu holen, doch es erscheint mir vermessen, mich so frei in der Wohnung zu bewegen. Obwohl ich Durst habe, wandere ich weiter durchs Zimmer, schaue aus den beiden Fenstern der Altbauwohnung und halte Ausschau nach den Menschen, die gleich zurück sein werden. Wird es Papa sein? Oder Christina und Tim? Ich kann gar nicht sagen, was mir lieber wäre. Es ist einfach zu viel, was gerade passiert. Ich wollte doch eigentlich nur mal gucken, wo sie wohnen, und jetzt stehe ich in der Wohnung und warte auf meinen Vater und seine Familie.

Mir wird ein wenig übel, und ich setze mich wieder. Die Zeit schleicht. Es ist, als würden Gewichte am Minutenzeiger hängen. Doch irgendwann ist es so weit. Ich höre, dass sich die Wohnungstür öffnet. Schnell ist klar, dass es nicht Papa ist, denn eine helle Jungenstimme sagt: »Wo ist sie denn? Im Wohnzimmer?«

O Gott, ist das aufregend. Mein Herzschlag wird schneller, und ich stehe auf.

Zwei Sekunden später steht Tim in knallblauem Trainingsanzug und T-Shirt in der offenen Wohnzimmertür und guckt mich an. *Wir* gucken uns an, stumm. Dann wendet er den Kopf zu Christina, und ich höre ihn fragen: »Die da? Das ist meine Schwester?« Völliger Unglauben klingt durch seine Stimme, und mir sackt das Herz in die Hose. Er mag mich nicht.

Christina kommt dazu, ein entschuldigendes Lächeln auf den Lippen, und schiebt ihren Sohn vor sich her in meine Richtung. »Jetzt sei nicht so unhöflich, Tim, und sag Guten Tag zu Isa.«

Seine blauen Augen mustern mich ausgiebig, nicht unfreundlich, eher neugierig, während er mir die Hand hinhält und wie ein Papagei »Guten Tag« sagt.

Ich lächle ihn an. »Hi, Tim. Das … das freut mich riesig, dass wir uns endlich kennenlernen.«

Er lächelt breit zurück. Die Zahnlücke vom Foto ist ausgefüllt durch einen neuen Zahn. »Ich dachte, du bist viel jünger.«

»Tim!« Christinas Wangen färben sich.

»Schon gut«, sage ich mit einem Auflachen, »er ist wenigstens ehrlich.« Und es freut mich, denn anscheinend hat ihn nur mein Alter verwirrt. Er sieht nicht aus, als würde er mich nicht mögen. Warum auch, er kennt mich schließlich erst seit einer Minute.

»Hol doch mal Saft und Wasser«, schickt seine Mutter ihn in die Küche. »Und zieh die Jacke aus.« Nachdem er aus dem Zimmer geflitzt ist, sagt sie: »Nimm es ihm nicht übel. Für ihn gibt es nur die Kategorien Kinder, Jugendliche, Erwachsene. Und bei erwachsen unterscheidet er nicht zwischen Zwanzig- bis Fünfzigjährigen. Danach beginnt dann schon die Kategorie Opa und Oma.«

»Na dann.« Im nächsten Moment wird mein Lächeln zittrig, weil ich wieder die Haustür ins Schloss fallen höre.

Christina tätschelt meinen Oberarm. »Jetzt ist dein Vater da.« Und mit lauter Stimme ruft sie Richtung Flur: »Hier sind wir, Hofi.«

Hofi? Ich starre sie an. Sie nennt Papa beim Nachnamen? Gut, in der Verniedlichungsform, aber … ungewöhnlich.

Und dann steht Papa genau wie vorher Tim in der Tür, auch stocksteif, aber in seinen Augen stehen weder Unglaube noch Überraschung, sondern Tränen.

»Isa«, sagt er mit brüchiger Stimme, während er auf mich zukommt, »dass du hier bist, dass du gekommen bist …« Eine Träne löst sich und versickert in seinem Bart, der also anscheinend nicht zur Verkleidung gehörte.

Ich bin bewegungsunfähig, und ich habe Angst, dass er mich umarmen wird. Ich möchte keine Berührung, weil er mir fremd und vertraut zugleich ist. Ich sehe Tommaso, auch wenn der Vollbart jetzt gestutzt und gepflegt ist, aber ich erkenne auch meinen Papa an seinen Augen, in seinen Augen. Er ist älter geworden, natürlich. Und er scheint geschrumpft zu sein. Er war doch immer so viel größer als ich.

Papa scheint zu spüren, dass da eine Barriere ist, denn er bleibt glücklicherweise vor mir stehen, ohne seine Arme zu heben. Stattdessen reicht er mir die Hand.

Ich würge ein »Hallo« raus, und wir begrüßen uns mit Handschlag, was einen Schmerzimpuls von der Bisswunde aussendet.

Er lässt mich nicht gleich wieder los, sondern hält meine Pflasterhand mit seiner rechten, während seine linke über meine Handfläche streichelt. »Ich war gerade auf dem Weg zu dir«, sagt er atemlos, während sein Blick über mich wandert. »Es ist unglaublich, dass wir beide zur selben Zeit … Ich freu mich so, Isa, so sehr.« Die Tränen laufen wieder.

Wenigstens weiß ich jetzt, von wem ich das Flenn-Gen habe. »Ich …« Eigentlich will ich ihm sagen, dass ich gar nicht zu ihm wollte, sondern nur mal vorhatte zu gucken, wo er lebt, aber Tims Auftauchen verhindert, dass ich es ausspreche.

»Papa!«, ruft er freudig, als wären sie wochenlang getrennt gewesen, und mein Vater dreht sich zu ihm um, breitet die Arme aus, und Tim rennt auf ihn zu mitsamt Saft- und Wasserflasche.

Papa hebt ihn hoch und drückt ein dickes Küsschen auf Tims Wange, während Christina nach den beiden Flaschen greift, die hinter Papas Rücken aneinanderklirren.

In mir klirrt bei diesem innigen Anblick von Vater und Sohn auch etwas. Ich hasse mich dafür, ehrlich, aber ich kann es nicht anders benennen als Eifersucht. Am liebsten würde ich Papa jetzt sagen: Hoffentlich bleibt Tim länger im Genuss deiner Umarmungen als ich. Schließlich ist er in dem Alter, in dem ich war, als er und Mama sich trennten. Und erst jetzt, während ich Tim betrachte, fällt mir auf, wie klein ich noch gewesen bin. Aber ich schlucke die Worte hinunter, denn ich möchte das, was sich vielleicht zum Guten entwickeln könnte, nicht belasten. Es ist so viel Bitteres in der Vergangenheit passiert, und da soll es bleiben und nicht die Zukunft verderben. Und dieser Gedanke lässt den Druck auf meiner Brust schwinden. Ich kann mir eine Zukunft vorstellen, in der diese drei Menschen eine Rolle spielen. Insbesondere der kleine Blondschopf, den mein Vater wieder abgesetzt hat, und der mich erneut ausgiebig mustert, hat es mir irgendwie angetan.

Ich habe einen kleinen Bruder!

Ich kann endlich im Kino Kinderfilme gucken, ohne dass es mir peinlich sein muss, denn Jette – ich musste sie jedes Mal nötigen – will mich nicht mehr begleiten. Sie fand den letzten Film furchtbar.

»Kennst du *Ritter Rost – Das Schrottkomplott?*«, frage ich Tim.

»Ja!«, ist seine begeisterte Antwort. »Der war voll zum Ablachen, näh?«

Mein Bruder!

Er ist es auch, der uns allen ein Annähern und ein Gespräch, das nicht ins Stocken gerät, ermöglicht. Seine kindliche Unbefangenheit ist wohltuend, und ich beantworte all seine Fragen gern. Und Papa profitiert letztendlich davon, dass Tim keine Hemmungen hat, denn sonst hätte er an diesem Tag nicht so viel über mich erfahren.

Tim hat sogar ein DIN-A4-Blatt aus dem Drucker geholt und etliches aufgelistet. Stolz schiebt er die Liste zu mir rüber, als seine Vernehmung beendet ist.

	ich	*Isa*
Alta	8	28
Was wia wärdn woln:	Ränfara	Erztin
Liblingz Fabe:	blau und bei Ränwagn rot	blau
Liblingz Essen:	Schbagäti	Lasanje
Liblingz Naschi:	Gumiberchen	Schokolade
Wi gros wia sint:	1 Meta 19	1 Meta 76

Liblingz Schwimen:	Krauäln	Brust
Liblingz Film:	die Croods	Imäl füa dich
Fäkleidunk beim Faschink:	Ränfara	Hase
Wo wir Urlaup machän woln:	Majorka oda in Renzburk bei Oma und Opa	Seischäln
besta Freund:	Paul	Jäte
wen wir heiratän woln:	Ämeli	
Liblingz Fach	Sport	Biologi
Wann wia imma zubätt mösen:	um 8	um Mitanacht
Liblingz Wort:	Ränfara	Ei

Okay, im ersten Moment dachte ich, als ich anfing zu lesen: O wie toll, Christina ist gebürtige Polin und erzieht Tim zweisprachig. Aber am Ende steht fest: Mein Bruder ist Diplom-Legastheniker!

Es ist ja durchaus süß, wie er schreibt, aber schockiert bin ich doch. Christina lacht, als ich betont unauffällig frage, in welcher Klasse er ist. »Er kommt nach den Sommerferien in die dritte Klasse. Ich bin auch nicht begeistert über seine Rechtschreibung«, sie fährt ihm durch das kurze Blondhaar, »aber an der Schule wird nach dem Prinzip unterrichtet: Schreiben lernen nach Gehör. In seiner Klasse schreiben alle Kinder so, die meisten sogar noch schlechter. Ich spreche Tim viele Wörter sehr betont vor, damit er es richtig macht.«

Schreiben nach Hören klingt für mich wie Malen nach Zahlen. Den Germanisten müssten doch die Haare zu Berge stehen.

Noch einmal blicke ich auf die Liste. Das mit dem Hasen bei der Faschingsverkleidung ist die abgeschwächte Version. Jette und ich waren als Playboy-Bunnys unterwegs, aber das wollte ich Tim nicht erklären müssen. Kalt erwischt hat er mich auch mit der Frage, wen ich heiraten will. Mein Verstand ist für die hässliche weiße Lücke zuständig, die in meiner Spalte klafft, mein Herz hätte Aaron hineingeschrieben.

Über mein Lieblingswort Ei hat Tim sich schlappgelacht. Dabei habe ich – nachdem ich, während er schrieb, auf das Blatt gelinst habe – ihm nur den Gefallen tun wollen, wenigstens ein Wort richtig schreiben zu können.

Tim ist das wurscht. Er fragt munter weiter. Als er mir Fragen zu meiner Mutter stellt, greift Christina ein. »So, Timmi, jetzt reicht es aber. Du fragst Isa ja Löcher in den Bauch.«

»Das ist schon okay«, erkläre ich und wende mich direkt an Tim. »Du kannst ruhig Fragen zu meiner Mutter stellen.« Sie gehört zu meinem Leben. Da müssen Papa und Christina durch, auch wenn sie von Mama am liebsten nichts hören würden.

Irgendwann sagt Christina: »Ich werde jetzt mal den Abendbrottisch decken. Ich hoffe, du magst Brot, Käse und Wurst, Isa.«

»Ja, aber ich muss leider wieder los«, entgegne ich mit Blick auf die Uhr. Die Zeit ist davongerast. »Doch vielleicht hast du noch ein Pflaster für mich? Ich möchte mir die Wunde noch mal ansehen, bevor ich fahre.« Ich hebe die Hand mit dem Pflaster, unter dem die Haut sich spannt. »Sie schmerzt ziemlich.« Den Grund der Verletzung habe ich schon genannt, denn mit der Frage nach dem Pflaster und was passiert sei hat Tim seine polizeiliche Vernehmung eingeläutet.

Papa schüttelt den Kopf. »Mich hat der Kater auch immer angefaucht, als ich mich bei dir einquartiert hatte.«

Christina geht mit mir ins Bad. Wie selbstverständlich bleibt sie neben mir stehen, während ich das Pflaster abziehe. »Oh«, sagen wir gleichzeitig. Ich füge noch ein »Shit!« hinterher. Die Haut um die kleine Wunde ist krebsrot, und eine deutliche Schwellung ist zu erkennen.

»Das sollte sich wohl besser ein Arzt ansehen«, sagt sie.

»Allerdings«, stimme ich ihr zu. »Da sind Bakterien eingedrungen. Ich weiß sogar, wie sie heißen: Pasteurella multocida. Das passiert zu fünfzig Prozent bei Katzenbissen. Aber dass es so schnell geht …«

»Für unseren Hausarzt ist es jetzt zu spät. Die Praxis ist geschlossen.«

Ich nicke. »Ich hätte heute Nachmittag schon mal unter das Pflaster gucken und die Schmerzen nicht auf das Autofahren schieben sollen. Es nützt nichts, ich muss in die Notfallambulanz im Krankenhaus. Bis morgen früh zu warten, wäre dumm. Ich brauche ein Antibiotikum.«

Christina hilft mir beim Verbandanlegen. »Dein Vater wird dich fahren. Und dann kannst du hier schlafen, wenn du möchtest. Mit der Hand kannst du sowieso nicht fahren.«

»Aber …«

»Nichts aber«, würgt sie mich mit einem Lächeln ab. »In Tims Zimmer steht ein Sofa zum Ausziehen. Er wird sich mächtig freuen, sein Zimmer für eine Nacht mit seiner Schwester zu teilen. Er mag dich sehr. Das hast du doch gemerkt, oder?«

Ich nicke mit einem dicken Lächeln, wie ein Blick in den Badspiegel beweist. »Ich mag ihn auch. Er ist ein toller Junge.«

Als ich mich gegen dreiundzwanzig Uhr auf das von Christina mit frischer Bettwäsche bezogene Ausziehsofa in Tims Zimmer lege, schläft er längst. Papa und ich mussten ewig in der stark frequentierten Notfallambulanz warten, nachdem wir nach einem schnellen Abendessen dorthin gefahren waren. Es waren zähe Stunden, auch wenn wir uns unterhalten haben. Aber zu viel Unausgesprochenes liegt zwischen Papa und mir, und ein übervoller Warteraum ist nicht der richtige Platz, davon etwas abzuarbeiten. Wir werden Zeit brauchen, das steht fest.

Der Arzt hat die Wunde gespült und ausgeschnitten und mir ein Antibiotikum verschrieben. Und jetzt bin ich fix und fertig. Der Tag war Stress pur. Die Beerdigung, Annes Auftauchen, die Fahrt nach Lübeck, Papa, das überraschende Kennenlernen seiner Familie, das Krankenhaus – all das hätte sich gut und gern auf eine Woche verteilen lassen. Kein Wunder, dass mein Schädel platzen möchte.

Dass ich nicht einschlafen kann, liegt allerdings nicht an der schmerzenden Hand, nicht an dem fremden Raum und nicht an Tims leisem, ruhigem Atmen, das die Stille durchdringt. Es liegt auch nicht an dem Nachtlicht, das mir in Form einer Biene-Maja-Schlafpuppe von Tims Bettende entgegenleuchtet. Nein, es liegt einzig und allein daran, dass mein Herz jetzt, da es zur Ruhe kommt, seine volle Sehnsucht nach Aaron entfaltet. Und das tut es mit einer Wucht, die mir das Atmen erschwert und die Tränen fließen lässt. Es kann doch nicht sein, dass er am Montag wirklich für immer aus meinem Leben verschwunden sein wird!

So grausam kann das Schicksal doch nicht sein. Oder doch? Vielleicht ist das Schicksal auch gar nicht grausam, sondern nur ausgleichend? Vielleicht denkt es: Jetzt hat sie ihren Vater zurück. Dafür muss sie etwas hergeben.

»Fick dich, Schicksal, fick dich!« Worte, die ich nie benutze, aber hier und jetzt müssen sie raus. Trotz des Herzschmerzes und der Wut habe ich sie nur gemurmelt, für den Fall, dass Tim gerade in diesem Moment wach wird. Aber er schläft seinen ruhigen Kinderschlaf, um den ich ihn maßlos beneide.

Aarons Augen, die so verführerisch wie Schokolade sind, sein Lächeln und seine zärtlichen Blicke für mich begleiten mich in einen unruhigen Schlaf.

»Ich liebe dich!«, schreie ich ihm zu. Jeden Moment wird er in das Flugzeug steigen. »Geh nicht! Bitte, bitte, bleib bei mir!« Aber er hört mich nicht, weil ich zu weit weg bin. Ich hänge an einem unsichtbaren Gummiband, das mich nur Zeitlupenschritte machen lässt, während er die Treppe zum Flieger hochsteigt. Wieder und wieder schreie ich: »Ich liebe dich, Aaron! Ich liebe dich! Ich …«

Ich wache auf, weil jemand unsanft an meinem Arm rüttelt. Ich brauche einen Moment, um zu realisieren, dass ich geträumt habe, dass ich nicht auf einem Rollfeld stehe, sondern in einem Bett liege, durchgeschwitzt, mit Brummschädel. Die Augen schmerzen, der Kopf schmerzt und die Hand.

»Soll ich den in die Liste eintragen?«, fragt mich eine helle Stimme klar und frisch wie der junge Morgen. Ich taste vor dem Bett nach meinem Handy, um die Uhrzeit abzulesen. Es ist Viertel nach sieben.

Ich starre ihn an. »Was willst du in die Liste eintragen?« Mein Mund ist trocken wie die Wüste Gobi.

»Du hast gesagt, du weißt nicht, wen du heiraten willst. Aber wenn du den liebst, kannst du den doch heiraten.«

Wovon redet dieses Kind?

»Ich hol mal die Liste, dann schreib ich da Aaron rein.« Weg ist mein Bruder, und mir wird klar, dass ich wohl sehr laut geträumt habe. Stöhnend setze ich mich auf, und ich weiß, warum ich mich so schlecht fühle. Ich habe Fieber.

Ich starre meine Hand an, den Verband, unter dem es heftig pocht. »Ich mach ein Rheumafell aus dir«, murmle ich in Gedanken an den Verursacher. »Ein schönes schwarzes Rheumafell.«

Tim kommt mit einem Stift und seiner Liste zurück, auf der jetzt in der Spalte »wen wir heiratän woln« ein Name steht: Aron.

»Ist das richtig geschrieben?« Erwartungsvoll strahlen mich die mehr als wachen hellblauen Augen an.

Als ich den Kopf schüttle, fällt mir die Siebenunddreißig-verschiedene-Kopfschmerzarten-Werbung wieder ein. »Nein, da fehlt noch ein A hinter dem A.«

Er krakelt den Namen durch und schreibt darunter: AAron.

Ich ziehe mich an, während Tim, bevor ich es verhindern kann, losstürmt und seine Mutter und Papa weckt. Weil er alle Türen offen lässt, ist er gut zu verstehen. »Aufstehen! Wir sind schon wach, weil Isa so rumgeschrien hat. Und sie hat doch einen, den sie heiraten will. Der heißt ...«, es dauert einen Moment, vermutlich, weil er noch mal auf seine Liste gucken muss, »Aaron mit zwei A am Anfang. Voll komisch.«

Ein dicker Seufzer kommt mir über die Lippen.

Und dann geht der Morgen seinen Gang, allerdings völlig anders als geplant. Ich wollte eigentlich nach dem Frühstück nach Elmfleth zurückfahren. Stattdessen werde ich mit einer fiebersenkenden Tablette gefüttert, mit Wasser und Tee getränkt und wieder ins Bett verfrachtet, bevor Papa drei Stunden später erneut mit mir einen Arzt aufsucht. Wieder wird die Wunde gesäubert und noch einmal ausgeschnitten. Außerdem verordnet mir der dunkelhäutige Arzt, der mich an Jamal erinnert, ein anderes Antibiotikum. Wenn ich heute Abend immer noch Temperatur habe, soll ich ins Krankenhaus gehen.

Papa besteht darauf, dass ich noch in Lübeck bleibe, weil ich in Elmfleth allein wäre. Da ich mich wirklich miserabel fühle, stimme ich zu. Als ich Mama anrufe und ihr berichte, wo ich bin und warum, dreht sie durch. Rolf nimmt ihr das Handy ab, als sie gerade bei »dein verdammter elender Vater« ist, und sagt, dass ich mir keine Sorgen machen solle. Mama werde sich wieder melden, wenn sie sich beruhigt habe.

Der Anruf kommt zwei Stunden später. Ihrer Stimme ist anzumerken, wie viel Anstrengung es sie kostet, sich ruhig mit mir zu unterhalten. Und sie sorgt sich natürlich um mich und meine Hand. Ich beruhige sie, denn sie kann sowieso nichts für mich tun. Dass ich hier von Christina und Papa verwöhnt werde, erwähne ich vorsichtshalber nicht. Wir vereinbaren, dass sie Donnerstag nach Hause fährt, weil am Freitag neue Pensionsgäste anreisen. Ich lasse es offen, ob ich dann schon daheim sein werde. Doch da Papa angeboten hat, mich mit Ferdinand zu fahren, werde ich auf jeden Fall vor dem Wochenende nach Hause zurückkehren. Nicht wegen der Pension oder Mama oder irgendwelchen Gästen, sondern einzig und allein wegen Aaron, denn wer weiß: Vielleicht wird Anne ja doch von einem Bus überfahren.

Mittags rufe ich in der Praxis an und habe das große Glück, dass Poppy rangeht. Ich sage ihr, dass ich am Abend nicht mit ihr für die Arbeit in Wirtschaftskunde üben kann, aber für eine Vertretung gesorgt habe. Theo wird mit Poppy üben. Das habe ich eben klargemacht. Jetzt muss Poppy nur noch ihren Opa überzeugen, dass sie zu Theo nach Hamburg fahren darf.

Das weitere Gespräch mit Poppy hat die Wirkung eines riesigen Gummihammers, der mir mit voller Wucht auf den Schädel gehämmert wird. Aaron wird Montag tatsächlich nach Afrika starten. Er hat es Frau Lutter und Poppy gestern mitgeteilt. Dass er die beiden laut Poppy nach meiner Handynummer gefragt hat, sagt mir zwar, dass er mir anscheinend diese Tatsache persönlich mitteilen will, aber das ändert nichts daran. Glücklicherweise haben weder Poppy noch Frau Lutter meine Nummer. Also muss ich auch nicht mit ihm sprechen. Ich sage Poppy, dass ich die Arbeitsunfähigkeitsbescheinigung per Post schicke, da ich nicht zu Hause sei. Ihre neugierige Frage, wo ich denn sei, beantworte ich nicht. Die Vorstellung, dass Aaron hier auf dem Festnetz anruft, um mir mit kühler Stimme zu sagen, dass er abreisen wird, geht über meine Kräfte.

Am Spätnachmittag geht es mir schon besser. Das Antibiotikum scheint glücklicherweise anzuschlagen. Am Abend telefoniere ich mit Jette. Allerdings wird es ein kurzes Gespräch, da sie mich damit nervt, doch bitte, bitte noch einmal das Gespräch mit Aaron zu suchen, bevor er fährt. »Du hast doch bei Davide und mir gesehen, wie Missverständnisse und Ängste ein Glück bedrohen können. Mach nicht den gleichen Fehler!« Toll, bei Davide und ihr war aber auch keine Anne im Spiel.

Tim kann es nicht fassen, als ich um zwanzig Uhr gleichzeitig mit ihm zu Bett gehe – in einem rot karierten Pyjama von Christina. »Wie doof bist du denn, Isa! Du kannst doch so lange aufbleiben, wie du willst. Wenn ich groß bin, guck ich immer bis Mitternacht Fernsehen. Oder noch länger.«

»Glaub mir, wenn du groß bist, sieht die Welt anders aus. Dann verstehst du auch nicht mehr, wie man jemals ein Mittagsschläfchen blöd finden konnte.«

Er steht in einem blauen Schlafjumpsuit, der mit skelettierten Echsen bedruckt ist – Rennwagen waren wohl aus –, vor meinem Bett. Die Hände hat er in die Hüften gestützt, und seine Augen blitzen frech. »Du bist ein Weichei!«

»He, Frechdachs, ich bin noch groggy vom Fieber«, verteidige ich mich. »Da ist man froh, wenn man im Bett liegt. Und apropos Weichei – wer braucht denn zum Einschlafen ein Nachtlicht? Und dann auch noch eine Biene-Maja-Puppe?« Okay, das war fies – er wird knallrot, hüpft in sein Bett und versteckt sich unter der Decke –, aber so ist das doch bei Geschwistern? Wer austeilt, muss auch einstecken können. Als er nach einer Minute allerdings immer noch nicht unter der Bettdecke auftaucht, siegt mein schlechtes Gewissen. »Okay, Tim, du hast gewonnen. Du hältst es ohne Luft länger als ich unter der Decke aus.«

»Das spielen wir doch gar nicht«, kommt es gedämpft bei mir an. Er rührt sich nicht.

Obwohl es mich Überwindung kostet, das warme Bett zu verlassen, stehe ich auf, und dann geht es los. »Jetzt … kommt … die … Kitzelmaschine!«, rufe ich dramatisch, während meine gesunde Hand schon unter Tims Decke ist und ihn durchkitzelt.

Es macht so viel Spaß, ihn lachen und quieken zu hören! Allerdings, und damit hätte ich natürlich rechnen müssen, sinnt er auf

Rache. Also sprinte ich zu meinem Bett zurück, aber ich komme noch nicht einmal dazu, mich einzumummeln. Er ist viel zu flink. Seine Finger sind überall. Und da ich vor allem darauf achten muss, meine rechte Hand zu schonen, kann ich ihn kaum abwehren, was er natürlich ausnutzt. Unser Kreischen lockt Papa und Christina ins Kinderzimmer. Als sie sehen, dass wir keinen Stress, sondern jede Menge Spaß haben, strahlen sie über beide Backen.

»So, Schluss jetzt«, macht Christina glücklicherweise Tims Kitzelattacke ein Ende, schnappt sich ihren Sohn und steckt ihn in sein Bett. »Isa braucht Ruhe, mein Schatz. Also schlaf jetzt schön.«

Tim plappert noch eine Weile, und ich höre ihm mit einem Ohr zu. Meine Gedanken sind bei der Lücke in Tims Tabelle – wen wir heiratän woln. Und mir wird ganz mulmig, als mir klar wird, dass ich nicht nur über beide Ohren verliebt bin, sondern mir tatsächlich vorstellen kann, mit Aaron Berner verheiratet zu sein, mit allem Drum und Dran. Ich möchte Aarons Kind bekommen oder auch zwei oder drei. Ich möchte mit ihm lachen und weinen, tanzen und mit ihm zusammen still sein. Ich möchte, dass sich seine Sorgen, wenn er welche hat, halbieren, weil ich sie mit ihm teile. Und wenn er sich über etwas freut, dann werde auch ich glücklich sein. Und wenn wir alt sind, werden wir Hand in Hand auf dem Sofa sitzen und uns an unser tolles Leben erinnern, daran, dass wir nichts verpasst, sondern alles richtig gemacht haben.

Ich schlucke kräftig, während ich meine gesunde Hand auf mein pochendes Herz lege. Papa muss mich morgen zurückfahren! Und dann werde ich Aaron Berner genau das sagen, was ich fühle. Scheiß auf Anne. Scheiß auf die Angst vor Zurückweisung. Und wenn es das Letzte ist, was ich tue: Ich werde ihm sagen, dass ich ihn liebe. Für immer.

21

Dreiundzwanzig Stunden später ist von dieser Euphorie … noch alles da! Ich stehe tatsächlich vor der Landhaustür und drücke mit zittriger Hand den Klingelknopf. Mein Herz klopft wie verrückt, aber ich werde nicht umdrehen. Das ist ein Befehl an meine Beine, die einen Schritt rückwärts machen. »Es wird alles gut«, murmle ich mir selbst Mut zu.

Ich bin mehr als dankbar, dass Papa diese Woche noch Urlaub hat. So konnte er Ferdinand und mich am Nachmittag nach Hause bringen, nachdem ich fieberfrei und nicht mehr zu bremsen war. Mit Mama, die kurz vor mir eingetroffen ist, hat er nur ein paar Begrüßungsworte ausgetauscht, dann ist er mit dem Taxi zum Bahnhof gefahren, mit meiner Zusage, dass wir uns bald wiedersehen. Ich musste mich dann zwingen, nicht sofort in die Praxis zu laufen. Aber natürlich will ich Aaron allein antreffen, also habe ich gewartet.

»Ich werde es ihm sagen«, murmle ich, »egal, was er antwortet. Und wenn er mich auslacht, ist es … nicht egal.« Die letzten beiden Worte kamen gequält.

Wieso öffnet er nicht? Da das Motorrad neben der Garage steht, muss er doch zu Hause sein. Vielleicht steht er unter der Dusche? Ich drücke noch einmal auf die Klingel.

»Ja, doch, ein alter Mann ist doch kein D-Zug«, erklingt es gedämpft durch die Tür.

O Gott! Mir sackt das Herz in die Hose – Onkel Hollerbeck! Er ist daheim. Und dann öffnet sich auch schon die Tür.

»Isa! Na, das ist ja eine Überraschung. Ich denke, du bist krank, Deern?«

Meine Wangen müssen puterrot sein. »Hallo, Onkel Hollerbeck. Das … das ist ja auch eine Überraschung. Also, dass du hier bist.«

»Na ja, nicht so wirklich«, sagt er mit einem Grinsen. »Ich wohne hier ja.«

»Äh, ja, ich weiß, aber … Eigentlich wollte ich zu …« Ich schlucke.

»Aaron«, beendet Onkel Hollerbeck den Satz.

Ich nicke.

»Nun komm erst mal rein, Deern.«

Notgedrungen gehe ich mit ins Wohnzimmer. »Ist Aaron denn da?« Hoffentlich sagt er: Nein, der ist nicht da. Der joggt am Elbstrand. Dann könnte ich ihn draußen abfangen.

»Nein, der ist nicht da«, sagt Onkel Hollerbeck tatsächlich. Die Worte, die dann folgen, tröpfeln allerdings nur zögerlich in mein Bewusstsein. »Der ist am Flughafen. Er fliegt heute Abend noch nach Afrika ab. Es gab ein paar Ausfälle im Team der Ärzte ohne Grenzen, und da hat Aaron kurz entschlossen umgebucht, was wohl kein Problem war. Ja, und darum führe ich ab morgen wieder die Praxis, schneller, als gedacht und erhofft.«

Ich starre Onkel Hollerbeck an, versuche zu schlucken, aber mein Mund ist zu trocken. Da ist nichts, was ich runterschlucken könnte außer den Worten, die noch in der Luft wabern.

Er ist weg. Aaron ist fort.

Ich kann immer noch nichts sagen. Darum drehe ich mich einfach um und laufe aus dem Haus, über den Trampelpfad zurück zur Pension, vorbei an meiner Mutter, die mich verwirrt anblickt, als ich mit zittrigen Händen Ferdinands Schlüssel vom Schlüsselbord reiße und wieder hinausrenne.

Mama läuft mir hinterher. »Isa, was ist denn los?«

»Nichts«, wimmle ich sie ab, »nichts. Ich muss nur kurz mein Leben retten.«

Hätte ich Sprengstoff dabei, ich hätte ihn erbarmungslos eingesetzt für jede dieser verdammten Ampeln, die in der vergangenen Woche in Hamburg inflationär aus dem Boden geschossen sein müssen. Es gab doch vorher nicht so viele Ampeln!

Ich bin in den Rotphasen so nervös, dass ich Ferdinand zweimal absaufen lasse, aber wenigstens mein Auto lässt mich nicht im Stich und springt gleich wieder an. Meine Hand schmerzt, doch das ist mir egal. Ich parke Ferdinand in vorderster Reihe am Flughafen, ohne ein Ticket zu ziehen – hier darf man sowieso nur ein halbes Stündchen stehen. Aber wenn mir etwas im Moment total schnuppe ist, dann, dass ich Ferdinand eventuell bei einem Abschleppdienst wiedersehe.

Ich sprinte zum Terminal 1 und checke bereits die aktuellen Abflugdaten auf den Monitoren, während ich zum Info-Point eile, wo ich erfahre, dass ich – natürlich, warum soll auch mal was glattgehen – in das andere Terminal muss. Die Angestellte der Information ruft mir noch etwas hinterher, aber ich höre es schon nicht mehr, sondern renne um mein Leben. In Terminal 2 angekommen, bleibe ich kurz stehen. Mein Blick gleitet wieder hektisch über die Monitore. Welches ist sein Flug?

Um mich herum herrscht der übliche rege Flughafenbetrieb. Kofferräder rattern über den Boden, Menschen kommen und gehen, reden, telefonieren. Es ist laut, aber das Auflachen neben mir höre ich nur zu gut. Es jagt mir eine Gänsehaut über den Rücken. Ich schieße herum und blicke in die Augen von Anne Hombach.

»Ach du meine Güte!« Ihre Stimme klingt unangenehm hoch. »Sie sind doch wohl nicht wegen Aaron hier?«

Ich starre sie an, und mir wird noch heißer. Es ist mir peinlich, hier auf sie zu treffen, aber dennoch quält mich nur ein Gedanke. »Wann … wann fliegt er ab und … wo?«, krächze ich schwer atmend.

Sie lacht wieder ihr Anne-Lachen. Andere finden es vielleicht sympathisch, mir geht es durch Mark und Bein. Am liebsten würde ich sie schütteln.

»Er ist weg. Sie sind zu spät, meine Liebe. Sein Flieger ist vor einer Viertelstunde gestartet. Ich bin nur noch hier, weil ich noch einen Kaffee getrunken habe.«

Wie immer ist sie perfekt geschminkt. Ihr braunes Haar fällt lose auf den dunkelblauen Blazer, unter dem die weiße Bluse sehr gewagt offen steht. Nun, sie kann es sich erlauben. Sie hat einen hübschen kleinen Busen.

Ich kann meinen Blick nicht von ihrem lächelnden Gesicht lösen. Sie lügt doch bestimmt! Sie will nur nicht, dass ich noch mit ihm rede.

Ich drehe mich um und laufe zum Info-Point. Eine Minute später weiß ich: Sie hat nicht gelogen. Der Flieger ist weg.

»Haben Sie geglaubt, ich lüge Sie an?«

Ich fahre herum. »Lassen Sie mich in Ruhe«, würge ich heraus. Weg ist er … weg … weg!

Anne Hombach greift nach meinem Oberarm. »Jetzt hören Sie mir mal zu, Sie …« Sie sucht nach einem Wort, das sie nicht findet. Giftig fährt sie fort: »Nur weil es dieses Intermezzo mit Ihnen gab, heißt das nicht, dass Aaron mich nicht liebt. Wir haben uns ausgesprochen, und ich habe nicht vor, Ihretwegen mein Glück zu opfern.«

Ich schlucke. »Lassen Sie meinen Arm los, Frau Hombach.«

»Und lassen Sie meinen Verlobten in Ruhe!«, faucht sie mich an, ihre Hand von meinem Arm nehmend.

Stumm mustern wir uns einen Moment.

Dann lächelt sie wieder dieses verflixte Lächeln. »Ich bin mit Aaron verabredet. Sobald meine Impfungen durch sind, fliege ich rüber nach Kamerun. Und wenn er zurück ist, werden wir heiraten. Und jetzt entschuldigen Sie mich bitte. Der Abschied von

Aaron hat mich geschlaucht. Ich möchte nur noch nach Hause, in sein Shirt schlüpfen, seinen Geruch atmen und an ihn denken. Gute Nacht, Frau Hofer!«

Wumm, das hat gesessen!

Ich starre ihr hinterher, wie sie auf ihren dunkelblauen Pumps zielstrebig den Ausgang ansteuert. Innerlich vereist folge ich ihr mit dem Elan einer Neunzigjährigen. Ich stakse auf Ferdinand zu, der nicht abgeschleppt wurde. Wahrscheinlich hat das Schicksal gedacht, es reicht, wenn Isa Hofer eine Breitseite von Anne Hombach bekommt.

Und das reicht wirklich. Ich heule wie ein Schlosshund, als ich im Auto sitze, den Kopf auf dem Lenker. Was bin ich doch nur für eine blöde Gans! Ich mache wirklich alles falsch, was es nur falsch zu machen gibt. Und jetzt habe ich Aaron verloren. Er ist gegangen, ohne zu wissen, wie sehr ich ihn liebe.

Ein Klopfen an der Scheibe lässt mich zusammenfahren. Mein Kopf ruckt hoch. Ich starre den Mann an, der gebückt neben meinem Wagen steht und durch die Scheibe zu mir hereinlinst.

Wäre mein Leben ein TV-Film, wäre es Aaron, der an die Scheibe klopft, um mir zu sagen, dass er nicht fliegen konnte. Jedenfalls nicht, ohne mir zu sagen, dass er mich liebt. Doch leider ist mein Leben keine Pilcher-Schmonzette. Bei mir steht ein Flughafenangestellter neben dem Auto und fragt: »Brauchen Sie Hilfe?«

Ich schüttle den Kopf und starte Ferdinand. Tränenblind fahre ich los. Was mache ich denn jetzt nur?

Na, was wohl?, fragt mich meine innere Stimme.

»Ja«, murmle ich, »ja, genau das mache ich.«

Und dieser Entschluss lässt mich ruhiger werden. Ich versuche mich auf den Verkehr zu konzentrieren, gehe aber gleichzeitig meinen Plan durch. Das A und O wird die Hilfe von Onkel Hollerbeck sein, ohne die es nicht klappen kann. Allerdings muss ich bis morgen warten, denn ich kann ihn damit nicht mehr heute Abend überfallen. Es wird schon schwer genug werden, ihn morgen von meiner genialen Idee zu überzeugen.

Ich habe überraschenderweise richtig gut geschlafen, vermutlich, weil ich weiß, was ich zu tun habe. Nach einem hastigen Frühstück, bei dem Mama kaum ein vernünftiges Wort mit mir reden kann, weil ich mit den Gedanken ganz woanders bin, springe ich auf.

»Ich bin gleich wieder da«, sage ich, verlasse das Haus und eile über den Pfad zur Landhauspraxis. »Guten Morgen«, begrüße ich lächelnd Frau Lutter, die mich von ihrem Schreibtisch aus überrascht ansieht. Ohne ein weiteres Wort verschwinde ich im Labor. Poppy ist nicht zu sehen, also ist sie wohl gerade mit Onkel Hollerbeck im Behandlungsraum.

»Was wird das, Isa?« Frau Lutter ist mir ins Labor hinterhergegangen. Mit zusammengezogenen Augenbrauen folgt sie jedem meiner Handgriffe. »Was tust du da? Du bist doch krankgeschrieben. Was zum Teufel …?«

Ich lasse mich nicht aus der Ruhe bringen. Ich lege Wattepad, Desinfektionsspray und Nadel bereit, dann öffne ich das Medikamentenschränkchen.

»Was …?« Frau Lutter starrt auf das Päckchen, das ich herausnehme. Als ich es öffne und dann meinen Arm desinfiziere, ist sie mit zwei Schritten bei mir. »Spinnst du?«, stößt sie aus und versucht mir das Röhrchen aus der Hand zu nehmen. »Das ist der Impfstoff für Heiner-Tesfayes Mutter!«

»Nein«, wir zerren beide am Röhrchen, »das ist jetzt meiner. Für Heiners Mutter bestelle ich gleich neuen. Ich brauche den jetzt dringender. Die Hollers brauchen ihn erst nächste Woche.«

»Herr Doktor!«, schreit Frau Lutter mit einer Lautstärke los, dass ich Angst um mein Trommelfell bekomme. »Herr Doktor!«

»Nun machen Sie doch nicht so einen Aufstand«, versuche ich Frau Lutter zu beruhigen, während ich leider das Zerrduell um das Röhrchen verliere, weil meine rechte Hand nicht voll einsatzfähig ist.

»Was ist denn in dich gefahren, Isa?«, fragt Frau Lutter, während Onkel Hollerbeck in der Tür auftaucht, gefolgt von Poppy.

»Was ist hier los?«, will er wissen, während er von mir zu Frau Lutter blickt.

»Isa wollte sich an Heiner-Tesfayes Impfstoff gegen Gelbfieber vergreifen. Sie …«, Frau Lutter wirft mir einen Blick zu, als brauchte ich eine Zwangsjacke, »… sie scheint nicht bei Trost zu sein.«

»Nicht bei Trost?« Auch so eine merkwürdige Redewendung. »Ich bin ganz bei mir, das kann ich Ihnen versichern. Ich bin nur aufgeregt. Ich habe einfach keine Zeit, um lange Erklärungen abzuliefern. Und da jeder immer weiß, was angeblich das Beste für mich ist, wollte ich mir diesmal nichts anhören, was mich von meinem Plan abbringen soll.«

Onkel Hollerbeck starrt mich an. »Ich verstehe kein Wort, Deern.«

Ich schlucke, weil mir bewusst wird, was ich hier gerade für einen Zirkus mache. »Ich wollte mich nur impfen«, verteidige ich mich kleinlaut.

»Aber das ist keine Tetanusspritze!«, faucht Frau Lutter, mit dem Impfstoffröhrchen vor meiner Nase rumwedelnd. »Deine Unaufmerksamkeit wird dich noch mal dein Leben kosten. Von den Leben der Patienten will ich gar nicht reden. Wenn ich nur an Frau Gerhard denke, der du statt der Grippeimpfung die …« Sie bricht ab, weil Onkel Hollerbeck herzlich zu lachen beginnt. »Herr Doktor?«, fragt sie pikiert.

Er kommt zu mir, legt einen Arm väterlich um meine Schulter und sagt zu Frau Lutter: »Isa will keine Tetanusspritze wegen ihrer Hand, Frau Lutter. Sie will sich durchaus mit Bedacht gegen Gelbfieber impfen.« Er sieht mich an und grinst. »Da will jemand nach Afrika. Zu seinem Liebsten, nicht wahr?«

»Was?«, stößt Frau Lutter irritiert aus, während Poppy verständnislos von einem zum anderen schaut.

»Können wir bitte ins Arztzimmer gehen?« Ich schenke Onkel Hollerbeck einen bettelnden Blick. »Dann erkläre ich dir alles.«

»Komm, mein Deern.« Er führt mich an Frau Lutter vorbei, bei der der Groschen gefallen ist.

»Hab ich doch recht gehabt«, murmelt sie zufrieden in sich hinein.

»Kann ich auch mal wissen, was los ist?«, fragt Poppy Frau Lutter, doch ihre Stimme klingt wenig hoffnungsvoll.

Aber Frau Lutter bleibt diesmal keine Antwort schuldig. »Isa und Dr. Berner … die beiden haben was miteinander.«

Bevor Onkel Hollerbeck die Tür des Arztzimmers hinter uns schließt, höre ich noch Poppys begeisterten Ausruf: »Fett!«

»Ja … ja«, winde ich mich, nachdem ich Onkel Hollerbeck gegenübersitze, »ich will nach Kamerun zu Aaron, und zwar so schnell wie möglich. Darum will ich mir gleich heute die Gelbfieber-Impfung verpassen. Dann brauche ich die Hepatitis-Impfungen und …«

»Nun mal langsam mit den jungen Gäulen«, unterbricht Onkel Hollerbeck mich. Sein Gesichtsausdruck ist Skepsis pur. »Weißt du überhaupt, wo du da hinwillst? Das ist kein Ausflug in den Serengeti-Park in die Lüneburger Heide, Isa. In Kamerun herrscht großes Elend in den Flüchtlingslagern und Krankenhäusern. Und es gibt keine Garantien für Sicherheit. Im Nachbarland Nigeria wütet Boko Haram, und nicht nur die Flüchtlinge, auch die Gewalt hat die Grenzen zu Kamerun überquert.«

»Ich bin mir dessen durchaus bewusst, aber kein Boko Haram und kein Gelbfieber wird mich davon abhalten, nach Afrika zu fliegen.«

»Warum rufst du ihn nicht einfach an oder meinetwegen skypen oder wie das heißt? Dann hörst du Aaron nicht nur, sondern siehst auch, wie er über beide Backen strahlt, wenn du ihm erzählst, dass du in ihn verknallt bist.«

Mir wird ganz heiß. »Du … du glaubst, dass er … sich freut?«

»Tss!« Onkel Hollerbeck schüttelt den Kopf. »Warum ist er wohl so schnell weg? Der Liebeskummer hat ihm ganz schön zu schaffen gemacht.«

»Ach«, seufze ich lang und tief und lehne mich auf dem Stuhl zurück. »Wenn du doch nur recht hättest.«

»Allerdings frage ich mich, wieso jetzt so ein Affenaufstand geschehen muss. Warum habt ihr das nicht vor drei Tagen oder meinetwegen auch schon vor drei Wochen *hier* klären können?«

»Ich weiß, ja«, gebe ich zu, »es ist meine Schuld. Ich habe es vermasselt. Und darum kann ich nicht einfach anrufen und sagen: Hör mal, Aaron, was ich dir noch sagen wollte: Ich liebe dich!« Ich beuge mich über den Schreibtisch. »Ich muss dahin!«

»Aber das wird dauern, Isa. Du brauchst den vollen Impfschutz.«

Ich nicke. »Ja. So vernünftig bin ich ja auch, aber ich will nicht einen Tag länger warten, als ich muss. Das Warten wird so schon schlimm genug sein.«

»Aaron wird mich umbringen wollen«, murmelt Onkel Hollerbeck. »Ich müsste es dir eigentlich ausreden.«

»Das hast du versucht. Du bist also unschuldig.«

Er seufzt. »Du weißt schon, dass du dich nicht gegen alles impfen lassen kannst? Du könntest dir da das Lassa-Fieber einfangen, von Ebola will ich gar nicht sprechen. Das kann jederzeit wieder ausbrechen und …«

»Ja«, unterbreche ich ihn, »ich weiß das alles. Und ich werde alle Reiseempfehlungen und -vorschriften und Impfungen strengstens einhalten. Und keine Mücke wird die Chance kriegen, mich zu piksen.«

»Verliebte«, Onkel Hollerbeck schüttelt wieder den Kopf, »sind so fürchterlich unberechenbar. Aber gut, sobald du das Antibiotikum abgesetzt hast, kriegst du deine Impfungen.«

»Was?« Mein Entsetzen könnte nicht größer sein. »Aber dann muss ich ja noch ein paar Tage warten? Wieso können wir nicht gleich …?«

»Du willst doch Ärztin werden. Dann solltest du wissen, dass ich dich nicht impfe, solange dein Körper noch mit den Bakterien kämpft. Außerdem wirst du dein Visum auch noch nicht übermorgen auf dem Tisch haben.«

»Na gut«, gebe ich nach, »aber du musst mir eines versprechen, hoch und heilig. Wenn du mit Aaron telefonierst oder ihm schreibst – kein Wort von mir und meiner Reise zu ihm!«

Er sieht mich schweigend an, dann nickt er. »Versprochen.«

22

Ich dachte immer, ich wüsste, wie Sand und Staub schmecken. Wenn man bei Wind am Nordseestrand liegt, ist in der mitgebrachten Stulle immer Sand, wenn man reinbeißt. Nichts knirscht so schön wie Strandsand zwischen den Zähnen.

Aber jetzt weiß ich wirklich, wie Sand und Staub schmecken, schließlich befindet sich davon ein Kilo in meinem Mund. Und während ich versuche ein halbes Pfund davon loszuwerden, indem ich huste und spucke, gelangt die gleiche Menge wieder herein.

Libasse, der Fahrer des »geschlossenen Fahrzeugs«, so war es mir jedenfalls angepriesen worden, als ich in Yaoundé telefonisch einen Jeep samt Fahrer mietete, grinst mich von der Seite breit an. Sein Gebiss ist strahlend weiß und hat Lücken, in die Zigarren hineinpassen. Er sagt etwas in einer Sprache, die ich nicht ansatzweise verstehe. Ich habe versucht mit ihm Englisch zu sprechen, woraufhin er mir auf Französisch geantwortet hat, das ich wiederum nicht beherrsche, weil ich mich seinerzeit für Latein entschieden hatte.

Das Einzige, was ich auf Französisch sagen kann, ist Je t'aime und Voulez-vous coucher avec moi. Da ich Libasse – immerhin seinen Namen konnte ich ihm entlocken – aber weder liebe noch mit ihm schlafen möchte, fällt das als Kommunikationsmasse weg, und so schweigen wir, wenn er nicht gerade eine seiner Dutzend Fahrradklingeln bedient, die am Fensterrahmen des Jeeps angeschweißt sind.

Schön, dass ich nicht die einzige Irre hier bin.

Libasse erklärt mir während der Fahrt, obwohl er weiß, dass ich kein Wort verstehe, alle möglichen Dinge. Zumindest deutet er nach draußen, wenn er etwas seiner Meinung nach Bemerkenswertes sieht, und redet in seiner afrikanischen Muttersprache, welche auch immer das sein mag. Am Anfang der Fahrt habe ich noch versucht ein paar bewundernde Ahs und Ohs herauszubringen, aber das habe ich schnell aufgegeben. Ich habe genug damit zu tun, meinen Mund geschlossen zu halten, meine Nasenlöcher mit der linken Hand abzudecken und mich mit der rechten an der Tür festzukrallen, während wir über die staubige Straße einem Lkw hinterherfahren, um ihn kurz darauf zu überholen. Wie es hier überhaupt stauben kann, frage ich mich, seit wir losfuhren, denn die Luftfeuchtigkeit müsste eigentlich jedes Staubkorn am Boden halten. Als ich in Yaoundé aus dem Flieger stieg, dachte ich, ich laufe in eine Riesensauna hinein. Seitdem klebt mir jede Klamotte am Körper, entweder vom Regen oder vom Schwitzen oder beidem.

Die Plane über meinem Kopf flattert durch den Fahrtwind, der durch die offenen Seiten des Jeeps hereinkommt, während wir Kameruns Hauptstadt hinter uns lassen, wo ich zwei Nächte in einem Hotel verbracht habe. Jetzt sind wir auf dem Weg zu der kleinen Krankenstation, wo Aaron anscheinend mangelernährte Kinder behandelt. Das hat man mir jedenfalls gestern in dem Krankenhaus in Yaoundé gesagt, wo er doch eigentlich arbeiten sollte. Zumindest war das der Stand, den Onkel Hollerbeck bei seinem letzten Telefonat mit Aaron für mich ermittelt hatte. Aber anscheinend wurde die Krankenstation außerhalb der Stadt für sicher erklärt, sodass Aaron und einige weitere Mitarbeiter vor drei Tagen dorthin gewechselt sind.

War ja klar. Warum sollte er auch in einer zivilisierten Stadt sein, wenn ich komme?

Mein Mut, meine Euphorie, die mich zu Hause über die letzten Tage getragen haben, zerschmelzen in der harten afrikanischen Sonne gerade wie Butter in der heißen Pfanne. Genau genommen seit ich den ersten Fuß auf afrikanischen Boden gesetzt habe. In diesen beiden Tagen habe ich mehr Wasser ausgeschwitzt als in den achtundzwanzig Jahren zuvor, und der Kulturschock hat mich trotz jeder Menge Reisevorbereitung voll erwischt. Es ist aufregend, in Afrika zu sein. Die Armseligkeit und das Elend sind ständig präsent, und doch strahlen die Menschen etwas aus, das in Deutschland nicht zu existieren scheint. Es ist schwer zu beschreiben. Sie sind irgendwie … bunter … lebendiger.

Doch die geschäftige Stadt haben wir hinter uns gelassen, ebenso die Vororte. Ich dachte, ich hätte alles toll organisiert, aber jetzt, da ich hier mutterseelenallein – Libasse zählt nicht wirklich, weil er mir keinen Mut zusprechen kann – kurz vor meinem Ziel bin, klopft mir das Herz bis zum Hals.

Ich muss wirklich irre sein! Wieso glaube ich, dass Aaron sich freuen wird, mich zu sehen? O Gott, er wird … Keine Ahnung, was er wird, aber auf jeden Fall hatte er keine Chance, sich auf mich vorzubereiten, und das kommt mir im Moment nicht sehr schlau vor. Wieso habe ich ihn nicht angerufen und mein Kommen angekündigt?

Weil du Schiss hattest, dass er dich abwimmelt.

»Danke, innere Stimme, du verstehst es immer wieder, mich aufzubauen.«

Libasse sieht mich an, weil ich gemurmelt habe.

»Alles okay, alles gut.« Ich deute in die Pampa, in der in der Ferne ein Gebirgszug aufragt, der, wenn ich mich richtig an die Reiselektüre erinnere, Mont Mbankolo heißt. »Je t'aime la, äh … Gegend.«

»Aah!« Libasse lächelt breit. »L'amour.«

»Ja, zu meiner L'amour will ich.«

Nach diesen beiden Sätzen habe ich ein weiteres Kilo Sand im Mund. Mein Hals ist so trocken wie die Straße, und so öffne ich meine Wasserflasche, spüle meinen Mund aus und spucke den Inhalt nach draußen. Dann gönne ich mir einen weiteren Schluck des mittlerweile badewannenwarmen Wassers. Ein Königreich für ein eisgekühltes Wasser oder wenigstens ein Wasser mit einer Temperatur unter zwanzig Grad.

Zumindest der Fahrtwind bringt ein wenig Abkühlung. Vielleicht trocknet meine Bluse ja, bis wir am Ziel sind. Jetzt klebt sie mir noch am Körper, was mir von Libasse trotzdem keinen Busenblick einbrachte, als ich einstieg, wofür ich mehr als dankbar war. Mein blondes Haar allerdings zieht immer noch seine begeisterten Blicke an, obwohl es mit Spangen zu einem wüsten Durcheinander aufgetürmt ist und mittlerweile vom Staub grau sein müsste.

Wir sind eine Stunde gefahren, als Libasse auf ein Dorf deutet, das vor uns auftaucht. »Médecins sans Frontières«, sagt er, und diese Worte verstehe ich. Ärzte ohne Grenzen.

Mir wird schwummrig. Es ist so weit. Gleich sehe ich Aaron.

Mein Herz rast dermaßen, dass ich Angst bekomme, zusammenzuklappen.

Libasse brettert durch den Ort, der doch nicht so klein ist, wie es aussah, und hält schließlich vor einem Gebäude, das bei uns Abrissbirnenfutter gewesen wäre. Vor dem schäbigen Haus stehen Bänke, auf denen Frauen und Kinder sitzen. Einige hocken auf dem staubigen Boden. Patienten, die darauf warten, behandelt zu werden? Etliche von ihnen tragen schon Verbände. Über allem schwebt das Schreien vereinzelter Kinder, Wortfetzen der Frauen, die sich unterhalten, und das Sirren der Fliegen.

In meinen Träumen habe ich mir immer vorgestellt, wie ich mit wallendem Haar auf Aaron zulaufe, den Ausschnitt der Kakibluse so weit geöffnet, dass ihm bei meinem Dekolleté die Spucke wegbleibt – so wie in den RTL-Filmen. Die Realität sieht anders aus. Diese elenden Fliegen, die überall sind! Um ihnen und den Mücken keine Angriffsfläche zu bieten, trage ich die Bluse bis zum Hals zugeknöpft, und die langen Ärmel sind an den Manschetten geschlossen. Meine lange Hose ist in die Boots gestopft, in denen meine Füße in einer Schweißlauge kochen. Sexy ist anders, das steht fest, aber das ist mir momentan so was von egal. Ich will nur noch zu Aaron.

Aber wer weiß, ob er überhaupt hier ist? »Noch nicht wegfahren«, erkläre ich Libasse mit Händen und Füßen, als ich aussteige. »Warten! Wait!«

Libasse nickt und steigt ebenfalls aus. Eine filterlose Zigarette anzündend, wedelt er mit seiner Hand aufmunternd Richtung Krankenstation. Von der Hinterbank des Jeeps schnappe ich mir meinen Backpacker-Rucksack, den ich mir von Theo geliehen habe, und stakse zu der offen stehenden Tür, hinter der verschiedene Stimmen zu hören sind. Die Patienten auf den Bänken und dem Boden starren mich an, während ich an ihnen vorbeigehe. Einige sagen etwas zu mir. Ein Nicken, gepaart mit einem Lächeln, erscheint mir eine passende Antwort zu sein.

Es herrscht eine üble, stickige Luft in dem Raum, den ich betrete. Es ist ein Gemisch aus Sterilisationsmitteln, Körpergerüchen und etwas Würzigem, das einem von den Ventilatoren um die Nase geschleudert wird. Auf mein »Hello« habe ich gleich die Aufmerksamkeit der Menschen im Raum, und das sind einige. Schwarzhäutige Männer, Frauen und Kinder in und vor den Betten und Pritschen aus Metall, von denen an die zwanzig im Raum verteilt stehen, sehen mich an. Ebenso die Pfleger und Ärzte, die ich an den weißen T-Shirts mit »Ärzte ohne Grenzen«-Aufdruck erkenne. Bis auf einen weißhäutigen Mann sind auch sie dunkelhäutig. Mein Blick gleitet hastig über die Menschen, aber der, den ich zu sehen hoffe, ist nicht unter ihnen. Mein Bauch verkrampft sich vor Enttäuschung.

Ein schwarzhäutiger Arzt, zumindest denke ich, dass es einer ist, weil er ein Stethoskop um den vom Schweiß glänzenden Hals hängen hat, begrüßt mich auf Französisch.

»Do you speak English?«, frage ich ihn. »Oder Deutsch?« Ich blicke in die Runde, wohl etwas verzweifelt, weil der weißhäutige Mann lachend auf mich zukommt.

»Na, da ist einer fertig von der Reise, was? Wir wussten gar nicht, dass noch eine Kollegin kommt, und noch dazu aus Deutschland. Herzlich willkommen! Ich bin Malte Lansky.«

Ich schüttle seine Hand, nachdem er den Gummihandschuh ausgezogen hat. »Danke, aber ich bin keine Kollegin. Also, noch nicht. Also, ich meine, ich will hier auch nicht arbeiten, wenn ich promoviert habe, glaube ich zumindest, vielleicht ja doch, aber …« Ich breche ab, weil ich merke, dass ich palavere. »Entschuldigung«, sage ich mit einem Lächeln, »ich bin nur hier, weil ich Aaron Berner suche, Dr. Aaron Berner.«

»Ah!« Malte mustert mich. »Wir wussten, dass du kommst, aber war das nicht erst für nächsten Monat geplant?«

Ich starre ihn an. Hat Onkel Hollerbeck etwa doch nicht dichtgehalten?

»Äh, nein, ich …«

»Aaron!«, grölt Malte durch den Raum. »Überraschung für dich! Dein Besuch ist schon hier.« Dann sieht er mich an. »Sie sind doch Anne?«

Anne? Mir wird noch heißer, was kaum möglich ist. Der Raum fängt an vor meinen Augen zu verschwimmen. Scheiße, scheiße! Anne hat mich nicht angelogen. Aaron erwartet sie tatsächlich. Das schwirrt mir durch den Kopf, während ich gleichzeitig Ausschau nach ihm halte. In meinem Herzen kämpfen zwei Gefühle mit Streitäxten um die Vorherrschaft – Sehnsucht und Angst.

Und dann sehe ich ihn. Aaron kommt aus einer Tür am Ende des Raumes geeilt. »Anne?«, höre ich ihn überrascht rufen.

Ich fasse mir an den Hals, als Aaron – ebenfalls in einem weißen T-Shirt – sich durch die Betten seinen Weg bahnt und abrupt stehen bleibt, als er mich wahrnimmt.

»Ha-hallo«, piepse ich, weil mein Mund so trocken ist, dass mehr nicht geht.

Aaron setzt sich langsam in Bewegung. »Isa …?« Seine Finger bewegen sich zur Brille. Er schiebt sie ein Stückchen die Nasenwurzel hoch, als wollte er erreichen, dass er klarer sieht.

Ich lächle zittrig, als er näher kommt. Seine dunklen Locken kleben ihm an Stirn und Schläfen.

»Isa, du …« Sein Blick wandert konsterniert über mich. »Was … was machst du hier? Ich … Du …«

Da er sowieso sprachlos ist, muss ich diesen Moment nutzen. »Lass uns draußen reden, sonst … sonst spucke ich dir gleich vor die Füße, weil mir nämlich gerade richtig schlecht ist.« Ich nehme seine Hand in meine und ziehe ihn nach draußen, was er, ohne sich zu wehren, über sich ergehen lässt. Ein Anfang.

Ich drücke ihn auf die erste Bank, auf der eine Mutter mit ihrem Baby sitzt, das sie in einem Tragetuch vor ihrer Brust hin und her wiegt. Neugierig mustert sie uns. Ich bleibe vor ihm stehen.

»Was zum Teufel …«, fängt Aaron an und will wieder aufstehen, aber ich drücke ihn zurück.

»Hör mir zu, bitte, Aaron. Hör mir einfach zu, was ich dir zu sagen habe. Und … und wenn du dann willst, dass ich gehe, dann … dann tue ich das. Sofort. Mir wird dann zwar das Herz brechen, aber ich werde mit Libasse zurückfahren.« Ich deute zu dem Jeep, von wo aus Libasse uns zuwinkt, weil er seinen Namen gehört hat.

Aaron winkt nicht. Er starrt mich immer noch von oben bis unten und zurück an, als wollte er herausfinden, ob ich eine Erscheinung bin.

»Ich bin nur aus einem einzigen Grund hier, Aaron. Weil …«, ich gehe vor ihm auf die Knie, als mir bewusst wird, dass ich auf ihn hinabblicke, »… weil ich dir sagen will, dass ich eine Riesenidiotin bin. Ich habe dich gehen lassen, obwohl mein Herz so wehtat, weil es nicht wollte, dass du gehst. Ich habe alles falsch gemacht, was es falsch zu machen gibt. Allem voran musst du wissen, dass ich keinen Freund habe, keine Liebelei. Theo ist eine Frau, kein Mann. Sie heißt eigentlich Theodora, und wir studieren zusammen. Dass ich einen Freund habe, hatte ich erfunden, um die Fragen deines Onkels abzuwehren. Und ich war auch so sauer, weil du und Anne, nun, weil ihr ja anscheinend noch zusammen …« Hustend breche ich ab, weil ich eine Fliege verschluckt habe. Würgend versuche ich sie auszuspucken.

Aaron nutzt die Redepause. »Wir sind nicht mehr zusammen. Anne und ich sind nur noch Freunde. Ich … ich hatte es beendet, weil ich dachte, dass wir beide …«

»Aber sie will dich besuchen!«

»Nur als Freundin.«

Ich atme tief durch. Das klingt mehr als gut. Allerdings scheint er nicht zu wissen, dass Anne die Sache noch lange nicht für erledigt hält. Aber jetzt und hier will ich keine Gedanken an sie verschwenden. Im Augenwinkel sehe ich, dass uns sämtliche Kollegen von Aaron nach draußen gefolgt sind und das Schauspiel gebannt verfolgen. Auch die Mütter um uns herum haben ihre Gespräche eingestellt. Nur einige Kinder weinen oder plappern.

Hektisch wedle ich ein paar Fliegen fort. »Die letzten Tage waren die längsten meines Lebens«, rede ich schnell weiter, bevor Aaron den Mund wieder öffnet, denn ich bin noch lange nicht fertig. »Aber für mich gab es nur noch eins: Ich musste hierher. Zu dir. Ich wollte es dir persönlich sagen, auch auf die Gefahr hin, dass ich zu spät bin, dass du dich für Anne entschieden hast.« Ich schwanke ein wenig, weil mir die sengende Sonne auf den Kopf brennt und mein Herz wie wahnsinnig schlägt. »Ich liebe dich, Aaron. Ich liebe dich so sehr. Aus tiefstem Herzen, für alle Zeiten. Und ich wünsche mir nichts sehnlicher, als … dass wir beide … noch eine Chance kriegen.« Lalle ich, oder klingt das nur so, weil das Sausen in meinen Ohren zunimmt? Völlig fertig halte ich inne. Meine Augen haben die ganze Zeit über seinen Blick gehalten. Aber nicht einmal ein winziges Lächeln zieht über Aarons Gesicht. Stattdessen packt er meine Oberarme, zieht mich mit sich hoch und drückt mich auf die Bank. Und es kommt kein »Ich liebe dich auch« über seine Lippen, sondern er brüllt in Richtung seiner Kollegen: »Bringt Wasser, schnell, sie seilt mir ab.« Und dann schüttelt er mich grob. »Spinnst du völlig, Isa Hofer? Bist du von allen guten Geistern verlassen? Tauchst hier ohne Begleitung auf. Dir hätte sonst was passieren können.« Er klingt so wütend, wie ich ihn noch nie erlebt habe. Irgendjemand reicht ihm einen Becher, und er hält ihn mir an die Lippen.

Gierig trinke ich das kalte Wasser. Sie scheinen hier einen Kühlschrank zu haben. Im nächsten Moment hebt Aaron mich auf seine Arme. »Du musst raus aus der Sonne.« Seine Stimme klingt immer noch grob, aber leise. Unter dem Vordach der Krankenstation, wo seine Kollegen stehen, setzt er mich auf einen Stuhl, den einer der Pfleger von drinnen geholt hat. Malte Lansky fächert mir von der Seite mit einer Zeitung Luft zu.

»Hast du eigentlich gehört, was ich gesagt habe?«, frage ich noch leiser, während Aaron jetzt vor mir kniet und meine Stirn fühlt. »Du könntest wenigstens so höflich sein und mir eine Antwort geben.« Jetzt laufen mir die Tränen.

Aaron atmet kopfschüttelnd tief aus. »Isa Hofer …«

»Ich weiß, ich sehe schrecklich aus«, murmle ich. Mein Gesicht muss grau vor Dreck sein, dazu die nassen Tränenrinnsale, die das Ganze zu einer Schlammpackung mischen, das Haar, das mir an Stirn und Nacken klebt, sofern es nicht zu dem Staubmopp auf meinem Kopf gehört. Hektisch beginne ich in meinem Gesicht herumzuwischen. »Hast du ein Taschentuch?«, schluchze ich dabei.

Als Aaron leise auflacht, zucke ich zusammen, aber es ist kein hämisches Lachen, sondern ein erleichtertes, und das jagt mir einen freudigen Schauer durch die Brust.

»Du meine Güte«, sagt er und legt einen Finger unter mein Kinn, um es zu heben. Er blickt mir in die Augen. Und das, was ich in seinen Augen sehe, lässt mein Herz einen Salto schlagen. »Du brauchst kein Taschentuch, Isa. Das Mindeste, was ich tun kann, nachdem du mehr als fünftausend Kilometer geflogen bist, um zu mir zu kommen, ist, dass ich dir den Staub nicht von den Lippen wische, sondern«, er beugt sich zu mir, »wegküsse.«

Und dann liegen seine Lippen auf meinen, warm und fest und Glück versprechend.

Ich muss so sehr weinen, dass Aaron den Kuss abbricht. »He«, er wischt zärtlich über meine Wangen, »du Wahnsinnige. Es ist alles gut.« Er haucht einen zarten Kuss auf meine zitternden Lippen. »Ich bin da.«

»Ja«, sage ich glücklich, »ja«, schlinge meine Arme um seinen Hals und schmiege mich an ihn. Und es gibt nichts Schöneres, als unsere verschwitzten Körper aneinander zu spüren, seine Wärme, seine Haut an meiner, hier vor der stickigen Krankenstation mit dem Applaus der Kollegen, dem Lachen der schwarzhäutigen Frauen und dem immer noch wedelnden Malte. Wer braucht schon Brotbäume, Buschtrommeln und kitschige Sonnenuntergänge?

»Wie lange bleibst du?«, fragt Aaron an meiner Wange, während er mit seinem Arm fuchtelt. Da das Luftfächern aufhört, nehme ich an, dass er Malte fortgescheucht hat.

Ich kann meine Arme nicht von ihm nehmen, also nuschle ich in sein Ohr: »Nur zwei Wochen. Dann muss ich zurück an die Uni. Mein Studium geht weiter.«

»Oh, Isa, ich … ich bin hier noch gebunden. Ich werde so schnell nicht nach Hause kommen.« Seine Stimme klingt leicht brüchig.

Ich löse mich von ihm und sehe ihn an. »Das weiß ich doch. Du bist ja gerade erst hergekommen. Aber … wir kriegen das hin, oder?« Ich suche in seinen Augen nach einer Antwort.

Und die strahlt heraus. »Natürlich, Prinzessin. Wir werden skypen und telefonieren, und ich werde nach Hause fliegen, sobald es passt. Zu dir.« Seine Lippen legen sich sanft auf meine. Und dann sagt er die Worte, für die ich hundertmal um den ganzen Erdball gereist wäre. »Ich liebe dich, Isa. Ich habe dich immer geliebt, schon als kleiner Junge. Und ich habe nicht vor, jemals damit aufzuhören.«

Epilog

Als die Air-France-Maschine in Yaoundé abhebt, knüpple ich mein Flenn-Gen brachial nieder, um ja nicht den letzten Blick auf Afrika zu verpassen.

»Ein wunderschönes Land, nicht wahr?«, sagt mein Sitznachbar, ein Deutscher mit blonden Haaren, blauen Augen und Vollbart.

»Ja, das ist es«, antworte ich, während ich aus dem Fenster schaue, »und es ist so wahnsinnig traurig, dass etwas so Schönes so viel Leid und Elend birgt.«

Wir wechseln noch ein paar Worte, dann lehne ich den Kopf zurück und schließe die Augen. Mein Herz ist voll von Liebe für Aaron, und von seiner Liebe zu mir und von den Eindrücken, die wir gemeinsam auf dem fremden Kontinent erleben durften. Wir hatten zwei wundervolle Wochen zusammen, die von so vielen verschiedenen Emotionen geprägt waren.

Allem voran hat mich die Arbeit des Ärzte-ohne-Grenzen-Teams zutiefst berührt. Ein Kind im Arm zu halten, das nur noch das Gewicht eines Schmetterlings hat, macht demütig. Ich werde niemals wieder Essen zu mir nehmen, ohne dankbar zu sein.

Und doch haben Aaron und ich bei allem Leid, das wir gesehen haben, jede Minute miteinander genossen. Ich habe mich vor Ort nützlich gemacht, wenn Aaron arbeitete. So war ich ihm immer nah. Die Abende gehörten uns.

Natürlich schmerzt mein Herz, wenn ich daran denke, dass ich ihn erst in zwei Monaten wiedersehe – er kommt dann für eine Woche nach Hause –, aber mein Herz ist auch erfüllt von der Liebe und dem Vertrauen, das wir ineinander haben. Alles ist gut. Die Zukunft gehört uns.

Ich werde die Tage zählen, bis wir uns wiedersehen. Und ich werde die Tage nutzen. Es gibt viel zu tun. Mein Auszug steht an. Ich werde mir in Hamburg ein Zimmer in Uni-Nähe suchen. Poppy braucht Hilfe in der Schule, Jette beim Brautkleidaussuchen. Merle Meyer und Jamal benötigen dringend Unterstützung, denn Regine hat mir geschrieben, dass Bernd Meyer mal wieder einen Schuss vor den Bug braucht. Da wird uns schon was einfallen. Und ich werde Zeit in Lübeck verbringen. Ich freue mich auf Papa und Christina und Timmi. Und natürlich werde ich in den Semesterferien bei Onkel Hollerbeck in der Landhauspraxis jobben. Und wer weiß, vielleicht wird die Praxis ja doch einmal von einem jungen Landarzt geführt werden, gemeinsam mit einer jungen Landärztin?

Hach, es geht doch nichts über einen schönen Traum.

Und ich schlafe tatsächlich ein. Es sind wirre Träume, aber vor allem Aaron kommt darin vor. »Ich liebe dich«, flüstere ich ihm zu. Ich spüre noch seine Lippen auf meinen, als ich die Augen öffne.

Der Blonde auf dem Sitz neben mir grinst mich an. »Sie lieben mich? Das ist ja fein. Ich bin Single.«

O Mann! Mit brandroten Wangen entschuldige ich mich. »Sorry, es passiert mir öfter, dass ich im Schlaf spreche. Ich träume sehr lebendig.«

Er lacht. »Das habe ich gemerkt. Dieser Aaron wäre ich ja ganz gern, aber es gibt auch einen Kandidaten, mit dem ich nicht tauschen möchte.«

»Was? O Gott!« Mir wird immer heißer. Wie peinlich. Was habe ich denn nur alles im Schlaf gemurmelt? »Wen, äh, meinen Sie?«

»Ich denke, sein Name war Luzifer.«